Libri di Colleen Gleason

La saga dei Gardella
Victoria
Cacciatori di vampiri
La condanna del vampiro
La rivolta dei vampiri
Il crepuscolo dei vampiri
Il bacio del vampiro
Max sventa una trama

Macey
Caccia de mezzanotte
Caccia nell'ombra (coming 2016)

Max Denton
La furia dell'alba (dicembre 2015)

———

I diari delle tenebre
La lunga notte
Il bacio della notte
La notte dell'abbandono
La notte dell'inganno

LA NOTTE DELL'IGANNO

I DIARI DELLE TENEBRE

COLLEEN GLEASON

TRADUZIONE DI IRENE MONTANELLI

Trudzione di Irene Montanelli
Titolo originale [inglese]: Night Betrayed

ISBN: 978-1-931419-85-7

La chiamavano la bambina del miracolo.

Forse ne erano venuti al mondo altri, durante i terribili eventi che sconvolsero la terra nel giugno del 2010, ma quella della leggenda era lei.

Era nata in un garage, un cubicolo di cemento, mentre fuori imperversavano terremoti devastanti e orribili tempeste. Tre giorni dopo, sua madre morì, senza un chiaro motivo, così come la maggior parte degli altri sopravvissuti, proprio quando credevano che il peggio fosse passato. Ma quando, infine, il sole sorse su quel mondo silenzioso, irrorandolo di luce dorata e speranza, capirono che la distruzione non era ancora finita.

Le persone crollavano a terra, morte, a centinaia, a migliaia, senza alcuna ragione apparente.

Eppure la bella bambina sopravvisse, caparbia, in mezzo a quella rovina.

Ma il miracolo che l'aveva fatta nascere e sopravvivere, portava con sé anche un pesante fardello. E un dono.

PROLOGO

Quando lo portarono a Selena, aveva già il respiro ridotto a un rantolo agonizzante.

"Pigment lo ha trovato sotto dei cespugli," spiegò Sam. "Ne ha sentito l'odore, come fosse un coniglio. Non ha un bell'aspetto, ma ho pensato che se lo portavo da te, avresti potuto dargli conforto… aiutarlo a passare oltre."

Selena guardò Sam, i grandi occhi giovani tristi e sospirò tra sé e sé. Era abituata ad avere a che fare con la morte, ad aiutare la gente a *passare oltre*, ma lui non avrebbe dovuto esserlo. Si sentì fragile, come ormai le succedeva spesso. Che razza di vita stava dando a suo figlio?

"Pigment è stato bravo" disse, forzando un sorriso gentile. "Spero tu gli abbia dato un premio."

"Vado subito a prendergli un osso di costoletta, ma prima volevamo portarti lui."

"Era solo?" chiese, pensando alla famiglia dell'uomo.

Sarebbero sicuramente venuti a cercarlo, per stargli vicino.

Sam fece cenno di sì. "Non c'era nessun altro in giro. Sembrava quasi che lo avessero sepolto, credendolo morto. O magari nascosto. Abbiamo guardato bene" aggiunse con aria seria.

"Ok. Grazie ragazzi" disse, rivolgendosi anche agli altri due sedicenni. "Farò quello che posso per rendere più facile il suo cammino."

Si girò verso l'uomo che giaceva in maniera scomposta sul letto, depositato lì con la gentilezza un po' irruenta di tre adolescenti emozionati. La nebbiolina grigia che ben conosceva gli tremolava attorno, ma i raggi del sole pomeridiano, che penetravano dalla finestra la tingevano di lavanda. Nella luce, quei granelli di pulviscolo solitamente incolori, brillavano di argento e di viola.

Aggrottò la fronte e lo guardò, si avvicinò passando gentilmente la mano in quella nebbia e agitandone i granelli. Non l'aveva mai vista comportarsi così: conosceva bene le nuvole della morte, come le chiamava dentro di sé, era stata capace di vederle fin da quando aveva memoria.

Eppure non ne aveva mai avuto paura, era un soffice alone che avvolgeva il corpo, avviluppandolo, come per rendere più dolce il passaggio verso l'altro mondo. Non l'aveva mai vista luccicare, né assumere altre sfumature che non fossero grigie o blu.

Una rapida occhiata alla stanza in cui si trovava la rassicurò sul fatto che niente era cambiato. Jules giaceva in un angolo, il respiro debole e affannoso, rantolava un po' ma non quanto il nuovo arrivato. La nebbia che avvolgeva il quarantottenne aveva virato dal grigio al blu, segno che se ne sarebbe andato presto, probabilmente nel giro di poche ore. I suoi spiriti guida, che solo lei e, ovviamente, Jules potevano vedere, gli sedevano vicini, attenti, aspettando che abbandonasse gli ultimi legami con la vita. Uno di loro era sua figlia, morta, tre anni prima, in quella stessa stanza. La moglie, che era ancora viva, era andata a governare le mucche e sarebbe tornata di lì a poco.

Dall'altro lato del locale, schermata da lenzuola che fungevano da paravento, giaceva Maryanna, il respiro ormai quasi impercettibile. Il vapore grigio che la circondava ondeggiava, innalzandosi alto e forte, pronto ad attutire la sua dipartita. Il marito riposava vicino alla giovane donna, esausto e col volto cinereo, in attesa dell'inevitabile: le stringeva la mano pallida nella sua più grande, ma, tra i due, la più tranquilla sembrava Maryanna.

Selena sentì una stretta al cuore, quando quella sensazione di vuoto tornò a sfiorarla, ma la respinse con decisione, per il momento. Aveva Sam. E Vonnie. E anche Frank.

Più tardi si sarebbe preoccupata di tutti loro, ma non ora: aveva del lavoro da sbrigare.

Si voltò per controllare la piccola Clara, l'unica sopravvissuta a un attacco di zombie nel suo insediamento, due anni prima. Era scampata a quell'orrore solo per soccombere a un altro: un tumore che le era cresciuto nella pancia, tanto che pareva ci fosse un cuscino sotto le coperte. Era avvolta nella stessa nebbiolina grigia di Maryanna e Jules, ma sebbene la sua tendesse all'azzurro, era ancora cosciente, aveva gli occhi aperti e guardava Selena, dall'altro lato della stanza.

"Senti dolore?" chiese Selena. "Vuoi che ti porti dell'acqua? Vuoi fare un tiro?"

Dove diavolo è Jen? Avrebbe dovuto essere già qui. Devo vedere se ci sono ancora speranze per questo ragazzo.

Eppure, sapeva che non ce n'erano. Quando la nebbia grigia compariva, era l'inizio dell'inevitabile. Forse cinquant'anni prima, quando il Cambiamento non era ancora avvenuto e tutto era diverso, si sarebbe potuto fare qualcosa per lui, ma non ora.

"No" rispose Clara. "Guardavo lui. La sua nuvoletta è così carina… brilla!"

Selena sorrise per i commenti semplici e precisi di quella bambina. Non si sorprese che potesse vedere la nuvola, dopo tanti anni di esperienza aveva smesso di stupirsi dei morenti: erano i soli che comprendevano davvero.

E sì, quella del nuovo arrivato era carina, ricoperta da quell'alone brillante color lavanda e argento. Ma cosa voleva dire?

Tornò a rivolgergli la sua totale attenzione. Sam e i suoi amici avevano cercato di essere gentili, ma non erano abituati a spostare e trasportare il peso morto di un adulto, specie di uno robusto e muscoloso come quello, e l'avevano adagiato in malo modo, mezzo girato su di un fianco.

La camicia era macchiata di sangue secco in vari punti, ma sul petto era zuppa di sangue fresco che colava sul lenzuolo, a formare una chiazza irregolare. Su un braccio, lasciato scoperto dalla camicia senza maniche, sotto il sangue e lo sporco, si intravedeva il tatuaggio di un drago rosso.

Selena lo vide ma non ebbe tempo di osservarlo da vicino perché, se si poteva ancora fare qualcosa per quel povero ragazzo, doveva assolutamente mandare a chiamare Cath a Yellow Mountain. Di solito, quando i pazienti arrivavano a Selena, Cath li aveva già visti e aveva fatto tutto quanto in suo potere.

Il respiro cambiò, il rantolo si fece più profondo, come se avesse del liquido nei polmoni... probabilmente sangue, e non era un buon segno. Selena osservò il volto tirato per il dolore e la fatica. Avrà avuto sì e no trent'anni.

Un ragazzino.

E uno piuttosto attraente con quei capelli corti, nerissimi, lucenti e spettinati, e le basette lunghe che incorniciavano un volto dagli zigomi alti e dai tratti asiatici, ben evidenti, nel taglio degli occhi e nel colore della pelle. Sdraiato in quella posizione, sul fianco, sembrava che le labbra piene fossero imbronciate. Le braccia erano muscolose e tornite, così come le gambe, che si intravedevano sotto i jeans arrotolati.

Se avessi vent'anni di meno. E lui non fosse mezzo morto...

Ridacchiò fra sé e sé: con la vita che conduceva, se non avesse avuto un po' di senso dell'umorismo, allora sì che sarebbe stata veramente fregata. Si lavò le mani col sapone al limone e poggiò una mano sul fianco del ragazzo rivolto verso l'alto, per farlo distendere sulla schiena. Poi decise che era meglio, prima, togliergli la camicia per pulirlo, controllare l'entità delle ferite e mettergli qualcosa di pulito.

Qualcosa di pulito per morire.

Aggrottò la fronte. L'umorismo andava bene ma, ultimamente, i suoi pensieri indugiavano più del solito su cose brutte. Aveva bisogno di un cambiamento o quantomeno di trovare conforto e un po' di sollievo dalla tristezza del suo lavoro.

Mentre rimuoveva la camicia, sporca e zuppa, vide che sulla schiena aveva tatuato un altro drago, stavolta blu, con un solo occhio visibile che brillava vicino al fianco.

Brillava?

Selena si inginocchiò per guardare meglio, e inevitabilmente lo sguardo le scivolò sulla curva del sedere che faceva capolino dai jeans. Uhm. Più che brillante, era piuttosto *lucente*. Ma che *diavolo* era?

Allungò timidamente un dito per toccarlo.

Una scossa, forte e dolorosa, la attraversò, facendole allontanare di scatto la mano. "Ma che cavolo…"

Selena guardò quello strano paziente, ascoltandone il respiro affannoso e gutturale che non prometteva niente di buono, eppure persisteva. Vedeva luccicare qualcosa di metallico, proprio lì, come fosse incastonato nella pelle.

O come se la pelle coprisse il metallo.

Cos'era un Klingon? Un robot? Uno dell'Elite?

Col cuore in tumulto sedette sui talloni, senza allontanarsi dal letto. Forse era per quello che la sua nuvola della morte aveva quelle strane scintille colorate?

Non le avevano mai portato uno dell'Elite e non c'era da sorprendersi, dato che quelli erano, *beh*, immortali, grazie ai cristalli che avevano impiantati nella carne. E siccome non crepavano, non avevano bisogno della Signora della Morte.

Ma quel ragazzo… sottopelle aveva del metallo. Forse non era neppure umano.

E allora perché aveva attorno a sé la nebbiolina, la nuvola della morte?

Era caldo, sembrava umano. Respirava. Perdeva sangue, evidentemente. Il cuore cercava di pompare, ma il battito era debole e irregolare. Era di sicuro un uomo.

"Usa il cristallo."

Selena si irrigidì così bruscamente, che quasi perse l'equilibrio e fu costretta a puntellarsi con una mano al tappeto. Si voltò. "Che cosa?"

In qualche modo, Clara era riuscita a tirarsi su e mettersi seduta. Sul volto giovane, gli occhi apparivano limpidi e saggi.

"Mi hanno detto che devi usare il cristallo."

Selena si alzò lentamente in piedi, il cuore le martellava nel petto. Nessuno sapeva del cristallo, a parte Vonnie. "Chi?"

Clara sorrise e indicò con un gesto secco l'angolo vicino al proprio letto, dove le sue guide, o i suoi angeli, come preferiva chiamarli lei, apparivano di solito. In quel momento non c'erano o almeno Selena non riusciva a vederli. "Lo sai" rispose la bambina. Il sorriso si fece più intenso, quasi beato. La nuvola blu tremò.

Poi, all'improvviso, la luce nei suoi occhi si spense, come se una nube fosse passata davanti al sole. Una fitta di terrore trapassò la pancia di Selena, che scattò.

Raggiunse il capezzale di Clara in tempo per toccarle la mano. "Clara." *Oh no, no.*

Vedere la luce abbandonare gli occhi di una persona era sempre difficile, ma lo era ancora di più quando si trattava di bambini. Eppure erano sempre così coraggiosi e realisti. La nuvola si era infittita e, mentre sedeva accanto a quella bimba, Selena sentì che la nebbia avviluppava anche lei. Nella foschia vide i genitori della piccola e sua zia, pronti ad aiutarla, le loro figure che tremolavano, distanti. Selena prese fra le proprie le manine della bambina e sentì il calore che l'abbandonava, mentre la sua gola si seccava.

Almeno ora avrebbe ritrovato i suoi genitori.

Mentre la vita la lasciava, i muscoli di Clara si rilassarono e arrivò l'onda dei ricordi. Immagini, visioni, sensazioni, scene brevi e sfocate, simili a sogni, che fluivano nella mente di Selena, pizzicandola come milioni di aghi di pino, mentre li assorbiva, li accettava, ricacciando indietro le lacrime. Della sua missione, quella era la parte più intima, più difficile, eppure, più bella.

Infine le manine ricaddero, morbide e inerti, il respiro si spense e il cuore si arrestò.

La nebbia blu si dissolse.

Selena passò con gentilezza il pollice su quegli occhi giovani e saggi per chiuderli, poi asciugò i suoi.

Non si rese conto di quanto tempo era rimasta seduta lì, a fissare il faccino sereno e i ciuffi di capelli scostati dalle tempie, piangendola a modo suo, in privato, con preghiere e ricordi. Si riscosse da quel suo momento di silenzio, solo quando sentì un ansimo improvviso venire da un angolo.

Si alzò di scatto, allontanandosi istantaneamente dal corpicino, ma era troppo tardi. L'uomo col drago ebbe uno spasmo violento, gli occhi si serrarono, come per un dolore lancinante, quindi esalò un ultimo, disperato sospiro. E poi... più niente.

Selena si chinò poggiandogli un orecchio sul petto: silenzio, niente battito. Anche dai polmoni non veniva alcun rumore. La nebbia si dissolse, lasciando nell'aria solo qualche granello di polvere lucente.

Era morto.

E Selena non sapeva chi fosse, né da dove venisse.

1

"Che cazzo vuol dire che hai *perso* Theo?" Lou Waxnicki sentì la propria voce alzarsi, rotta, non dalla vecchiaia, ma da paura e incredulità. Alzò lo sguardo verso l'omone che incombeva su di lui. Per una volta, negli occhi di Fence non brillava il solito menefreghismo.

Anzi, sembrava a pezzi, e non perché il suo viso color caffè fosse sporco di sangue rappreso, né per il braccio sinistro, che si teneva come fosse ferito. Lou notò anche i segni rossi e gonfi sul mento e sulle braccia, che l'indomani si sarebbero trasformati in lividi violacei e verdognoli.

Doveva essersi trovato in mezzo a una bella rissa, ma il dolore più grande lo aveva negli occhi, vacui e arrossati.

"E Quent? Che fine ha fatto?" chiese Lou, ma a voce un po' più bassa. "Ha trovato suo padre?" Theo era il fratello gemello di Lou, lui e Fence avevano insistito per accompagnare Quent nella missione suicida alla ricerca del padre, uno dei leader immortali dell'Elite.

Sage si era alzata dalla sedia di fronte al computer e aveva poggiato le mani fredde sulle spalle di Lou, carezzandogli col pollice la punta del codino grigio. "Cos'è successo?" chiese, stringendogli appena le spalle, come per invitarlo ad avere pazienza. La stretta delle dita, allenate a digitare sulla tastiera giorno dopo giorno, era ferma e sicura, mentre lui si sentiva fragile sotto quelle mani sottili.

Vecchio e fragile: lui e suo fratello avevano settantotto anni ma, per un folle scherzo del destino, Theo aveva subìto qualcosa che gli aveva impedito di invecchiare negli ultimi cinquant'anni, e aveva perciò conservato, pressoché identico, l'aspetto che aveva nel momento in cui il mondo era stato sconvolto dal cataclisma del Cambiamento. Di conseguenza Lou, adesso, sembrava più suo nonno che il suo gemello.

"Siamo stati catturati da una banda di Cacciatori. Hanno sparato a Theo, una brutta ferita nel petto," disse Fence, guardando Lou negli occhi. "L'unica chance che avevamo era riportarlo qui per vedere se Elliott poteva salvar- ehm, curarlo: noi non potevamo fare altro. Quent ha proseguito la missione, andando a cercare Fielding, mentre io dovevo riportare Theo qui a Envy. Era messo male, e stavo correndo a rompicollo quando…"

Il computer nell'angolo suonò, Lou e Sage si voltarono di scatto. Erano le prime note del tema di *Mission Impossible*, uno scherzo di Theo che sapeva quanto suo fratello detestasse i film di Tom Cruise. Lou capì subito che non era un'e-mail di Theo, ma soltanto un aggiornamento automatico da uno dei trenta punti di accesso al network che avevano installato di nascosto, nel raggio di cinquanta miglia da Envy.

La piccola speranza si spense subito.

"Per farla breve, ho dovuto metter giù Theo e nasconderlo" proseguì Fence, come se niente fosse: probabilmente non era attento, come gli altri due, a ogni minimo suono emesso da tutti quei PC e Mac. "Volevo tornare subito indietro a recuperarlo, ma poi il pavimento dell'edificio ha ceduto e ho sbattuto la testa piuttosto forte. Quando mi sono ripreso, ho dovuto tirarmi fuori da quella merda e una volta tornato dove lo avevo lasciato, Theo non c'era più."

"E non hai idea di dove sia andato?"

"Poco ma sicuro, non se n'è andato sulle sue gambe, Lou. E non è stato un animale o uno zombie a prenderlo, perché avrebbe lasciato delle tracce."

La rabbia di Fence che, in realtà, sembrava più diretta verso se stesso che verso Lou, parve scemare mentre si passava una mano sulla testa calva. "Ho guardato ovunque, ma non ho trovato niente di niente, come fosse scomparso dalla faccia della terra."

"Ma era ferito gravemente" disse Lou, misurando le parole perché solo adesso la situazione cominciava a essergli chiara. "Senza cure mediche non resisterà per molto."

"No" mormorò Fence, la voce ridotta a un sospiro. "Non credo possa cavarsela senza l'aiuto di Elliott." Che era un modo per dire che Theo era morto.

No. Non Theo. Theo era indistruttibile, aveva più vite di un gatto. No!

Lou si alzò in piedi, sentendo protestare le giunture da settantottenne. C'erano giorni in cui si sentiva giovane dentro, così come suo fratello lo era d'aspetto, un trentenne, insomma. Ma in giorni come quello, si sentiva Matusalemme.

"Vado a chiamare Jade ed Elliott" propose Sage, avviandosi verso l'uscita della stanza sotterranea e segreta dove tenevano i computer. "Simon vorrà andare a cercarlo e Wyatt anche." Guardò Fence, che annuì, il volto cupo e stanco, ma con occhi vivissimi.

"Sì. È a circa un giorno di viaggio da qui."

"Stavolta vengo anch'io" sentenziò Lou. "Stavolta non resto qui."

Sage fece per dire qualcosa, ma sapeva che Lou non le avrebbe dato ascolto. "Vado, punto e basta."

Poi chiuse gli occhi e si concentrò. Allungò la propria mente a cercare quel filo tangibile che collegava lui e Theo, lo stesso che gli aveva detto che anche suo fratello era sopravvissuto al Cambiamento. Che l'aveva guidato sempre più vicino, fino a farglielo ritrovare.

Ma, per la prima volta, non sentì niente. Il filo era spezzato. Lou aprì gli occhi e capì di essere solo.

Usa il cristallo.

Selena guardò il ragazzo, bello, persino nella morte, con la pelle olivastra liscia e lucente e le folte ciglia scure.

Era troppo tardi.

Eppure qualcosa la spinse verso la cassetta che teneva nell'angolino dove riposava durante le notti di veglia. Stranamente quella mattina aveva riposto lì il cristallo, che di solito conservava al sicuro nella sua stanza. Fece scattare l'apertura e tirò fuori la piccola pietra rosa pallido, un po' scheggiata. Era calda al tatto. Per un attimo, rabbia e senso di colpa ebbero la meglio su Selena: se avesse fatto più in fretta, se non fosse andata ad assistere Clara, sarebbe cambiato qualcosa per lui?

Usa il cristallo.

Ma come? Se pure non fosse stato troppo tardi, cosa mai avrebbe potuto fare con la pietra? Mica serviva a curare le persone.

Il cristallo translucido, non più grande del suo pollice, era attraversato da venature rosso scuro. Selena lo guardò e, mentre lo faceva, le parve che si facesse più caldo. Ma era il calore della mano che lo stringeva, naturalmente.

Oppure no?

Da quando aveva memoria, l'aveva sempre avuto con sé. Vonnie diceva che, quando l'aveva trovata, aveva il cristallo sotto il braccio, avvolto nella sua fasciatura da neonata. Se per caso o per una ragione precisa, nessuno lo sapeva. Per anni Selena lo aveva custodito fra i suoi effetti personali, convintasi che appartenesse a Lena: era così che, dentro di sé, chiamava la donna che l'aveva data alla luce durante il Cambiamento. Cosa fosse o non fosse, non lo sapeva, ma sapeva di aver sempre avuto una piccola voglia rosa sotto il braccio, delle stesse dimensioni della pietra.

Aveva diciotto anni quando scoprì il potere e lo scopo del cristallo. C'erano giorni in cui desiderava non averlo mai scoperto, giorni in cui si chiedeva *perché proprio io?* Lo sguardo andò quasi in automatico alla finestra, per controllare la posizione del sole e un brivido la percorse, realizzando che la notte era vicina.

Si costrinse a distogliere lo sguardo, carezzando il cristallo col pollice. Nonostante il suo potere, non vedeva come potesse essere d'aiuto in quella situazione: era un essere umano, non uno zombie.

Stringendolo tra le mani, Selena tornò a guardare il letto dove giaceva l'uomo del drago. Era di nuovo sdraiato sul fianco perché, negli ultimi spasmi dell'agonia, si era mosso. Una gamba, forte e muscolosa, era poggiata in maniera scomposta sull'altra, lasciata scoperta dai jeans arrotolati.

Ancora una volta, l'attenzione di Selena fu attratta da quel drago blu che si dipanava lungo la schiena liscia, e infine ne fissò l'occhio lucente.

Un lieve formicolio le saettò lungo il braccio, salendo dalla mano che stringeva la pietra. Quasi una piccola scossa o un colpo secco.

Trasalì, non per il dolore né per la paura, ma perché, d'un tratto, capì cosa doveva fare. *Ah.*

Uh. Ma *davvero*?

Si umettò le labbra e morse nervosamente quello inferiore mentre si sistemava in mano il cristallo e lo poggiava sull'occhio del drago. Chiuse le palpebre e pregò.

La scossa, potente, le fece spalancare gli occhi in tempo per vedere il corpo dell'uomo inarcarsi, abbassarsi, poi fare un altro scatto, rapido come una frusta, e infine ricadere sulla schiena. Selena osservò il cristallo che ancora stringeva in mano, quindi il petto liscio che ora vedeva perfettamente e che si *alzava e abbassava*. Lo sguardo di lei percorse poi le corde tese del collo, fino alle labbra dischiuse e ancora più su.

L'uomo aprì gli occhi.

"Porca puttana!" esclamò Selena. "Che figata!"

Theo si sentiva il cervello pieno di poltiglia, tipo quella farina d'avena grigia e collosa che sua madre era solita dare a lui e Lou per colazione in inverno. Il solo modo di renderla mangiabile, era inondarla di zucchero di canna, ciliegie essiccate e tanto latte.

Osservò la stanza attorno a lui, cercando di ricordare come ci fosse arrivato. O dove si trovasse. Quel posto non gli era familiare, con quei teli chiari che pendevano dal soffitto, a delimitare lo spazio attorno al letto. Dalla finestra filtravano una luce, che lasciava presupporre fosse l'alba o il crepuscolo, e una gentile brezza profumata di fiori.

Un basso mormorio di voci gli diceva che non era solo ma, a causa di quelle cortine, non vedeva nessuno. Era una sorta di ospedale? Una vecchia casa trasformata in nosocomio? Una casa enorme, a quanto poteva vedere: i soffitti erano altissimi e la finestra lì vicino era molto grande. Provò a mettersi seduto per guardarci attraverso e vedere se riconosceva l'esterno, ma era troppo debole e la testa prese subito a girargli.

Theo si focalizzò su quello che sapeva, e chiuse gli occhi per concentrarsi. Flash di ricordi gli si rincorrevano nella mente: la cavalcata attraverso la verde frescura del bosco con Quent e Fence… lo scontro col Cacciatore di nome Seattle e il petto che all'improvviso gli prendeva fuoco. Gli avevano sparato.

E poi… torpore e vortici azzurri dietro gli occhi. Una voce gentile, mani delicate, ricordi fuggevoli di giorni e notti, di un liquido caldo che gli bagnava le labbra.

Sage.

Con la mente dipinse la sua faccia, i capelli rosso fuoco e gli occhi color dell'acqua, rassicurante come una coperta calda. Nello zaino aveva dei libri per lei, no?

Aprì gli occhi fissando una crepa nel soffitto per concentrarsi… e poi l'onda dei ricordi lo travolse, infine arrivò la botta e il dolore, sordo e pesante nello stomaco.

Sage aveva scelto Simon.

Già.

Theo strinse le palpebre già chiuse, voltando la testa su un lato per evitare quel ricordo. Era quello il motivo per cui era stato tanto ansioso di seguire Quent e Fence in missione, di allontanarsi da Envy, da Sage e Simon e dai loro sguardi languidi, dal modo, così naturale, quasi casuale, con cui si sfioravano di continuo. E soprattutto dalla felicità che illuminava i loro volti.

Si rese conto, all'improvviso, di non essere solo. Qualcosa nell'aria si agitò e il movimento fu accompagnato da un profumo floreale. Theo aprì gli occhi e vide una donna in piedi accanto al suo letto, che lo guardava.

Non poteva dire che fosse vecchia, probabilmente era più giovane di Theo, benché lui non dimostrasse più di trent'anni. Immaginò che fosse sulla sessantina, a giudicare dalle rughe sottili che le segnavano il volto e dalle guance appena cadenti. Una bella sessantenne, e comunque diciotto anni più giovane della sua vera età.

E quanto erano stati lunghi gli ultimi cinquant'anni, in un mondo praticamente raso al suolo, che stavano lentamente ricostruendo.

La donna, le forme morbide e arrotondate dall'età, aveva folti capelli neri striati di bianco, raccolti in una strana acconciatura che le incorniciava il viso. Gli occhi verdi e marroni erano vivacissimi e le labbra parevano incurvate in un perpetuo sorriso. Stringeva in una mano un mazzetto di foglie argentate e, nell'altra, una scodella con dentro un cucchiaio. "Sei sveglio" mormorò, ma era un'ovvietà. Quindi si voltò per chiamare qualcuno distante: "È di nuovo sveglio!". Il cucchiaio tintinnò.

Poi, come se non gli avesse già spaccato i timpani, avvicinò una sedia al letto e ci si sedette, visibilmente emozionata. Il cucchiaio tintinnò ancora nella scodella, quando si avvicinò ulteriormente. "Sono tre giorni che alterni momenti di coscienza e incoscienza, ma non avevo mai visto il tuo sguardo così limpido… posso sperare che stavolta starai con noi per un po', eh?"

Theo non riusciva ancora a parlare, quindi si limitò a far cenno di sì col capo. L'odore che veniva da qualsiasi cosa ci fosse in quella scodella gli fece gorgogliare lo stomaco. Moriva di fame e sperava con tutto il cuore che fosse per lui.

Purtroppo la donna posò la scodella sul comodino e sventolò il mazzo di erbe profumate. Aveva foglie sottili, oblunghe e zigrinate e l'odore era aspro, quasi acido. "Non eravamo sicuri di cosa volessi farci." Disse, sventolandogliele davanti. "Vuoi che ci facciamo il tè? O l'aggiungo lì? È brodo." Proseguì indicando la scodella con il pollice. "O magari la mangi così, tipo insalata?"

Theo la guardò, cercando di dare un senso a quelle parole, ma non ci riusciva e dovette risolversi a cercare di parlare. Per fortuna la voce funzionava piuttosto bene. "Cos'è?"

La donna si appoggiò contro lo schienale della sedia, sorpresa. "Beh, è salvia. Non hai fatto che chiederne, no? Ci è voluto qualche giorno per capire cosa volevi ma…"

Theo si voltò, e se fosse stato possibile per un uomo così debilitato arrossire, lo avrebbe fatto. Oh Gesù: nel delirio doveva aver chiamato Sage e quelli avevano capito "salvia!" "Posso avere solo il brodo?" si limitò a dire. "Ho fame."

"Certo!" rispose e, con grande sollievo da parte di Theo, poggiò i rametti di salvia sul comodino.

Aveva ingurgitato tre cucchiaiate del brodo più buono che avesse mai assaggiato, quando un'altra donna apparve da dietro i drappi appesi. Sebbene Theo fosse assai più interessato alla zuppa che alla nuova arrivata, la prima impressione che ne ricevette, fu che emanasse una tranquilla energia.

Il che sembrava una specie di ossimoro, ma la sua mente ancora impastata andava avanti per prime impressioni abbozzate. Altre cose filtrarono attraverso quella poltiglia grigia: il fatto che avesse lunghi e folti capelli castano scuro, che fosse più giovane della prima donna e più esile di costituzione, un po' meno agitata ed energica, ma comunque competente. Competente, tranquilla e serena.

Si avvicinò al letto e rimase lì a fissarlo come se non lo avesse mai visto prima. E magari era vero… che mai poteva saperne, lui?

"Sei vivo davvero" disse, sorpresa. "Come ti senti?"

"Ho fame." Rispose, aprendo la bocca quel tanto che bastava per farci entrare il cucchiaio. All'improvviso si sentì strano a trovarsi lì sdraiato con due donne che lo guardavano mentre veniva imboccato come un bambino.

"Ci penso io" disse la seconda arrivata alla donna più anziana. "Grazie, Vonnie."

Vonnie si alzò con la stessa solerzia con cui si era seduta, urtando il letto mentre si spostava per far spazio all'altra. "Vado a vedere come sta Maryanna."

"Credo che abbia dolore. Puoi preparargliene un po'? Ancora non è pronta ad andare." A Theo parve che la voce tradisse una certa tensione, ma che ne sapeva di come poteva essere normalmente? "E Sam protesta perché ha fame."

"Niente di nuovo, insomma" ridacchiò Vonnie, scostando i teli e facendoli ondeggiare con un gesto della mano, mentre usciva da quello spazio. "Ci penso io. Fa' pure con calma, Selena."

Selena aveva già in mano il cucchiaio pieno di brodo ma Theo, sentendosi ridicolo e anche un po' come un insetto in una bacheca, per il modo in cui lei lo fissava, si tirò su e dichiarò: "Posso fare da solo. Grazie."

Selena gli consegnò la scodella e il cucchiaio senza fare commenti e lo guardò in silenzio anche mentre, dimentico del cucchiaio, sorbiva la zuppa direttamente dal recipiente.

"Sei morto tre giorni fa" disse, dopo un po'.

La testa gli doleva e, un istante dopo, anche il petto e ogni altra cosa. *Surreale.* Non riusciva a pensare altro: era surreale, trovarsi lì seduto in quel posto, con degli sconosciuti, senza sapere come ci fosse arrivato, mentre una donna di nome Selena lo accudiva e gli diceva che era morto. Tre giorni prima.

Con un fottuto mazzo di *salvia* sul comodino lì accanto.

Non sapeva se piangere o ridere.

"E ora sono morto?" fu l'unica cosa che gli venne in mente di domandare. Magari era in Paradiso o ovunque si vada prima di arrivarvi, insomma, Dio lo sapeva che non era perfetto. Ma di sicuro non era all'Inferno: quello era a Envy, quando si trovava davanti Simon e Sage.

Selena scosse la testa. "No, ti ho riportato in vita."

Theo tirò giù la ciotola di scatto e quasi si soffocò col brodo. Non era possibile rianimare qualcuno in quel mondo. Prima del Cambiamento, magari, prima di quel maledetto giugno 2010, quando esistevano i defibrillatori e le ambulanze, ma non in quel tempo.

Anche se... Lou non diceva forse di averlo resuscitato quando, durante il Cambiamento, era riuscito a ritrovarlo in quella stanza sotterranea? Ci scherzava sempre su, diceva di aver riportato in vita Theo da una specie di sonno simile al coma.

Theo deglutì a fatica. "Come?" chiese, imitando il tono tranquillo di lei.

"Non ne sono sicura" rispose, mentre delle increspature si formavano agli angoli degli occhi e altre ancora più sottili ai lati della bocca, piegata in un sorrisetto fra il mesto e il divertito. Né fossette, né rughe vere e proprie... segni di espressione. Si rese conto, all'improvviso, che la donna doveva essere sulla quarantina.

"È stato una specie di miracolo," proseguì "anzi, un miracolo vero e proprio. Una cosa mai successa prima. Tu eri veramente morto, da cinque, dieci minuti buoni."

Theo pensò che la cosa non gli piaceva affatto. L'altra volta non era mica morto davvero, giusto? Chiuse gli occhi e li riaprì.

Notò come quelli della donna fossero di un marrone chiaro e intenso, il colore del caramello o del brandy ed erano fissi su di lui.

"Magari ti va di dirmi il tuo nome, così non dovrò continuare a chiamarti l'Uomo del Miracolo o il Ragazzo del Drago?

"Theo."

"Beh, allora... bentornato tra i vivi, Theo" lo salutò lei, sistemandosi sulla sedia. Theo dovette riconsiderarne l'età: di sicuro non ne aveva più di quaranta. Non con quel bel corpo tonico e formoso. Forse più verso i trenta. Bastava guardarle le braccia. "Come ti senti? A parte la fame."

"Stanco e acciaccato" rispose, tirandosi un po' più su. "E con la testa piuttosto confusa. Tra l'altro... dove mi trovo?

Lei aveva preso quello stramaledetto mazzo di salvia e ne accarezzava le lunghe foglie ovali. "Vicino a Yellow Mountain."

Yellow Mountain. Quel nome gli ricordava, lontanamente, qualcosa, ma la poltiglia nel cervello gli impediva di concentrarsi. "Io sono di Envy. Sai dov'è?"

Selena scrollò le spalle e fece un gesto con la mano. "Laggiù? Qui viene gente un po' da ogni parte, inclusa Envy. Non chiedo mai niente, mi basta il fatto che siano qui."

Theo percepì un odore che lo distrasse per un attimo. Un profumo familiare, dolce e inconfondibile, si spargeva nella stanza. Annusò di nuovo, per essere sicuro. "È marijuana?"

Selena annuì, togliendogli la scodella vuota dalle mani. "Sì. Ne vuoi un po'?" Sorrise e poi aggiunse: "Di zuppa, voglio dire, ne vuoi ancora?" A meno che tu non abbia dolore, allora dico a Vonnie di portarti il bong, appena Maryanna ha finito. Sembra che le sia di conforto, e io uso qualsiasi espediente aiuti a rendere le cose più semplici."

Ah ecco. Non è che la maria non fosse più illegale: in questo mondo le leggi praticamente non esistevano, specie fuori da Envy, il più grande insediamento umano conosciuto.

"Non ho dolore, ma mangerei volentieri ancora un po'."

E poi all'improvviso la poltiglia si diradò quanto bastò per realizzare… "Tu sei la Signora della Morte."

Un sorriso privo di ironia le increspò le labbra, mentre annuiva. "Sì, è così che mi chiamano."

Aveva sentito parlare di lei, di quella donna che passava la propria vita al capezzale dei moribondi, prendendosi cura di loro, aiutandoli. Una specie di *hospice* post-apocalittico. E siccome non c'erano più veri dottori, né tantomeno ospedali, medicine o sale operatorie, Theo poteva solo immaginare il suo gran daffare. E quale importanza avesse il suo ruolo. Ne aveva sentito parlare a Envy e nel corso delle missioni oltre le mura sicure della città, quando andava in cerca di persone da reclutare per il movimento segreto di Resistenza di cui faceva parte, o per aggiungere punti d'accesso al network che rappresentava la versione post-apocalittica di Internet.

"Come cavolo-" attaccò, poi si rese conto di sembrare un cafone, quindi cercò di rimediare, ammorbidendo il tono di voce: "Com'è che hai cominciato a farlo?"

Selena mise giù la scodella e si sedette, le braccia incrociate sotto il seno che riempiva piuttosto bene la maglietta. "La maggior parte dei miei pazienti, se così li vogliamo chiamare, non parla un gran che e di sicuro non mi fa certe domande insolenti. Ma, d'altra parte, tutti quelli che sono venuti da me, hanno poi lasciato questo mondo, passando all'altro. Quindi, credo che tu sia tutta un'altra storia."

"Beh, sì. E dato che sei stata tu a riportarmi in vita, devi prendertela con te stessa. Avresti dovuto lasciare le cose così come stavano" ridacchiò, un po' lamentoso.

Lo guardò, pensosa. "Avrei potuto, sì" rispose e annuì come se gli occhi di Theo rivelassero chissà quale mistero. "Ma mi hanno detto come salvarti e io l'ho fatto."

"Te lo hanno detto? Posso chiederti chi? E come?"

Selena si alzò e prese la scodella, facendo tintinnare per l'ennesima volta il cucchiaio. "Puoi chiederlo. Ma credo che me lo terrò per me. Vado a prenderti altro brodo. E se farai il bravo, ti racconterò di come ho avuto il nome di una maga."

E con questo si voltò e sparì oltre le lenzuola, tanto in fretta da non permettergli di osservarla meglio.

E fu piuttosto sorpreso, quando si rese conto del fatto che aver perso quell'occasione lo indispettiva.

Si vede che non sono ancora morto.

Selena prese qualche mestolata di brodo fatto con peperoni, carote e cipolle arrostite e poi messe a bollire in acqua e vino, e insaporito con sedano, prezzemolo e aglio. Aveva un profumo delizioso che le fece venire l'acquolina in bocca. E a Theo era piaciuto un sacco, a giudicare dal modo in cui l'aveva trangugiato.

L'essere stato riportato in vita un po' meno.

Non le aveva nemmeno detto grazie.

Non aveva detto niente, ma lei lo aveva percepito. C'era una certa riluttanza a tornare in questo mondo, su questo piano.

C'erano persone che combattevano la morte e altre che se ne andavano tranquillamente, di solito questo dipendeva dall'avere o meno ancora qualcosa da sbrigare. Ma quell'uomo, l'uomo del drago, né l'una nell'altra: lui pareva pronto. E stanco.

Perché mi avete chiesto di salvarlo? Si guardò intorno e alzò gli occhi al soffitto, nonostante le guide, di solito, se ne stessero, in piedi o sedute, ad altezza d'uomo. Come se di solito rispondessero. Erano quarant'anni che chiedeva loro *perché* e non aveva mai avuto una risposta chiara.

Eppure, a volte, compariva una guida, quella che lei era giunta a credere fosse il proprio angelo custode, che pur non fornendo risposte ai suoi perché, le dava consigli. Come la prima volta in cui aveva visto la nuvola della morte, o almeno la prima volta di cui si ricordava.

Aveva cinque anni e sedeva vicino a una vecchietta all'aperto, in un campo, intrecciando collane di margherite, mentre Vonnie raccoglieva lamponi insieme alla figlia della vecchia signora. Questa sembrava rinsecchita come una foglia, pronta a essere portata via dalla brezza, e se ne stava accartocciata su se stessa, tranquilla, in silenzio. Gli occhi erano acquosi ma vigili e parlava pochissimo, quasi mai. I capelli erano bianchi, con qualche ciocca grigia.

Selena parlava e parlava alla vecchietta, quando la donna bionda, che spesso veniva per aiutare lei e Vonnie, apparve, seduta nell'erba. A quei tempi Selena non si poneva affatto il problema che la misteriosa Wayren si materializzasse dal nulla, era semplicemente il suo modo di andare e venire. Come ebbe poi modo di imparare in seguito, i bambini accettavano con molta più facilità degli adulti la presenza di guide e angeli.

"Guarda." Le sussurrò Wayren, i capelli biondissimi che splendevano nel sole. Sembrava sempre circondata da un alone di serenità che, però, quel giorno pareva gonfiarsi fino a comprendere la vecchietta. Selena vide le scintille luccicare nel sole attorno alla signora, prima erano grigio e argento, poi si fecero blu, e giravano, vorticavano, turbinavano.

"Bello" disse.

Wayren annuì. "Nessuno può vederla a parte te, è un dono, ma soprattutto è una responsabilità. Su, prendile la mano, ha bisogno che tu l'aiuti. Sta per lasciarci."

Selena non capiva come la signora potesse andarsene se la teneva per la mano, ma fece quello che diceva la guida. Prese le dita magre e fragili tra le sue e la guardò negli occhi grigio-marrone.

Il turbine scintillante di nebbia grigia e azzurra si allargò e Selena capì che stava per succedere qualcosa. "Tienimi la mano" disse, non sapendo bene da dove le venissero quelle parole. "Ci sono io."

Era successo così.

Non si era sentita spaventata, né particolarmente triste. Quelle sensazioni arrivarono dopo quando, crescendo, iniziò a capire cosa significava per chi rimaneva.

Ancora di più le occorse per capire cosa intendesse Wayren quando aveva parlato di *responsabilità*. Si trattava di qualcosa che doveva utilizzare, sfruttare, per aiutare le persone a trovare il loro cammino, dalla vita verso la morte. Aiutare a lenire le loro sofferenze, fisiche ma, soprattutto, emotive e spirituali.

Ma la parte più impegnativa della sua vocazione la imparò solo molto più avanti negli anni, quando scoprì il potere del cristallo e cosa doveva farci.

Si riscosse, costringendosi a tornare al presente, prese la scodella di Theo, riempita, e un cucchiaio pulito. Ci pensò un attimo, poi prese anche un piattino con un pezzo di pane ai semi di girasole: sembrava che quello avesse parecchia fame. Mentre passava vicino alla finestra, non poté fare a meno di notare che il sole, infinitamente distante, si era posato sull'orizzonte.

Poche ore e sarebbe stato buio. Sembrava che la notte calasse più in fretta ultimamente. Troppo in fretta. E lei sarebbe dovuta uscire. Avrebbe dovuto cercare più zombie che poteva o lasciare che fossero loro a trovarla. Lo sguardo di Selena andò lontano, verso le sagome violacee delle montagne e il verde scarico della foresta, le forme squadrate degli edifici in rovina che stavano in mezzo. Tutto tranquillo, per il momento.

Ma presto…

Potrei non uscire, stasera.

La tentazione la afferrò, stringendola per la gola come una morsa. Una notte soltanto.

Avrebbe potuto sedere accanto ai suoi pazienti, scambiare qualche battuta pesante con Theo dei Miracoli o guardarlo trangugiare altra zuppa. O magari chiedergli se sapeva giocare a scacchi, visto che nessun altro era abbastanza bravo. Provare a riparare il vecchio lettore DVD che alla fine aveva smesso di funzionare.

Guardò le ombre lunghe della sera e, d'istinto, andò a cercare le sagome sgraziate degli zombie: aveva le spalle così tese, che sembrava potessero spezzarsi da un momento all'altro.

Sapeva di non poterli salvare tutti, ovviamente. Proprio come non poteva accompagnare ogni morente al piano successivo.

Avrebbe potuto restare a casa.

Ma non lo avrebbe fatto, dannazione. Non lo avrebbe fatto.

Perché era il suo dono. E la sua responsabilità.

2

Quando Theo, facendosi largo tra i sogni, riuscì faticosamente ad aprire gli occhi, era buio. Ma stavolta, riconobbe subito il luogo in cui si trovava.

Ruuu-uuuthhhh. Ruthhhhhh.

I lamenti cupi e lontani di quei mostri simili a zombie che tutti chiamavano *ganga* attraversavano il silenzio e, per un attimo, pensò fossero usciti dai suoi incubi per inseguirlo. La finestra era aperta e lasciava passare una fresca brezza notturna che gli carezzava la pelle sudata. Era madido e appiccicoso per i ricordi di morte e distruzione, vividi e terrificanti come il primo giorno, quando era successo davvero. E per i cinquant'anni a seguire. Chiuse gli occhi cercando di allontanare i brandelli di incubi che restavano attaccati come un muschio tenace. Non lo avrebbero mai abbandonato.

Non li faceva più tutte le notti, non più, ma abbastanza spesso da volersene liberare e da fargli rendere grazie per ogni notte tranquilla in cui non ne aveva.

Ruuuuuuuuuuuuuuuuuuuuthhhhhh.

Sentì i peli drizzarsi quando si rese conto che quei richiami erano reali e che i mostri erano lì fuori da qualche parte, nella notte.

Restando prono, guardò fuori dalla finestra riuscendo però a scorgere solo il cielo nero pieno di stelle luccicanti. In lontananza, intravide alcune strane ombre con gli occhi arancioni, che vagavano senza meta, dondolando, al di là del muro invalicabile che circondava l'insediamento. Gli zombie-*ganga* alla ricerca di un uomo chiamato Remington Truth.

Da qualche parte, laggiù, a miglia di distanza, c'era anche Envy.

E Sage.

Con Simon.

Theo storse la bocca, che poi tornò a formare una linea, nel buio, senza nessuno a testimoniare quella sua debolezza. Il cuore gli doleva. Svuotato. *Perché non me?*

E adesso? Ce ne sarebbe voluto di tempo prima di poter sopportare di vederla con un altro.

Dietro le svolazzanti cortine bianche, Theo udì il leggero mormorio di un suo compagno di stanza, seguito da un fruscio di lenzuola e la voce di qualcun altro che sussurrava una risposta, una voce bassa e suadente e Theo si chiese se era la Signora della Morte che accudiva uno dei suoi pazienti. Che cosa faceva poi, esattamente, a parte tenergli la mano e passargli una canna?

Che lavoro deprimente: veder morire le persone. Serrò ancora di più le labbra.

Nella sua vita ne aveva viste abbastanza di morti e sofferenze, più di quanto la gente della sua generazione si sarebbe mai aspettata. Tormentavano i suoi sogni e i suoi ricordi e non riusciva a immaginare l'orrore di affrontare la morte ogni giorno.

Eppure quella donna, quella Signora della Morte, emanava un senso di pace e accettazione.

A parte quando era venuta a portargli una seconda dose di brodo con un pezzo di pane nero e duro, non era più tornata, almeno non da lui. Invece la sua amica, la donna più anziana e robusta di nome Vonnie, era tornata più volte prima che facesse notte e le luci venissero spente. L'aveva aiutato a lavarsi e a mettersi a suo agio, chiacchierando incessantemente di qualsiasi cosa. Gli pareva che fosse fin troppo allegra ed entusiasta per lavorare a costante contatto coi moribondi, conscia di non poter far niente se non guardarli, deboli e sofferenti com'erano.

Nel suo continuo blaterare, non mancò di precisare più volte che nessuno dei pazienti di Selena si era mai ripreso come lui, il che portò Theo a pensare, cupo e stizzito: *e perché ha voluto rovinarsi la media?*

E chi cavolo aveva voluto farlo risorgere una seconda volta? Una non era abbastanza?

Theo sospirò e guardò il soffitto. E vabbè, era di nuovo lì. Doveva essere morto e lo avevano riportato in vita. Ma per cosa? *Perché proprio io?*

Dio! Aveva passato gli ultimi cinquant'anni a farsi quella domanda e ancora non aveva una risposta. Si era chiesto il perché, il motivo che lo aveva fatto cambiare – o no- e lo scopo. Aveva aspettato tutta la vita che succedesse qualcosa di grandioso che rispondesse a quella domanda. Ma non era accaduto niente. Solo una serie infinita di giorni, anni passati a cercare di superare l'orrore di aver perso tutto quello che aveva conosciuto, a parte Lou.

Lou.

Maledizione.

Il suo gemello doveva essere preoccupato da morire. E fra l'essere morto e tutto, Theo non gli aveva dedicato neppure un pensiero. Non che fosse la prima volta che Theo si salvava per il rotto della cuffia. Lou era solito dirgli che aveva più vite di un gatto e quello anche *prima* del Cambiamento. E da allora poi… beh, solo un mese prima era rimasto intrappolato in un vecchio centro commerciale con Elliott, circondato dai *ganga*. E quello era stato solo l'ultimo appuntamento col Cupo Mietitore che aveva scansato, anzi, il penultimo, a quel punto.

Aveva tentato di imbrigliare la sua irrequietezza, la sua smodata brama di avventura, nella speranza di mettersi con Sage: lei era così pacata, timida e studiosa, non aveva voluto spaventarla o farla preoccupare. Ma era stato tutto inutile perché poi lei era finita con Simon, un uomo dal passato burrascoso, fatto di morte e violenza.

Lì, in quell'oscurità penetrata solo da un raggio di luna e dal riverbero di un lume lontano, oltre i teli divisori, Theo, frustrato, si tirò su, con un movimento secco. Meglio farlo ora, comunque, dato che al buio riusciva a non vedere la stanza che gli vorticava attorno. La testa gli pulsava. Ugh.

Doveva contattare suo fratello. Poggiò i piedi sul pavimento, coperto, a quanto pareva, da qualcosa di morbido e bitorzoluto. Si lasciò scivolare dal bordo del letto e dovette sorreggersi al comodino, per non rovinare a terra, quando le ginocchia cedettero.

Magari ero solo abbastanza morto. Il riferimento a quel vecchio film, *La storia fantastica*, lo fece ridere, suo malgrado, immaginando Lou che rispondeva: *divertitevi a imperversare nel castello!*

Seduto sul bordo del letto e ritrovata una certa stabilità, Theo chiuse gli occhi e protese la mente alla ricerca di Lou, nel suo subconscio o in qualsiasi cosa fosse, che li connetteva così strettamente.

Era il motivo per cui Lou non aveva mai smesso di cercare Theo dopo il Cambiamento. Erano entrambi a Las Vegas per lavorare a un progetto di alta sicurezza informatica per il Casinò Venuto. Si divertivano a raccontare alla gente che facevano roba tipo *Ocean's Eleven* o *Ocean's Thirteen* (non menzionavano mai *Ocean's Twelve* perché quel film faceva schifo).

Dopo che l'inferno si fu scatenato, Lou continuava a dire che sapeva che Theo era vivo, solo sepolto tre piani sotto il Venuto, in una stanza dei computer sotterranea e blindata. A differenza di Lou, Theo non ne era uscito soltanto vivo, ma anche fisicamente mutato.

Dopo il Cambiamento, il corpo di Theo era rimasto come congelato e per decenni non era invecchiato per niente o molto molto lentamente. Per i primi trent'anni la barba e le unghie non erano cresciute quasi per niente. Il giorno in cui si era trovato il primo capello grigio, mentre quelli di Lou erano ormai bianchi da un po', Theo aveva festeggiato. Ma ancora non era niente: in quel bunker, molto al di sotto della superficie terrestre, il suo corpo aveva subito ulteriori alterazioni. Durante il cataclisma era accaduto qualcos'altro, quando, nel buio della stanza, qualunque cosa, computer, mainframe e fili, aveva iniziato a esplodere, cadere e sfrigolare.

Al risveglio, Theo si era ritrovato pieno di lividi e lacerazioni e con una ferita, nella parte bassa della schiena, che ci aveva messo tantissimo a guarire. Fu solo dopo diverse settimane da quando Lou lo aveva trascinato fuori dalle macerie, che Theo si era reso conto di avere un piccolo circuito integrato incastonato nella carne morbida dietro al bacino. E gli ci vollero altre settimane per rendersi conto che, tramite il circuito, poteva produrre scosse elettriche. Era una specie di super eroe: altro che Batman, Theo era la Pila Umana.

E ora, pur a miglia e miglia di distanza dal posto che per cinquant'anni aveva chiamato casa, quella connessione con Lou era ancora lì. Theo allungò la propria mente, percepì quel fremito inconfondibile, inspirò, sentì suo fratello… un'ondata di calore. *Ehi.*

Theo! La reazione fu immediata e Theo si sentì profondamente in colpa di non averlo contattato prima.

Sono qui. Sto bene. Sono stanco. Al sicuro. Non rispose tanto a parole, ma inviando sensazioni ed emozioni. Era così che si capivano e si leggevano.

Grazie a Dio. Ero preoccupato, maledizione!

Theo annuì fra sé. *Scusa. Dopo ti dico altro.*

Si strinse le ginocchia con le mani e, fissando il buio, fece cadere la connessione. Non era ancora pronto per fare di più di un *ehi* e di un *sono qui sto bene*. Almeno così suo fratello non sarebbe venuto a cercarlo. Magari con Simon.

Aveva bisogno di tempo, tempo per capire cos'era. *Chi* era.

E perché diavolo era risorto, per così dire, una seconda volta. *Ruuuuuthhhhh.*

I lamenti riportarono la sua attenzione al mondo esterno.

Appoggiandosi prima al letto e poi al comodino, si avvicinò alla finestra, si fece forza e si affacciò, e la brezza fresca gravida dell'odore putrescente dei *ganga* lo colpì al viso.

Scorse le scintille arancioni che viaggiavano a coppie. Sembrava si stessero avvicinando, ma erano al di là del muro eretto attorno a quella… costruzione. Una casa enorme, forse un complesso di appartamenti: non aveva ancora visto abbastanza per dirlo e ora era troppo buio.

Qualsiasi cosa fosse, comunque, teneva lui e tutti gli altri abitanti dell'edificio al sicuro dai *ganga*: quei mostri non sapevano arrampicarsi e quindi non potevano scavalcare le pareti, né erano abbastanza intelligenti da trovare l'ingresso o da aprire un cancello.

Erano lenti, stupidi, con una sola cosa in testa, ma erano forti e robusti e costituivano una minaccia per tutti. Si nutrivano di carne umana, che riducevano a brandelli, lasciando indietro solo cumuli di ossa e tendini. L'unico modo per ucciderli era spappolargli il cervello: avevano paura del fuoco e della luce, ma questi non facevano loro alcun danno, così come le cadute, i proiettili e persino le lame. Di solito li combattevano usando delle molotov, con cui si riusciva a ucciderne diversi in un colpo solo.

Il buio aveva smesso di vorticargli intorno e Theo si mise cautamente in piedi. Sempre sorreggendosi al comodino, sfiorando la salvia con le dita, si fermò a recuperare i propri averi.

Mosso dalla curiosità e da un impellente bisogno, Theo fece per uscire dal suo cubicolo. Il fatto di reggersi in piedi gli dette coraggio e si fece strada, spavaldo, oltre i teli.

Si ritrovò in una sorta di corridoio sempre delimitato da lenzuola bianche intervallate da zone scure corrispondenti alle varie "stanze" o spazi per i pazienti. Theo si soffermò a pensare da quale parte potesse essere il bagno. O qualcosa di più interessante di quei teli che pendevano ondeggiando dal soffitto.

Un rumore distante attirò la sua attenzione: non era la voce sommessa che aveva udito prima, né quella di qualcuno che consolasse qualcun altro.

C'era… urgenza in quella voce. Non c'erano altri modi per descrivere quei suoni sordi, corti e rapidi seguiti da brevi frasi sussurrate da una voce, e da un'altra che dava risposte secche.

Nonostante fosse ancora debole, Theo percorse il corridoio piuttosto rapidamente, in direzione di quei rumori. Udì dei tonfi mentre entrava in una stanza, una vera, non fatta di lenzuola, e poi passava in un'altra. Da lì poteva scorgere un terzo locale, una cucina, a giudicare dal piano d'acciaio e dal lavello. Probabilmente si trovava in una sorta di sala da pranzo, e più avanti c'era la cucina vera e propria: immensa, si rese conto avvicinandosi, con un'enorme isola centrale e pensili che si estendevano per chilometri. Le voci, basse e concitate venivano da un angolo nascosto di quella stanza. Si fermò quando una di esse disse: "Shh, lo sveglierai-"

"Non m'importa" ribatté l'altra, rabbiosa. "Devi smetterla, *mio Dio*. Guarda qua!"

Il volume crebbe, la voce si fece stridula per la paura e Theo vi riconobbe quella di Vonnie, nonostante fosse priva della solarità e dell'entusiasmo di sempre.

"Non ho finito. Devo-"

"Tu non devi fare un bel niente."

Theo sbirciò dentro e vide due figure che lottavano in un angolo. Non fra loro, questo lo si capiva subito nonostante la poca luce che veniva da sopra il lavello. No, quella più robusta si muoveva in modo strano verso l'isola, sorreggendo quella più esile e barcollante, che dalla cascata di capelli scuri e lucidi, pareva essere Selena.

Qualcosa brillava sul davanti della sua veste. Qualcosa di scuro, lucente, umido.

"Cos'è successo?" Non si poteva dire che avesse fatto irruzione nella stanza, ma si era mosso piuttosto velocemente per essere uno che tre giorni prima era morto.

Due facce si voltarono verso di lui, l'una pallida, l'altra livida e deturpata da strisce scure, e due paia di occhi egualmente scioccati. La luce illuminò i capelli sciolti e il volto teso dal dolore.

"Cosa ci fai tu alzato?" lo rimbrottò Vonnie, come lo avesse beccato con le mani nella proverbiale marmellata. "Torna subito a letto."

Theo sospettò che anche Selena si sarebbe infuriata, se non fosse stata così rallentata dalla perdita del sangue che le imbrattava il volto e la camicia. Aprì la bocca per dire qualcosa, ma riuscì a emettere solo un lamento soffocato quando la sua compagna la fece sbattere accidentalmente nel bancone.

Theo fu lì in un attimo, spinse da parte Vonnie e fece scivolare il proprio braccio attorno alle spalle di Selena. A dispetto dei blandi tentativi di protesta della donna, inclusa una spintarella senza forza e un flebile "Torna a letto", Theo la condusse facilmente fino a una sedia nell'angolo della cucina. Solo allora si accorse che la stanza vacillava e che le sue ginocchia minacciavano di cedere di nuovo, ma non l'avrebbe lasciata andare per nulla al mondo.

"Che diamine ti è successo?" le chiese, sorreggendosi al bancone, senza darlo troppo a vedere, mentre si accendeva una lampada.

"Sto bene" rispose Selena con piglio sicuro, sistemandosi sulla sedia. "Tu non dovresti… alzarti." Sembrava faticasse a respirare regolarmente.

Sollevata dal suo fardello, Vonnie era tornata alla sua calma efficienza: aveva acceso la luce, aperto l'acqua e rovistava rumorosamente nei mobili, aprendo e chiudendo gli sportelli, alla ricerca, probabilmente, di un kit di primo soccorso.

Ma, da quello che vedeva Theo, Selena aveva bisogno di qualcosa di più. "Dove sei ferita?" chiese sollevandole la camicia con una mano mentre con l'altra continuava a sorreggersi al bancone.

Il fatto che, dopo essersi opposta fino a pochi istanti prima, adesso gli permettesse di sollevarle la camicia la diceva lunga su quanto fosse debole: infatti reclinò la testa contro il muro che aveva dietro, le palpebre che vibravano e lo lasciò fare, per così dire.

Theo non spogliava una donna da più di un anno ma in quello staccare (letteralmente) la camicia intrisa di sangue dal suo corpo non c'era niente di lontanamente erotico. Sotto i brandelli di cotone sottile trovò dei tagli profondi sulla spalla sinistra, poco più in alto del seno. Notò anche, quasi in automatico, che indossava della lingerie piuttosto ricercata, una cosa ben strana in quel mondo, con delle coppe rosa di pizzo, una delle quali ora era imbrattata di rosso scuro.

Graffi di *ganga*, profondi e frastagliati.

"Togliti di mezzo" gli ringhiò Vonnie, facendosi spazio. Theo ubbidì e la donna trasalì spaventata alla vista di quelle quattro brutte ferite. "Mio Dio" sussurrò. "Selena devi farla finita. *Devi smettere.*"

L'altra sibilò qualcosa, per rispondere o forse per il dolore, e poi mosse la testa da destra a sinistra come a dire "no". Ma questo non impedì a Theo di chiedere: "Di fare che cosa?"

Cosa poteva esserci di tanto importante da dover uscire fuori dalle mura di notte? Da sola? Persino Theo, che di pazzie e cazzate ne aveva fatte tante nel corso degli anni, si sarebbe guardato bene dal provarci.

"Stavolta devo mandare a chiamare Cath" balbettò Vonnie guardando le ferite senza azzardarsi a toccarle e stringendo in mano un panno bagnato e fumante che gocciolava.

"*No.*"

"Chi è Cath?" chiese Theo, facendo spostare Vonnie in modo da poter esaminare i tagli. Aveva visto e curato diverse persone ferite dai *ganga* negli ultimi cinquant'anni e quelli erano i fortunati.

Le lesioni riportate da Selena erano profonde ma non mortali, da quello che vedeva. A meno che non si infettassero, un rischio piuttosto alto considerando quanto erano sporchi quegli artigliacci. E servivano dei punti, probabilmente. "Cosa avete da metterci?" chiese, prendendo il panno caldo dalle mani di Vonnie. "C'è dell'alcol?"

"Cath è la cosa più simile a un dottore che abbiamo" rispose Vonnie, riprendendosi, quando Theo iniziò a tamponare le ferite. "Ecco. Abbiamo questo unguento, vado a prendere le bende." Poggiò un vasetto senza tappo sul bancone accanto a loro e sparì.

"Già" disse Selena, la voce tesa, tirando su la testa, dopo il "no" enfatico di prima. A parte quello, non fece una piega mentre Theo le abbassava la spallina del reggiseno. "Cath salva quelli che possono essere salvati, mentre io guardo morire gli altri."

La spallina afflosciata calò lungo il braccio tonico: aveva muscoli allungati e femminili, notò Theo, poi lo sguardo scivolò verso una delle coppe rosa di pizzo che, allentandosi, mostrava uno scorcio del bel seno. "Le unghie di *ganga* spesso danno infezione" spiegò, desiderando ardentemente che Elliott fosse lì. "Ci vogliono dei punti. Hai qualcosa per pulire le ferite, Vonnie?"

La voce dell'uomo era calma, quasi perentoria ma la cosa che lo faceva veramente impazzire era pensare che Selena fosse stata così vicina a un *ganga*. Tanto da poter essere fatta brandelli e divorata. "Che diavolo ci facevi là fuori?"

Selena serrò le labbra, voleva guardarlo, ma non ce la fece.

La faccia, sporca e imbrattata di sangue era terrea, o almeno così pareva nella luce scarsa. Le lunghe ciglia folte si muovevano rapide sulle guance e gli spessi capelli lisci erano incollati al mento e alle tempie. Quando Theo li spostò, scoprendo le spalle esili e la nuca elegante, notò che, attorno al collo, portava una cordicella lunga e sottile che spariva sotto l'ascella, come se vi fosse attaccato un pendente che era caduto di lato.

Lei dovette accorgersi che l'aveva notata o forse Theo aveva inavvertitamente tirato la cordicella, comunque Selena si drizzò di scatto, andando a coprirsi il seno con la mano, facendola poi scivolare lungo la corda. "Dovresti essere a letto" ripeté.

Gli rivolse uno sguardo dall'alto in basso: fiero, feroce e determinato.

"Sto molto meglio di te" ribatté l'uomo, trattenendosi a stento dal guardare cosa pendesse da quella cordicella che lei voleva nascondere. Non le avrebbe dato quella soddisfazione.

"Io non ero mica morta tre giorni fa."

"No, ma hai rischiato di esserlo stasera. Come diamine hai fatto a sfuggire a quei mostri?". La guardò. La pace e la serenità che aveva ammirato in lei ore prima, erano scomparse: ora la Signora della Morte era scarmigliata, chiaramente esausta e dolorante, eppure sfrontata. Per un attimo il suo sguardo le ricordò quello di Sarah Michelle Gellar in *Buffy*: insolente eppure stanca. Stanca del mondo.

Ma Selena non era una cacciatrice di vampiri e neanche di zombie, in effetti. Eppure rimaneva il fatto che era stata vicinissima a loro e ne era uscita con poco più di qualche graffio. Come?

Vonnie rientrò proprio in quel momento (a dire il vero lui non si era neanche accorto che se ne fosse andata). "Ecco" disse, posando sul bancone una bottiglia pesante. "Vodka."

Prima che Theo potesse aprire la bottiglia e versare l'antisettico sulle ferite sanguinanti, Selena chiese: "Puoi venire tu, Vonnie? Lui deve tornare a letto." Controllò il respiro e proseguì, faticosamente. "Continuo a non capire cosa ci faccia alzato."

"Cercavo il cesso" rispose, atono. Il dolore le contrasse ancora il viso e il flebile gemito con cui aveva concluso la frase, indicava che non si sentiva affatto meglio.

Non c'era motivo di continuare a discutere. Vonnie pareva aver ripreso il controllo della situazione e Theo non aveva ragione di trattenersi oltre. Prima se ne fosse andato, prima le ferite di Selena sarebbero state pulite e curate.

Non c'era bisogno di lui, né l'intera faccenda lo riguardava. Nel giro di un paio di giorni sarebbe andato via.

"Punti di sutura" ripeté perentorio, girandosi e rendendosi conto che, nell'ultima mezz'ora, le ginocchia avevano riacquistato le forze. Tuttavia, ai margini del suo campo visivo c'era una sorta di nebbiolina poco incoraggiante: forse il letto non era una cattiva idea.

"Ci penso io" lo rassicurò Vonnie, la voce ferma come quella di Selena. "Torna a letto ora, il bagno è di strada, il corridoio sulla destra."

Theo lanciò un'ultima occhiata a Selena e incrociò il suo sguardo determinato e insolente, più impenetrabile di un muro di mattoni.

Eppure, continuava ad arrovellarsi, che diavolo si nascondeva dietro a quello sguardo?

Quando Theo riaprì gli occhi, fuori dalla finestra splendeva il sole. Si mise seduto, stavolta senza problemi, scrollandosi di dosso gli ultimi residui di sogno, vaghe immagini della sua Sage dai capelli ramati, degli occhi arancioni dei ganga e di spalle deturpate da ferite.

Non sapeva dire cosa gli desse più fastidio.

Un rumore distante di qualcosa che si rompeva seguito da un'imprecazione, oltre quella che aveva cominciato a considerare la sua camera d'ospedale, attirò la sua attenzione.

"Maledetti zombie!" esclamò una voce burbera. Chiunque fosse, sbatté la porta e mosse alcuni passi pesanti, come se indossasse dei grossi stivali, a pochi metri da lui. "Non so più che accidenti fare…" La frase sfumò in un mormorio inintelligibile ma chiaramente alterato, mentre l'uomo si muoveva rumorosamente sbattendo qua e là. "Maledetti cosi!"

Curioso, come avrebbe potuto esserlo di spiare un leone di montagna che giocava con la preda, Theo si lasciò scivolare sul pavimento, tendendo l'orecchio. Sceso dal letto e uscito dalla sua "camera", seguì la voce, ripercorrendo a piedi nudi il cammino che portava alla cucina, dove trovò un uomo anziano che rovistava con notevole energia fra la roba stipata in una dispensa.

Nonostante l'età, doveva avere un udito eccellente, o magari un sesto senso che lo avvisava quando qualcuno gli arrivava alle spalle, perché si voltò di scatto non appena Theo entrò nella stanza, convinto di non aver fatto alcun rumore.

"E tu chi diavolo sei?" chiese l'uomo, girandosi verso Theo e trapassandolo coi suoi occhi grigi e penetranti. Indossava un paio di pantaloni da lavoro verde militare e una camicia dello stesso colore, tesa sul ventre, prominente, anche se l'uomo non era affatto grasso. La testa era coperta di corti capelli bianchi, ispidi come il suo carattere. Le maniche arrotolate lasciavano intravedere braccia sorprendentemente muscolose. "Chi sei, uno degli amici di Selena?"

"Sono Theo" rispose, realizzando stupito che quell'uomo doveva avere dieci anni buoni, se non venti, più di lui e suo fratello. Poteva avere novanta o anche cento anni. Non molti potevano vantare un tale record.

L'uomo aveva già perso interesse per lui ed era tornato a rovistare nella dispensa, borbottando con quel tono burbero e nasale. "Nessuno mi dice mai niente, qui. Fortuna che me ne frego, io."

Qualcosa saltò fuori dal ripostiglio e rotolò sul pavimento, seguito da un'altra litania di imprecazioni dell'uomo.

Prima che Theo potesse offrire aiuto, arrivò Vonnie.

"Cosa cerchi, Frank?" domandò, le mani sui fianchi, in quell'atteggiamento ancestrale tipico delle massaie.

"Eh?"

"Cosa cerchi?" ripeté più forte.

"Uno stramaledetto paio di pinze" rispose. "E non serve che urli, porco cane. Devo aggiustare quel cazzo di recinto attorno al-"

"Sono lì" lo interruppe Vonnie e aprì un cassetto.

A Theo non sfuggì lo sguardo eloquente che la donna lanciò a Frank, quello sguardo accompagnato da labbra serrate come a intimare: "Sta' zitto!".

L'uomo non se ne accorse o se ne fregò perché continuò la sua tirata. "Quegli zombie bastardi non fanno altro che calpestare il mio ca-"

Le pinze sbatterono sul bancone della cucina. "Frank" urlò Vonnie. "Hai già fatto colazione?"

"Ma che colazione, ho preso il mio maledetto caffè, come sempre" bofonchiò, prendendo con malagrazia l'attrezzo. "Tsk, colazione. Quando mi alzo io non c'è nessuno in giro che me la prepari. Tutti che dormono fino a tardi, perdendosi metà della giornata."

Theo era entrato in cucina, intanto, incuriosito al contempo da quel concentrato di energia vestito di verde smorto e dalla voglia di capire cosa Vonnie gli stesse nascondendo. Lei lo guardò con sufficienza, ma prima che potesse parlare, Theo chiese: "Come sta Selena?"

"Che ha fatto Selena?" incalzò Frank, fermandosi per la prima volta. Ma quello era sordo o no? Theo non ci capiva niente.

"Sta bene" rispose Vonnie, con l'aria di chi cammina in bilico su un filo.

"Non capirò mai perché diavolo si vada a immischiare con quegli stramaledetti zombie" borbottò il vecchio, ma più che una critica, il tono tradiva una genuina e accorata preoccupazione. "Ma perché non li lascia stare?"

Theo ostentò un'aria vaga, certo che, se avesse mostrato interesse, Vonnie avrebbe subito troncato il discorso, impedendo a Frank di lasciarsi sfuggire altro. Si rese anche conto di essere curiosissimo di scoprire che diavolo succedeva in quel posto.

Osservò Frank calcarsi in testa un vecchio berretto da baseball e afferrare un fucile, che era appoggiato in un angolo. Uscì dalla cucina, brandendo le pinze, con passo deciso, anche se vagamente risentito, ma a una velocità tale da lasciare indietro molta gente con la metà dei suoi anni. Theo si trattenne a stento dal seguirlo.

"Le hai messo i punti, poi?" chiese, sedendosi su uno sgabello presso il bancone della cucina, mentre Vonnie si arrabattava vicino al lavello.

Per un attimo fu travolto da un'ondata di ricordi del passato, da una nostalgia che non sentiva da tempo. E si ritrovò catapultato nella cucina gialla e verde di sua madre, inondata dal sole.

Lui e suo fratello sedevano al bancone, prima di andare a scuola, mentre lei preparava loro la colazione: farina d'avena, uova o altro. Il padre prendeva una tazza di caffè al volo, mentre usciva per raggiungere l'ospedale e il laboratorio che dirigeva. Passando arruffava loro i capelli con affetto. La sorella maggiore era già al lavoro e quindi non dovevano fare a gara con lei per usare bagno.

Quando poi erano andati al college e ogni tanto tornavano a casa a farle visita, la mamma li faceva accomodare lì per parlare, mentre preparava la cena, vietando loro di tenere laptop e iPhone a portata di mano. Se qualcuno si azzardava solo a pensare di toccare una tastiera, rischiava seriamente di cenare con fegato freddo e cipolle, oppure con fagioli di Lima e un cereale terribile, ma molto salutare, chiamato quinoa. Minaccia che una sera mise davvero in atto. Quando raggiunsero l'età, spesso offriva loro persino una birra o del vino per incentivarli a raccontare cosa c'era di nuovo nelle loro vite.

"Riesco a sapere qualcosa di voi solo guardando le vostre pagine Facebook" protestava, bonaria. "Non potete chiamare la vostra mamma e dirle che avete un nuovo lavoro, ma potete postarlo perché lo leggano cani e porci?"

Il ricordo di sua madre, col suo dottorato in Lettere, che diceva quelle cose brandendo un mestolo di legno sporco di sugo degli spaghetti, gli provocò una stilettata di dolore che lo lasciò senza fiato.

Sua madre e suo padre, la loro sorella maggiore, figlia del primo matrimonio del padre, erano morti durante il Cambiamento, per quanto ne sapevano lui e Lou. Ma dopo gli eventi catastrofici che avevano spazzato via il novantotto per cento della popolazione terrestre, cambiando addirittura l'assetto della terra e dei continenti, non c'era ragione di pensare altrimenti.

"Hai fame?"

La realtà tornò a imporsi, riportando Theo al presente, all'anno 2060, in cui aveva l'aspetto di un trentenne nonostante avesse vissuto per quasi ottant'anni.

"Qualcosina la mangerei volentieri" pigolò guardando Vonnie, che capì quanto stesse morendo di fame. Magari il vuoto che sentiva nello stomaco era dovuto a quello. O forse no. "Qualcosina di più sostanzioso di un brodo, se non ti è di disturbo."

Vonnie sorrise. "Uova e salsicce come le vedi?"

Theo le vedeva benissimo ma mentre Vonnie accumulava uova strapazzate su un piatto, si rese conto che non aveva risposto alla sua ultima domanda su Selena. Anziché farglielo notare, decise di adottare una strategia diversa.

Quelle non erano uova, era ambrosia: leggere e spumose, salate a puntino. E le salsicce erano senza budello e arrostite come carne macinata. Gli pareva di non aver mai assaggiato niente di così buono. Vonnie gli versò poi una tazza di tè caldo, che a Theo non era mai piaciuto molto, ma scoprì che, con un po' di miele, quasi gli piaceva, a dispetto del retrogusto erbaceo.

"Buonissimo, davvero. Sei tu che cucini per tutti qui?" chiese, convinto che il cibo fosse il mezzo per arrivare al suo cuore: lodare le doti materne, era spesso la strada per raggiungere il cuore di una donna, specie una come Vonnie.

"Faccio quello che posso" rispose, urtando la cucina coi fianchi generosi, nel tentativo di prendere qualcosa.

Quando c'era lei in giro, la cucina non avrebbe mai potuto essere silenziosa: clangore di pentole, posate che tintinnavano, cose che cadevano a terra o rimbalzavano nel lavello… era la personificazione del 'presto e bene non stanno insieme' ma in un modo adorabile.

Theo la osservò far cadere due volte un tovagliolo e poi allungare troppo precipitosamente un braccio per prendere una mela dal cestino al di là del bancone e, nel tragitto, urtare il sale.

"Oops" esclamò prendendone un pizzico e buttandoselo oltre la spalla, quindi riprese a fare le proprie cose.

Theo era più che divertito, si sentiva così tanto a casa che faceva male. Un dolore che andava dritto allo stomaco. "Per quante persone devi cucinare?" chiese, lanciando uno sguardo bramoso alla scodella con le uova intere.

Vonnie dovette accorgersene perché ne afferrò tre, le ruppe in un'altra ciotola e si voltò per prendere il bricco del latte. "Dipende. Ci siamo io, Selena e ovviamente Frank, lo hai appena incontrato, mangia come un bue, quello, e poi Sam il figlio di Selena e i suoi amici Tim e Tyler, e pure Andrew, quando c'è. A volte poi ci sono i familiari dei pazienti di Selena. Ma loro mangiano solo di rado."

E quindi Selena aveva un figlio. Chissà se c'era anche un signor Selena. E chissà che effetto gli faceva essere il marito della Signora della Morte. E se c'era perché non la dissuadeva dall'*immischiarsi* coi *ganga*?

"Coltivate voi tutto il cibo o c'è un mercato nelle vicinanze? Sai, io sono di Envy" aggiunse. "Lì abbiamo quasi tutto." Eccetto il cioccolato. Theo aveva viaggiato parecchio, svolgendo missioni per la Resistenza, ma non era mai arrivato a Yellow Mountain.

Non era nemmeno certo di dove si trovava. "Frank alleva galline e mucche e ha anche una capra e un bell'orto. Sam, Tyler e Tim lo aiutano a coltivarlo. Selena mi aveva detto che sei di Envy. È ben lontana. Come sei arrivato fin qui?"

"A saperlo…" sospirò Theo. "L'ultima cosa che ricordo è che mi trovavo a un giorno e mezzo di viaggio da Envy, in direzione dell'oceano e poi mi sono ritrovato qui. A proposito… dove siamo qui?"

"*Qui*" rispose Vonnie scodellandogli le uova nel piatto, "siamo a circa quindici chilometri dall'oceano e c'è un insediamento, lassù, a metà fra la costa e il Lago Isabella, Yellow Mountain, dove è possibile reperire molte merci. È lì che vivono Jennifer, Tyler e gli altri ragazzi. Circa sette chilometri da qui."

Theo non era sicuro di dove si trovasse il Lago Isabella o se fosse esistito prima del Cambiamento. Gli suonava vagamente familiare però, non appena fosse tornato a Envy, avrebbe cercato di trovarlo sulla versione rappezzata di Internet che aveva messo insieme con Lou. Avevano usato le cache di tutti i computer, mainframe e server, che erano riusciti a trovare nel corso degli anni, per creare una versione semi-funzionante del web, nel loro piccolo network privato. C'erano un'infinità di buchi ed errori 404 ma era meglio di niente.

I satelliti che lui e suo fratello, ma soprattutto lui, che non mancava di ricordarlo a Lou, erano riusciti ad hackerare subito dopo il Cambiamento, avevano smesso di funzionare da alcuni decenni. Tutti i dati (poco confortanti) che erano riusciti a raccogliere circa le condizioni del pianeta dopo il cataclisma, erano vecchi di almeno dieci anni e, da allora, la Terra si era di certo modificata ulteriormente. Alcuni mutamenti erano piuttosto significativi: la California era scomparsa quasi completamente e l'oceano ora arrivava a lambire quello che rimaneva di Las Vegas. L'intera linea della West Coast era cambiata drasticamente rispetto alle cartine con cui erano cresciuti.

Sulla East Coast andava persino peggio. E anche in Europa, Asia e Africa era il caos totale.

E poi c'era il nuovo continente, grande circa quanto il Colorado, emerso o formatosi chissà come nel bel mezzo del Pacifico.

Selena fece il suo ingresso proprio in quel momento. Passò in rassegna la stanza, registrando la presenza di Theo per poi spostare lo sguardo su Vonnie, mentre andava a prendersi un'arancia.

"Sembra che tu stia benone" disse guardandolo, mentre col pollice intaccava la buccia del frutto per poi toglierla.

L'odore fresco e aspro dell'arancia riempì l'aria mentre Theo la squadrava a sua volta. I capelli scuri e lucenti erano raccolti dietro la testa in una specie di crocchia disordinata, da cui sfuggivano un paio di ciocche ribelli che le ricadevano lungo la nuca e il collo. Lo sguardo era un po' sofferente, come se fosse stanca o preoccupata, ma il volto non tradiva alcuna tensione. I suoi movimenti parevano molto fluidi, considerando le lacerazioni che aveva visto la notte prima. Che fosse un caso o meno, indossava una camicia che le copriva completamente il torso e l'uomo non poteva dunque valutare la condizione delle ferite. Ma Theo confidava nel fatto che Vonnie si fosse presa cura di quella donna per cui nutriva, chiaramente, un profondo affetto.

"Anche tu" le rispose dunque, distogliendo lo sguardo dai seni grandi come mele che facevano capolino dallo scollo della semplice tunica di lino che indossava. Lo sguardo di Theo scivolò lungo la curva delle cosce snelle, fasciate da jeans che avevano visto giorni migliori e non c'era da stupirsene: dato che nessuno produceva più i Levi's, dovevano avere almeno cinquant'anni.

I piedi magri e, stranamente, nudi avevano lo stesso incarnato color miele, dorato, del resto del corpo, la curva della pianta era elegante, le dita esili e le unghie laccate di rosso.

Smalto *rosso*?

Theo li guardò di nuovo. Non vedeva una donna con lo smalto per unghie da mezzo secolo. Distolse lo sguardo da quell'anacronismo e si accorse che Selena lo fissava, ma non commentò tutto quell'interesse per le sue dita dei piedi. Forse pensava stesse guardando il pavimento.

"Mi sembrava di aver visto un ragno" disse Theo, che poi si chiese perché si preoccupasse tanto. "Lì sul pavimento." Pareva che la bocca parlasse da sola.

Selena strillò, si irrigidì e si mise a saltellare. "Davvero? Non lo schiacciare!"

Sforzandosi di non sorridere, Theo rispose. "No, mi sono sbagliato."

"Meno male" ribatté pronta, riprendendo il controllo di sé. Theo fece ancora più fatica a non ridere di quel cambiamento repentino. "I ragni non mi piacciono ma non c'è bisogno di ucciderli, basta buttarli fuori."

"Non mangerai solo quello?" intervenne Vonnie.

"Mi basta" rispose Selena, sventolando l'arancia a cui, ora, mancavano tre spicchi. "Devo andare a controllare un paio di cose."

E prima che qualcuno potesse ribattere, era scomparsa nella stessa direzione da cui era venuto Theo.

"Quella" sospirò Vonnie scuotendo la testa. "Mangia meno di un uccellino."

"Non sembra deperita, però" osservò Theo, deluso di non essere riuscito nemmeno questa volta a vedere come riempiva il lato B di quei jeans: purtroppo la tunica era lunga e lei era sparita senza dargli nemmeno il tempo di provarci.

Di nuovo si sorprese del fatto che provarci gli interessasse così tanto.

Era passato un bel po' di tempo dall'ultima volta che si era interessato alle curve di una donna che non fosse una rossina timida e formosa con una lentiggine sul labbro. Sentì una morsa allo stomaco mentre cercava di respingere quel pensiero.

Era una storia chiusa, finita. Lei non lo aveva voluto.

"No, Selena non è deperita ma è così schizzinosa... Non mangia quasi niente... Niente carne, pochissimo latte e formaggio. Solo frutta e verdura, noci e semi. Come un uccellino. Ha sempre fatto così."

Ecco perché il suo corpo era così snello e tirato, pensò Theo, chiedendosi poi com'è che erano arrivati a parlare della dieta di Selena.

"E il papà di Sam?"

Vonnie lo fissò, prendendo atto della sua curiosità. "Non se ne sa più niente. E se vuoi il mio parere, è meglio così."

Beh, quella era una buona cosa, forse. "Da quanto conosci Selena?"

"Fin da quando era piccolissima. Sono stata io a trovarla, in mezzo a quel disastro."

Quelle parole lo raggelarono. "In mezzo a cosa?"

Per la prima volta da quando era entrata nella stanza, Vonnie si fermò e gli si piazzò davanti, dall'altro lato del bancone." "Nel bel mezzo del Cambiamento. Avrà avuto sì e no due giorni, è un miracolo che sia sopravvissuta. Una cosina minuscola con una testolina di capelli scuri. Poco più grande di un gattino e completamente sola."

Un groviglio di pensieri lo investì come uno sciame di missili cruise, ma uno sopra tutti raggiunse il centro della sua mente e lì si fermò. *Porca miseria. Selena ha cinquant'anni? Impossibile!*

Prima ancora che Theo riuscisse a formulare un concetto coerente, Vonnie aveva ripreso ad affaccendarsi, coi suoi modi fin troppo esuberanti. "Ma eri una bambina anche tu." Era vero: a vederla così non dimostrava più di sessant'anni.

Gli rivolse un sorriso luminoso. "Sei molto gentile, Theo. Avevo undici anni e in qualche modo noi, beh, l'abbiamo sfangata. Siamo riuscite a sopravvivere: ho trovato dei pannolini e imparato ad aprire le bottiglie del latte artificiale. Abbiamo vissuto in un vecchio Walm-, insomma in un supermercato. È stato davvero un miracolo, se ci pensi, ma avevo uno spirito guida ad aiutarmi. La consideravo il mio angelo custode.

In quell'istante si sentì il rumore della porta sul retro che veniva spalancata senza tante cerimonie, rumore seguito da una litania di imprecazioni che annunciò l'arrivo di Frank.

"Che c'è ancora?" sbuffò Vonnie, con quell'aria a metà tra il seccato e l'affettuoso. Lo stesso che usava la mamma di Theo col padre quando ritornava dal garage o da qualche altro lavoretto a cui si stava dedicando, con un umore simile a quello di Frank.

"Quel maledetto recinto elettrificato attorno all'orto è andato di nuovo in blocco o qualcosa del genere" mugugnò l'uomo. "Vedo se trovo qualcosa per aggiustarlo."

Theo schizzò in piedi ancor prima di rendersene conto, cosa che era accaduta fin troppo spesso da quando si era risvegliato dalla sua ultima morte: il suo corpo prendeva il sopravvento oppure la bocca diceva cose che lui non aveva pianificato di dire. Magari quando Selena lo aveva riportato in vita era successo qualcosa. "Posso darti una mano, forse" azzardò.

Frank gli lanciò uno sguardo obliquo pieno di sospetto. "Beh, allora muoviti. Non ho mica tutto il giorno, io. Andiamo a darci un'occhiata."

Per qualche strana ragione, Theo sentì lo stesso moto di orgoglio di quando, all'età di quindici anni, fu ingaggiato per il suo primo lavoretto, ovvero sistemare i carrelli al supermercato.

Una volta all'aperto, Theo seguì l'uomo che, nonostante l'età, aveva un passo più svelto e sicuro della maggior parte della gente che conosceva. Erano usciti dalla porta sul retro della cucina e ora attraversavano un enorme prato.

Era la prima volta che Theo vedeva quel luogo e non poté fare a meno di chiedersi che cosa fosse prima del Cambiamento. L'edificio da cui erano appena usciti era una casa enorme, non proprio un condominio, ma una villa di notevoli dimensioni, in stile spagnolo.

L'edificio era fatto di mattoni ricoperti di stucco, ed era per quello che, probabilmente, era rimasto in piedi, e l'architettura aveva uno stile tipico del sud ovest: una costruzione lunga e bassa, alta tre o quattro piani, con ampie tettoie che schermavano un po' il sole impietoso.

Theo notò subito un'enorme recinzione che passava davanti alla casa per poi perdersi in lontananza. Era fatta di mattoni e proseguiva fin dove arrivava l'occhio, girando attorno al cortile e innalzandosi per tre metri buoni. C'erano delle crepe e delle falle ma era stata mantenuta abbastanza bene da tener fuori i *ganga*.

Si chiese come avessero fatto quelli che avevano attaccato Selena a entrare... o magari era uscita lei. Forse c'era un punto di accesso che da lì non era visibile, fra gli alberi e i cespugli di quello che pareva un parco? Il cancello in ferro battuto, che forse originariamente era l'entrata di quel posto, era ancora in piedi. Chissà cos'era prima... un ranch? Una tenuta di qualche genere?

E cos'era che sbucava al di sopra delle cime degli alberi? Una *ruota panoramica*?

Theo fece una pausa e poi guardò di nuovo, sconvolto, cercando di capire se i suoi occhi lo stavano tradendo. Ma porca miseria, sembrava proprio la ruota di un luna park.

"E allora?" lo richiamò Frank, distogliendolo dai suoi pensieri. "Stiamo perdendo tempo."

"Che posto è questo?" domandò Theo trotterellando per stare dietro al vecchietto. Raggiunsero il retro della casa, passando davanti a quello che un tempo era stato un enorme garage con almeno cinque posti auto e, oltre quello, una stalla con un recinto con diverse galline e due mucche che brucavano. E poi vide l'orto.

Chiamarlo orto era riduttivo. "Cavolo, Frank, tu sì che hai il pollice verde!" esclamò Theo alla vista di almeno dieci filari di cereali a diversi stadi di crescita, oltre a una varietà di altre piante che non era certo di saper riconoscere. C'erano di sicuro pomodori e peperoni. Quelle col ciuffo erano carote? E quelle cose a mo' di vite dovevano essere cetrioli oppure zucche.

Il terreno coltivato copriva almeno due acri e il tutto era circondato da una recinzione un po' raffazzonata che sembrava costruita con mezzi di fortuna, un po' come il nuovo Internet che aveva costruito con Lou. C'erano fili di diversa lunghezza e spessore, pali di legno, di plastica e addirittura colonnine di cemento. Persino una vecchia auto rovesciata sul fianco. "Wow!" esclamò Theo. "E te ne occupi da solo?"

Frank lo guardò aggrottando la fronte. "Non fare lo splendido, pivello. Era molto più grande prima, ma io non riesco più a fare quello che facevo un tempo. E quei ragazzini preferiscono andarsene a Yellow Mountain o sulle rovine piuttosto che aiutarmi."

Theo avrebbe voluto spiegarsi meglio, ma l'uomo ripartì a tutta birra borbottando qualcosa circa gli adolescenti che non cambiavano mai. Raggiunsero l'angolo del recinto dove era installata la scatola dei fusibili.

"Continua ad andarmi in corto" bofonchiò colpendola con la mano robusta. "Non riesco più a vedere i fili come una volta, dannazione, c'è troppa luce."

Theo si accucciò presso la scatola ed esaminò l'impianto. Sebbene la sua specialità fossero i circuiti integrati e le schede madri, si era, per così dire, fatto le ossa con ogni tipo di congegno elettrico, da quello per aprire la porta del garage, all'apriscatole, fino alla macchina per cucire della mamma. Nell'ultimo caso non aveva avuto molta fortuna, ma, grazie al cielo, sua madre cuciva di rado a macchina e lo aveva perdonato.

Si sfidava sempre col fratello a chi riusciva a ricostruire qualsiasi cosa più velocemente e magari apportando qualche miglioria. Si erano specializzati in elettronica informatica che ancora andavano alle medie e per i loro genitori era stato un sollievo. Probabilmente loro non erano mai venuti a sapere delle gare di hackeraggio, né di quella volta in cui Theo aveva modificato e truccato un vecchio trattorino tosaerba, col quale era finito in un fosso, quando aveva provato a saltare una griglia a gas accesa.

"Chi l'ha fatto?" chiese Theo, ammirando quel congegno un po' complicato ma ben organizzato che includeva dei pannelli solari per apportare energia elettrica. Chi l'aveva realizzato sapeva il fatto suo, anche se, a quanto pareva, il lavoro originale risaliva a diversi anni prima.

"Nessuno ci capiva niente, quindi l'ho aggiustato io" ribatté Frank, un po' sulla difensiva. "Facevo il meccanico, una volta."

"Wow" esclamò di nuovo Theo: a quanto pare quest'uomo sapeva fare praticamente tutto. "Hai per caso una pinza tagliafili? Credo di aver trovato il problema." E aveva anche capito perché Frank non poteva aggiustarlo: il filo difettoso era in un angolino nascosto, tanto che persino lui aveva avuto difficoltà a scorgerlo.

Frank gli porse l'attrezzo senza fare domande e mentre Theo lavorava, attraversò un cancelletto e si mise a togliere le erbacce attorno a delle piante che a Theo erano vagamente familiari. Poi il loro profumo fresco si sparse nell'aria e riconobbe il coriandolo.

"Fatto!" dichiarò con una certa soddisfazione. "Attento che provo a farlo andare." Girò la manopola e sentì il lieve ronzio della corrente e poi guardò Frank che faceva una prova.

Si sentì prima uno schiocco secco e poi un vago odore di fumo mentre l'uomo più anziano ridacchiava. "Bel lavoro, pivello. È persino più potente di prima. Non so come, ma hai fatto davvero un ottimo lavoro."

Ovviamente Theo non accennò al fatto che riusciva a produrre energia elettrica grazie al circuito integrato che aveva impiantato nella schiena. Usarlo come fonte di energia e incanalarla lo sfiancava, quindi era un "superpotere" a cui ricorreva solo in casi estremi. Come quando era rimasto intrappolato in un supermarket circondato da alcune dozzine di ganga e aveva usato l'energia per accendere un lettino solare da usare come scudo. Rise tra sé: quello sì che era stato eccitante.

"Insomma, che posto è questo?" ripeté Theo, raggiungendo Frank nell'orto e accucciandosi presso il filare di fronte. Fragole: rosse, dolci, succose, scaldate dal sole. Ne prese una e se la mise in bocca.

"Di che diavolo parli?" chiese, socchiudendo gli occhi per la luce, nonostante avesse il cappellino.

"Voglio dire, questa casa, il cortile… che cos'erano prima del Cambiamento? Sembra una specie di enorme ranch. Ed è una ruota panoramica quella là?". All'improvviso, Theo moriva dalla voglia di darsi un'occhiata in giro. Che diamine, una cazzo di ruota panoramica. A Envy c'era un otto volante che aveva fatto parte del New York New York di Las Vegas, ma era andato distrutto nel Cambiamento.

Frank aveva già ripulito dalle erbacce metà del filare di coriandolo, mentre Theo era lì che combatteva con quelle piantine ostinate che infestavano le fragole. Diamine, quel vecchietto lo stracciava, era una specie di macchina. "Che cosa?" proseguì, senza quasi alzare gli occhi dal proprio lavoro.

Theo gli si avvicinò e ripeté la domanda. Guardò la casa alle sue spalle. Sul cancello pareva esserci una scritta: da dove si trovava leggeva le lettere al contrario e molte mancavano, ma riconobbe una grossa B e forse una P o una R.

"Questo ranch enorme apparteneva a uno famoso, prima. Doveva avere tanto spazio da non sapere che farsene e allora ci ha messo pure un luna park come quel tizio coi guanti, Jackson."

Theo aggrottò la fronte, come se tutto quello gli rammentasse vagamente qualcosa. "Ti ricordi come si chiamava?"

Frank lo guardò con aria scocciata. "Certo che me lo ricordo il suo stramaledetto nome. Lavoravo per lui, aggiustavo le sue macchine. Che diavolo hai lì?"

Theo capì che Frank si riferiva al drago rosso che gli copriva il polso e il braccio. "Un tatuaggio" rispose con aria incerta… insomma, gli pareva abbastanza ovvio, ma non sapeva cos'altro dire. Non specificò che era una femmina e che la chiamava Scarlett.

Non disse neanche che ne aveva un altro sulla schiena. Se l'era fatto fare circa tre anni dopo il Cambiamento da una sopravvissuta che aveva il corpo ricoperto di tatuaggi e che l'aveva disegnato in modo che l'occhio combaciasse con il chip di metallo.

Scarlett, che si stendeva lungo il braccio destro fino al polso, risaliva invece a quando era al college e gli era sembrato giusto, poi, farsi fare un tatuaggio abbinato per celebrare il cambiamento subito dal suo corpo e il superpotere che ne era venuto. Lou lo aveva preso in giro per mesi, dicendo che avrebbe dovuto piuttosto tatuarsi una grossa "E" sul petto e andarsene in giro facendosi chiamare *Electric Man*.

"Brad Blizek" borbottò Frank, passando a occuparsi delle piante di pomodoro.

Theo rischiò di perdere l'equilibrio. Brad Blizek? Quella era stata la casa di Brad Blizek? Si alzò in piedi per guardare meglio l'edificio e poi girò su se stesso per osservare il resto.

Brad Blizek era stato lo Steve Jobs della generazione di Lou e Theo: in effetti, quando era giovane, Jobs gli aveva fatto da mentore e lo aveva preso con sé alla Apple. In seguito però Blizek era andato a lavorare col guru dei videogiochi, John Carmack, e infine aveva creato una propria azienda, la UniZek. Erano stati i primi a usare il ray tracing nei videogame.

Ricco e indipendente già a trent'anni, Blizek era un nerd, fiero di esserlo, che non si perdeva una sola fiera del fumetto o della fantascienza e ne organizzava addirittura una tutta sua nel suo ranch privato, il *buen retiro* nel sud dello Utah che lui aveva ribattezzato ironicamente Blitzek Beach, nonostante non ci fossero spiagge in giro, ma solo basse montagne verdi e violette.

Che era, doveva essere, il luogo dove Theo si trovava in quel momento. A togliere erbacce dalle fragole.

Porca miseria.

Guardò di nuovo la casa. Chissà se qualcuno dei computer e delle attrezzature di Blizek esisteva ancora. E chissà se funzionavano. Il pensiero gli fece quasi venire l'acquolina in bocca.

"Ehi, ciao."

Theo si voltò, trovandosi davanti una ragazza. Si alzò in piedi apprezzando le lunghe gambe abbronzate, lasciate scoperte da shorts ridottissimi e la camicia bianca tesa su un seno davvero notevole. I capelli castano chiaro le sfioravano le spalle, arricciandosi in folte ciocche dietro le orecchie.

"Ciao" rispose Theo, non riuscendo a trattenersi dal darle un'altra occhiata. Certo che venivano su bene lì a Blizek Beach: una specie Wonder Woman o Xena in carne, ossa e belle curve.

"Sei nuovo qui" disse, ed entrambi risero. La sua risata era spensierata e argentina. "Mi chiamo Jen."

"Theo" rispose, abbassando lo sguardo per osservarle i piedi. Portava dei sandali e una cavigliera molto sexy. Jen dimostrava circa venticinque anni ed aveva, quindi, tecnicamente, quarant'anni meno di Theo. Ma aveva forse importanza? Dal modo in cui lo guardava, per lei, sicuramente no.

"Da dove vieni?" proseguì, chinandosi per cogliere una fragola.

Theo non poteva sapere se lo fece apposta, ma quando si chinò, a qualche metro da lui, gli offrì una perfetta visuale del suo bel culetto rotondo, forse pure qualcosa di più di quanto fosse appropriato, perché quei pantaloncini erano *davvero* corti. Theo trattenne un sorrisetto: non che gli dispiacesse.

In fondo…

Il pensiero lo colpì come la proverbiale tonnellata di mattoni: *poteva guardare quanto voleva*. Poteva ammirare e flirtare. Poteva fare anche molto di più, porca miseria, senza sentirsi in colpa per Sage.

Non aveva scelto lui e non c'era alcuna possibilità di stare insieme.

E in fondo non c'era mai stato nulla da tradire, almeno da parte di lei. Ma lui era stato, o forse era ancora, innamorato, e quando si sentiva così, non ci poteva essere nessun'altra.

Ma ora era più che libero di considerare e gustare altre opportunità.

Mentre quel pensiero si faceva spazio nella sua mente, nonostante il senso di vuoto che gli artigliava il petto, Theo provò a rivolgere a Jen un sorriso caloroso. "Vengo da Envy, ma non so bene come sono arrivato qui. So solo che è stato Sam a portarmi da Selena."

Jen lo squadrò da capo a piedi. "Beh, non si direbbe che tu stia stato male." Sorrise e, wow, si passò rapidamente la lingua sulle labbra. Giusto per attirare l'attenzione, senza essere troppo esplicita. "A me sembri piuttosto in salute."

Theo sostenne lo sguardo di lei abbastanza da farle intendere che aveva capito, poi lo distolse. Era una sensazione strana, ma l'avrebbe superata: in effetti, quello era, probabilmente, proprio ciò di cui aveva bisogno. Un piccolo diversivo.

Poi gli occhi di Jen si fecero enormi e si portò una mano alla bocca. "Oddio! Non sarai mica... insomma, sai... non è che conosci uno dei pazienti di Selena?" Pareva in difficoltà. "Non è che qualcuno che conosci sta morendo, vero?"

"No" disse Theo, sforzandosi di restare serio. "Non conosco nessuno qui."

Socchiuse gli occhi e non solo per il riverbero del sole. "Allora sei qui per vedere Selena? O Cath? No perché non mi sembri un moribondo. O sì? Sai, insomma..." capitolò e accennò un'alzata di spalle. "La gente viene da Selena solo quando sta per morire."

Per qualche ragione, preferì non dirle che, dalla morte, era appena tornato. Magari il pensiero che fosse morto avrebbe messo un po' in difficoltà la ragazza. Almeno che non fosse appassionata di quei romanzi sui vampiri che andavano di moda prima del Cambiamento e considerasse un pregio l'essere un non-morto.

Quei libri in cui il ragazzo che pare avere la tua età in realtà ha centoventi anni.

Un po' come lui.

"Sto benissimo" la rassicurò.

"Si vede" ribatté, non rendendosi conto di averlo già detto poco prima. "Che figo quel tatuaggio che hai sul braccio."

Theo le sorrise e la guardò con un certo trasporto. Che bella sensazione: non lo faceva da troppo, troppo tempo. "Si chiama Scarlett. E sulla schiena ho un drago blu che si chiama Rhett."

Jen lo fissò senza capire.

"E allora? Avete intenzione di starvene lì tutto il giorno o intendete fare qualcosa di utile?"

Theo e Jen si voltarono: Frank li fissava con in mano un mazzo di erbacce dalle cui radici cadevano pezzi di terriccio.

"Uh, sì" fece Jen, aggiustandosi l'orlo della camicia e tendendola ancora di più sui seni pieni. "Meglio che vada a sentire se Selena ha bisogno di me, oggi? Ci vediamo stasera a Yellow Mountain, magari? Per sentire le storie?"

C'erano tre punti interrogativi di troppo, ma a chi poteva importare? Anche se non aveva idea di cosa stesse parlando, Theo immaginò che comunque non ci sarebbe stato molto altro da fare. "È probabile."

Jen gli rivolse un tenero sorriso e si allontanò, diretta alla casa."

"Passa più tempo a cercare vestiti, a guardarsi allo specchio e a chiacchierare che a fare qualsiasi altra cosa," bofonchiò Frank.

"Vive da queste parti?" chiese Theo tornando diligentemente alle sue fragole. Frank gli poggiò accanto un cestino dal chiaro significato e Theo iniziò a raccogliere i frutti più maturi.

"A Yellow Mountain, circa sette chilometri oltre la collina" rispose l'uomo più anziano. "In teoria dovrebbe venire a dare una mano a Selena, ma poi finisce per stare tutto il tempo a chiacchierare con Sam e Tim e così, quando c'è lei in giro, non combinano niente neanche loro."

Theo si sforzò di non ridere: gli pareva piuttosto normale per dei giovani con gli ormoni in subbuglio. Non aveva ancora incontrato Sam e Tim ma voleva farlo quanto prima, soprattutto perché, se non fosse stato per loro, sarebbe ancora morto.

Si fermò un attimo e ripensò a Lou. Maledizione. E mentre se ne stava lì sotto il sole cocente, le mani imbrattate di succo di fragola rosso, aprì di nuovo la mente verso il fratello.

3

Lou era al lavoro nel laboratorio sotterraneo dei computer, quando percepì un ronzio familiare trapassargli le spalle. Le mani smisero di muoversi sulla tastiera.

Theo! Pensò, aprendo la propria mente. *Sei tu?*

Sì.

Le dita di Lou ricaddero sui tasti facendo apparire una serie di lettere senza senso. Una sensazione di sollievo lo pervase. *Stai bene?*

Non era del tutto sicuro che Theo fosse davvero in grado di *decodificare* quei pensieri complessi, ma valeva la pena tentare. Dal suo punto di vista, gli pareva si comunicassero soprattutto delle *sensazioni.* Ma era passato più di un giorno dall'ultimo breve contatto col fratello e Lou aveva cominciato a temere di esserselo immaginato. Quindi risentire quella *sensazione* di nuovo, era un sollievo.

Sono sano e salvo.

Quel messaggio arrivò forte e chiaro. Concreto.

Lou aprì gli occhi e si vergognò un po' di scoprire che erano umidi e gli bruciavano. Non era ancora pronto a perdere Theo, non ancora. Grazie a Dio era vivo.

Bene, rispose Lou con forza e aspettò per sentire se il fratello avesse qualcos'altro da dirgli. Da quando tutta la storia con Sage era andata a rotoli, Theo era diventato un po' più taciturno, quasi reticente. E irascibile. Anche adesso taceva, ma Lou percepiva che la connessione era ancora aperta e si godeva quella sensazione confortante e familiare: la semplice consapevolezza che il suo gemello c'era.

Lou guardò lo schermo del PC: stava creando un nuovo programma per cercare di analizzare le informazioni numeriche contenute in un diario rubato agli Stranieri, il gruppo noto anche come *Elite*. Per quanto non l'avesse ancora interpretata, quella sequenza confusa di lettere e numeri gli dava, ironicamente, sicurezza.

Ora poteva concentrarsi, ora sarebbe riuscito a porre davvero attenzione al lavoro che, fino a quel momento, aveva usato come diversivo per respingere la paura di essere rimasto solo. Di nuovo.

Elsie era morta poco più di anno dopo il Cambiamento nel tentativo di dare alla luce il loro bambino, in un mondo dove non esistevano più pitocina, epidurale e parti cesarei d'emergenza. Ebbe la sensazione che la presenza di lei gli sfiorasse la nuca, sotto la coda di cavallo argentea.

Dove sei? Chiese a Theo.

Non ci crederesti mai.

Dove?

Sono nel ranch di Brad Blizek.

Lou sgranò gli occhi. *Porca puttana.*

Gli parve quasi di sentire Theo ridacchiare. *Do un'occhiata in giro. Poi ti dico.*

Aspetto dettagli quanto prima. Mi immagino un laboratorio tipo quello di Tony Stark, sai, no?

Anche io. A dopo.

Il ranch di Brad Blizek. *Forte.* Chissà se era rimasto qualcosa della sua attrezzatura? Baloccandosi con quel pensiero allettante, Lou tornò a rivolgere la propria attenzione allo schermo del computer e decise, di punto in bianco, che se era spettacolare anche solo la metà di quello che immaginava, voleva andarci anche lui. Qualunque cosa ne pensasse Theo.

"Cosa mi dici di quello nuovo, lì, Theo?" chiese Jen, sorpassando Selena nel corridoio che portava alla cucina.

"In che senso?" ribatté Selena. La ferita provocatale dai *ganga* sul petto le doleva e aveva anche una brutta abrasione nella parte bassa della schiena, che aveva accuratamente evitato di mostrare a Vonnie.

"Beh, non sta morendo e non conosce nessuno qui" proseguì la ragazza, senza far caso al tono dell'altra. "Che cosa ci fa qui, allora? Lo conosci? Resterà?"

Bella domanda. Selena scrollò le spalle e il gesto le provocò una fitta che la fece trasalire. "Non so se resta ma, a quanto ne so, gode di ottima salute."

"Oh sì" sospirò Jen soddisfatta. "E hai visto quel drago che ha sul braccio? Figata!"

Selena si morse la lingua per non menzionare quello ancora più *figo* che aveva sulla schiena e si limitò a un'altra scrollata di spalle, stavolta con maggior cautela. Sam era stato dietro a quella ragazza per un po', e lei gli aveva dato spago, ma Jen aveva ventitré anni, era bella e fin troppo volubile: non era decisamente pane per i denti di un povero sedicenne. Ma siccome lei lavorava spesso con Selena, la vicinanza aveva contribuito a far nascere quella che Vonnie aveva definito "una cotta coi fiocchi", bella e buona.

E ora, a giudicare dagli sguardi che lanciava attraverso la finestra all'orto di Frank, Jen aveva trovato un altro ragazzo, più adatto, con cui flirtare. Selena aveva visto Theo uscire insieme a Frank che, quasi sicuramente, lo aveva messo sotto con qualche lavoretto. Jen doveva averlo incontrato mentre attraversava la proprietà, venendo da casa sua, a metà strada tra il ranch e l'insediamento di Yellow Mountain.

Selena si chiese se, sotto il sole, Theo si fosse già tolto la camicia per il caldo e quel pensiero la sorprese. Non l'idea in sé, ma il fatto stesso che le fosse venuto in mente. Certo, Selena apprezzava un bel corpo maschile quando le capitava di vederne uno, ma di solito pensieri del genere non le spuntavano in testa dal nulla. Aveva più di cinquant'anni, per l'amor del cielo, e i giorni delle passioni sfrenate erano passati da un pezzo. Senza contare che avere un uomo nella sua vita era troppo pericoloso.

E comunque aveva altre cose a cui pensare. Cose che, per lo più, buttavano acqua sul fuoco della passione o del sesso.

Quale uomo avrebbe voluto dormire al fianco di una donna che se la intendeva con gli zombie per salvare le loro anime?

"Che c'è?" chiese Jen.

"Niente. Mi sono solo dimenticata che volevo controllare una cosa. Come sta Maryanna?"

Ma mentre la ragazza blaterava qualcosa circa la sua giovane paziente, Selena non riusciva a distogliere la propria attenzione dalla finestra. Si chiedeva come sarebbe apparsa la sua pelle olivastra, già scura di suo, con l'abbronzatura. Ricordava bene quella schiena liscia e muscolosa, il modo in cui si incurvava a formare le spalle squadrate, e i bicipiti torniti.

"Te lo ricordi?"

Selena sobbalzò e guardò Jen. "Scusami?"

"Hai promesso" le ricordò la ragazza. "Vonnie ci rimarrà male se rimandi ancora. E mamma e papà verranno qui, così puoi andare."

Giusto. Quella sera Vonnie sarebbe andata come ogni mese a Yellow Mountain per fare il suo piccolo spettacolo e raccontare delle storie. Nessuno degli abitanti delle zone circostanti, un centinaio almeno, si sarebbe perso per nulla al mondo l'arrosto di maiale e lo spettacolo, un po' perché Vonnie sapeva descrivere le scene a tinte vividissime con le parole, un po' perché era una scusa per stare tutti insieme e staccare un po' dal lavoro quotidiano.

"Sì, sì, verrò di sicuro." Sorrise, un po' forzatamente.

Non che non le piacesse partecipare e socializzare, ma doveva andarci piano con quel genere di cose, lo aveva imparato a sue spese quando stava a Sivs e poi di nuovo a Crossroads. Non poteva concedere a nessuno di avvicinarsi troppo, perché, appena la gente veniva a sapere cosa faceva, le cose si mettevano male.

Selena aveva molte persone che le volevano bene: c'erano Sam, Vonnie, Frank... tuttavia a volte si sentiva un po' sola perché non aveva un compagno. Qualcuno che non avesse bisogno delle sue cure, né la trattasse come una bambina. Solo… un suo pari. Qualcuno da ascoltare. Qualcuno con cui parlare, ridere e… fare altro.

Qualcuno che non aveva bisogno di qualcosa da lei.

Ma magari quella sera si sarebbe divertita e basta: avrebbe bevuto un goccio di vino e si sarebbe rilassata un po'.

Magari di vino ne avrebbe bevuto più di un goccio. Stranamente il suo sguardo tornò alla finestra. Sapeva cosa succedeva quando esagerava col vino, ma era passato tanto tempo… quanti anni? Tre? Quattro?

No, buon Dio, *sei*! Sei, perché l'ultima volta che si era concessa un po' di relax era il decimo compleanno di Sam. L'ultima volta in cui si era divertita.

Non c'era da stupirsi se era tesa.

Ma magari quella sera… quella sera si sarebbe concessa di fare soltanto quello che le andava.

Selena non riuscì a impedirsi di guardare ancora una volta fuori. C'era qualcosa di male se si metteva a flirtare con un uomo più giovane? Specie con uno come Theo? Fra l'altro lui non era di lì e con ogni probabilità non vi sarebbe rimasto a lungo.

"Chiederò a Theo se vuol venire" disse Jen. "Se vuol sedersi con noi."

Selena si distrasse, quei pensieri leggeri con cui si era baloccata scomparvero. *Già*. Theo si sarebbe trovato bene nel gruppetto di ragazzi con cui Jen stava di solito. Giovani, esuberanti e pieni di energia.

Si voltò. Era tanto che non si sentiva così.

Giovane, esuberante, piena di gioia di vivere.

Da quando aveva scoperto di trovarsi in quella che un tempo era stata la tenuta di Brad Blizek, a Theo erano passate per la testa diverse cose. A parte il fatto che potevano esserci in giro progetti non ancora realizzati o persino prototipi, partoriti da quella mente geniale (e l'idea di poterci mettere le mani sopra lo faceva praticamente sbavare), era ragionevole pensare che, nascoste da qualche parte, ci fossero delle apparecchiature tecnologiche all'avanguardia, degne della Nasa.

Magari ancora funzionanti.

Quindi, non appena ebbe finito di aiutare Frank in una serie di lavoretti in giro per la proprietà, glielo chiese. E fu ricompensato, perché l'uomo lo condusse su per due rampe di scale, fino a quella che chiamavano la Sala Giochi.

Theo si accorse che, mentre entrava, aveva trattenuto il respiro e passò un bel po' di tempo prima che riuscisse a ributtarlo fuori.

Porca puttana, il sogno erotico di ogni smanettone, che Batman ci protegga!

Era tipo un mix fra la Bat-caverna, il laboratorio di Tony Stark e la NASA.

Uno stanzone lungo quanto tutto il ranch. Delle soprafinestre oscurate impedivano alla luce del sole di creare riflessi su schermi e video. La parte sinistra sembrava un film degli anni Ottanta: lungo la parete erano infatti allineati una serie di vecchi videogame da sala giochi, tipo Pac-Man, Centipede, Galaga e altri più moderni, della generazione di Theo, oltre a una serie di flipper. Ma la vera gioia per gli occhi era il lato destro della sala. Enormi computer touchscreen incastonati nel muro, piani trasparenti di acrilico e tastiere, una lavagna elettronica di vetro e poi webcam e schermi per proiettori. Theo scorse anche un guanto e un casco per la realtà virtuale. Quasi non riusciva a esprimere la sua gratitudine verso Frank per aver mantenuto quel posto asciutto, pulito e ben alimentato.

Eppure la scala che vi conduceva era sbarrata e inaccessibile.

"Per tenere lontani quei bastardi ficcanaso" spiegò Frank lanciandogli un'occhiataccia.

"Ficcanaso?"

"I Cacciatori. Quelli la roba così se la portano via e portano via anche chi li possiede. Nessuno sa che è qui e quindi anche tu, tieni la boccaccia chiusa, intesi?"

E questo era tutto quello che Frank avrebbe avuto da dire sull'argomento. Ma a Theo non importava: lui voleva solo mettersi all'opera. Non stette neppure troppo a riflettere sul motivo per cui Frank si era invece fidato di lui, tanto da portarlo in quella sua stanza segreta.

Per prima cosa installò un punto di accesso per collegarsi alla rete che lui e suo fratello stavano cercando di creare. Sebbene Envy, che era naturalmente il fulcro del network, distasse un centinaio di chilometri abbondanti, Theo confidava di reperire in quella stanza materiale sufficiente per costruire un ricevitore abbastanza forte da agganciare il segnale. Inoltre lui, Sage, Jade e Lou avevano posizionato diversi punti di accesso in un raggio di settanta chilometri da Envy negli ultimi due-tre anni, magari riusciva a connettersi a uno di quelli.

Gli ci vollero solo poche ore per costruire il ripetitore e mandare un messaggio a Lou che si trovava nel centro di Comando della Resistenza, posizionato due piani sotto quello che era stato il New York-New York. Dopo forse sarebbe riuscito persino a mandargli una foto di quel posto fatta con la webcam. Lou sarebbe impazzito dalla voglia di mettere le mani su quella roba.

Aveva appena mandato il messaggio a Lou, che Sam si affacciò alla porta in fondo alle scale e lo chiamò, dicendogli che era ora di andare a Yellow Mountain. E, memore delle raccomandazioni di Frank circa il mantenere quel luogo segreto, Theo, seppur a malincuore, dovette lasciare la Bat-caverna prima che tutti venissero a cercarlo.

❧

"C'era una volta un luogo incantato, con castelli, principesse e un torrentello sinuoso. Un trenino rosso e giallo viaggiava lungo un binario che circondava quel paese, fermandosi in tre stazioni diverse. C'era un posto chiamato Main Street pieno di famiglie e coppie a passeggio. Lungo la via si affacciavano tantissimi negozi dove la gente poteva comprare gelati, cioccolato e dei panini buonissimi chiamati *hot-dog*..."

Mentre la voce di Vonnie, calma e sicura, ammaliava il pubblico, Theo alternava momenti in cui si perdeva nella storia ad altri in cui osservava le cose e le persone che lo circondavano. E intanto fantasticava di tornare a sfiorare con le dita quei touchscreen lisci e puliti.

Il pubblico sedeva attorno a un vivace falò posto in una buca circondata da pietre, al centro di un prato protetto dalle mura che racchiudevano Yellow Mountain. Theo stimò che ci fossero circa ottanta persone di tutte le età, sedute sull'erba, su delle coperte o su sedie pieghevoli molto simili a quelle che, cinquant'anni prima, la gente usava per i picnic e per gli eventi sportivi, anche se fatte con rimasugli di tende e pezzi di legno e plastica. Alcuni cani stavano accucciati vicino ai propri padroni e, in fondo, sulla sinistra, un uomo aveva appena messo via la chitarra.

Il fuoco era fin troppo caldo in quell'afosa serata di luglio e quindi attorno al falò c'era un anello di vuoto. Il sole era appena calato sull'orizzonte e, nel giro di un'ora o due, sarebbe scomparso facendo precipitare il mondo in un'oscurità piena di pericoli. Nell'aria indugiavano i fumi del barbecue e dietro la folla, la carcassa del maiale arrostito pendeva ancora dallo spiedo.

Ad alcuni metri di distanza cominciavano gli sparuti edifici che costituivano l'insediamento, il più grande dei quali era un vecchio Mac Donald.

"Ma non abbiate paura! Gli hot-dog non erano fatti coi cagnolini! Chi mai vorrebbe mangiarsi un tenero cucciolotto?" spiegò Vonnie con una risatina, dopo che una bambina aveva strillato spaventata, stringendo al petto il proprio cane. "Gli hot dog erano lunghi e sottili, fatti di carne" proseguì, rivolgendosi a un gruppetto di ragazzini che sedevano in prima fila e la guardavano con gli occhi sgranati. "E si mettevano dentro dei panini speciali, anch'essi stretti e lunghi, che parevano abbracciarli. Erano buoooonissimi, specie con un po' di ketchup. Le principesse li adoravano e in quel mondo magico c'erano tanti negozietti in cui potevi comprare quelli o delle altre cosette deliziose chiamate *corn dog*."

Theo sentì una fitta allo stomaco: ogni tanto succedeva, un dolore che gli ricordava quello che aveva passato e com'erano le cose *prima*. Quanti hot-dog si era già mangiato quando aveva l'età di quei bimbi? Quanti anni avevano? Otto, nove forse? E nessuno ne avrebbe mai assaggiato uno, in quel mondo.

Non che la mancanza di cibi industriali fosse una cosa tanto terribile.

"E poi c'era lo *zucchero filato*" proseguì Vonnie. I suoi occhi erano enormi e un gran sorriso le gonfiava le guance floride. La voce si fece un sussurro suadente mentre si chinava sul pubblico più giovane. Theo sorrise: per la prima volta il suo entusiasmo era incanalato in qualcosa di più consapevole e ponderato, che non quando si occupava della cucina o dei pazienti di Selena.

Selena.

L'attenzione di Theo si spostò sulla cosiddetta Signora della Morte, seduta su un piccolo rialzo del terreno dietro a Vonnie, in un punto tale che Theo riusciva a osservarla senza muoversi. Poteva sbirciarla senza nemmeno girare la testa. Mica male.

Ed era interessante che gliene importasse.

Considerò il fatto per alcuni secondi.

Qualcosa gli urtò appena le costole, poi sentì il calore di un corpo che gli scivolava accanto, riportandolo al prato e alla realtà. Jen si era allontanata dal gruppo poco prima che la storia iniziasse e ora era tornata a sedersi fra Theo e un'altra ragazza.

Jen si accomodò, sfiorandogli i polpacci con le lunghe gambe nude. Le dita dei piedi, senza anelli ma con le unghie stranamente dipinte di rosa pallido, spuntavano fra i fili d'erba fresca. Emanava il profumo di un fiore che l'uomo non riusciva a distinguere, ma in fondo gliene importava ben poco, sapeva solo che era un profumo giovane e fresco. Poi lei ridacchiò, sussurrando qualcosa all'orecchio dell'amica e sfiorando Scarlett nel muoversi.

Circa due ore prima Theo e Jen, insieme a Sam e Frank avevano raggiunto Yellow Mountain su un carro trainato da un cavallo. Erano arrivati in tempo per la cena e per unirsi a un gruppetto di una ventina di ragazzi. Theo pensò che, esteriormente, stava benissimo in quel gruppo di ventenni, fra cui due ragazze incinte, che non vedeva l'ora che iniziasse la serata. Durante la cena erano passate da una mano all'altra diverse bottiglie di vino e birra e ora tutti erano di buon umore.

La vita non era poi così male, considerando che era morto tre giorni prima.

"Lo zucchero filato era come una nuvola, rosa o azzurra" spiegò Vonnie allargando le mani per dare enfasi, "e si scioglieva nella bocca della principessa, dolcissimo e appiccicoso. Quando faceva caldo, colorava le dita e quando lei dette un bacio alla sua mamma, le lasciò sulla guancia l'impronta delle proprie labbra, azzurra e collosa."

Jen disse qualcosa circa i propri capelli all'amica di fianco, poi se li carezzò: erano castano chiaro, quasi biondi, e lunghi. Se li raccolse sopra la testa, lasciandoli ricadere sulla spalla e rise piano. Quindi si sporse all'indietro, per dire qualcosa al ragazzo alle proprie spalle, qualcosa su quanto fossero "fighi" i suoi jeans, strappati su un ginocchio e cuciti col filo nero lungo i margini. Dallo strappo pendeva un pezzo di stoffa.

Urtò ancora una volta Theo e, chissà se per caso o di proposito, lo toccò anche col braccio. I capelli, di nuovo sciolti, le ricadevano sulle spalle e brillavano nella luce del tramonto, quando sfiorarono per un attimo il braccio di Theo.

Certo non andava per il sottile. Ma era giovane, sinuosa e aveva un odore buonissimo: magari riusciva a fargli scordare Sage.

In effetti Jen gliela ricordava parecchio, sebbene non fosse altrettanto pacata. Forse era la gioventù ad accomunarle, avevano negli occhi la stessa freschezza e ingenuità, sorridevano sempre e ridere veniva loro facile. Le risatine, i discorsi sui vestiti e sui capelli, piccole cose.

Invece i pensieri che affollavano il suo cervello erano sempre grandi e grossi.

"E allora la principessa si arrampicò sulla tazza gigante" proseguì Vonnie sollevando una tazzina e un piattino di ceramica, miracolosamente scampati alla violenza che aveva devastato il pianeta. "Come questa ma mooooolto più grande. In effetti era così grande che dentro ci stavano sei persone! Era rosa, con degli arabeschi rossi dipinti sopra."

"Era fatta di vetro?" pigolò una vocetta. "O di plastica?"

Vonnie corrugò le labbra, fingendo di pensare, poi guardò la tazzina che aveva in mano e si chinò in avanti per rispondere. "Era fatta di una cosa *magica*," sussurrò e quando rialzò il viso per abbracciare con uno sguardo tutta la folla, ripeté: "*Magica.*"

"E che faceva la magia?"

"Faceva volare la tazza in tondo: la tazza girava, girava girava e la principessa rideva, rideva, rideva. Il vento le carezzava il viso, le faceva il solletico e le arruffava i capelli. E le sembrava di avere nel pancino mille farfalle!"

Jen, vicino a Theo, rabbrividì o almeno si strusciò le braccia dicendo *brrr*. Sforzandosi di non ridere Theo si spostò, permettendole di infilarsi sotto il suo braccio. Aveva la pelle così liscia ed era così carina quando sorrideva.

E così giovane. Giovanissima. La saggezza e l'esperienza non velavano ancora il suo sguardo, né avevano segnato il suo corpo. Era allegra e spensierata, si godeva la vita.

E invece lui si sentiva vecchio e usurato.

Guardò di nuovo Selena. Sedeva da sola, lontana e più in alto di tutti, le braccia rilassate che avvolgevano le gambe flesse. Anche se si trovava in mezzo alla folla, abbracciato a una bella ragazza, Theo si sentiva distante quanto sembrava esserlo Selena.

E realizzò in quel momento, che si sentiva così da tanto, da più di quanto si fosse mai reso conto. Per decenni si era sentito distante, separato, diverso. Per quanto i suoi poteri fossero straordinari, per quanto avesse l'aspetto di un giovane e aitante atleta al top della forma, era distante. Forse proprio a causa di quello.

Persino da Lou, in molti modi, a dispetto del loro legame fraterno. Almeno il suo gemello era quello che sembrava: un vecchio. Almeno la gente capiva chi era appena lo vedeva.

Cosa che non valeva per Theo, la cui intera persona era una bugia.

E sebbene lui e Lou fossero così vicini, così intimamente legati, erano comunque distanti anni luce. Soli.

Il sole aveva cominciato a scomparire dietro l'orizzonte, che rendeva piatto il suo sederone rotondo, sparandone i raggi di luce rosa e dorata tra gli alberi lontani. Theo osservò un nembo color bronzo che sfiorava la testa di Selena, seduta perpendicolarmente all'orizzonte. Presto metà del suo viso sarebbe stata in ombra, mentre l'altra metà catturava gli ultimi raggi del sole.

La donna che gli aveva salvato la vita.

No, la donna che lo aveva riportato in vita. Letteralmente. Ancora non se ne capacitava.

Quanto aveva vissuto con gente che le moriva attorno? Da quanto conduceva un'esistenza fatta del dolore e dell'angoscia degli altri e perché si teneva lontana dai vivi? Come riusciva a essere sempre brillante, allegra e positiva vedendo la morte ogni giorno? Theo voleva saperne di più Voleva scoprire i segreti di quella donna che non era quello che sembrava.

Proprio come lui.

Qualcosa si sciolse in lui, come un brivido di comprensione, una vaga, lenta consapevolezza che andò a formare una domanda che non si sarebbe mossa da lì: *ma io, chi sono?*

Quasi si fosse accorta che la guardava, Selena si voltò verso Theo. Forse i loro occhi si incontrarono, forse lo sguardo di lei lo sfiorò soltanto. In ogni caso, la donna si alzò in piedi all'improvviso, agile, e guardò altrove, lontano da lui e dal pubblico di Vonnie.

Non era molto alta ma i jeans attillati e la tunica morbida ne sottolineavano le forme. I capelli lunghi e folti, erano castani, ma la luce del sole vi creava dei riflessi rosa e bronzo. E persino da lì Theo notò che era a piedi scalzi.

"Quando la principessa uscì dalla tazza, si ritrovò in un mondo di casette dai colori vivaci, azzurre e gialle con le imposte rosa e i tetti verdi. Sembravano macchie di colore dipinte con il più allegro degli arcobaleni. E le case erano dei bei cottage grandi e luminosi, con cuori intarsiati negli scuri e papaveri e margherite enormi che spuntavano lungo i vialetti. Tutto era meraviglioso e così allegro che la principessa non poteva fare a meno di ridere mentre camminava lungo la strada."

Vonnie catturò l'attenzione di Theo: quello che raccontava gli rammentava qualcosa. Perché gli suonava familiare? Che storia era?

"In un altro posto la principessa poté giocare con un piccolo aeroplano che fendeva l'aria, ma viaggiava su una rotaia e non c'era niente, quindi, di cui aver paura. Saliva, scendeva e rombava, entrava in un fienile rosso e poi rispuntava alla luce del sole. La principessa sedeva in prima fila, subito dietro l'elica azzurra, e guardava le file di granturco enormi e vivide sotto di lei.

Jen si sporse per bisbigliare qualcosa all'amica, poi si passarono qualcosa, un braccialetto intrecciato con delle perline e poi una bottiglia di vino. Bevve e gli occhi le brillavano, pieni di allegria, mentre la offriva a Theo con uno sbuffo di fiato che sapeva di alcol.

Theo bevve a sua volta e, quando mise giù la bottiglia per passarla a qualcun altro, vide che Selena aveva abbandonato il suo posto sulla collinetta, e che il sole era già sparito per metà. Le ombre si allungavano e lui si sentì piuttosto seccato di non poter tornare a Blizek Beach: aveva programmato di passare la notte nella Sala Giochi fingendosi Bruce Wayne.

D'altra parte anche passarla a Yellow Mountain poteva avere i suoi lati positivi. Una rapida occhiata a quella specie di arena gli disse che Selena non era neppure lì e la sua curiosità aumentò.

Che fosse ripartita a caccia di zombie? Era sgattaiolata via nella notte mentre tutti erano distratti. Furba, lei. Furba e folle.

Perché, se una parte di lui capiva il fascino del pericolo, l'altra, preponderante, sapeva che quella era pazza.

Theo si staccò da Jen e si alzò.

Quando la ragazza lo guardò e fece per alzarsi a sua volta, lui le fece gesto di restare lì. "Torno subito" gli sussurrò, chinandosi, in modo da non disturbare lo spettacolo.

La voce di Vonnie lo seguiva mentre si allontanava. "La principessa superò le casette colorate dove vivevano i topi famosi e raggiunse presto un'altra parte di quella terra che si chiamava *Magic Kingdom*. Dove avrebbe potuto cavalcare un *elefantino volante* e incontrare un'altra principessa, una sirena coi capelli rossi."

Theo si fermò e si guardò alle spalle: finalmente aveva capito! Ecco perché quella storia gli era familiare. La principessa era a *Disney World*.

Mentre la storia proseguiva, Theo si faceva largo fra le persone sedute, un po' come durante i concerti rock all'aperto a cui aveva partecipato quando non era più un povero studentello del college. Almeno metà delle persone sedevano qua e là sulle collinette erbose al di là del palco e dell'arena. Stendevano a terra dei teli e bevevano birra mentre nell'aria si intrecciavano l'odore dolce dell'erba, le canzoni dei Coldplay o dei Kings of Leon e la brezza estiva.

Guardò ai margini della folla alla ricerca di una figura che si allontanava nell'oscurità crescente. Il piccolo agglomerato attorno al Mc Donald era piuttosto eterogeneo, costituito da vecchie roulotte, ex pompe di benzina e baracche costruite con le macerie: attorno aveva un muro fatto di carcasse di automobili, cartelloni pubblicitari, lastre di cemento e altri ingombranti residui della devastazione.

Theo fissò quella barriera, sempre alla ricerca di quella folle della Signora della Morte che, a quanto pareva ce la metteva tutta per farsi uccidere, lasciando la sicurezza delle mura non appena il giorno finiva. Quando il sole andava a dormire, infatti, arrivavano i *ganga* con gli occhi arancioni e gli artigli letali.

La voce di Vonnie era ridotta a un mormorio che saliva e scendeva, coperto dalla distanza e dallo stormire del vento tra gli alberi e i cespugli.

Pensando a quei mostri oltre le mura che non aspettavano altro che qualche sprovveduto come Selena capitasse loro tra le mani, rimpiangeva di non avere con sé il materiale per le molotov. Ma non aveva più il suo zaino portato da Envy, né aveva avuto la possibilità e il tempo di rimpiazzarlo.

Idiota.

Theo accelerò il passo, spinto da una strana urgenza che non riusciva a capire. Dov'era andata?

"Cerchi ancora il gabinetto?"

Si bloccò, girandosi di scatto. "Selena" mormorò. I capelli della donna brillavano, folti e scuri. Theo si chiese se erano così morbidi come sembravano, e quando lei dormisse, visto che passava la notte in giro e il giorno coi pazienti, e ancora si domandò che aspetto avesse quando si svegliava, un po' scarmigliata.

"È là" fece indicando la direzione da cui era venuta. "La casa dei Tendy, quella con le imposte azzurre." Vicino al parcheggio pieno di erbacce del Mc Donald.

"Io non…" si zittì, facendo ripartire il cervello. "Dove vai?"

Maledizione, aveva sbagliato di nuovo.

E quando le labbra piene di Selena s'imbronciarono, capì che lo pensava anche lei. "Credo di essere grande abbastanza da saper badare a me stessa" ribatté.

Eppure dal tono della voce e dall'occhiata che l'accompagnò, sembrava stesse flirtando e Theo le sorrise di rimando.

Lei lo guardò per un attimo, incurvando appena le labbra: erano così grandi, piene, voluttuose e vermiglie… sembravano perfette da baciare.

A proposito di rosso… "Le unghie dei piedi" esordì, distogliendo lo sguardo dalle labbra. "Sono rosse." Per l'amor del cielo, Theo, *concentrati. Sei ridicolo, te ne rendi conto?*

"Non credevo che i ragazzi notassero questo genere di cose" rispose, sorridendo ancora. Sembrava al contempo affascinata, attratta… e vagamente spaventata.

Theo sperò che l'attrazione avesse la meglio sulla paura, qualunque cosa ne fosse la causa, perché lui era davvero intenzionato a baciarla "Beh, sono di un bel rosso acceso, difficile non notarle. Dove hai trovato lo smalto?" chiese.

L'attrazione e la paura scomparvero dal volto di Selena, e l'espressione si fece sorpresa e confusa. "Smalto?"

Theo si rese conto in quell'istante che nessuno usava lo smalto per unghie da cinquant'anni, almeno non del genere che compravi in profumeria, in quelle bottigliette minuscole. Magari lo chiamavano in un altro modo. "Pittura per unghie?"

Le sopracciglia di lei tornarono a rilassarsi. "So cos'è lo smalto. Solo che non sentivo qualcuno chiamarlo così da un sacco di tempo."

Già. *Lascia perdere lo smalto. Dove eravamo rimasti?* "Cosa dicevi a proposito del badare a te stessa?" chiese con un ghigno. Le si avvicinò e allungò la mano per toccare la ciocca di capelli adagiatasi sul petto.

C'era di nuovo attrazione nei suoi occhi e Theo ne approfittò per farle scivolare una mano dietro la schiena e trarla a sé. Ricordando che era ferita, si mosse con cautela.

Selena socchiuse gli occhi. "Non credo che... *oh.*"

Theo le chiuse la bocca con le proprie labbra, rubandole quel lieve sospiro di sorpresa. Era un bacio esitante, quasi di prova... come a chiedersi se lo stesse facendo davvero. Ma quando si rese conto che lei aveva un sapore buono, *buonissimo*, caldo, dolce, profumato di vino, le si avvicinò ulteriormente per averne ancora di più.

Le mani di Theo le stringevano pianissimo le spalle e le sue dita si infilavano fra i capelli, caldi e setosi, mentre le bocche si scostavano appena, solo per permettere alle labbra di fondersi. Lei mugolò piano, un piccolo *mmm* che fece vibrare all'improvviso il corpo di Theo, prendendolo alla sprovvista. *Wow.*

Theo approfondì ulteriormente il bacio, chiedendo di più, sempre da gentiluomo, ma uno con intenzioni serie.

Ma lei si staccò piano e gli posò le mani sul petto. Theo si godette quella sensazione di solidità e calore attraverso la maglietta sottile: in effetti, l'unica cosa di cui era conscio era il pulsare delle labbra gonfie di baci e di un'altra parte di lui che chiedeva con insistenza *ancora.*

"Ma bene" esalò, a corto di fiato. "Niente male per uno morto tre giorni fa." E gli rivolse un sorriso sexy e scanzonato, che a lui faceva lo stesso effetto dello smalto per unghie e delle cavigliere.

"Almeno non mi hai detto che è stato carino" ribatté Theo, memore della reazione di Sage, la prima volta che aveva trovato il coraggio di baciarla. Doveva capirlo da quello che le cose non sarebbero potute andare bene.

Selena gli passò la mano sulla maglietta, come a voler togliere una piega, e ogni pensiero su Sage sparì, mentre la pelle gli formicolava in risposta a quella carezza. *Sage chi?*

"Carino?" ribatté Selena. "Non è certo la parola che mi è venuta in mente." Socchiuse gli occhi e serrò le labbra: di nuovo quell'espressione vagamente spaventata. "Baci da Dio... per essere un ragazzino" soggiunse e si allontanò prima che Theo potesse riavviare il cervello andato in pappa.

Avrebbe potuto seguirla ma era ancora un po' scosso dall'effetto di quel bacio. Senza contare che, aveva appena mosso un passo, quando Jen spuntò da dietro l'angolo di una delle case.

A proposito di ragazzini...

Selena si muoveva con deliberata lentezza, nonostante avesse le ginocchia che tremavano e la mente in subbuglio.

Era il vino. Continuava a ripeterselo. Doveva essere il vino. Doveva essere colpa di quella mezza bottiglia bevuta a cena, se un semplice bacio le aveva dato tanto alla testa. Dio, gli aveva praticamente sbavato addosso. Per fortuna si stava facendo buio e nessuno, a parte Theo, avrebbe notato l'imbarazzo e il rossore sulle sue guance.

Naturalmente anche quello aveva una spiegazione: a tutti venivano le guance rosse quando bevevano il vino. Ma le ginocchia che cedevano e le farfalle nello stomaco mentre si allontanava da lui... erano un po' meno facili da spiegare e così anche il calore che l'aveva avvolta quando si era appoggiata contro quel corpo solido, muscoloso e giovane... troppo giovane.

E a lui cos'era preso? Baciare una donna che avrebbe potuto essere sua madre?

L'imbarazzo aumentò quando comprese cosa doveva essere successo. Perché si era sentito in obbligo di baciarla: quel ragazzino credeva di doverglielo! L'aveva baciata per pietà!

Dio, Dio! Aveva bisogno di un drink. Aveva il volto in fiamme e lo stomaco stretto in una morsa di vergogna. Stava male. Si guardò intorno alla ricerca di Frank, che probabilmente avrebbe saputo indicarle dove poteva trovare un altro bicchiere di vino, o magari qualcosa di più forte.

Non era meglio di Jen.

No: era peggio. Jen almeno aveva soltanto sette anni più di Sam e, forse, non lo aveva neppure baciato... mentre Theo ne doveva avere almeno venti meno di lei.

"Oh no" gemette fra sé. Li aveva visti Theo e Jen insieme, abbracciati seduti nel prato. *Sono un'idiota.*

Come avrebbe potuto lui degnare Selena di un secondo sguardo quando poteva avere Jennifer, così attraente, snella e giovane? Non poteva sentirsi più stupida e imbarazzata. Anzi sì: se scopriva che qualcuno l'aveva vista gettarsi tra le braccia di un ragazzino. E se Sam veniva a saperlo? Gesù... Era possibile che nessuno li avesse visti? Era probabile, pensava, concentrandosi su quel problema anziché su come avrebbe dovuto comportarsi e cosa avrebbe dovuto dire quando avrebbe rincontrato Theo. *Oh Dio.*

Erano lontani dal pubblico che ascoltava la storia e una macchia di cespugli divideva il punto in cui si erano baciati dal prato dove tutti gli altri sedevano. Inoltre si stava facendo buio, le ombre si erano infittite e nessuno badava a loro, tutti presi come erano dalla storia di Vonnie. Anche la casa presso cui si erano incontrati li aveva nascosti. Quelle considerazioni la calmarono un po'. Certo, rivedere Theo il giorno seguente sarebbe stato terribile, ma poteva farcela: aveva affrontato cose ben peggiori nella sua vita.

Inoltre, adesso che stava bene, Theo non aveva motivo di restare a Yellow Mountain. Sarebbe partito presto, magari già l'indomani. Già, magari.

Ah, ecco là Frank che camminava più spedito di quanto avrebbe dovuto un novantatreenne. Veniva sempre ad ascoltare le storie ma non riusciva a star seduto per più di un quarto d'ora, diceva che c'erano troppe cose da fare: c'era da accendere le torce quando calava il buio, arrostire il maiale prima, e rimettere in ordine dopo, il fuoco da alimentare e così via. E poi era uno dei pochi, se non l'unico, che non si faceva problemi a lasciare le mura di Yellow Mountain di notte. *Diavolo* – diceva – *quando è ora di andare, è ora di andare, maledizione.*

"Frank" lo chiamò, avvicinandosi a lui. "Hai qualcosa da bere?"

"È come chiedere a un cane se la fa nell'erba" borbottò, interrompendo le sue possenti falcate. "Figuriamoci se non ho la birra."

La scrutò coi suoi occhi penetranti, che brillavano anche nella penombra del crepuscolo. "Sembra proprio che tu ne abbia bisogno." Ripartì di slancio e poi si voltò. "Che fai, vieni? Non ho mica tutta la notte, io. Devo accendere quelle maledette torce, così nessuno inciampa e si spezza una gamba. Nessuno pensa a niente, da queste parti, tocca fare tutto a me."

Selena sorrise sotto i baffi e lo seguì, non senza lanciare un ultimo sguardo verso il punto in cui aveva lasciato Theo. Era ancora lì, ma non la guardava più, grazie al cielo, soprattutto perché in piedi di fronte a lui, anzi, attaccata a lui, c'era Jen, il volto rivolto in alto verso Theo. Quando la ragazza allungò una mano per sfiorargli la guancia e lui si protese in avanti, Selena distolse lo sguardo.

Beh, anche questa è sistemata. Sicuramente stanno meglio insieme *loro* che non noi due.

E quella fitta di gelosia che le strinse lo stomaco? Pazienza, bastava far finta di niente.

In quel preciso istante un grido fendette l'aria, un urlo forte, di sbigottimento e terrore, una voce di donna che spezzò l'incantesimo del racconto. "È scomparsa! Non la trovo da nessuna parte!"

Un brivido percorse le spalle e la schiena di Selena, mentre nel caos che si era creato, le frasi degli astanti le giungevano a pezzi e bocconi. "Sei sicura?", "magari è nel cortile", "o nel granaio", "forse dorme."

"No, no... ho cercato dappertutto" la voce di Myra Tendy da preoccupata si fece isterica. "Oggi mi parlava del fiume, voleva andare a nuotare."

Il brivido si fece più intenso e Selena si voltò automaticamente verso le mura difensive. Le dita corsero al piccolo cristallo che pendeva dalla lunga cordicella sotto la tunica. E se la piccola dei Tendy… come si chiamava? Hannah? fosse riuscita a sgattaiolare fuori dalle mura? Sarebbe stato un bel problema. Con il cuore in tumulto e le mani sudate, Selena si avvicinò al lato nord delle mura. Sapeva che lo spettacolo era stato interrotto e che il pubblico si stava organizzando in squadre di ricerca. Forse gli zombie non erano ancora usciti quella notte o comunque non erano vicini abbastanza da sentire l'odore della bambina. Forse la piccola avrebbe avuto fortuna e non se li sarebbe trovati davanti. Per il momento non si erano uditi i loro richiami disperati, tipo *ruuuu-uuthhh* o *arreeyyyy-aaaaane*. Sbirciò attraverso il finestrino di un camion che faceva parte della barriera di protezione: il vetro era sporco e incrostato di muffa, Selena la grattò via e scrutò il buio fuori dall'insediamento.

Il brillio arancione degli occhi dei *ganga* era abbastanza intenso e, se là fuori c'erano dei mostri, li avrebbe visti anche attraverso lo sporco. Il fiume era a sud, dalla parte opposta a quella dove si trovava, ma la donna sapeva bene che gli zombie sarebbero arrivati dalla parte dell'oceano, che si trovava a nord ovest.

Alle sue spalle si sentivano grida e voci, quelle calme di chi organizzava le squadre e quella angosciata di Myra Tendy, che qualcuno tentava di tranquillizzare.

Selena sperava con tutto il cuore di non dover uscire quella notte, di non doversi esporre. Era quello il problema centrale della sua vita: da un lato, odiava quegli zombie schifosi che mangiavano e mutilavano le persone, ma dall'altro sapeva che quelli tra loro che perivano di morte violenta, quelli che lei non riusciva ad aiutare, non sarebbero mai stati del tutto liberi.

"Ehi."

Quella voce la fece voltare di scatto: era Theo.

Grandioso, proprio quello che ci voleva.

Eppure il cuore le sobbalzò nel petto vedendolo lì, una mano infilata nella tasca dei jeans e l'espressione tirata. I capelli nerissimi brillavano come se fossero bagnati e gli zigomi alti ed eleganti sembravano attirare la luce incerta come una calamita.

"Non è che stai per sgattaiolare fuori attraverso quel finestrino, vero?" disse in un tono piatto, vagamente ironico, che tradiva lo stesso disagio che si leggeva sul volto di lei.

E poi partì una conversazione assurda.

"No" rispose Selena. Almeno non ancora.

"Bene" proseguì lui. "Sarebbe molto sciocco da parte tua, dopo quello che ti è successo ieri notte. Uscire da sola! Insomma tu non sei una stupida."

Scommettiamo? Selena ingoiò quella risposta prima che le sfuggisse. Aveva già parlato troppo quella sera.

"Non so chi ti credi di essere, se una specie di Buffy o di Éowyn, ma non puoi andare là fuori da sola. Non hai nemmeno qualcosa con cui proteggerti" soggiunse guardandola da capo a piedi.

Il paragone con Éowyn non le dispiaceva: tipa tosta, quella, e senza super poteri, proprio come lei. "Cosa mi tocca sentire. Un ragazzino che mi dice quello che devo o non devo fare."

Theo serrò la mascella e le ombre danzarono sul suo viso, alla luce delle torce di Frank. "Non sono tanto giovane come credi" rispose, calmo e atono.

Selena sbuffò appena. "Avrai sì e no trent'anni e comunque non sei mio padre."

"Poco ma sicuro" sibilò lui, e lo stomaco di Selena fece una capriola mentre la bocca le si era prosciugata.

Non fece in tempo a ribattere che lo sentì: debole, lontano ma inconfondibile. *Ruuu-uuuuth.*

Maledizione.

Le sue mani cominciarono a sudare, le dita erano gelide. Si allontanò dal muro. Se voleva tentare di intercettare gli zombie, doveva muoversi in fretta, prima che le squadre di ricerca uscissero fuori dalle mura coi bastoni, le bombe e altre armi. *Doveva andare.*

"Jennifer è là che ti cerca" disse indicando verso est, oltre le spalle di Theo, un gruppetto di persone in subbuglio. Quando lui, d'istinto, si voltò lei scappò via, scomparendo tra le ombre.

"Selena!" la chiamò. Lei si voltò e lo vide che scrutava il muro di macchine e pezzi di lamiera, convinto che avesse trovato un modo per passare da lì.

Bene. Che la cercasse un po' mentre lei trovava un altro modo per uscire. Aveva appena individuato un'entrata secondaria, quando le squadre di ricerca cominciarono a lasciare le mura. Ancora il cristallo non splendeva, ma era diventato più caldo, lo sentiva premere sotto lo sterno. Era una sensazione non piacevole ma senz'altro familiare. Dette un'occhiata per assicurarsi che ancora non brillasse, ed era così, grazie al cielo.

I richiami degli zombie si erano fatti più forti e, ascoltandoli con attenzione, Selena ebbe la conferma che venissero più o meno da nord, fortunatamente dal lato opposto dell'insediamento rispetto alla zona del fiume dove si poteva nuotare: le squadre di ricerca sarebbero andate lì, in prima istanza, per poi dividersi e controllare a est e a ovest.

Hannah Tendy, rifletté Selena, aveva i capelli scuri e i *ganga* erano programmati per rapire i biondi e fare quello che volevano degli altri: in pratica li facevano a pezzi e li mangiavano. Alla luce di quella consapevolezza, Selena non nutriva molte speranze che le cose sarebbero finite bene.

E, data la situazione, non aveva alcuna voglia di andare di corsa incontro agli zombie per aiutarli a morire in pace.

Il piccolo cancello sul lato nord si aprì facilmente su una rampa di scale che portava fino a terra. I *ganga* non erano in grado di salirle, per cui tutti gli accessi a Yellow Mountain, a parte quello principale, ne erano dotati.

Selena stava per aprire la grata quando, dal buio, le giunse una voce familiare. "Non farlo, Selena."

"Vonnie" disse, voltandosi verso la sua migliore amica, madre e salvatrice. "Sai che devo."

La donna più anziana allungò un braccio, forte e solido, per fermare il cancello. "Non stanotte, soltanto questo. Non stanotte: non c'è niente che tu possa fare."

"Sì che c'è, non posso lasciare che-"

"Hai dimenticato cosa successe a Crossroads? Potrebbero vederti."

Selena alzò la voce, mentre la gola le bruciava. "Certo che non l'ho dimenticato."

"E allora lascia stare, almeno stanotte. Lascia stare: le ferite di ieri sono ancora fresche e se qualcuno ti vede, Selena, se qualcuno ti vede… è una bambina! Non capiranno e non gliene importerà niente!" La voce di Vonnie era rotta per l'emozione.

"So che gli zombie sono orribili, ma non sanno quello che fanno" rispose in tono tirato. Sentiva il cristallo sempre più caldo sulla pelle, nonostante il sacchettino che lo conteneva, per nasconderne la luce, fosse spesso. "Sono imprigionati."

"Non puoi salvarli tutti, Selena. Non puoi salvarli tutti."

"Ma qualcuno sì! Ed è mio dovere salvarne il più possibile." Fissò l'amica, spingendo indietro le lacrime. "Sono l'unica che può farlo."

Voleva bene a Vonnie, le doveva *tutto,* ma la sua vecchia amica non avrebbe mai capito. Lei non poteva vedere il terrore negli occhi degli zombie, né percepire la loro disperazione. Non vedeva intere esistenze umane attraversare la memoria di ognuno di loro e poi riversarsi su Selena mentre li liberava. Non sapeva che dentro quei corpi sformati e assetati di sangue c'erano anime e vite umane, intrappolate da decenni. Lei, di notte non veniva svegliata dagli incubi.

"Sono l'unica, ecco perché è mio dovere andare, per favore non renderlo più difficile di quanto non sia già."

La vista annebbiata, lo stomaco in una morsa, Selena si chinò per passare sotto il braccio di Vonnie e spingere il cancello. Sentì che la chiamava ancora una volta, un sussurro lamentoso, ma dovette ignorarla, sbattendo le palpebre. La grata dietro di lei si chiuse.

Mentre scendeva le scale, il buio la avvolse: in lontananza si scorgevano le luci arancioni muoversi a coppie al ritmo dell'andatura strascicata degli zombie. I lamenti erano pieni di disperazione mentre chiamavano *ruuuu-uuuthhhhhh,* all'incessante ricerca di un certo Remington Truth.

Selena assorbiva le memorie "umane" dei mostri e sapeva dunque che, prima di essere trasformati in quelle creature orribili, erano stati vivi esattamente come lei e Vonnie, ma ignorava totalmente i motivi della loro ricerca. Sapeva che erano programmati per girare la terra in lungo e in largo, per trovare un uomo dai capelli d'argento che era stato uno Straniero, un membro dell'Elite. E quando non erano impegnati a rapire possibili candidati, ovvero umani dai capelli chiari, facevano a pezzi gli altri con gli artigli sudici e le zanne putrescenti: era così che vivevano e si nutrivano. Se quella si poteva chiamare vita.

Selena sentiva la gola bruciare. Già era difficile guidare le anime e alleviare il dolore degli umani che passavano oltre. Ma sobbarcarsi le sofferenze e le angosce di quei cannibali schifosi... spesso era davvero troppo. La battaglia fra l'orrore che provava per quello che facevano e il bisogno di salvarli perché erano ignari delle loro azioni, era un vero incubo. Eppure, non poteva smettere. Sapeva che ogni anima che salvava, era una in meno intrappolata nel limbo, o in qualcosa di peggio, per sempre. E quindi valeva la pena di correre rischi, di essere ostracizzata e di sopportare quell'eterno dissidio interiore anche solo per salvarne una.

Selena spinse ancora una volta indietro le lacrime: non era il momento di distrarsi. Erano esseri irrazionali, sconvolti e mutilati, ma letali nella loro disperazione.

Lo spazio che gli si stendeva davanti era volutamente aperto e sgombro in modo che, chiunque si avvicinasse, potesse essere scorto dalle mura, ma ad alcune centinaia di metri, alberi e pezzi di asfalto deformato, dove un tempo c'erano delle strade, offrivano riparo e nascondiglio. I resti di qualche raro edificio, ricoperti dalla vegetazione, creavano bassi e innaturali rigonfiamenti del terreno, intervallati da chiazze di erba alta e macerie.

Selena afferrò il cristallo e lo tirò fuori da sotto la tunica, lasciandolo ricadere, libero. Non era ancora pronta a togliere il sacchetto protettivo e lasciare che la pietra rosa brillasse nel buio. Doveva aspettare di essere più vicina agli zombie.

Contando gli occhi arancioni, che dal suo vantaggioso punto d'osservazione parevano scintille, stimò che quella notte fossero una decina: le era capitato di affrontarne anche di più, ma ne bastavano cinque per creare rischio e pericolo. La solita paura le chiudeva la gola e le faceva sudare le mani. All'improvviso la brezza, che fino a poco prima le era parsa così rinfrescante, era diventata un soffio gelido. Le ultime vestigia di calore del vino, che l'avevano fatta sentire così rilassata, erano scomparse, lasciandola tesa, nervosa e col cuore che martellava in petto. Non importava quante volte lo avesse già fatto, quanto quella missione fosse importante e cruciale… aveva comunque paura. Come a rammentarle il pericolo cui andava incontro, le ferite sul petto presero a tirare e a dolere. Persino la cicatrice sulla schiena, guarita molto tempo prima, pizzicava.

Ma andò avanti.

Adesso poteva sentirne l'odore: quello rancido della loro carne morta e quello putrido e marcio del loro fiato, che puzzava di acqua stagnante e spazzatura lasciata a decomporsi per giorni sotto il sole.

Ma ancora non era niente. Quando furono più vicini, il miasma si fece soffocante.

Selena aveva le mani fredde e sudate e, istintivamente, ne strinse una attorno al cristallo. Era caldo, ora, come una pietra tenuta per un po' sotto le ceneri di un fuoco e poi tirata fuori.

Lo spesso sacchettino la proteggeva dal calore, ma presto lo avrebbe tolto perché il cristallo spargesse la sua luce rosa nella notte. Si fermò in una zona buia, a circa trecento metri di distanza dal muro e un po' di più rispetto ai *ganga*. C'erano alcuni meli, che avevano già perso i petali e, al posto dei fiori, si stavano formando delle palline. Qualche metro più in là si scorgevano le lamiere ritorte di una macchina e, poggiato sopra di esse, quello che pareva un vecchio cartello stradale. Era troppo buio per leggere cosa ci fosse scritto, ma Selena sapeva che riportava una bella R svolazzante.

Chissà perché, i *ganga* erano più alti degli umani da cui provenivano, e anche più grossi e massicci, come se i corpi originari fossero stati allungati e imbottiti e resi più grandi, tanto che la pelle era lacerata e gli scheletri sporgevano, come a protestare per quel maltrattamento.

Selena ne contò otto. Troppi.

Tremò e deglutì: era tempo di avvicinarsi.

All'improvviso, sentì un forte clangore provenire da dietro.

Si bloccò e si voltò, il cuore che perdeva battiti. Un enorme fascio di luce bianca proveniente da dietro le mura penetrò il buio, accompagnato dal suono di una campana.

Era il segnale: avevano trovato la ragazzina, Hannah.

Il senso di sollievo che pervase Selena fu così intenso che dovette sorreggersi alla ruvida corteccia dell'albero più vicino. L'avevano trovata. Stava bene.

In risposta si accese una luce da ovest e poi un'altra da sud: le squadre di ricerca facevano sapere di aver ricevuto il messaggio e confermavano la propria posizione, ben lontane dalla zona nord dove si trovava Selena.

Le squadre sarebbero rientrate e lei poteva… Il flusso di pensieri fu interrotto da un rumore di zoccoli.

L'uomo cavalcava attraverso i vasti campi illuminati da una falce di luna, e dalla torcia che teneva alta sopra la testa.

Selena lo osservò, lanciato verso il gruppetto di zombie, in un galoppo forsennato, lasciandosi alle spalle una scia di fuoco che fendeva il blu scuro della notte. Capì subito le sue intenzioni: doveva muoversi.

Uscendo di corsa dal gruppetto di alberi, il cristallo che le sobbalzava contro il petto, Selena urlò, agitando le braccia. Così facendo esponeva se stessa e lui, ma il suo obiettivo era quello di impedirgli di lanciarsi contro gli zombie brandendo la torcia.

Quando sentì le grida, il cavaliere si voltò e, in un attimo, con gesto esperto, fece girare il cavallo. Gli zoccoli anteriori si agitarono brevemente in direzione del cielo, poi, un istante dopo, sprintavano verso di lei.

Saldo e dritto in groppa al destriero, l'uomo teneva con una mano la criniera e con l'altra la torcia infuocata, simile a un guerriero primitivo. Cavallo e cavaliere superarono con un salto un piccolo avvallamento e una pila di vecchi copertoni, come fossero una cosa sola, l'uomo si mosse appena sulla sella mentre la fiamma sopra di lui gli faceva brillare i capelli. Selena non ne distinse il volto finché non fu molto vicino, ma, in qualche modo, persino da lontano, aveva già capito che era Theo. Non aveva mai visto nessuno cavalcare così, a parte in qualche film. E, anche in quel caso, Vonnie e Frank le avevano spiegato che quello che c'era nei DVD non era reale e non lo era mai stato. Il mustang galoppava verso di lei senza rallentare, e Selena capì che non aveva intenzione di fermarsi: fece per togliersi dalla sua traiettoria ma, all'improvviso, l'enorme bestia ansante le fu sopra. Il terreno tremava e il suono degli zoccoli era assordante.

Ma che cavolo…

Le passarono accanto quasi senza rallentare, poi un braccio scese a circondarle la schiena, afferrandola da sotto l'ascella, e sollevandola con un gesto tanto fluido e veloce da non sfiorare neanche le ferite. Si ritrovò sulla groppa muscolosa e sobbalzante del cavallo, in una posizione da amazzone assai instabile.

D'istinto si aggrappò alla criniera scura che aveva davanti mentre cercava di stabilizzare il cuore e lo stomaco… per non parlare del sedere. Senza fiato, stupita e arrabbiata, per un po' non riuscì a parlare.

Poi sopraggiunse il terrore.

Passato il primo momento di shock, si rese conto che Theo aveva ancora in mano la torcia che ardeva sopra le loro teste, mentre l'altro braccio, forte, le passava dietro la schiena, tenendosi alla criniera poco sopra al punto in cui le mani della donna la stringevano convulsamente. Percepiva le cosce giovanissime e sode che si muovevano e sobbalzavano dietro di lei. E il torace solido a cui si appoggiò, non appena si fu posizionata meglio.

"Pezzo di cretino!" riuscì a dire quando comprese che, per afferrarla e metterla sul cavallo, si era sorretto solo con le gambe. "Ci hai fatti quasi ammazzare!"

"Che diavolo pensavi di fare?" urlò lui, in risposta, il vento che si portava via le parole.

Selena si accorse che Theo aveva virato e stavano di nuovo lanciandosi verso gli zombie in lontananza. "No!" gridò lei agitandosi in quel mezzo abbraccio e rischiando di cadere all'indietro dal cavallo in corsa. Annaspò e si resse più forte. "Torna alle mura!"

Il cristallo, attaccato al suo lungo cordino, le rimbalzava con forza contro lo stomaco, caldo e pesante ma sempre avvolto nel sacchetto. Selena si piegò in avanti per cercare di farlo stare fermo: di staccare una mano non se ne parlava. Specie dal momento che il suo sedere continuava a scivolare e rimbalzare sulla sella come un chicco di granturco nell'olio caldo.

"Prima dobbiamo occuparci di loro" replicò, determinato, parlandole vicino all'orecchio. "Dobbiamo trovare la bambina."

"No" rispose lei tentando di voltarsi e quasi urtandogli il mento con la tempia, mentre lui le lanciava un rapido sguardo. "L'hanno trovata! Torna indietro, Theo!"

"L'hanno trovata?" Sentì che Theo si rilassava, ma erano ancora diretti verso gli zombie e il suo abbraccio era saldo come prima.

Il cristallo era sempre più caldo e lo sentiva contro la pancia, piegata com'era per non farlo sbattere qua e là. Cominciò a temere che il calore potesse disturbare il cavallo. E gli zombie, per quanto fossero pochi, lo avrebbero presto percepito, se non convinceva Theo a cambiare direzione. "Per favore, torna indietro! È troppo pericoloso!"

Theo si rilassò e scivolò sulla sella per guardarla. "Tu stai bene? Sei ferita?"

"Riportami indietro, per favore" disse, evitando la domanda, ma lasciandogli intendere che lo era. "La bambina è stata ritrovata, non ne vale la pena."

I denti le battevano, come se il suo corpo la aiutasse a ingannare Theo. Selena si aggrappò ancora più saldamente alla criniera e sentì le cosce di lui muoversi, mentre si sistemava in sella. Il cavallo rispose rallentando e virando per tornare all'insediamento. Non che adesso fosse al passo o al trotto, continuava a galoppare, ma almeno non a rotta di collo come prima.

Il che era un bene... ma anche un male.

Perché ora riusciva a concentrarsi meglio su quello che la circondava e ad essere pericolosamente conscia del calore sulla schiena, del braccio nudo e muscoloso che la teneva, del corpo contro cui si era posizionata e dell'odore deciso e mascolino che emanava da lui, un misto del sapone di Vonnie, fumo, vino e Theo.

In quel momento non sapeva cosa minasse di più la sua sanità mentale, se la vicinanza di lui o quella degli zombie dagli occhi arancioni che avanzavano poco lontano. Ma aveva la vaga impressione che, stavolta, i *ganga* non avessero colpa.

4

Theo non si sentiva così esaltato da anni.

I folti capelli profumati della donna davanti a lui che lo sfioravano e la rabbia, che emanava da lei, lo facevano sentire oltremodo vivo.

Certo che scapicollarsi verso di lei e ghermirla in quel modo, tipo Viggo Mortensen in *Hidalgo*, non era stata la cosa più intelligente che aveva fatto in vita sua, ma che emozione quando lei era atterrata perfettamente davanti a lui! Una mossa avventata, va detto, ma in fondo un po' pazzo lo era sempre stato.

Era un bel po' che non si lasciava andare. Gli erano mancate emozioni così forti.

Nel buio Theo ridacchiò, la torcia sempre ben stretta in mano e i capelli di lei in bocca, dato che doveva stare piegato in avanti. Selena era scocciata, ma si era calmata quando le aveva ricordato il pericolo che aveva corso avventurandosi fuori da sola in quel modo. Ma, diamine, che cosa folle da fare da parte sua... stupida, ma coraggiosa.

Un po' come lui.

Le mura dell'insediamento e il cancello principale incombevano su di loro e, quando arrivarono, le porte furono spalancate per permettergli di entrare.

Non appena il cavallo rallentò, mettendosi al passo, Selena scese a terra e, prima ancora che Theo smontasse, era sparita di nuovo. Theo non potette seguirla subito perché si ritrovò attorniato da un gruppetto di persone, fra cui Jen.

"Sei stato fantastico!" disse la ragazza, stringendogli le braccia mentre scendeva dal cavallo. "Guardavo dalle mura, ho visto cosa hai fatto... è stato fighissimo!"

Fu preso da una strana impazienza, ma resistette all'istinto di allontanarla, si rivolse invece a Patrick Dilecki, che aveva coordinato le squadre di ricerca, restando in città come punto di riferimento. "L'avete trovata?"

"Sì, sta bene... si era addormentata sotto il letto" rispose in tono cupo e stanco, poggiando una mano sul collo del suo cavallo: era stato Dilecki, infatti, a offrirlo a Theo quando questi lo aveva avvertito che Selena era uscita da sola.

Theo non sapeva se sentirsi sollevato o irritato, ma pensò che anche la mamma di Hannah si sentisse così e decise di propendere per il sollievo. Eppure aveva ancora voglia di tornare là fuori e sterminare quei maledetti zombie prima che potessero nuocere a qualcun altro. Quella sera era andata bene, ma a Theo era capitato troppe volte di assistere a situazioni simili che poi erano finite in tragedia.

La scarica di adrenalina non ancora passata e i ricordi delle carneficine viste nel corso degli anni stimolavano il desiderio di tornare fuori dalle mura a finire il lavoro che aveva iniziato. Quei maledetti zombie teste di rapa avrebbero solo atteso la prossima occasione.

"Che cosa volevi fare?" chiese Jen. "Con la torcia?" Lo guardava con gli occhi che brillavano e ancora una volta Theo fu colpito da come sembrasse giovane e dal fatto che non aveva neanche accennato a Selena.

A proposito. Doveva proprio dire due paroline a quell'avventata. Che cavolo pensava di fare, uscendo così da sola, senza armi, senza protezioni e solo con quel misterioso pendente che teneva nascosto sotto i vestiti?

"Volevo lanciarla contro gli zombie" le spiegò con aria assente, mentre intanto scrutava nell'ombra. Selena doveva essere per forza nei paraggi... non era scappata fuori di nuovo, vero?

"La torcia?" ribadì.

Richiamato all'attenzione dall'insistenza della ragazza, Theo abbassò lo sguardo verso di lei. "Sì" rispose, cercando di non tradire la sua impazienza. "Volevo lanciargli la torcia addosso: hanno paura del fuoco."

"Dove vai?" chiese in tono un po' lamentoso, lo stesso che, poco prima, l'aveva spinto a cedere e a baciarla, subito dopo l'incontro... e il bacio con Selena. Ci era rimasto male quando quest'ultima lo aveva chiamato "ragazzino" con quel tono di condiscendenza e, mentre si allontanava, come se quel bacio non ci fosse mai stato, l'aveva mandata mentalmente a quel paese.

La cosa che più lo aveva sorpreso e fatto incavolare, comunque, era il modo in cui le ginocchia avevano ceduto e il cervello aveva dato forfait. Perché se il cervello avesse continuato a funzionare a dovere, avrebbe preso Selena per un braccio chiedendole un altro bacio, anziché cedere a un nuovo paio di labbra protese e a un facile appagamento per il suo ego.

Dopo l'esperienza con Sage, che aveva definito il suo bacio "carino" e Selena che aveva fatto praticamente lo stesso, anche se con meno parole, Theo aveva tutto il diritto di essere un po' lamentoso a sua volta: il suo povero ego era stato piuttosto maltrattato.

"Devo fare una cosa" disse a Jen. "Ci becchiamo dopo."

Si allontanò senza aspettare che lei rispondesse, e scrutò la folla. L'aria festosa era stata irrimediabilmente rovinata dalla sparizione della bambina e, anche se tutto era andato per il meglio, il falso allarme aveva messo tutti di cattivo umore.

Passò vicino al gruppo di ventenni amici di Jen con cui aveva trascorso la serata realizzando che, in fondo, non erano *così* giovani, ma lo sembravano ai suoi occhi. A ventotto anni lui e suo fratello facevano soldi a palate grazie al loro genio informatico. C'erano direttori generali di imprese dai fatturati astronomici che non spegnevano neppure il BlackBerry senza prima consultarsi con loro. Il proprietario di uno dei più grandi casinò di Las Vegas aveva affidato alla loro agenzia di consulting l'upgrade dell'intero sistema di sicurezza. Erano maniaci del lavoro ma con l'idea di potersi ritirare verso i quarantacinque anni, per godersi la vita, viaggiare e, perché no, sposarsi.

E forse le cose sarebbero andate così, se non fosse scoppiato l'inferno. Se gli uomini e le donne del Culto di Atlantide non avessero deciso che, per avere l'immortalità, valeva la pena distruggere il resto del mondo e l'intera civiltà.

E così, quando passò accanto al gruppetto e quelli gli offrirono una birra, lui la prese. Fece un cenno con la testa, sorrise e desiderò intensamente ricordare cosa volesse dire essere così giovane e avere una vita tanto tranquilla. Per lui sarebbe stata una benedizione anche solo non avere più quei terribili incubi che ancora lo facevano svegliare di soprassalto, coperto di sudore gelido.

I *ganga* facevano schifo ma non erano niente rispetto a quello che avevano passato lui, Lou e tutti gli altri sopravvissuti nei primi vent'anni dopo il Cambiamento.

Aveva già bevuto metà birra quando trovò Selena, o meglio quando lei trovò lui.

Non fu esattamente come se lo era aspettato.

"Cosa diavolo pensavi di fare?" chiese, inviperita.

"Potrei farti la stessa domanda" rispose, allontanandosi la bottiglia dalle labbra. Era a metà sorso. "Uscire di nascosto, senza armi o difese, solo con quel coso attorno al collo."

Quell'osservazione dovette sorprenderla, perché si portò le mani al ventre, dove il "coso" probabilmente le penzolava sotto la tunica. Ma questo non le impedì di attaccarlo. "Che cosa faccio non sono affari tuoi. Non sei né mio padre, né mio figlio, né qualcun altro del genere. Non hai niente a che fare con me e non puoi neppure lontanamente immaginare cosa ho passato in vita mia. La tua bravata, là fuori, poteva farci ammazzare entrambi."

"Stavo cercando di salvarti la vita" rispose, secco. "Sai com'è… una vita per una vita. Theo mosse i piedi. "Ti ho fatto male?" chiese, pensando soprattutto alle ferite sul petto.

"A parte farmi quasi prendere un infarto, no. Ma non ho bisogno del tuo aiuto" rispose. Aveva abbassato i toni, forse accorgendosi di aver alzato troppo la voce. Erano all'ombra di una casa, sotto un melo. "Sapevo quello che facevo. Non sono una bambina. Non lo sono più da un bel po'."

Non poteva dargli torto.

E dall'espressione nel suo sguardo, si capiva che essere trattata come tale le dava molto fastidio.

"Potrei essere tua madre" proseguì. "Quindi fuori dai piedi, vattene dai tuoi amichetti. Puoi dare ordini a Jennifer quanto vuoi, anzi, probabilmente le piacerebbe. Ma non andartene in giro a cavallo a fare stupide acrobazie come quella con me."

Theo represse un sorriso. Mai subìta prima una ramanzina del genere. Non che facesse molta differenza.

La rabbia gli stava passando, ora cominciava a capire. "Beh, non è quello che mi hai detto poco fa, più o meno da quelle parti. Credo le tue esatte parole siano state: *niente male per uno morto tre giorni fa.*"

Quello la fece davvero incavolare. Sbatté le ciglia e fece un passo indietro.

Theo approfittò del vantaggio sentendo, all'improvviso, di avere il controllo. L'attrazione che aveva letto prima sul volto di Selena, e quel tocco di terrore, avevano ora lasciato il posto alla preoccupazione, quella che gli faceva venir voglia di prenderla fra le braccia e sussurrarle che tutto si sarebbe sistemato, salvo poi realizzare che la causa di quella preoccupazione era proprio *lui*. E, ripensandoci, non era poi tanto male.

"E se ci riprovassimo in modo che tu possa fare il paragone tra il mio modo di baciare e quello di qualcuno che non è mai morto?" Le si avvicinò e il sangue nelle vene prese a cantare, sentiva la pelle formicolare, le guardò la bocca…

Era piegata in una specie di piccolo broncio, poi la punta della lingua fece capolino appena, nervosa, e quel minimo movimento per poco non gli fece cedere le ginocchia.

"Non farlo" rispose allungando una mano per fermarlo, e finendo per sfiorargli il petto.

Ora, a Theo avevano insegnato molto bene che quando una donna dice *no, non voglio* o *fermati,* un ragazzo deve ubbidire. Anche se lei con gli occhi dice "sì". Anche se la scintilla dell'attrazione fra loro è palpabile. Quindi, per quanto lo volesse, non si avvicinò ulteriormente. Abbassò gli occhi per cercare di catturare lo sguardo di lei: una cosa non facile nella poca luce, ma ci riuscì.

"Andiamo, Selena." Le sussurrò, suadente. "Sono solo un ragazzino, non hai niente da temere." Ridacchiò quando vide le labbra di lei incurvarsi e sentì il suo respiro farsi più irregolare, quasi affannato.

"Niente" riuscì a rispondergli.

"E allora perché non mi insegni un paio di cosette? Perché non mi mostri come si fa?" chiese con voce bassa e pastosa, gli occhi piantati su di lei.

Theo andò a coprire con la propria mano quella di lei che ancora era appoggiata sul suo petto e si era appena contratta.

"Tu sei pazzo" balbettò Selena: lo sforzo che le costò dire quelle parole fu evidente.

"Che ti aspetti da uno che tre giorni fa era morto?" Si piegò in avanti, trattenendole le mani contro il proprio petto e il suo premio fu vedere gli occhi di Selena diventare enormi e sentire il suo respiro accelerare. "Sarò pure un pazzo, ma voglio ancora baciarti." Lei aprì la bocca per dire qualcosa ma lui proseguì: "… tra le altre cose."

Selena sbatté le palpebre e un brivido le attraversò il corpo. Prendendolo come un buon segno, lui si chinò.

Incontrò le sue labbra, calde e voluttuose. Le bocche scivolarono per poi fondersi, le lingue danzarono e guizzarono. Mentre Theo la stringeva a sé, sentiva il proprio corpo vibrare di vita e farsi caldo e intanto assaggiava lei, la bocca umida e calda e il sospiro leggero che attraversò le sue labbra.

Bello.

Maledettamente… bello… il suo cervello non riusciva a pensare altro e lui si sentiva caldo, voglioso e vivo. *Ancora…*

Ma prima che potesse approfondire, stringerla a sé e darci dentro, lei si scostò. Allontanò le labbra da quelle insistenti di Theo, e spinse coi palmi contro il suo petto. Sicuramente riusciva a sentire il suo cuore battere all'impazzata.

"Potevamo ammazzarci tutti e due a fare quella roba alla *Kate & Leopold*." Il tono della voce era di nuovo da ramanzina, anche se un po' incerto.

"Quella che?" Theo dovette materialmente rimettere in funzione il cervello e spostarsi appena, dolorosamente consapevole di quanto i seni morbidi di Selena gli fossero vicini al dorso delle mani, che ancora inchiodavano dolcemente quelle di lei sul proprio petto.

"La cosa del cavallo" spiegò, la voce un po' più ferma. "Correre verso di me e issarmi sulla sella senza fermarti."

"Non ti ho *issata*, ti ho *tirata su* o meglio ti ho *presa tra le mie braccia*" rispose con un sorriso. Stava andando meglio, adesso. "*Kate & Leopold*?"

Sbuffò, scocciata. "È un DVD."

"Me lo aspettavo, sarà un film da donne, con un titolo così. A dire il vero pensavo più a *Hidalgo*, quando ho immaginato nella mia testa tutta la cosa di tirarti su e prenderti tra le mie braccia."

"Non mi pare che succeda in *Hidalgo*" rispose lei, come ci stesse riflettendo. "Forse."

"Sì, va bene, allora *Robin Hood*."

Selena scosse la testa, le labbra incurvate in un sorrisetto. "Non credo proprio."

"*Il principe dei ladri*, quello con Kevin Costner?" ribatté, scostandole una ciocca di capelli dalla spalla. Erano caldi e pesanti e lei sapeva di fresco. Il cuore nel petto continuava a battergli all'impazzata e non riusciva a distogliere l'attenzione da quella bella bocca smerlata, da baciare ancora e ancora. "Sono piuttosto sicuro che in quel film facessero proprio così."

Lei scrollò le spalle e Theo sentì il dorso della mano bruciare per il contatto coi seni. "Magari non stavo prestando troppa attenzione a Kevin come-si-chiama. Ero più interessata a Alan Rickman."

"Alan Rickman? Cavolo, ma com'è che quello piace a tutte le donne che abbia mai conosciuto?" ridacchiò: respirare si era fatto più facile e gli occhi di lei erano accesi di allegria. Theo non riusciva a pensare ad altro che a lei, il suo calore, le curve, il profumo invitante e femminile che le permeava la pelle e i capelli… immaginava di far scivolare le proprie mani sotto quella tunica larga e stringere quei seni che lo avevano sfiorato, per non parlare del suo sedere rotondo. Gli si prosciugò la bocca all'idea di strusciarsi contro quel corpo, pelle a pelle…

Ma poi Selena fece un passo indietro, sfilò le mani dalle sue e le allontanò dal suo petto. "Theo" disse, in tono pratico. Gli occhi avevano smesso di ridere. "Sei troppo giovane per impegolarti con una come me."

Dio, quella era mutevole come l'argento vivo. Cercò di riprendere il controllo, di frenare i suoi bollenti spiriti, ma lei continuò il suo discorsetto da mamma, prima ancora che Theo potesse formulare una risposta. "So di averti messo in una strana posizione, prima," proseguì, tenendo un braccio teso in avanti, come a volerlo tenere a distanza di sicurezza. "E sono felice che tu sia stato al gioco. Ma non devi baciarmi per pietà. E, davvero… continuare su questa strada non farebbe che mettere entrambi in imbarazzo. Tu non mi devi niente. Avrei salvato la vita di chiunque, avendone la possibilità, quindi, non devi sentirti in debito con me."

Finalmente Theo iniziava a capire. *Pietà?* Intanto lei aveva concluso il suo pistolotto, fece un gesto con la mano come a dire *resta qui*, e aggiunse: "E poi so che presto te ne andrai, per cui… grazie. E Buonanotte." Poi si voltò e se ne andò.

Di nuovo.

Le sue parole si fecero largo nella mente di Theo. Che significava *non devi baciarmi per pietà?*

Pensava forse che lui si sentisse in debito perché gli aveva salvato la vita? Per averlo resuscitato? E temeva che lui si potesse sentirsi in imbarazzo perché lei era troppo vecchia?

Gli venne da ridere. Se solo avesse saputo…

Theo avrebbe potuto seguirla, ma non lo fece. Invece, nella luce fioca, sorrise tra sé. Sarebbe stato divertente mantenere il suo segreto per un po'. Perché era chiaro che Selena fosse attratta da lui, ma temeva che lui si accontentasse e basta.

Realizzò con un brivido che niente di ciò che lei pensava poteva essere più lontano dalla verità. Non era da Jennifer che era tornato per approfondire la questione.

E presto se ne sarebbe andato? Da lì? Dove si trovavano l'officina di Brad Blizek e Selena? E quando mai?

Frank si era svegliato all'alba e Theo era tornato da Yellow Mountain con lui. E dopo aver dimostrato abbastanza buona volontà lavorando alcune ore agli ordini del vecchio negriero, questi gli aveva concesso di andare nella Sala Giochi.

"Perché l'hai mostrata proprio a me?" gli chiese Theo, asciugandosi il sudore dalla fronte, "Se è un così grande segreto."

Frank lo guardò coi vecchi occhi grigi. "Sono in giro da tanto, troppo tempo. Non so quando me ne andrò al Creatore. E qualcuno dovrà pur prendersi cura di quella robaccia, qualcuno dovrà pure usarla."

Theo ridacchiò. "E pensi che sia io quello giusto?"

"Ho novantatré anni e non sono un coglione" ribatté il vecchio, brusco. "Tu non sei come gli altri."

Theo decise di prenderlo come un complimento e scappò nella Sala Giochi. Era ansioso di andare a fondo in quei sistemi, oltre i vari livelli di sicurezza. E anche, beh, di giocare con qualche videogame.

Dopotutto era la casa di *Brad Blizek*, cavolo, il suo computer, la sua LAN.... La sua roba. Si guardò intorno, sfiorò la tastiera e il sistema partì.

Cosa ci avrebbe trovato? Quali misteri, informazioni o addirittura... *Aspetta!*

Aspetta. Theo si raggelò e le dita sulla tastiera si bloccarono, ma già scuoteva la testa. No, no, no, assolutamente no. Non Brad Blizek.

Non era possibile che uno come lui fosse membro del Culto di Atlantide.

Eppure... sarebbe stato un ottimo candidato cui offrire l'"ammissione" all'élite delle élite. Al gruppo composto da super-miliardari, super-potenti, persone che avevano tutto quello che potevano desiderare... tranne l'unica cosa che in questo mondo non si poteva avere.

L'immortalità.

Le dita correvano già sulla tastiera, cercando, scavando, penetrando attraverso Linux e le cartelle nascoste, manipolando le password che già aveva hackerato per trovare tutto quello che c'era da trovare.

Quanto avrebbe voluto che Lou fosse lì per aiutarlo.

Di recente Simon Japp aveva saputo da una vecchia conoscenza, che adesso era una dei membri *cristallizzati* dell'Elite, che il prezzo di ammissione al club era di cinquanta milioni di dollari. Spiccioli per uno come Brad Blizek. E oltre al suo denaro, c'erano la sua esperienza nel campo dell'elettronica, la sua azienda, le sue fabbriche, la sua *mente*.

Proprio come con le Stark Industries, sarebbe stato facile usare la UniZek come copertura per le ricerche, lo sviluppo e la creazione della *cosa*, qualunque essa fosse, che il Culto aveva usato per far emergere un'isola nel bel mezzo del Pacifico, causando gli tsunami, i terremoti e le altre catastrofi che avevano spostato l'asse terrestre e distrutto il mondo cinquant'anni prima.

Sentiva lo stomaco teso e agitato al tempo stesso, mentre scavava. Imprecava e martellava sui tasti per piegarli al suo volere. Lavorando e limando, riuscì infine a spezzare l'impenetrabile firewall.

L'entusiasmo di Theo per essere riuscito ad hackerare il sistema di sicurezza di Brad Blizek, fu subito spento dall'immagine che apparve sullo schermo che aveva di fronte: la tipica rappresentazione circolare di un labirinto con sopra una svastica e intorno delle linee ondulate che rappresentavano le onde dell'oceano.

Il simbolo del Culto di Atlantide.

Porca puttana.

Theo si alzò di scatto dalla sedia e si mise a camminare. Brad Blizek. Legato al Culto, alle persone che avevano distrutto il mondo. Aveva la nausea.

Maledizione, lui e suo fratello lo avevano idolatrato, non solo per il suo essere creativo e naïf, ma per quello che era. Avevano assistito all'ascesa di quel giovane, notato con piacere che aveva le loro stesse preferenze politiche. Aveva donato milioni per Haiti, quando, nel 2009, era stata colpita da quel terremoto devastante. Aveva finanziato borse di studio e fornito computer a tante scuole.

Ma aveva anche pagato cinquanta milioni di dollari per entrare a far parte di un culto che aveva distrutto il mondo e tutto questo solo per avere un piccolo cristallo che lo avrebbe reso immortale. Theo stava male.

Distolse lo sguardo dall'enorme schermo a muro, si sedette vicino a un computer delle dimensioni di un portatile e aprì la propria email. Lou sarebbe stato devastato da quella notizia quanto lui.

❧

Remy era giunta alla conclusione che il miglior modo per nascondersi dall'Elite e dai Cacciatori era rimanere in bella vista. Proprio in mezzo a loro.

Non che qualcuno sapesse che lei era nipote e omonima del famigerato Remington Truth. Dubitava persino che qualcuno fosse a conoscenza del fatto che suo nonno era morto da tempo, ma non era facendo stupidaggini che era riuscita a vivere per quindici anni protetta dall'anonimato. Inoltre, se anche avessero scoperto chi era, non potevano sapere cosa aveva con sé.

Come a volte le capitava, le dita corsero da sole al piccolo cristallo arancione che portava all'ombelico. *Proteggilo a costo della vita. Saprai a cosa serve quando sarà il momento*, le aveva detto il nonno. E da allora lo aveva tenuto lì, avvolto da un'intricata montatura d'argento e bloccato da quattro fori all'ombelico, due sopra e due ai lati. A volte il cristallo diventava tiepido, persino caldo, ma lei non lo toglieva mai.

Se non fosse stato per quegli uomini e quella donna coi capelli rossi che si erano presentati nella sua casa a Redlo, inducendola a rivelare il suo nome, Remy avrebbe continuato a vivere lì, fabbricando vasi e godendosi la compagnia del suo adorato Dantès.

Come se le avesse letto nel pensiero, Dantès sollevò il muso dall'enorme zampa su cui poggiava e la guardò inclinando il capo, in quel modo tutto canino di dire: *beh, cosa c'è?*

Remy allungò la mano per grattargli la testa in mezzo alle enormi orecchie a triangolo, oltremodo sollevata che il suo cagnolone fosse tornato da lei. Si erano separati quando era fuggita da Redlo e solo di recente si era ricongiunta col suo amico e guardia del corpo.

Aggrottò la fronte: quella era stata un'altra disavventura, ritrovamento di Dantès a parte. Chi avrebbe mai potuto immaginare che quel coglione, lo stesso che a Redlo l'aveva irritata tanto da spingerla a piantargli una pallottola poco sopra la spalla, solo per fargli capire le cose come stavano, si sarebbe preso cura del suo cane a Envy? Aveva tentato di trattenerla e Dantès non le era stato d'aiuto perché lo considerava un amico. Si era rifiutato di dirle come si chiamava e lei aveva preso a chiamarlo Stu. Che stava per Stu Pido.

E per scappare, gli aveva lanciato addosso un serpente.

"Ti diverti?"

Remy, seduta per terra su un vecchio cuscino, che un tempo doveva essere stato blu e poi una tana per roditori, alzò gli occhi verso il suo compagno. Quella del Cacciatore era una vita raminga, fatta di giacigli scomodi e malsani e di altri inconvenienti. Ma, in compenso, viaggiava con Ian Marck.

Remy non gli concesse molto, giusto un mezzo sorriso. "Ripensavo a un episodio divertente."

Ian aveva circa quarant'anni, l'aria da duro, la mascella squadrata e due intensi occhi verdi. La fronte era alta, gli zigomi taglienti, il naso lungo e dritto e i capelli biondo sporco. Sarebbe stato un bell'uomo se non avesse trasudato asprezza e violenza, quella sorta di letale efficienza di chi faceva tutto quello che doveva senza pensarci troppo. E Remy sapeva che era vero. L'aveva visto uccidere un uomo a mani nude torcendogli il collo, con un solo, rapido, orribile gesto, senza che l'espressione del viso e il ritmo del respiro di Ian cambiassero di una virgola.

Dopodiché, aveva abbandonato il cadavere lì e se ne era andato. Freddo e duro come il diamante.

Remy non si fidava di Ian, in realtà non si fidava di nessuno, ma di lui ancora meno, data la sua cattiva fama. Suo padre, Raul, era stato un Cacciatore temuto da tutti, al servizio del Triumvirato, i capi supremi dell'Elite, finché non era stato ucciso.

C'era chi diceva che Ian fosse più intelligente, violento e spietato del padre e che, a differenza di quest'ultimo, non fosse avido. Non aveva un prezzo, neppure la sua stessa vita e questo lo rendeva un uomo privo di debolezze.

I più pericolosi.

E niente di ciò che Remy aveva visto e provato nell'ultimo mese, aveva confutato quell'idea.

Cambiò argomento. "Ci incontriamo domani con Seattle e Garrett?"

"Sì" rispose Ian con una smorfia di disgusto. I suoi occhi la scrutarono a fondo, e un formicolio le percorse la pelle. "Seattle sa di te, glielo ha detto Lacey quindi aspettati le sue attenzioni. A Lacey probabilmente non va a genio che tu sia con me, ma non perde l'occasione di far pesare a Seattle qualunque cosa le dia un vantaggio."

I Cacciatori lavoravano per gli Stranieri, provvedendo a scovare chiunque potesse costituire una minaccia al loro potere e dominio sul resto dell'umanità. Al momento, i Cacciatori cercavano Remington Truth, uno dei membri originali del Culto di Atlantide, ma anche un altro dei membri, una donna di nome Marley Huvane, che era fuggita.

Quei bastardi di solito si alleavano con un membro dell'Elite alla volta, e questo per gli immortali era una questione di orgoglio, un modo di fare sfoggio del proprio potere. E se un Cacciatore si dimostrava leale e riusciva in tutti i compiti che gli venivano affidati, veniva ricompensato o ricompensata con la cristallizzazione. Non diventava un membro dell'Elite, che annoverava solo coloro che avevano partecipato all'Evoluzione cinquant'anni prima, ma, agli occhi di molti, l'immortalità era un premio più che sufficiente.

Lacey non era né una dell'Elite né un Cacciatore, ma era cristallizzata. E, a quanto diceva Ian, aveva un competitivo rapporto di amore-odio con Seattle, che aspirava ad avere un cristallo a sua volta, per diventare suo pari.

"E perché ci incontriamo con loro?" Remy si alzò e raccolse la ciotola e il cucchiaio spartani che aveva usato per fare colazione. Era molto più brava di lui a cucinare, Ian apprezzava e, da quando erano diventati, per così dire, "compagni", le lasciava volentieri quell'incombenza.

Ian l'aveva praticamente ricattata per farla diventare la sua compagna, il giorno in cui lei si era incautamente avventurata al *Madonna's*, ignorando che il bar fosse un ritrovo per Cacciatori e immortali cristallizzati. Ian andava dicendo che era per proteggerla, ma a Remy pareva ridicolo dato che con lei c'era sempre Dantès. Al che Ian le aveva fatto notare che il cane non era immune alle pallottole, dando a Remy poca scelta.

Tuttavia, stare in mezzo a Cacciatori e gente di quella risma le forniva un nascondiglio migliore di qualunque altro potesse inventarsi. Quindi aveva accettato.

"Vogliono fare un po' di casino a Yellow Mountain, un piccolo insediamento verso nord. La prossima settimana andiamo lì a fare un'incursione e a dare una ripulita. A quanto pare, Seattle ha paura di una tizia di lì che può predire la morte della gente."

Remy rise di nuovo e prese la ciotola di Ian. "Forse ha paura che preveda la sua."

"In quel caso" proseguì Ian appoggiandosi al muro e guardandola coi suoi occhi gelidi. "Vorrei essere il primo a scoprirlo. Seattle è un bastardo violento, avventato e stupido."

"Mentre tu sei solo un bastardo violento e avventato" biascicò Remy chinandosi per porgere le scodelle a Dantès. Il cane doveva sempre assicurarsi che non vi rimanesse dentro neppure un briciolo di stufato, prima che lei le lavasse.

"È così che si deve essere" rispose.

Quelle parole gelarono il sangue nelle vene di Remy perché sapeva che non era una battuta, ma cercò di ignorare quel formicolio alla base del collo. Non si fidava di lui, nemmeno, però, lo temeva, non proprio.

Non l'aveva mai minacciata e poi c'era Dantès che lo fissava come un leone che aspetta la preda. Neanche il cane si fidava di lui.

Ma i baci di Ian erano ardenti e vogliosi. E aveva un corpo magro e forte e la pelle dorata segnata da numerose cicatrici.

Non erano amanti, ma Remy pensava che fosse solo questione di tempo. La vicinanza, l'assenza di privacy e il fatto che avevano condiviso diverse sessioni di baci rudi e profondi, lasciavano presagire che sarebbe accaduto presto. Una di quelle sessioni si era conclusa con lei che gli piantava un gomito nello stomaco, seguito da un pestone sul piede, per poi divincolarsi e fuggire da lui e da suo padre.

Non che il bacio non fosse stato di suo gradimento, al pari degli altri momenti in cui le loro lingue si erano incontrate, ma si era presentata una possibilità e lei l'aveva colta al volo. Poco dopo aveva ritrovato Dantès e "Stu", e una settimana dopo al *Madonna's* era di nuovo incappata in Ian.

Il rapporto tra loro era difficile da descrivere e illogico: non erano né amici, né amanti ma neppure nemici. Non si fidavano l'uno dell'altra e non si piacevano… eppure restavano insieme.

Una cosa Remy la sapeva: Ian odiava il fatto di averla baciata. Era come se lo avessero costretto e ora si malediceva per averlo fatto, ma non era certa se fosse perché aveva mostrato un attimo di debolezza o una qualche emozione. Sapeva solo che glielo leggeva in faccia.

Ian la guardava ma nei suoi occhi non c'era il calore che Remy era abituata a scorgere negli sguardi degli uomini, bensì fredda determinazione.

Remy restava con lui perché era il nascondiglio migliore e il posto più sicuro per lei.

Si chiese tuttavia, e non per la prima volta, cosa volesse lui da lei.

※

Selena non si era accorta che Theo era rientrato prima di lei da Yellow Mountain e si ritrovò a guardare fuori dalla finestra, chiedendosi se sarebbe mai tornato. Poi, circa due ore dopo che aveva finito di controllare tutti i suoi pazienti, lo vide venire verso la casa, parlando fitto fitto con Frank. Si asciugava il sudore dalla fronte, come se avesse già lavorato un bel po'.

Quindi, a quanto pareva, quella mattina non si era trattenuto a Yellow Mountain con Jen. Perché quel pensiero la faceva sentire così piena di calore e speranza? Si morse il labbro, rendendosi conto che stava sorridendo. Nonostante il fatto che con quell'acrobazia sul cavallo se la fosse quasi fatta sotto, le era piaciuto stare con lui. Avevano scherzato, riso... si era persino rilassata. Con lui si sentiva a proprio agio, come non le succedeva da molto, molto tempo.

Quando la sentì rantolare, riportò la propria attenzione su Maryanna e si sentì un po' in colpa. La sua nuvola della morte brillava nella luce del mattino. La polverina grigia aveva assunto una sfumatura blu e girava e vorticava, segno che l'ora della donna era vicina. Le guide la aspettavano pazienti, osservavano la loro protetta sospirare e tremare in quello che non era più sonno, ma uno stato comatoso che l'avrebbe fatta scivolare nella morte.

Maryanna era rimasta sospesa fra la vita e la morte più a lungo di quanto Selena si fosse aspettata, la nube densa vorticava piano in un angolo della stanza, le guide stavano lì, in silenzio. Il respiro della giovane donna era roco e disperato, ma quando aprì gli occhi e guardò Selena era lucida e calma.

"Sto per andarmene" disse, la voce bassa e incerta. "Rivedrò mio fratello e andrà tutto bene."

Selena annuì e posò la mano su quella della paziente, pronta. "Qualunque cosa vi abbia separato da questa parte, di là non conterà più niente, credo."

Maryanna fece un sorriso serafico, a dispetto del dolore lacerante che, Selena ne era sicura, doveva venire dall'infezione che l'aveva divorata dall'interno, togliendole ogni energia e riducendola pelle e ossa. "Mi sta aspettando. Grazie per avermi ascoltata per tutti questi giorni."

Selena sorrise a sua volta e strinse quelle povere, deboli dita. "È per questo che sono qui. E ognuno di voi mi insegna qualcosa."

Niente di più vero: ogni anima che accompagnava verso qualsiasi cosa ci fosse oltre questa vita, in qualche modo, la toccava o le insegnava qualcosa e non solo attraverso la condivisione delle memorie. Le insegnavano il perdono e la grazia, la pace e persino l'ironia. Spesso, l'ironia.

E poi c'erano gli zombie… quelli con cui riusciva a comunicare solo mentre li liberava. Quelli la perseguitavano.

"Hai molto dolore?" chiese, vedendo che non riusciva a trattenere una smorfia. C'era così poco che potesse fare, ma poteva provarci.

Lei serrò le labbra e il sorriso serafico scomparve. "È quasi finita, posso farcela."

Le guide si mossero e tesero le mani verso Maryanna. E fra loro, un po' defilato, c'era un ragazzo che aspettava. La persona che Maryanna aveva bisogno di vedere per lasciarsi andare… e così, lo fece.

Nel momento in cui scivolava fuori dal suo corpo verso quelle braccia amiche, l'espressione del viso da sofferente divenne beata. Mentre moriva, i suoi ricordi si riversarono su Selena scorrendo e sfiorandola sotto forma di rapide immagini.

Quando se ne fu andata, la Signora della Morte fece quello che faceva sempre. Si raccolse silenziosamente in preghiera per diversi minuti, ripensando ad alcune delle immagini che aveva visto nella propria mente al momento del decesso, una sorta di commemorazione privata.

A volte, vedere quelle immagini felici e gioiose, era difficile quanto il trapasso stesso, ma le peggiori erano quelle piene di rabbia e paura. O quelle tristi e dolorose.

Era come rivivere le emozioni di ogni persona, ancora e ancora, ma lo faceva in memoria di chi se ne era appena andato. Poi avvolgeva il corpo in un panno profumato di limone e lo restituiva alla famiglia, se ce n'era una, altrimenti lo mandava a Yellow Mountain per la cremazione.

Selena osservò Maryanna, augurandosi che fosse sempre così facile, così indolore, così pacifico accompagnare un'anima verso ciò che veniva dopo.

Sentì lo stomaco contrarsi e guardò fuori. Aveva diciotto anni quando aveva scoperto l'altra sua responsabilità, il potere del cristallo rosa.

Una notte, mentre tornava a casa, si era ritrovata fuori dalle mura e si era persa, incapace di ritrovare la propria strada. Era nella foresta, sperduta e senza una fonte di luce, così tirò fuori il cristallo, sapendo che a volte si accendeva.

Anche quella notte si illuminò, aiutandola a orientarsi.

Quando udì i lamenti delle creature dagli occhi arancioni, Selena credette di non avere alcuna possibilità di ritornare viva a casa: gli alberi erano troppo alti per potercisi arrampicare e non c'erano altri posti in cui nascondersi.

Si sedette a terra e pregò che facessero in fretta, stringeva il cristallo e si chiedeva se avrebbe visto la propria nuvola della morte. Una voce nella sua testa le disse *Coraggio! Andrà tutto bene.*

Cercò di dare ascolto a quella voce, che sapeva appartenere al suo angelo custode. Ma quando due zombie le si fecero incontro, si mise a urlare, terrorizzata, tentando di respingerli.

All'improvviso si accorse che volevano solo toccare il cristallo. Non tentarono né di dilaniarla, né di rapirla.

Barcollando, cercavano di acchiapparlo e di nuovo Selena sentì la voce dentro di sé: *Aiutali! Hanno bisogno del tuo aiuto.*

Quando riaprì gli occhi, che aveva serrato per la paura, vide la bionda Wayren in piedi vicino a lei, che la guardava e annuiva.

Come accadeva quando aiutava gli altri, Selena non capiva del tutto cosa dovesse fare. Ma sapeva riconoscere la pace quando la vedeva e, mentre lasciava che le creature toccassero il cristallo, vide che riempiva i loro occhi.

Quando tornò a guardare Wayren, lei annuì di nuovo. *È il tuo dono. Usalo per aiutarli.*

Dopo un po' Selena entrò in cucina dove trovò Vonnie intenta a mescolare qualcosa dal profumo delizioso, come sempre.

Nonostante il peso che gravava su di lei, un misto di amore e inquietudine, la abbracciò forte, con profondo affetto. "Sei la persona più straordinaria che conosca" disse, sorridendole.

Vonnie le carezzò la guancia. "Il sentimento è reciproco, tesoro" rispose. "A cosa devo questa dichiarazione?"

"Al semplice fatto che è vero. E perché mi fai da mangiare. Cosa stai preparando?"

"Stufato di pollo con mango e patate arrosto" rispose togliendo un mestolo gocciolante dalla pentola e poggiandolo sul bancone. Si lasciò dietro una striscia di sugo, che ripulì subito con lo straccio. "E per te pomodori, peperoni, mais e quinoa con abbondanti aglio e coriandolo." Sapeva che Selena non voleva mangiare niente che avesse avuto una faccia e non dimenticava mai di cucinare per lei dei piatti senza carne.

"Grazie, dev'essere buono. Tienimi da parte anche qualche mango."

Affondò la mano in una scodella piena di mandorle appena colte e probabilmente sgusciate da Frank. Tre anni prima, avevano quasi perso il loro ultimo mandorlo, ma Frank lo aveva curato come un bambino e lo aveva salvato, insieme ad altre piante, dalla siccità e dai parassiti.

Selena guardò con un po' di senso di colpa la macchia di alti alberi e folti cespugli sul retro. Erano stati fortunati che i ficcanaso non fossero mai riusciti a trovare ciò che Frank teneva nascosto. Ma se non si erano spinti molto in là, era anche perché il loro capo,

Seattle, era al contempo affascinato e terrorizzato dalla Signora della Morte, un fatto di cui Selena non mancava di approfittare, quando si presentava l'occasione.

"Mi dispiace per Maryanna" riprese Vonnie.

Selena annuì e scrollò le spalle: dispiaceva anche a lei ma c'era poco da dire. Era la vita.

Un altro *perché* a cui non aveva risposta.

Guardò verso la finestra: il sole sembrava avere, all'improvviso, preso a muoversi più velocemente. Era ancora alto ma aveva già iniziato a calare. Quella notte sarebbe dovuta uscire.

"Che ne dici di andare a cercare Theo e avvertirlo che è pronto?" buttò lì Vonnie. "Quello mangia più di Sammy e Tyler messi insieme!"

"È tornato da Yellow Mountain?" chiese Selena con altrettanta nonchalance.

Vonnie le lanciò uno sguardo un po' scettico e un sorrisetto le incurvò le labbra. "Credo che sia su nella Sala Giochi."

Che se ne faceva Theo di tutti quei ruderi? E chi gli aveva dato il permesso di entrarci?

Vonnie la anticipò. "Colpa di Frank, credo che abbia un debole per quel ragazzo e gli ha detto che poteva starci."

Ragazzo. Esatto. Era proprio quello, un *ragazzo*.

Selena doveva rammentarselo, di quando in quando.

La casa in cui vivevano e in cui Selena si prendeva cura dei suoi pazienti era enorme, una villa, diceva Vonnie anche se Frank la rimbrottava dicendo che era una *hacienda*, ma la parte occupata era piccola. E siccome non c'era molta gente che voleva stare costantemente a contatto coi moribondi, nel lungo edificio a quattro piani abitavano in realtà solo Frank, Vonnie, Selena e Sam.

Quella che chiamavano la "Sala Giochi" occupava l'intero terzo piano dell'edificio e le porte erano state sigillate anni prima da Frank, cosicché nessuno, soprattutto i ficcanaso, venisse a sapere della sua esistenza. Selena aveva visto qualche sala giochi nei film, mentre Vonnie ci era persino stata prima del Cambiamento, ma quella che avevano lì era più grande e più interessante di qualunque altra avesse mai visto, sempre che scaffali e banchi pieni di vecchi trabiccoli potessero essere definiti *interessanti*. Erano almeno cinque anni che non ci andava, probabilmente, e anche se ci era entrata, era stato solo per qualche minuto, con Frank.

Quando aprì la porta, che Frank aveva sistemato in modo che sembrasse sbarrata anche se non lo era, lì per lì non riuscì a scorgere Theo da nessuna parte.

"Theo?" lo chiamò, sentendo un leggero ronzio provenire da un angolo lontano. Si rese conto troppo tardi che avrebbe dovuto mettersi le scarpe per andare in quella stanza polverosa e abbandonata.

Nessuna risposta. Si diresse verso la fonte del ronzio e cominciò a sentire anche un ticchettio sommesso: lui doveva essere lì. Lo trovò girando l'angolo, la finestra dietro di lui era aperta per cambiare l'aria. Non c'era poi tanta polvere, probabilmente grazie a Frank.

Theo non alzò neppure gli occhi mentre lei si avvicinava: fissava lo schermo di un computer, le labbra che si muovevano e la fronte aggrottata mentre le dita volavano sopra la tastiera, premendo i pulsanti, spingendoli con enfasi, poi a un tratto sbottò: "Fanculo stronza! Lo sai che sei fottuta se non ti decidi a fare quello che ti dico io, cazzo." E poi tornò ad aggredire quei poveri tasti, come se da quello dipendesse la sua vita.

"Però, che vocabolario forbito" ridacchiò Selena, avvicinandosi, colpita dalla concentrazione che gli si leggeva sul volto, dagli occhi fissi e dai capelli spettinati e sparati in tutte le direzioni come le penne di un uccellino arruffato.

Theo si voltò di scatto verso di lei e le dita si fermarono. Il volto sorpreso si rilassò subito ma era evidente che non l'aveva proprio sentita arrivare. Aveva un'espressione cupa, vagamente tesa, come se qualcosa lo angustiasse.

"Se fosse brava e facesse quello che dico io, non dovrei trattarla male" disse, rilassandosi. "Ma le donne sono molto suscettibili." L'ironia gli scaldò lo sguardo, e scaldò anche lei. "Sono felice di vederti, mi ci voleva una pausa."

Selena si avvicinò, gli occhi fissi sul dragone rosso che si dipanava sul braccio di Theo, lungo la curva del bicipite fino alla spalla solida e muscolosa. *Non proprio un ragazzo…* impedì a quel pensiero di proseguire.

Mai più baci per pietà. Sarebbe stato quello, da quel momento in poi, il suo mantra.

Selena si ricompose. "Noi donne sappiamo essere suscettibili, se la situazione lo richiede" rispose, imponendosi di guardare lo schermo. Era pieno di ogni genere di caratteri, righe e righe fitte. Non aveva mai visto un computer funzionante come quello, nella vita reale, solo nei DVD e anche in quei casi, quello che appariva sugli schermi era diverso, più simile ai DVD stessi, in effetti. Questo pareva assai meno eccitante.

Eppure sentiva la pelle formicolare, come in allarme: era pericoloso, lui non avrebbe dovuto essere lì.

"Già, specie quando scompaiono senza dire niente" ribatté, fissandola coi suoi occhi neri. "Ieri notte… non hai pensato che mi sarei preoccupato per la tua sicurezza quando sei uscita fuori dalle mura?"

"Non hai pensato che sono una donna adulta e perfettamente capace di badare a me stessa?" rispose, calma. Non voleva discutere di nuovo con lui di quella cosa, non ce n'era bisogno. Pareva che ora lui le fissasse i piedi o il pavimento. Sperò che non avesse visto un altro ragno o qualcosa di peggio, ma non aveva intenzione di chiederglielo: le probabilità che potesse essere vero erano troppo alte.

Poi all'improvviso Selena riavviò il cervello e si rese conto di una cosa che aveva inspiegabilmente ignorato. "Tu sai far funzionare questi cosi?" chiese, indicando con un gesto tutti gli aggeggi presenti nella stanza.

"Sì." La guardò.

"Come?" chiese, mentre un nuovo formicolio le percorreva il corpo e un ricordo le affiorava alla mente. Un ricordo di Theo. Seduto di fronte a uno schermo come quello, ma più piccolo, non grande quanto una parete. Completamente a suo agio.

"Lavoro con questi da più tempo di quanto immagini. Sono una specie di genio dei computer e dell'elettronica." Un rapido sorriso tornò a illuminargli gli occhi e le labbra. "Io e il mio gemello, lo siamo entrambi."

"Ci sono due te?" Il tono terrorizzato non era voluto. Poi rise vedendo l'espressione beata di Theo. "La vostra mamma avrà avuto i capelli bianchi prima che arrivaste ai dieci anni."

"Per qualche strana ragione Lou non è uscito fuori così avventato come me, anzi come la gente pensa che io sia."

"Tu non credi di esserlo?" chiese incredula.

"Sono ancora vivo, no?" ribatté e alzò gli occhi per incontrare quelli di lei. "Grazie a te" disse, la voce ridotta a un sussurro.

Selena aveva la gola secca e non riusciva a pensare ad altro che al modo in cui lui, la sera prima, se l'era stretta contro il proprio corpo solido, non proprio da ragazzino. All'improvviso realizzò che erano soli, di nuovo, e che lui la guardava in un modo…

Mai più baci per pietà.

"Ieri sera non ti ho baciato per pietà, Selena."

"L'ho detto ad alta voce?" chiese, poi si tappò la bocca con la mano.

"Sì" rispose lui ridacchiando. Si alzò, spingendo lontano la sedia con le ruote. Sembrava più alto di come lo ricordava, e più robusto. E non pareva più tanto arrabbiato per il modo in cui lei era sparita la sera prima, a Yellow Mountain. "Devo dirtelo" proseguì, immobile, di fronte a lei. "Non riesco a smettere di pensare a te." Scosse la testa e incrociò le braccia, proseguendo come fosse una normale conversazione sul tempo e lui non capisse come mai stesse piovendo, dato che c'era stato il sole tutto il giorno. "Mi affascini. Mi chiedo perché tu vada fuori la notte e cosa porti attorno al collo, che non vuoi far vedere a nessuno… com'è essere la Signora della Morte e tenere le mani dei moribondi e come riesci a farlo ogni giorno, senza sosta." Inclinò il capo, continuando a guardarla, occhi negli occhi. "Com'è che sei diventata così forte e perché fai quello che fai. E altre cose, come la storia che mangi poco e che al mattino ti piace correre, me lo ha detto Vonnie, e com'è che voi due siete finite qui, con Frank. E dove diavolo hai trovato dello smalto rosso."

Selena si accorse di avere la bocca aperta, non al punto da apparire sconvolta, ma un po' sorpresa sì. "Uhm" iniziò, cercando di arginare il calore che sentiva dentro All'improvviso fremeva e sentiva lo stomaco leggero. *Porca miseria.*

E poi. Caspita, *diceva sul serio. Vuole davvero sapere quelle cose di me.* Si sentiva al tempo stesso felice e terrorizzata.

"E poi il papà di Sam, vorrei sapere se è ancora vivo e perché non è qui, se è stata una decisione tua, o sua o chissà. E..." si avvicinò ulteriormente a lei, "voglio farti capire chiaramente che non bacio nessuno per pietà. Neppure le donne che mi riportano in vita." Le poggiò piano le mani sulle spalle e con le scarpe le sfiorò i piedi nudi.

"Quante ne hai?" riuscì a dire, rendendosi conto con un attimo di ritardo che aveva sollevato le mani, andandole a poggiare su quel petto ampio e caldo. Wow. Duro come un muro di mattoni.

"Quante cosa?"

"Donne che ti hanno riportato in vita."

"Solo una." Fece per chinarsi in avanti, ma poi si fermò e si ritrasse. Lei lasciò andare il respiro che aveva trattenuto, colpita dal calore che lui le faceva sentire. "Facciamo due."

"Cosa?" chiese lei, la voce acuta, un po' sorpresa e un po' delusa. "Sei già stato riportato in vita?"

Le labbra di Theo s'incurvarono e una mano andò a scansarle una ciocca pesante dalla spalla, per poi scivolarle lungo il braccio. "Beh, tecnicamente, sì. Nacqui col cordone ombelicale avvolto attorno al collo e quando uscii ero tutto blu, floscio come uno spaghetto cotto, il cuore si era fermato, praticamente. Poi un'infermiera mi rianimò, soffiandomi nella bocca e riportandomi in vita."

"Un'*infermiera?*"

"Ma non ti preoccupare" si affrettò ad aggiungere. "Non me lo ricordo neppure quindi, ad ogni modo..." proseguì poggiandole una mano sulla nuca, sollevando i capelli e sorreggendole la testa,

"Tu sei l'unica donna ad avermi riportato in vita. E questo non è assolutamente un bacio dato per pietà."

Si incontrarono a metà strada, mentre le labbra di Theo aggiungevano "… almeno non da parte mia." E andavano a soffocare la risata di Selena, che chiuse gli occhi quando le loro bocche si incontrarono, prima leggere, poi voraci. Le teneva la testa con le dita forti mentre il bacio si faceva umido e profondo. Sotto i palmi di lei, i pettorali si muovevano e il cuore di Theo correva all'impazzata.

Non le pareva per niente un ragazzino, non con quel desiderio e quella sicurezza, non con quei muscoli solidi e forti contro di lei, il cui corpo si fece caldo e liquido, come se venisse risvegliato dal lungo sonno dell'abbandono. Selena smise di farsi domande e opporre resistenza e quando le mani di lui le scesero lungo la schiena, seguendo la linea del busto, si strinse a lui, modellando il proprio corpo contro il suo.

Perché no? Perché non godersela? È così tanto tempo…
È così giovane.
E se ne andrà presto, nessun problema.
Mi fa ridere.

Theo mugolò piano e si mosse, la spinse indietro verso qualcosa di solido e la tenne lì, in modo che i loro corpi si sovrapponessero, che ogni curva e ogni sporgenza dell'una si imprimessero nell'altro. Se avesse avuto ancora qualche dubbio residuo circa il bacio dato per pietà, adesso era completamente fugato. Il desiderio di Theo era palpabile, l'insistenza, quando i loro bacini si incontrarono, la portò a spingersi con altrettanta veemenza contro di lui.

"Seee…" mormorò lui, staccando la bocca e affondandole la faccia nei capelli, accanto all'orecchio. "Selena" sussurrò, roco, mordicchiandole e succhiandole il collo, facendola fremere e sussultare contro di lui.

Mugolando di piacere, Selena gli insinuò le mani sotto la camicia, andando a carezzare i pettorali squadrati e i capezzoli duri, consapevole del leggero tremore dei muscoli sotto le dita. Theo era caldo e liscio e Selena si sentiva audace e bollente, tanto che, quando lui si buttò all'indietro traendola a sé, se ne accorse a malapena.

L'istante successivo si sentì issare sul suo grembo e con le dita sfiorò la base della sedia, mentre gli si metteva a cavalcioni. Theo le sorrise brevemente, ma aveva le labbra serrate e lo sguardo di fuoco mentre infilava le mani sotto la sua tunica ampia. Quando cercò di sfilargliela, Selena, d'istinto, oppose resistenza (*no, no, non in piena luce*), lui parve recepire il messaggio e passò a carezzarle la schiena.

Poi il reggiseno si sganciò e cadde. Selena si inarcò verso di lui, accorgendosi appena del sole caldo che entrava dalla finestra, mentre lui le copriva i seni con le mani, *Ah*. I pollici erano saldi e i palmi tiepidi mentre glieli soppesava, accarezzava, stringeva.

Selena si teneva alle sue spalle per sorreggersi e aveva gli occhi chiusi, concentrata sul piacere che cresceva e la pervadeva, rotolando dalla pancia al petto e al bacino, premuto contro quello di lui. I capelli di Theo erano caldi e soffici, spessi fra le dita e le sue spalle così ampie e squadrate.

Theo si mosse per chinarsi verso lo scollo della tunica, spostandola per cercare i capezzoli e prenderli fra le labbra umide e calde.

Selena trasalì per quella sensazione pungente e annaspò perché lui non si fermava, non rallentava e la sensazione divenne uno strazio infinito e languido, una danza sensuale di labbra e lingua che succhiavano, lambivano, carezzavano. Un dardo di piacere le trapassò il ventre, diretto verso il basso. Si sistemò in grembo a lui, le dita affondate nelle spalle, mentre il calore e la pressione tra di loro, salivano e pulsavano.

All'improvviso Theo si allontanò con un gemito, lasciando che il capezzolo umido e vibrante tornasse a nascondersi sotto la tunica. Stringendola forte tra le braccia la riportò verso di sé, baciandola di nuovo con foga. Un bacio bruciante, fiero e profondo mentre con le mani le cercava i fianchi e la tirava a sé, sopra, a gambe larghe. Selena percepì la sua erezione, dura e pulsante. Anche lei era pronta e bagnata e le cuciture dei jeans, sfregando l'una sull'altra, intensificavano ogni sensazione.

E poi, ancora una volta fu lui a farla muovere e di nuovo lei ubbidì, confusa, pronta, eccitata, le gambe di Selena si riunirono, scivolando su un lato. L'istante dopo le dita di Theo le si insinuavano attraverso la cerniera aperta, giù fra il cotone bollente delle mutandine, verso l'umidità pulsante nascosta là sotto.

Entrambi mugolarono e sospirarono all'unisono e Selena spalancò gli occhi, sentendosi toccare. Quasi sussultò ma lui la sorresse, tenendola ferma e al sicuro, le dita lunghe e sfrontate che scivolavano e la carezzavano laddove era calda e pronta.

Oddio. Tenendosi a lui, sollevò il bacino mentre i jeans si aprivano di più, sentendo il sole caldo carezzarle le spalle e la testa.

E quelle dita... grandi, determinate che si incurvavano e s'insinuavano, carezzandola con movimenti lenti e uniformi, mentre anche il respiro di Theo accelerava, facendosi roco vicino al suo orecchio.

"Sììì" le sussurrò sulla pelle. "Così..."

Selena si lasciò andare, sprofondando completamente nel piacere e le ci volle un attimo per riemergere dalle profondità della sua mente, annebbiata dal godimento e accorgersi del rumore. Ma, all'improvviso lo sentì.

"*Mamma?*"

5

Theo lo sentì dopo un po'.

"Mamma?"

E gli servì ancora un altro secondo per realizzare.

Selena, morbida, sensuale, abbandonata addosso a lui, si irrigidì e spalancò gli occhi proprio mentre Theo si rendeva conto che "mamma" era la donna che aveva in grembo. La proprietaria delle mutande in cui aveva le mani, del viso imporporato e delle labbra turgide a un soffio da lui, dei capezzoli duri e nudi separati da lui solo dal tessuto sottile della camicia.

Fanculo.

Afferrò Selena per un braccio, per trattenerla dal divincolarsi e fuggire, riuscendo a impedirle di inciampare e sbattere nel muro. Il cervello di Theo non lavorava ancora a pieno regime: aveva sempre il respiro affannato e, sotto ai jeans, un'enorme erezione, per la quale, appena pochi istanti prima, aveva già pregustato un gran finale. Si alzò e infilò le mani nelle tasche dei pantaloni per sistemare le cose in modo da stare più comodo e nascondere il più possibile.

\# "Mamma? Sei lassù?"

\# "Sì" rispose Selena. Era in piedi vicino alla finestra e si era riabbottonata i jeans. Aveva la voce incredibilmente calma e ferma. Sembrava parecchio padrona di sé per essere una che, fino a pochi istanti prima, mugolava e si contorceva fra le sue braccia. Non sembrava neppure troppo scarmigliata, fatta eccezione per il velo di sudore sulle labbra piene e i capelli arruffati, come se si fosse appena alzata dal letto. E... oddio! Un capezzolo che si intravedeva dalla tunica.

Sam e uno dei suoi amici (Tim? Tyler? Tom?) apparvero all'improvviso e percorsero la lunga stanza, mentre Theo ringraziava il cielo che la postazione del PC si trovasse dietro l'angolo e non fosse immediatamente visibile dall'entrata.

"Tata Vonnie mi ha detto di dirvi che il pranzo è pronto" disse Sam. Si guardò intorno, ma la sua attenzione fu attratta prima da Theo, poi passò a Selena (che per fortuna si era sistemata la camicia) e poi tornò su Theo, il quale cercò di ignorare il guizzo di sospetto che brillava negli occhi del ragazzo. Non poteva aver visto niente, ma, quando l'espressione di Sam passò dallo stupore al disgusto, Theo si rese conto che, forse, aveva percepito qualcosa. Sperava non fosse l'odore muschiato, di sesso che indugiava sulle dita di Theo o quantomeno nella sua mente.

"Grazie amore" disse Selena, tranquilla a parte... oddio! Il reggiseno slacciato, chiaramente visibile dallo scollo della tunica. "Avevo anche fame, ma poi sono salita su e ci siamo messi a parlare di questi aggeggi."

"Già" ribatté Sam, molto poco convinto.

Era un bel ragazzo, coi capelli biondo scuro e gli occhi nocciola. Era alto un metro e ottanta abbondante, ma doveva ancora irrobustirsi un po', era sui sedici, massimo diciassette anni. Aveva appena passato la soglia della maturità sessuale e stava ancora cercando di capire come gestire tutti quegli ormoni che lo tormentavano da qualche anno. E l'ultima cosa che avrebbe voluto vedere era sua madre che se la faceva con un tipo che non fosse suo padre.

Né con chiunque altro.

Theo azzardò un sorriso e provò a distrarli. "Avete visto quei flipper laggiù?" chiese indicando una fila di macchinari polverosi. Quello de *Il signore degli anelli* era il suo favorito, praticamente uno dei migliori flipper mai costruiti. Gli era piaciuto e sarebbe piaciuto un sacco anche a Sam e Tom (o Tyler?). "Potrei riuscire a farne ripartire uno, se vi va."

"No" intervenne, secca, Selena proprio quando sulle facce di Sam e Tyler (o Tim?) si era acceso un barlume di interesse. "Meglio non lasciarsi coinvolgere in queste cose, troppo pericolose."

Theo notò che i ragazzi ci erano rimasti male. *Non è più pericoloso andarsene in giro di notte da sola?*

"Magari potrebbe almeno dare un'occhiata al lettore DVD che si è rotto… Forse lo sa aggiustare."

"Forse" rispose la donna, senza più rivolgere la propria attenzione a Theo, a parte lanciargli uno sguardo ammonitore nel lasciare la stanza. L'altro ragazzino, quello il cui nome cominciava di sicuro con la "T", le andò dietro, ma Sam no. Cercò lo sguardo di Theo e gli si piazzò davanti: l'atteggiamento non era propriamente minaccioso, ma era chiaro che voleva parlargli.

Theo non poteva che dargliene merito, e non poco: nonostante fosse un po' più alto di lui, era molto più magro e meno muscoloso.

"Ascoltami bene" disse e pareva un po' senza fiato mentre si guardava alle spalle, per assicurarsi che la madre se ne fosse andata. "Non so che ti passa per la testa, ieri sera stavi appiccicato a Jennifer e ora fai… si insomma te la intendi con mia madre. Beh sappi che non mi va affatto bene." Il suo pomo d'Adamo si muoveva un po' troppo e Sam incrociò le braccia sul petto, come per darsi un tono.

Theo annuì e sostenne lo sguardo del ragazzo: confidava che la cosa migliore fosse essere onesti, pur senza scendere nei dettagli, quindi mantenne la propria espressione seria e rispose: "Capisco che possa darti fastidio, ma non ho alcuna intenzione verso Jennifer, fra noi non può funzionare… mentre tua madre, beh, lei è straordinaria" continuò, trattenendosi a stento dal dire "sexy". "Non so cosa succederà ma ti prometto che, qualunque cosa accada, la tratterò con rispetto e avrò cura di lei, ok?"

Sam parve rilassarsi, ma non aveva ancora finito. "Tu non sei di queste parti e non ci resterai. Non voglio che lei inizi a fidarsi, che sia felice con te e poi tu, un bel giorno, te ne vai. Capito?"

Theo sbatté gli occhi. Già. Non era di quelle parti, eppure, allo stesso tempo, il pensiero di andarsene, anche se erano passati solo quattro giorni (che però gli erano parsi una vita) gli era estraneo e sgradito. "Non ho intenzione di andarmene tanto presto, Sam" rispose. "Che ti piaccia o meno. E come ti ho detto, tua madre è una donna straordinaria… intelligente, bella, affascinante, forte… e io le donne così le tratto sempre con rispetto." Sam lo fissava ancora, la testa leggermente inclinata, ma infine fece un piccolo gesto di assenso. "Sta bene" sentenziò, si dette una rapida occhiata intorno e poi guardò di nuovo Theo. "E comunque mi piacerebbe davvero saperne di più su questi cosi" aggiunse, indicando la stanza. "Mi insegneresti?"

Theo fece per parlare, ma poi si bloccò: il pericolo a cui faceva riferimento Selena era lo stesso di cui gli aveva parlato Frank, ma era anche la ragion d'essere della Resistenza che lui e Lou stavano costruendo. La tecnologia era potere, ed era per questo che l'Elite voleva soffocarne ogni conoscenza o possibilità di utilizzo. Ma finché non aveva la possibilità di parlarne con Selena, era meglio resistere all'impulso di contravvenire alle sue raccomandazioni. "Devo parlarne con tua madre" disse quindi. "Dai, andiamo a mettere qualcosa sotto ai denti."

Il cibo era delizioso, ma quel pasto fu una tortura.

Selena evitava di guardarlo negli occhi con tanto impegno, da fargli pensare che fosse tornata a quel ridicolo atteggiamento del "non voglio baci dati per pietà" che tanto lo infastidiva e acuiva ulteriormente il suo disappunto per l'interruzione di poco prima.

Sam li guardava a turno, quasi fosse pronto a beccarli in flagrante, Vonnie, da parte sua, li scrutava con malcelata ironia. Frank non sentiva bene (o, più probabilmente faceva finta), quindi qualsiasi cosa venisse detta a tavola doveva essere urlata, pena il doverla ripetere.

E, per completare il quadro, Jennifer era arrivata giusto in tempo per il pranzo e, sebbene Theo fosse riuscito a non sederle accanto, lei era riuscita a sistemarglisi di fronte.

Fra gli sguardi di fuoco che Jennifer gli lanciava, i costanti accenni alla sua bravata a cavallo della sera prima e al tatuaggio *fighissimo* che aveva sul braccio, per non parlare di Sam che non riusciva a staccare gli occhi dal modo in cui Jen riempiva quel suo top bianco aderente, a Theo sembrava di essere nel bel mezzo di un episodio di una sit-com.

E certo non aiutava il fatto che nemmeno lui riuscisse a staccare gli occhi da Selena, specie ora che aveva provato il suo sapore, il suo odore e il modo in cui si abbandonava quando era eccitata. Certo Jen era giovane, bellissima e platealmente interessata a lui e non aveva neppure un figlio adolescente... eppure Theo non aveva alcuna voglia di iniziare un qualcosa con lei. Era stata la Signora della Morte ad accendere la sua fantasia. Era bello parlare con lei, era sveglia ed era una di quelle persone che cercano di fare la differenza nel mondo... a parte quando invece cercava di farsi ammazzare dagli zombie. Ma anche in quello tentava di fare la differenza, in quel posto di merda. Proprio come lui.

Era fermamente intenzionato a riprendere il discorso da dove lo avevano interrotto e l'unica volta in cui, durante il pranzo, riuscì a incrociare lo sguardo di Selena, glielo fece capire con chiarezza. Lei arrossì e si voltò.

Quando ebbero finito, Theo aiutò a sparecchiare, come sua madre gli aveva insegnato, impilando le stoviglie per forma e dimensione. Anche se erano anni e anni che non si ritrovava in una cucina e a consumare un pasto del genere, le vecchie abitudini e regole erano dure a morire.

Continuava tuttavia a tener d'occhio Selena, che si era alzata dal comodo tavolo rotondo, in mezzo a uno spazio troppo grande per essere definito '"angolo della colazione" e non appena si era diretta verso la porta, l'aveva seguita. Subito fuori dalla cucina, imboccò un corridoio che portava sul retro.

"Ehi" la chiamò, riuscendo ad afferrarla per un braccio.

Selena lo guardò. Aveva i capelli arruffati, le labbra dischiuse e il rossore le imporporava le guance. Dovette sforzarsi parecchio per non attirarla verso di sé e baciarla. Si limitò a dire: "Ci sono rimasto male."

"Male?" rispose, accennando un sorrisetto. "E io che credevo di aver fatto un buon affare."

Il sollievo lo pervase come un'ondata di calore. Non era tornata alla storia del bacio pietoso. "Non buono quanto volevo io" disse, con un sorriso eloquente. "Pensavo che magari, potevamo riprendere da dove abbiamo lasciato. Quanto prima."

Selena incurvò ancora di più le labbra facendo vibrare Theo di passione. "Mi sembra un'ottima idea. Magari trovando un posticino più comodo…"

Theo dette uno sguardo fugace per assicurarsi che nessuno li avesse seguiti, e poi fece la propria mossa, spingendola contro il muro e poggiandole le mani sulle spalle sottili. "E un po' più privato, magari." Si piegò su di lei e le poggiò le labbra sulle sue: non fu un bacio rude e appassionato, ma uno carico di promesse e attesa. "Camera mia non è molto riservata" le sussurrò contro le labbra.

"La mia sì" rispose, premendogli il bacino contro il suo.

"Ok" disse, insinuando la lingua a cercare quella di lei. "Stanotte, allora."

"Mmm mmm… stanotte" mormorò, premendogli le mani e il seno contro il petto, poi si staccò. "No, aspetta. Stanotte no" esclamò.

"Cosa?" Theo si staccò a sua volta ma continuò a giocherellare con le dita fra i capelli di lei. "Perché no? Quando il bimbo è a letto…"

"No, no, stanotte no" ripeteva. L'espressione dolce e piena di desiderio era scomparsa, per lasciar posto a qualcos'altro… Qualcosa di… privato, difficile. Poi sorrise di nuovo. "Non ce la faccio ad aspettare così tanto."

Ma davvero? Per quanto l'idea gli piacesse non era *nato ieri.* No, non esattamente. "Allora?"

"Dopo cena. Fa' quello che dico io" sussurrò, mentre con le mani gli carezzava le spalle per poi risalire verso i capelli, e scivolare infine dietro la nuca, tirandolo a sé per un bacio lungo e profondo.

Quando si staccarono, Theo aveva il fiatone e cercava di rammentarsi perché mai non poteva trascinarla in un angolino deserto in *quel preciso istante.*

"Fino ad allora…" sussurrò, allontanandosi, gli occhi che brillavano di desiderio.

"Ci provo ma dopo…"

Un sorrisetto sexy. "Aspetta e basta. Ne vale la pena con noi donne mature." E incurvando le labbra in quel suo modo così seducente, se ne andò.

Porca puttana.

Theo si voltò e tornò indietro, nella direzione opposta e per poco non andò a sbattere contro Jennifer.

"Ehi" esclamò, cercando di schiarirsi il cervello, ma, che fosse maledetto, non riusciva a tirar fuori mezza cosa che non potesse essere interpretata come interesse verso di lei.

Ma la ragazza lo guardava con gli occhi ridotti a fessure e un'espressione scioccata. "Tu e Selena?" balbettò, incredula. "Mi prendi per il culo. Ma lo sai quanti anni ha? È troppo vecchia per te!" Immagini di donne deluse si rincorsero nella sua mente, ma si sforzò di sorridere. "Che tu ci creda o no, sono molto più vecchio di quello che sembro."

Jennifer lo guardò, le labbra serrate in una smorfia sdegnosa. "Potrebbe essere tua madre. Vi ho beccati. Che schifo."

"Beh…" esitò Theo, cercando qualcosa da poter dire a una donna ferita che non sembrasse troppo offensivo.

"E che mi dici dell'altra sera?" incalzò lei. "Mi hai messo le mani addosso!" Incrociò le braccia sotto il seno che, così facendo, sussultò rendendo la situazione ancora più difficile, perché Theo non poté fare a meno di sbirciare. Insomma, era pur sempre un uomo. *Maledizione.* Distolse lo sguardo.

Niente, il suo cervello, si rifiutava di collaborare e non trovò nulla da dire se non "Mi dispiace se ieri sera ti ho dato un'impressione sbagliata." Evitò di rammentarle che era stata lei ad appiccicarglisi addosso, lei a buttarglisi tra le braccia, sì, lui l'aveva baciata, ma solo dopo che lei gli si era offerta apertamente.

"Bah" sbuffò, girando i tacchi e andando via, sculettando, i capelli mesciati che si muovevano al ritmo della sua stizza.

Theo tirò un sospiro di sollievo. Almeno ora aveva chiarito che da parte sua non c'era niente.

Doveva solo aspettare l'ora di cena e il momento in cui avrebbe di nuovo stretto a sé Selena.

E nel frattempo, scoprire cosa aveva da fare quella notte.

Lou si sistemò lo zaino sulle spalle e dette un ultimo sguardo dietro di sé.

Riusciva a malapena a distinguere gli edifici che rimanevano sulla *Strip* di Las Vegas o qualunque cosa fosse stata nel 2010. Da dove si trovava, una pozza d'acqua fangosa in mezzo a due altissimi palazzi vuoti, riusciva a vedere, a due miglia di distanza, il tetto del New York-New York, ultima roccaforte della civiltà in quel mondo.

Devo essere impazzito.

Guardò di nuovo il New York-New York: molto al di sotto di quelle torri, Sage stava probabilmente prendendo posto davanti ai computer. Non avrebbe notato la sua assenza fino all'ora di pranzo, o anche dopo.

Ho decisamente passato il segno, devo essere impazzito.

Sollevò la torcia e un ratto corse a nascondersi nell'ombra. Le mura di Envy, un ammasso di vecchie auto, cartelloni pubblicitari, rimorchi, ali di aeroplano e altri pezzi di macerie sufficientemente grandi, erano state costruite circa cinquant'anni prima per proteggere gli abitanti della città dai *ganga* e dagli animali feroci. Adesso incombevano su di lui, mentre si faceva strada attraverso un tunnel segreto e intricato, fra automobili, tubi di scarico e carri merci, che conduceva all'esterno.

Qualche minuto dopo si ritrovò sull'erba dall'altro lato e spense la torcia. La appoggiò al muro accanto alle luci rotte dell'insegna del Bellagio. L'avrebbe ritrovata lì al suo ritorno.

Se riusciva a tornare.

Certo che tornerò: se sono vissuto tanto a lungo è perché non sono un cretino.

Non ricordava più l'ultima volta che era uscito dalle mura, e anche per quello voleva partire. Theo aveva bisogno di aiuto. Ed era seduto su una specie di miniera d'oro di informazioni sul Culto di Atlantide, per non parlare di tutti i giochini di Brad

Blizek. Inoltre, se Theo era uno smanettone di primo livello, come hacker Lou era anche meglio. E poi era stufo di starsene lì nascosto, trattato come un vecchietto decrepito. Era vecchio sì, ma non cadeva ancora a pezzi.

Inoltre non voleva, non *poteva* credere che Brad Blizek avesse fatto parte del Culto di Atlantide.

Era perfettamente conscio dei pericoli che correva: appena un mese prima Vaughn Rogan, sindaco di Envy e suo caro amico, era quasi morto aggredito da un leone. Già, perché là fuori in agguato non c'erano solo gli zombie, ma anche tigri, leoni, lupi, gatti selvatici e persino elefanti, che vivevano in quello che una volta era il deserto del Nevada e che adesso invece, per via dello spostamento dell'asse terrestre, seguito al cataclisma, era verde e rigoglioso, pieno di vegetazione, praticamente una zona tropicale.

"Che cazzo ci fai qui, lontano dai tuoi giocattoli, nonno?"

Lou trasalì, si voltò e vide Zoë sbucare da dietro un vecchio furgone della posta ribaltato. L'insegna blu e rossa era ormai grigiastra.

"Chi cazzo..." esclamò Lou, tenendosi il petto con la mano. Ci sarebbero volute ore per calmare il suo povero cuore di settantottenne. "Vuoi farmi venire un infarto?"

Portava la faretra con le frecce di traverso sulle spalle magre e i capelli corti e neri erano spettinati come sempre. Lo guardò stupita. "Se non mi hai sentito, dovresti preoccuparti ancora di più. Ho fatto un casino tale da svegliare gli zombie dal loro sonno diurno. Pensi davvero di poter andare, ovunque tu stia andando, senza essere aggredito?"

Lou drizzò la schiena e si sistemò lo zaino. "Solo tu hai intenzione di aggredirmi, nessun altro. Ho vissuto in questo mondo assurdo più a lungo di te. Ho preso delle precauzioni." Guardò l'orizzonte, nella direzione in cui *sentiva* si trovasse Theo. "Viaggerò di giorno e la notte mi nasconderò dove gli zombie non possono prendermi. Starò bene."

"Lasciami indovinare. Te ne stai andando senza dirlo a nessuno, per questo sei uscito da questo buco di culo di passaggio segreto."

"Avrebbero cercato di ostacolarmi. Non penserai di fermarmi?" La guardò.

Zoë sorrise e poggiò la schiena contro un albero. "È chiaro che non mi conosci abbastanza, Lou. Sono l'ultima persona al mondo che cercherebbe di fermarti. Pensa che nemmeno Quent osa provare a tenermi chiusa dietro queste mura del cazzo."

Lou si rilassò. "Bene. Così non dovrò farti del male."

Si guardarono e risero. Zoë era un po' rude, ma a Lou piaceva: non potevi non apprezzarla se riuscivi a guardare oltre l'aria da dura.

"Vai a cercare Theo?"

"Sì. Ha scoperto delle cose che devo vedere. Computer e altri aggeggi."

"E come diavolo farai a trovarlo?"

"Roba da gemelli... io riesco... ecco, riesco a *sentirlo* e non farò altro che seguire questa sensazione. Mi prendo uno degli Hummer."

"Gli altri si incazzeranno come zombie, lo sai vero?"

"Mezza Envy crede già che io sia pazzo." Il suo continuo parlare degli Stranieri e della loro brama di controllare i superstiti, nonché dei rapimenti e dei massacri ad opera degli zombie, era stato da tempo classificato come demenza senile.

"Poco ma sicuro" assentì Zoë. "Fortuna che noi sappiamo bene che non lo sei."

"Già." Visto che nessuno gli prestava seriamente attenzione, era stato facile per lui costruire una Resistenza segreta.

"Beh, verrei con te ma mi rallenteresti troppo" disse Zoë, mentre i sui occhi tradivano preoccupazione. "E ricordati di coprirti i capelli, nonno, quei maledetti *ganga* preferiscono i biondi."

Lou ridacchiò. "Grigi, più che biondi, ma che io sia dannato se quelle teste di rapa si accorgono della differenza. Di' a Sage che andrà tutto bene, sai com'è lei... si preoccupa."

"Non è la sola" bofonchiò Zoë guardando verso Envy. "Quent sarà come un foruncolo sul culo pronto a esplodere" sbuffò, chiaramente contrariata.

"Perché, non lo è già?" Le liti fra Quent e Zoë erano diventate leggendarie, rumorose e frequenti come erano, ma era anche noto che spesso quelle battaglie venivano seguite da focose "riappacificazioni" in camera da letto. O anche sulle scale, come Lou sapeva, per esperienza personale.

Non aveva ancora deciso se quello spettacolino gratuito era stato più imbarazzante o piacevole.

Zoë si rabbuiò. "Sì, beh, è già un bel rompimento di palle, sempre a metter bocca nel mio modo di cacciare. Lui e le sue fantasmagoriche bombe, tsk. Ma fra un po' sarà pure peggio." Serrò le labbra, pensierosa. "Avrò sì e no quattro mesi di pace, sempre che trovi qualcosa di ampio da indossare."

Lou capì. "Sei incinta?" si mise a ridacchiare. Era un pensiero divertente e terribile insieme.

"Shhh" lo zittì, quasi che gli alberi potessero sentirli. "Non lo dire ad alta voce o quello da domani mi mette sottochiave. Non mi lascerà più uscire da sola." Mise le mani sui fianchi. "Forse dovrei venire con te... e tornare a cose fatte. Così non avrei il suo fiato sul collo per tutto il tempo."

Lou rise forte: Zoë con un bambino? Riusciva a stento a immaginarsela. Probabilmente se lo sarebbe legato addosso e l'avrebbe portato con sé a caccia di zombie. "Meglio di no. Mi sembra di capire che Quent non lo sa?"

Zoë spalancò gli occhi a mandorla. "Cosa? Mi hai preso per scema? Se lo scopre non vedrò più una freccia per nove mesi o anche di più" mugugnò. "Mi starà addosso come una zecca."

"Mi sembra che tu... ecco, che non ne sia tanto felice" azzardò Lou.

"Sì, beh, è un po' inaspettato."

Lou ebbe un tuffo al cuore: lui ed Elsie stavano per diventare genitori, ma durante il parto le cose andarono male. Erano passati quarantanove anni ma ancora piangeva la morte di entrambi... se almeno uno dei due si fosse salvato...

"Insomma... come cazzo faccio? Io? Mamma? Non so una mazza su come si cresce un bambino e tutta quella roba lì. Ma Quent... lui sarà un papà eccezionale" concluse e il sorriso che le incurvò le labbra era abbastanza dolce ed ebete da lasciare intendere che presto si sarebbe adattata all'idea e tutto sarebbe andato a posto.

"Congratulazioni" disse Lou. "E… non ti allontanare troppo da Envy, così, per qualsiasi problema, c'è Elliott che può occuparsene."

Zoë sbuffò verso l'alto, facendo muovere la frangia. "Non mettertici anche tu. Sbaglio o devi andare da qualche parte? Che cazzo aspetti?"

Lou la salutò, sistemandosi di nuovo lo zaino in spalla. "Niente."

❧

Quando, nel tardo pomeriggio, Theo tornò nella Sala Giochi e si collegò alla propria casella di posta elettronica per leggere la reazione di Lou alle notizie su Brad Blizek, trovò tre messaggi. Tutti di Sage, nessuno di Lou.

L'oggetto del primo recitava: *Lou è PARTITO!*

Il secondo: *DOVE SEI?*

Il terzo: *LOU È SCOMPARSO!!!!!!!*

Theo ebbe un tuffo al cuore e si precipitò ad aprire i messaggi.

Dove sei? Che bello sentirti. Hai parlato con Lou? Non lo troviamo da nessuna parte e ci ha lasciato un biglietto dicendo che veniva da te. Siete insieme?

Il secondo messaggio era meno calmo.

Sei in contatto con Lou? Dove sei? Stai bene? Rispondi per favore, aspetto notizie.

L'ultimo era praticamente urlato e, conoscendo Sage, non era una cosa che faceva spesso, nonostante i capelli rosso fuoco. *NON MANDI MESSAGGI. NON CONTROLLI LA POSTA PER ORE QUANDO SAI CHE STO QUI AD ASPETTARE, THEO! Che diavolo sta succedendo? Siamo preoccupati per te e per Lou. PER FAVORE RISPONDIMI.*

Ops.

E… *merda.*

Theo si concentrò. *Lou? Ci sei?*

Aspettò e aspettò.

Aprì il messaggio di risposta per Sage e intanto continuava a cercare di ricontattare Lou. *Lou?*

Scrisse: *Scusa Sage ma qui ho accesso limitato. Lou non è con me, ti faccio sapere appena possibile. Io sto bene.*

Inviò il messaggio, si alzò e si avvicinò alla finestra, come se quello servisse a migliorare la connessione. *Lou.* Riprovò.

L'avviso sonoro di un nuovo messaggio, arrivò insieme alla risposta mentale: *Che cazzo vuoi?* Era quello il senso, se non proprio il contenuto esatto, della burbera reazione mentale di Lou, che gli giunse forte e chiara.

Dove sei? Gli chiese Theo, mentre intanto apriva l'e-mail che era, ovviamente, di Sage. *Finalmente!! Sono contenta che stai bene. Dove sei? Sono preoccupata per Lou. Zoë dice di averlo incontrato mentre lasciava Envy, ha detto che veniva a cercare te. Lo hai sentito tramite il vostro coso mentale?*

Lou, agitato, ribatté: *Ti sto venendo a cercare.*

Idiota, fu l'affettuosa risposta di Theo mentre scriveva a Sage. *Ci sto parlando in questo momento col coso mentale J. Sta bene, non ti preoccupare. A dopo.*

Theo tornò a Lou: *stai bene?*

Ehi, fu l'accorata reazione, che di nuovo giunse forte e chiara.

Alla luce del monitor, Theo sogghignò e ribatté: *Ti vengo incontro.* Era a sud-ovest, sentiva che la connessione veniva da lì.

No, non serve.

Le sensazioni e le emozioni che accompagnavano quell'ultima risposta erano chiare e potenti. Theo ci rimuginò un po', cercando di trattenere l'istinto di proteggerlo. Erano gemelli, ma ormai era come se Lou fosse un nonno e Theo un ragazzino, almeno esteriormente. Lou era un settantottenne, ne aveva l'aspetto e le movenze. E a Theo non piaceva saperlo là fuori da solo.

Theo, resta dove sei. Arrivo. Un altro messaggio potente. *Per aiutarti con Blizek.*

Ma... Lou era in assoluto l'uomo più intelligente che Theo avesse mai conosciuto, anche se non glielo avrebbe mai detto apertamente. Eppure non lo aveva ancora convinto ad ammettere che il più grande genio mai esistito fosse Tornwald e non Jobs. Lou aveva vissuto in quel nuovo mondo tanto a lungo quanto Theo, anzi, Lou aveva vissuto in prima persona il Cambiamento mentre Theo era rimasto privo di coscienza all'interno di un bunker sotterraneo per alcuni giorni, finché non lo avevano ritrovato.

Ok, rispose Theo. Almeno sapeva di poterlo controllare ogni tanto. *Puoi connetterti?* Conoscendo Lou, non si sarebbe mai allontanato da Envy senza portarsi dietro un micro-computer o qualcosa con cui connettersi alla loro rete. Forse aveva anche in mente di piazzare qualche punto di accesso lungo il percorso.

Dopo. Sto guidando. Le strade fanno cagare.

Theo sorrise e lasciò cadere la connessione. Sperò che lasciarlo solo non fosse un errore, ma suo fratello aveva ragione: gli serviva il suo aiuto lì. Ed era un uomo adulto, per Dio.

Lou viveva e respirava per la Resistenza e lavorava ore e ore con Theo (e Sage) per sviluppare la loro rete, per ricostruire una specie di internet, incompleto, certo, ma in espansione, e per mettere insieme i contatti, ma non aveva una vita fuori da quella missione, nessun piacere, nessuna avventura. Theo invece era noto per essere quello scapestrato, ma solo perché non ne faceva mistero.

In fondo, al primo anno delle superiori, era stato Lou a riprogrammare l'allarme antincendio in modo che scattasse durante gli esami, e sempre Lou aveva cercato di creare una specie di rampa per il salto con gli sci, sul tetto della loro casa di Seattle (era sul fianco di una collinetta, il che rendeva il tentativo logico… almeno così cercarono di spiegarlo dopo, ai loro genitori).

A Envy molti credevano che il vecchio fosse pazzo, con tutto quel parlare di cospirazioni e repressione, o forse, semplicemente, molti non volevano ammettere che ciò che diceva fosse vero. O, cosa ancora più probabile, avevano solo paura di quello che sarebbe successo se si fossero confrontati con la realtà.

Theo aveva già visto quel mix di ignoranza, paura e apatia ripetersi nel corso della storia. Era a conoscenza degli effetti della propaganda portata avanti da entità potenti, come nella Germania di Hitler o in Corea del Nord, nel ventunesimo secolo, prima del Cambiamento. Le persone potevano essere portate a credere e ad accettare le cose più illogiche e sbagliate, se le loro menti venivano manipolate e se gli venivano nascoste le informazioni. E gli Stranieri erano in grado di farlo.

Quindi Lou e gli altri tenevano le proprie conoscenze per sé. Mentre, di nascosto, costruivano la loro rete di computer e contatti, coinvolgendo i vari insediamenti attorno a Envy.

Theo decise quindi che avrebbe comunicato regolarmente col fratello finché non fosse arrivato: se aveva il fuoristrada ci avrebbe messo solo alcuni giorni.

Per il momento, c'era il dopo cena a cui pensare.

Ragion per cui rimase molto più che deluso quando, sedutosi a tavola per il pasto serale, notò che Selena non c'era. Anzi, al tavolo sedevano lui, Sam, Frank, Tim (o Tom?) e Vonnie, ma per Selena non avevano neppure apparecchiato. Il fatto che Jennifer, che mangiava con loro solo quando era lì per aiutare Selena, fosse a sua volta assente, non gli fece né caldo né freddo.

"Selena è con un paziente" spiegò Vonnie, come se gli avesse letto nel pensiero. Mise giù con la consueta veemenza il recipiente che aveva in mano, e il mestolo dondolò e cadde sul tavolo. "Oggi ne sono arrivati due nuovi e c'è ancora Robert, ma secondo Selena ormai è quasi pronto."

Theo annuì resistendo alla tentazione di lanciare uno sguardo al corridoio che ormai vedeva come la corsia dell'hospice. Raccolse il cucchiaio e lo rimise nella zuppiera, da cui saliva un delizioso profumo di peperoni arrostiti e carote a rondelle.

"Scommetto che capita spesso" commentò.

"Sì" rispose Sam. La sua espressione non era più gelida, ma nemmeno poteva definirsi calorosa. "Sempre. Ormai ci siamo abituati." Lo stesso valeva per il tono della voce.

Theo rifletté che, comunque, tenere la mano di un moribondo avrebbe un po' placato gli eventuali bollenti spiriti di Selena. Meglio così, forse. C'erano altre cose che poteva fare aspettando il momento giusto, e comunque questo non gli avrebbe impedito di provare a intercettarla più tardi.

Nel frattempo, di cose da fare ne aveva. "Sarà occupata per un po'" gli disse Vonnie.

Theo capì l'antifona ma non si sarebbe mai aspettato che sarebbero passati tre giorni prima di rivedere Selena.

Eppure, realizzò all'improvviso il terzo giorno, lì a Blizek Beach si trovava benissimo: lavorando un po' nella Sala Giochi, aiutando Frank con l'orto e gli animali, e in giro per la tenuta, trovava sempre qualcosa da fare per passare il tempo e tenere la mente occupata.

Si sentiva bene, persino felice, nonostante non vedesse l'ora di spingere in un angolo buio una Selena calda e vogliosa, se solo fosse riuscito a beccarla da sola.

"Allora" gli chiese Vonnie una sera, mentre le portava i piatti da lavare. "Quanto ancora pensi di restare?"

Il buio incombeva e Theo moriva dalla voglia di avere compagnia, di parlare con qualcuno. Aveva sentito dire che uno dei nuovi pazienti di Selena era morto, ma che Robert, contro ogni previsione, restava ancora attaccato alla vita.

Theo si chiese se Selena volesse mangiare qualcosa e allontanarsi per un po': aveva di sicuro bisogno di una pausa. Frank aveva cooptato Sam e il suo amico (che Theo aveva infine scoperto non chiamarsi né Tim, né Tom e nemmeno Tyler bensì Andrew) per aiutarlo con qualche lavoretto nell'orto.

Theo sogghignò. "Giusto il tempo di sparecchiare, lascio a te il compito di lavare e sciacquare i piatti, non voglio rovinarmi le mani."

Vonnie rise dandogli un colpetto coi fianchi generosi, mentre lui poggiava i piatti vicino al lavello. "Non era quello che intendevo, lo sai. Ma almeno sparecchi senza che nessuno te lo debba chiedere, a differenza di Sammy. Se Frank non è svelto a reclutarlo, sparisce e va al fiume a pescare o a Yellow Mountain dai suoi amici. Dovrebbe anche studiare, ma non è la sua priorità."

"Tipico degli adolescenti… ma in fondo mi pare un ragazzo responsabile."

"Oh, sì, molto più di altri. Però gli manca un padre. Frank è un brav'uomo ma ha troppo da fare con tutti i suoi progetti per dedicargli abbastanza tempo, ed è troppo sordo per capire la metà delle cose che gli si dicono." I piatti tintinnavano e sbattevano allegramente nel lavello.

Theo tornò verso il tavolo. Maledizione. Quella non gli stava mica chiedendo quanto avesse intenzione di restare per poi alludere a quanto Sam avesse bisogno di un padre, vero? In fondo, si trovava lì da appena una settimana e, oltretutto, il ragazzo non pareva così entusiasta della sua presenza. E perché mai Vonnie avrebbe dovuto pensare che lui e Selena se la intendessero? Tutti gli altri parevano pensare che la differenza di età fosse una specie di peccato mortale.

"Cos'è successo al padre di Sam?" Dando per scontato che, siccome era lei che lo stava tirando su da sola...

Vonnie sorrise sotto i baffi, ma lui la vide. Diamine, stava veramente facendo la ruffiana? Non sapeva come prenderla.

"Lui e Selena ebbero una discussione e poi ci fu una terribile tragedia. Lei volle andarsene e noi, io e Sammy, la seguimmo, e alla fine siamo arrivati qui. Sarà stato sette, otto, forse dieci anni fa" spiegò Vonnie arricciando il naso minuscolo. "Poi conoscemmo Frank e ci invitò a restare qui con lui."

"Che discussione?"

Vonnie smise di lavare energicamente le stoviglie e si voltò verso Theo. "Lui non la capiva, non si fidava di lei quando era il momento di..."

Di cosa?

"Era un cretino" concluse tornando a far tintinnare le stoviglie nel lavello.

"Chi *era*?"

Una piacevole stilettata colpì Theo allo stomaco, al suono della voce di Selena, che entrò in cucina e gli lanciò una brevissima occhiata, fredda e quasi distratta, mentre si prendeva una manciata di mandorle.

"Brandon" rispose Vonnie, in tono chiaramente canzonatorio.

L'espressione di Selena si indurì. "Non sei tu quella che mi raccomanda sempre di non raccontare i fatti altrui?"

Vonnie sbuffò e, invece di ribattere, le porse un piatto pieno di cibo. "Pensa a mangiare invece di farmi la predica. Come sta Robert?"

"Resiste. Non è ancora pronto ad andare, forse domani o dopodomani. Tipo tosto. Scommetto che quando sarà l'ora di Frank, farà così anche lui." Lanciò uno sguardo alla finestra oltre la quale il sole calava sull'orizzonte, mangiucchiando un pezzo di peperone rosso. Si era appuntata i capelli, che le ricadevano il piccole ciocche sexy ai lati del viso e del collo. Portava i jeans ma invece della solita tunica ampia, ne aveva una più corta, abbottonata sul davanti, che lasciava scoperto il sedere.

A Theo piaceva avere un facile accesso e la pelle già gli formicolava per l'emozione.

Si asciugò le mani con uno straccio e cercò gli occhi di Selena. "Mi dispiace" disse, riferendosi al povero Robert e cercando di focalizzarsi su quello e non sul bottone all'altezza del seno che tirava più degli altri, sarebbe stato così bello liberarlo da quella tensione… "Sta molto male?"

Selena bevve dell'acqua da una tazza che Vonnie le aveva porto e lo guardò da sopra il bordo. "Lui dice di no" fece, abbassando il bicchiere, "ma soffre." Serrò le labbra e scrollò le spalle, rassegnata. "La marjuana e il tè aiutano, ma non si può eliminare del tutto il dolore."

"Dev'essere dura anche per te, sapere che non c'è molto da fare."

Annuì. "Vorrei avere un po' di quelle medicine e trattamenti che avevano… prima. O almeno qualche informazione in più su cosa facevano per alleviare il dolore. Sarebbe d'aiuto."

Su questo potrei aiutarla io, oppure Elliott. Theo ripiegò il canovaccio e lo appoggiò sul bancone. "Torno alla Sala Giochi, devo controllare un paio di cosette" annunciò, evitando accuratamente di guardare Selena, sia per sé stesso, sia per Vonnie.

"Dov'è Frank?" chiese Selena, mentre Theo si fermò per bere un sorso d'acqua.

"È andato nell'orto, come sempre" rispose Vonnie.

"Sammy è con lui?"

"Già, non è stato abbastanza svelto a dileguarsi."

"Che peccato" sospirò Selena. "Volevo chiedergli di aiutarmi a spostare quell'enorme scaffale per il ripostiglio."

"Sono sicura che Theo ti darà una mano" disse Vonnie melliflua. "Non è vero, Theo?"

Fu così che andò.

"Non se l'è bevuta" disse Theo a Selena, mentre la seguiva lungo il corridoio. Aveva il cuore a mille e le farfalle nello stomaco. Imbarazzante: si sentiva come un liceale che andava al suo primo ballo della scuola.

Lei si girò per rivolgergli un sorriso che fece tutt'altro che calmare il suo stomaco in subbuglio. "Lo so, ma mi fa sentire meglio."

Lui si sentiva strano, invece, seguire una donna verso... beh, la sua camera, forse, ma non ne era sicuro. Forse davvero doveva spostare quello scaffale, o forse no.

Ma gli faceva strano, insomma, sapere già quello che stava per accadere, sapere che stavano andando *a fare sesso*. Sarebbe forse stato poco spontaneo? Un po' imbarazzante come prima volta? Meno... speciale?

Ma soprattutto... perché ci stava rimuginando così tanto? Sarebbe stato piacevole comunque.

Salirono una rampa di scale sull'altro lato dell'enorme casa e Theo non riuscì a trattenersi: "Ma che avete il ripostiglio al secondo piano? Un po' scomodo, no?"

Selena strinse le dita attorno alla ringhiera, salendo fino al pianerottolo, poi si voltò e gli rivolse un sorriso conturbante. "Credo che lo troverai *molto* comodo, invece."

Oh sì. Un brivido di desiderio lo trapassò, e superò gli ultimi gradini con un piccolo balzo, atterrando di fianco a lei.

"Se lo dici tu."

"Certo che lo-"

Theo decise che non poteva più aspettare e la prese tra le braccia prima che riuscisse a finire la frase. Trovò facilmente la bocca, che coprì con la propria, allontanando entrambi dalle scale.

Vivere per cinquant'anni in un mondo che cade a pezzi ti insegnava che era meglio poggiarsi contro una parete, che non sul corrimano del pianerottolo, quindi si spostarono, mentre se la stringeva al petto.

Piantò bene i piedi, in modo da profondere tutti gli sforzi e l'energia nel godersi lei, nel gustarsela, così le fece scivolare le mani sulle scapole delicate, incrociandole per tenerla ferma mentre il bacio si faceva più profondo.

All'inizio l'aveva sentita irrigidirsi, colta alla sprovvista. Ma ora si stava sciogliendo, fondendosi col suo corpo, e, premuta conto il muro, assaporava quel bacio, guidando le labbra e la lingua di lui nella propria bocca, come per divorarlo. Theo si perse un attimo, ebbro del suo profumo, delle forme accoglienti del suo corpo, chino su di lei, tenendola ferma fra il muro e il proprio corpo. Tutto si fece caldo e fluido mentre quel bacio diventava qualcosa di più.

Le mani di Theo arrivarono a carezzarle i glutei, scivolando su quelle dolci curve, mentre le infilava un ginocchio tra le gambe.

"Mi sei mancata, dov'eri?"

"Guarda che" rispose lei, mentre si allontanava un po', prendendogli il labbro inferiore tra i denti e tirando piano, "ho davvero una cosa pesante da farti spostare."

Theo chiuse gli occhi godendosi il dolce tormento di quel mordicchiare, mentre i muscoli gli vibravano di desiderio. Lei mollò la presa e poi gli passò la lingua sul labbro dolente, come a chiedergli scusa.

"Vuoi proprio farmela sudare, eh?" mormorò Theo, insinuando le dita tra i loro corpi per andare a sganciare il famoso bottone. E poi quello sotto.

"Certo" rispose, premendo sul ginocchio che aveva tra le gambe. "Prima ti voglio tutto caldo e sudato."

Un altro bottone. Un altro ancora. Fece scivolare la mano tra i lembi della camicia, prestando attenzione alle ferite di *ganga* ancora fresche sopra al petto. Si soffermò un attimo a guardarle, mentre una fitta di rabbia o qualcosa di simile alla paura lo trapassava.

"Selena" sussurrò immaginando le loro unghie orribili e immonde lacerare quella pelle morbida e abbronzata e lei che, chissà come, sfuggiva a quell'ordalia. Un miracolo.

Come? E perché arrischiarsi di nuovo? Almeno, però, sapeva che nelle ultime tre notti non era uscita: aveva controllato.

Come se gli avesse letto nella mente e cercando un modo per distoglierlo da quei pensieri, lei si mosse, portando le mani in basso, fino alla fervente erezione che metteva a dura prova i bottoni dei calzoncini. Il dolce peso di quella mano che avvolgeva e carezzava il centro del suo desiderio, cacciò di prepotenza ogni altro pensiero dalla testa di Theo.

Mugolò, non poté farne a meno, e mentre lei attraverso il tessuto dei pantaloni, lo accarezzava, su e giù, avanti e indietro, lui si riempiva le mani dei suoi seni, ancora costretti dal reggipetto.

"A proposito di quella cosa pesante da spostare," biascicò. "Non è che posso farlo dopo?"

Selena rise e poi, all'improvviso, si staccò rapida da lui. "Andiamo disse, gli occhi ardenti e le labbra piene incurvate in un sorriso ironico e molto promettente. "Mostrami quello che sai fare."

A Theo quelle parole piacquero molto.

La seguì mentre percorreva a passo svelto i corridoi, superando quelle che, ai tempi in cui Blizek viveva lì, dovevano essere state stanze e alloggi per gli ospiti. La camicia sbottonata sventolava e i capelli erano ancora più spettinati di prima. Mentre i piedi nudi che facevano capolino dai jeans si muovevano rapidi.

Realizzò solo in quell'attimo, in cui la nebbia del desiderio si era momentaneamente diradata, che la gola e il collo di Selena erano liberi, non c'era quella lunga cordicella che cercava sempre di nascondere. A dire il vero non ricordava di averla vista o sentita neanche qualche giorno prima, ma allora aveva poggiato le proprie mani solo sopra la camicia, non sotto…

Selena si infilò in una stanza a metà corridoio e Theo la seguì, chiudendosi poi la porta alle spalle. Non sapeva esattamente cosa aspettarsi, ma di certo non quello: una stanza molto intima e molto accogliente, una specie di femminilissimo boudoir. Il letto era ricoperto di cuscini di ogni forma e dimensione, in varie gradazioni di verde e blu. Un drappo di stoffa leggera e luccicante pendeva dal soffitto sopra al letto, che era almeno a una piazza e mezzo, se non due. *Wow.* Ai quattro angoli c'erano delle colonne piuttosto grandi ed era coperto da una trapunta spessa. Un bel tappeto fatto con pezzi di materiali diversi legati e cuciti insieme, ricopriva il parquet consunto. Dalla finestra, che si affacciava a ovest, un lungo triangolo di luce dorata proiettato dal sole morente attraversava la stanza.

"Però" commentò Theo, avvicinandosi a Selena. "Non è esattamente come me l'aspettavo." Aveva il cuore in tumulto. Non vedeva l'ora di stendere su quel letto invitante, quel corpo, altrettanto invitante accanto al suo, preferibilmente con niente addosso.

Lei tese le braccia come a fermarlo e le mani andarono a sfiorargli i pettorali. "Non so se sentirmi offesa o lusingata dal tuo commento."

"Lusingata" rispose, catturandole ancora la bocca e infilando le mani nella camicetta aperta. "Molto lusingata." *Oh sì.*

"Questa è la camera di Vonnie" disse, allontanandolo con una piccola piroetta. Gli lanciò da sopra la spalla un sorriso languido e felino e aggiunse: "Non so se sarebbe contenta se le mettessimo in disordine il letto."

Theo si fermò. "Mi prendi in giro?"

"No, no" rispose indicando un'enorme libreria. "Speravo tu mi potessi aiutare a portare quella fino al ripostiglio al piano di sotto."

"Giù per le scale?" chiese, mentre ogni pensiero erotico si dissolveva. Non che non potesse farlo, ma gli eventi stavano prendendo una piega totalmente diversa da quello che si era immaginato. "Beh, sì. Anche perché, se non la portiamo giù, Vonnie vorrà sapere perché, dato che questo è il motivo per cui ce la siamo svignata assieme." Selena socchiuse gli occhi e sorrise, deliziata, di fronte all'evidente costernazione di lui.

"Non direi che ce la siamo svignata..."

Ma lei lo interruppe. "Ho solo pensato che se vado a impelagarmi con uno che ha la metà dei miei anni, magari potrei cercare di sfruttarne tutti i vantaggi. Il che include farti fare un po' di sollevamento pesi e godermi lo spettacolo di tutti quei muscoli in azione."

La voce bassa e arrochita con cui pronunciò quell'ultima frase, *e godermi lo spettacolo di tutti quei muscoli in azione* gli fece cedere le ginocchia. Dannazione. Era così che succedeva? Due ciglia sbattute, due moine… e un uomo non era più padrone di sé? Non che la cosa gli dispiacesse… anche perché molto presto anche le ginocchia di Selena sarebbero diventate di gelatina. Ridacchiò.

"Posso togliermi la maglietta, allora?" chiese tra il serio e il faceto. "Non vorrai perderti lo spettacolo!"

"Temevo che non l'avresti mai detto" ribatté, e si mise a braccia incrociate. In attesa.

Theo esitò per un minuto e poi tirò su la T-shirt slargata, se la sfilò dalla testa e la gettò a Selena, che la afferrò al volo. Theo si godette un attimo di pura gioia vedendo gli occhi di lei esaminare attentamente il suo corpo. "Mi devo girare?" chiese beffardo.

Sapeva bene che, per essere un sedicente nerd, era abbastanza scolpito da invogliare una donna a dare una seconda occhiata. Anche quello era un effetto del Cambiamento, in seguito al quale si era ritrovato a fare un'attività fisica molto più intensa rispetto al 2010.

"Notavo solo" ribatté con voce arrochita, "che la tua ferita è scomparsa, è rimasta a malapena una cicatrice."

Theo si guardò il torso, saggiando con le dita il punto in cui avrebbe dovuto esserci la ferita. Aveva ragione: non c'era più niente.

"Strano, è passata solo una settimana."

"Strano? Io direi *impossibile*" rispose, allungando una mano per sfiorarlo.

Theo sentì le dita di lei sul petto, stuzzicargli la pelle fino a fargli vibrare ogni terminazione nervosa. L'orlo della sua camicetta e i bottoni freddi sfiorarono il suo busto nudo. Inspirò a fondo per calmarsi e quando il petto si gonfiò, le dita vi premettero più forte.

"Se vuoi che sposti la libreria" disse, usando ogni residua briciola di autocontrollo per staccarsi, "meglio cominciare. O Vonnie troverà il letto in disordine, che le piaccia o meno."

Selena fece un passo avanti, riavvicinandolo. "Sei un po' troppo impaziente, giovanotto." Gli poggiò le mani sulle spalle e lo guardò. Le labbra si incurvarono in un sorrisetto beffardo. "Vedi, uno dei vantaggi dell'età, è che noi persone mature sappiamo goderci l'attesa, abbiamo più pazienza, possiamo-"

Con un gemito di disapprovazione la tirò per la camicia e la zittì coprendole la bocca con la sua. Selena rise mentre la baciava e si allontanò appena per mordicchiargli la guancia.

"Prima il dovere e poi il piacere" sentenziò, leccandogli con impertinenza l'interno dell'orecchio.

"Sai come le chiamava mia madre la persone come te?" Theo fece un passo indietro. "Gatte morte. È questo che sei, una gatta morta."

"Che c'è ragazzino? Non sai tenere testa a una vecchia signora?"

Lui si voltò verso la libreria, ma si soffermò un attimo per dirle: "Aspetta e vedrai, Selena, aspetta e vedrai."

La libreria era pesante e difficile da afferrare ma Theo non ebbe grossi problemi a trasportarla giù per le ampie e comode scale che portavano al ripostiglio, che si scoprì essere al primo piano e molto pratico. Selena lo aveva stuzzicato per tutto il tragitto, a volte facendolo ridere a volte facendogli scuotere mentalmente il capo.

Come poteva, una donna che passava le sue giornate coi moribondi, che vedeva la morte in faccia ogni giorno, avere un senso dell'umorismo così originale e leggero?

Forse le serviva proprio per affrontare l'orrore e la sofferenza che fronteggiava quotidianamente.

Ma adesso Theo aveva tutta l'intenzione di darle qualcos'altro a cui pensare.

Si girò verso di lei. "E ora che ho fatto il mio dovere..."

6

"... che ne dici di passare al piacere?"

Selena sentì lo stomaco precipitare mentre Theo chiudeva la porta del ripostiglio dietro di sé, appoggiandovisi contro come se niente al mondo potesse smuoverlo. Quando i loro occhi si incontrarono, un'ondata di calore e desiderio la travolse e le ginocchia rischiarono pericolosamente di cederle.

Era riuscita a malapena a distogliere lo sguardo da quel torso nudo e da quelle spalle ampie, dalla pelle liscia e olivastra, priva di peli, senza un filo di grasso o qualcosa fuori posto. Era ancora più bello di come lo ricordava dal giorno in cui lo aveva resuscitato: la vita gli donava, evidentemente.

Non sapeva chi ringraziare per un dono del genere, ma lei non era certo il tipo da mettere in dubbio i miracoli. Ne aveva visti accadere e *non* accadere fin troppi in vita sua.

"Camera mia è un po' più intima" gli ricordò. Theo la guardava in un modo quasi inquietante, la fissava, in attesa della sua prossima mossa. L'espressione era dubbiosa e diffidente eppure piena di desiderio. "Ancora deviazioni?"

Selena scosse la testa, ormai era incapace di parlare: aveva la bocca secca e il cuore a mille.

Quando era stata l'ultima volta che aveva fatto sesso? Era passato più tempo di quello che volesse ammettere.

Quando era stata l'ultima volta che aveva fatto sesso con un uomo così? *Mai.*

"Da questa parte" riuscì a dirgli mentre lui si voltava per aprire la porta. "La mia stanza è collegata a questa."

"Comodo" disse con una voce paragonabile solo alle fusa di un gatto. E richiuse la porta. "Comodissimo."

Lo guidò attraverso il ripostiglio fino a una porticina sul retro. Le scale nascoste là dietro portavano alla camera da letto di Selena, che si trovava all'altro capo del corridoio rispetto a quella di Sam, e a metà strada rispetto a quella di Vonnie. Circa sei anni prima aveva deciso fosse meglio che quanto succedeva in camera sua (per quanto non fosse in realtà accaduto mai niente) venisse udito da Vonnie, piuttosto che da suo figlio.

E viceversa.

Non fecero in tempo a entrare nella stanza, che Theo le fu addosso: la bocca premuta sulla sua, le mani che le sfilavano la camicia. Lei iniziò a liberarsene ma poi realizzò che c'era troppa luce e che lui avrebbe visto le sue smagliature e le imperfezioni, ancora più orribili in confronto a quel corpo così giovane, e fece per ricoprirsi.

"Non ci pensare neanche" mormorò, allontanandole con decisione le mani e facendo scivolare il tessuto di cotone dalle spalle, prestando attenzione a non toccarle le ferite. "Mi hai ammirato abbastanza, ora tocca a me."

Prima di darle tempo di ribattere, le tolse il reggiseno, facendolo calare lungo le braccia e lasciandole i seni nudi, nella luce tiepida del sole che filtrava dalla finestra. E poi la strinse a sé, pelle contro pelle, calda, le sue curve morbide che premevano contro i muscoli sodi, le ferite fresche appena percettibili. La cinse con le braccia mentre giocava con la sua bocca, le labbra che scivolavano sopra le sue, modellandosi dolcemente le une contro le altre e poi la sua lingua che la esplorava…

Selena ricambiò quel bacio e, quando si fece umido e languido, chiuse gli occhi e si lasciò pervadere dal calore.

Theo la condusse dolcemente verso il letto, che Selena aveva rifatto appositamente quel pomeriggio, pregustando di disfarlo di lì a poco. Non era invitante come quello di Vonnie, con tutti quei cuscini e la trapunta pesante ma…

E poi smise di pensare, quando con le mani grandi e calde le coprì i seni nudi e lei si sdraiò sul letto. Le cercò i capezzoli, già turgidi e sensibili, coi pollici li sfiorò, avanti e indietro, avanti e indietro e ancora in tondo e in tondo finché minuscoli dardi di piacere divennero lunghe, intense fitte, giù, nel profondo, dove la sua femminilità già cresceva e pulsava nell'attesa di accoglierlo.

Theo le stava sdraiato accanto, e mentre con una mano le carezzava i seni, l'altra era poggiata sul materasso, per potersi chinare a baciarle il mento e scendere poi lungo la mascella e il collo.

"Hai un corpo stupendo" le mormorò vicino all'orecchio, con voce bassa e roca. "Non vedo l'ora di vederlo tutto."

La mano sinistra si allontanò dal seno, scivolando lungo la pancia verso la vita dei jeans, carezzando la peluria sensibile là sotto, infilandosi piano nelle mutandine e descrivendo dei cerchi, finché, con la punta delle dita, non le sfiorò il sesso, stuzzicandola, promettendo di più, spingendola a muovere i fianchi, impaziente. *Oh sì.*

Selena chiuse gli occhi e quando sentì la sua bocca calda e umida sopra un seno, sussultò e gemette piano. Lui ridacchiò contro il suo capezzolo e poi lo succhiò con forza e lentezza, scagliandole altri piccoli dardi di piacere verso lo stomaco e oltre.

All'improvviso le dita di Theo si spinsero più in basso, laddove si sentiva calda e bagnata, trovando il suo piccolo centro pulsante. Selena si irrigidì e sussultò quando quel tocco la colse di sorpresa… bastò un'altra carezzina e fu come se avesse spinto su un interruttore, quelle dita fatate la fecero tremare ed esplodere in un potente orgasmo.

"Oh" riuscì a sospirare quando ebbe ripreso fiato, mentre ancora delle deliziose scintille di calore le scaldavano il ventre e le cosce. Selena sorrise quando lui si mosse per baciarla, sentendosi bene come mai prima d'ora.

"Il meglio deve ancora venire" sussurrò, come leggendole nella mente.

"Ci conto" rispose lei, ancora languida e vibrante, mentre allungava una mano verso il bottone dei pantaloncini di lui.

Theo non se lo fece ripetere due volte e in capo a pochi istanti, Selena si ritrovò le mani piene di un Theo molto felice, eccitato e possente. Reclinò la testa all'indietro e chiuse gli occhi quando lei cominciò con carezze lente e leggere, che poi divennero via via più rapide e intense, sempre di più, finché lui non serrò le labbra e inarcò il corpo, pronto. E a quel punto Selena rallentò, osservando il volto di Theo cambiare espressione.

Spalancò gli occhi, contrariato. "Mi pareva troppo facile" sibilò. Poi le coprì le mani con le proprie, fermando quelle lente carezze.

"Mica vogliamo che finisca così, dico bene?" chiese lei, piegandosi per baciarlo con veemenza.

"Che ne dici di giocare, per così dire, ad armi pari?" Le staccò piano le mani e si mise a trafficare coi jeans di Selena, che non ebbe il tempo di preoccuparsi per le smagliature e la pelle flaccida, perché lui fu velocissimo. L'istante prima se ne stava lì, calda ed eccitata ma ancora costretta da mutandine e pantaloni e l'attimo successivo era completamente nuda sul letto, con un corpo tiepido e muscoloso sdraiato accanto.

Theo le insinuò un ginocchio fra le gambe, spingendo appena per stuzzicarla sotto, mentre si chinava per baciarla voluttuosamente sulle labbra. Selena sentiva la sua erezione premergli contro il ventre, scatenandole brividi di desiderio. E quando le poggiò una mano su un seno, strusciandole e carezzandole il capezzolo, si inarcò affondandogli il viso contro la gola morbida, sentendo il cuore di lui correre.

Meraviglioso, semplicemente meraviglioso.

Il pulsare fra le gambe aveva lo stesso ritmo, ad ogni passaggio, delle labbra di Theo sui capezzoli, e poi la gentile pressione del ginocchio, la pelle umida incollata alla sua, salata e calda, l'odore di lui, maschio e fresco…

Ne aveva abbastanza dei preliminari: gli dette un morsetto sulla clavicola, gli poggiò le mani sul petto e lo sospinse all'indietro facendolo, suo malgrado, sdraiare.

"Largo agli anziani" ridacchiò e con un balzo gli fu sopra.

La cosa parve, per qualche strano motivo, divertirlo un sacco, ma smise di ridere quando lei guidò con precisione il membro dentro di sé, scivolando piano giù. *Oh.*

Per un attimo entrambi rimasero bloccati, a crogiolarsi in quella bellissima sensazione. Selena contrasse i muscoli attorno a lui, i cui occhi semichiusi, si girarono all'indietro per poi riaprirsi di scatto. Rise e lo fece di nuovo, poi si sistemò in modo che lui la sentisse… ma soprattutto in modo da sentire *lui* ancora meglio.

Dondolò appena e vibrò di piacere.

"Selena" esalò lui con una voce che sembrava una corda tesa allo spasimo. "Stai cercando di farmi morire… di nuovo?"

Lei si sporse in avanti per baciarlo, le mani poggiate sui pettorali. Poi si drizzò di nuovo e abbassò il bacino. Lui la afferrò per i fianchi per tenerla ferma in quella posizione e dette una spinta, poi si rilassò, quindi prese a spingere su e giù, ancora e ancora, rapido, deciso, intenso.

L'orgasmo colse Selena quasi alla sprovvista e lei annaspò, allontanando il volto da quello di Theo. Ondate di piacere la attraversavano mentre tremava, riversa su di lui, i gomiti deboli, che minacciavano di cedere. Lui dette un'altra spinta e la strinse a sé con un ultimo gemito accorato, che sembrava il suo nome.

Lo sentì esplodere dentro di sé, le vibrazioni dei loro corpi si fondevano mentre si lasciava andare contro di lui, caldo, ansimante, bellissimo.

Bellissimo.

Selena restò immobile per un po', la testa poggiata sul suo petto che si alzava e abbassava al ritmo del respiro, a sentire il cuore che batteva. E il calore della pelle, virile e confortante. Lui la cinse con un braccio, facendole scivolare le dita lungo la schiena, come a confermarle che si sentiva nello stesso modo.

Poi lei rovinò tutto, almeno dentro di sé.

Aprì gli occhi e lo sguardo corse alla finestra, oltre la quale il sole stava tramontando, irrorando il cielo di raggi rossastri.

La notte era vicina.

Theo si stiracchiò e riavviò il cervello. *Era stato…*

Non aveva parole per descriverlo, neanche con se stesso… quindi non ci provò nemmeno. Si limitò a stringere Selena, il viso affondato nei suoi capelli, la pelle calda e liscia sulla propria. Una sensazione stupenda.

La loro prima volta era stata… beh, non aveva fatto esattamente del suo meglio: era venuto un po' troppo in fretta per i suoi gusti, ma almeno a lei era piaciuto. Ci sarebbero state una seconda, una terza volta e, lui sperava, molte altre. Appena si fosse ripreso.

Poi spalancò gli occhi. *Porca puttana.*

Si chiese se era il momento giusto per far presente che non avevano usato metodi contraccettivi. Che cretino. Avrebbe dovuto essere preparato, per quanto possibile. Anche se nel mondo in cui vivevano si sarebbero dovuti fare più bambini possibile per ricreare la razza umana, questa non era una ragione sufficiente per fregarsene. Eppure in fondo… quante possibilità c'erano?

Prima che potesse parlare, lei si mosse, togliendoglisi da sopra, e facendogli scivolare le braccia lungo il torso. Le dita lo carezzarono, come a volerlo ringraziare, poi corsero via mentre lei si sdraiava al suo fianco. Dalla finestra aperta, un piacevole refolo di vento gli sfiorò la pelle accaldata e sudata.

"Uhm" attaccò Theo, prendendo coraggio. "Cavolo Selena non mi ero… preparato bene."

Lei incurvò le labbra ma non si voltò. "Posso sapere cosa intendi o se lo chiedo mi metto nei guai?"

Meglio riformulare. Proseguì: "Ecco io non ho… non abbiamo… ecco… potresti essere rimasta incinta."

Era distesa lì accanto e, come lui, fissava il soffitto. A quel punto si voltò e i loro nasi furono vicinissimi. Si allontanò appena e Theo riuscì a mettere meglio a fuoco quel volto dorato e quelle labbra carnose. "Potrei, sì" ridacchiò. "Ma anche da quel punto di vista non sono più nel fiore degli anni e ho vissuto abbastanza da sapere quando è più probabile che possa concepire e, ora, non sono in quella fase." Sorrise e gli sfiorò le labbra con le dita. "Mi sono *preparata* io per entrambi."

Era bella da far mancare il fiato, sia fisicamente sia perché così sicura e… saggia. Come se niente potesse sorprenderla, come se avesse visto di tutto, provato di tutto e fosse perfettamente in grado di affrontare qualsiasi cosa. Eppure aveva ancora il senso dell'umorismo.

Era, si trovò a pensare di nuovo, una donna *viva*: interessante, compassionevole, sicura.

Qualcosa in lui si sciolse, mentre le guardava le rughe sottili agli angoli degli occhi e la pelle sottilissima sotto di essi, i minuscoli solchi che le incorniciavano la bocca, la curva degli zigomi e il naso sottile. Notò per la prima volta che aveva un accenno di lentiggini. Le labbra erano grandi e piene, i capelli, spessi e pesanti, le ricadevano sul viso e sul collo.

Lo sguardo di Selena andò alla finestra dietro di lui e la sua espressione mutò appena, ma in modo evidente. Tornò a guardarlo.

"Che c'è?" chiese lui.

"Niente" rispose, poi allungò la mano verso l'erezione che stava crescendo in risposta al suo tocco. "Niente di cui preoccuparsi."

Mentiva.

Ma Theo mise da parte quel pensiero e la trasse a sé per baciarla. Di qualsiasi cosa si trattasse, ci avrebbe pensato lui a toglierngliela dalla mente, l'avrebbe tenuta così impegnata da farle dimenticare qualsiasi cosa la attirasse fuori nella notte. Non aveva intenzione di lasciare quel letto, quella stanza e il suo fianco finché non fossero stati entrambi soddisfatti, ridotti a inerti cumuli di gelatina di ossa e pelle accaldata.

Quando Theo aprì gli occhi era buio. Un sottile raggio di luna filtrava dalla finestra andando a disegnare il profilo del letto, dei vestiti e delle lenzuola sgualcite.

Si tirò su di scatto, rendendosi conto di essere solo. Era nel letto di Selena, ma era solo.

Fanculo.

L'ultima cosa che rammentava era lei che gli mormorava qualcosa e poi se ne andava, silenziosa, mentre lui si crogiolava in un sonno soddisfatto… che gli aveva detto? E dove diavolo aveva trovato la forza di muoversi, dopo le ore che avevano trascorso insieme?

"Devo vedere come sta Robert."

Ecco cosa gli aveva detto. Andava giù a controllare il suo paziente.

Theo scese dal letto, col cuore che batteva forte e una sensazione fastidiosa allo stomaco: a giudicare dal buio fuori, lei se ne era andata da un bel po' di tempo. Troppo.

Barcollando si aggirava per la stanza: non sapeva dove fosse la luce, diamine, non ne avevano avuto bisogno e non voleva perdere tempo a cercarla, mentre rovistava tra i vestiti alla ricerca dei suoi calzoncini.

Un altro sguardo alla finestra e la sensazione di malessere aumentò. No, non poteva essere così folle. Aveva ancora i segni delle ferite, squarci incrostati che lui aveva baciato teneramente, cui aveva prestato estrema attenzione mentre facevano l'amore.

Si soffermò e tese le orecchie. E poi li sentì, seppur lontani. Quel suono gli fece raggelare il sangue e lo istigò a correre fuori dalla stanza, a piedi nudi.

Ruuu-uuuthhhhhh.

Lo *sapeva*, lo sapeva e basta, che Selena non era con Robert, né con un altro paziente, con Sam o con chiunque altro. Era uscita.

La casa era silenziosa, e certo: lei sgattaiolava fuori solo quando tutti dormivano. *Dannazione.*

Theo fece tappa in cucina per cercare una qualche arma, qualsiasi cosa potesse tornargli utile. Sul bancone c'era una bottiglia di birra, probabilmente di Frank. Era a metà (allora forse non era di Frank che non lasciava mai avanzi), Theo prese quella e un canovaccio di Vonnie. Si chiese se la birra contenesse abbastanza alcol per fare una molotov.

Fiammiferi. Poi? Un coltello? Una pistola? Non avevano pistole lì. Solo gli Stranieri ne avevano, e qualche membro della Resistenza. Che altro?

Aveva la testa confusa ma i suoi movimenti erano rapidi e fluidi, determinati. Durante le ore trascorse in cucina, osservando Vonnie, aveva imparato dove teneva i vari oggetti di cui aveva bisogno: una manciata di fiammiferi fatti a mano e la bottiglia di vodka che aveva usato alcune sere prima per medicare Selena.

Quella era perfetta per la molotov.

Uscì dalla porta sul retro della cucina. Ci aveva messo sì e no cinque minuti dalla camera da letto, ma gli era sembrata un'eternità. Si era ricordato di abbottonarsi i pantaloni, ma non aveva né la camicia, né le scarpe, un problema che si rivelò piuttosto grave quando mise il piede su una roccia particolarmente appuntita.

Si fermò per ascoltare, mentre il piede gli doleva e si ficcava le armi improvvisate nelle tasche dei pantaloni. I gemiti degli zombie si erano fatti più alti e insistenti.

Il cuore gli batteva forte mentre seguiva quel suono, correndo verso il muro che proteggeva la residenza di Blizek.

Si avvicinò rapido alla barriera e in vista non c'erano uscite: avrebbe dovuto arrampicarsi a mani nude sui mattoni sgretolati. E in tutto ciò riusciva a pensare solo che Selena non era bionda.

Non l'avrebbero rapita come facevano con tutte le persone dai capelli chiari, l'avrebbero aggredita. L'avrebbero dilaniata, straziata divorando carne, muscoli, organi e cervello. Aveva la gola serrata, ma ricacciò indietro la paura.

Doveva mantenere la mente lucida, forte e ferma.

In qualche modo raggiunse la cima del muro, tutto era confuso… la corsa, il salto, affondare le dita nella calcina e tirarsi su con la forza della disperazione. Da sopra la barricata, vide in lontananza, nascosti da un gruppo di alberi, gli occhi arancioni muoversi a scatti, sussultando, a coppie ma uniti a formare un branco. Un branco assassino. Meno di una dozzina ma comunque pericolosi.

Dov'era Selena?

Non riusciva a vederla. Aveva il cuore impazzito e il respiro mozzo mentre, con un balzo, scendeva dal muro, atterrando pesantemente ma riuscendo a mantenere l'equilibrio e a non rompere le bottiglie che aveva in tasca. Birra e vodka gli bagnavano i pantaloni mentre si muoveva, rapido ma silenzioso, usando come nascondiglio ora un albero, ora un cespuglio, ora un mucchio di macerie.

È davvero qua fuori o mi sbaglio?

Ma lo sapeva che era là fuori, da qualche parte, a caccia di zombie, una specie di aspirante, incauta Buffy, o a fare altro, qualcosa che la portava fuori dalle mura nel momento più pericoloso della giornata. Si guardò intorno ma vedeva solo i mostri e andò verso di loro, lieto di essere sopravento.

Almeno così non avrebbero sentito il suo odore e lo avrebbero notato solo più tardi, dandogli un po' di tempo. Gli zombie procedevano, barcollando e caracollando come sempre, ma a una velocità notevole per i loro standard, non verso di lui, né verso le mura dell'insediamento bensì verso est.

Voleva gridare il nome di Selena per vedere se era là fuori da qualche parte, ma non osava.

I *ganga* continuavano a invocare disperatamente Remington Truth ma qualcosa nei loro gemiti era cambiato, parevano più striduli, più tesi… più… qualcosa. Qualcosa di inquietante. Qualcosa che gli faceva venire la pelle d'oca.

La disperazione di quelle creature riempiva la notte.

Theo non aveva mai visto una cosa del genere, non li aveva mai visti muoversi così come trascinati, attratti da qualcosa. Come se qualcuno li chiamasse. Sembrava impossibile, ma Theo si sentiva sempre peggio.

C'era forse uno Straniero che li richiamava a sé? Un Cacciatore, come Seattle o Ian Marck che aveva uno di quei cristalli verdi che, a quanto pareva, servivano per chiamare e controllare gli zombie?

Theo rimase immobile, accovacciato dietro un albero, a osservare.

Dove stavano andando?

Poi qualcosa attirò la sua attenzione… un bagliore. Una lucetta rosata che veniva da dietro un mucchio di vecchie auto, non lontano dai ganga. O forse dall'interno di uno dei veicoli.

Dondolava e sussultava come fosse attaccata *a una cordicella. Attorno al collo di qualcuno.*

Theo si raggelò. Tirò fuori una delle bottiglie e prese a spingere un angolo del canovaccio giù lungo il collo, mentre si dirigeva verso di lei.

Quando si fu allontanato dalla pila di rottami, vide chiaramente la sua sagoma, la parte bassa del viso illuminata dalla luce rosa. Intanto gli zombie stavano praticamente correndo verso di lei, le braccia protese in avanti, le grida forti, selvagge, terrificanti.

Theo corse, mosso dalla disperazione. Se solo fosse riuscito a confezionare una bomba prima che le si avvicinassero troppo… ma erano svelti, porca miseria, non li aveva mai visti muoversi a quella velocità, sbandando e barcollando, le mani che afferravano l'aria, le dita contorte illuminate dalla luce argentea della luna e delle stelle.

Intravide il volto di Selena, teso e spento, delineato dalla luce rosa. Non si mosse quando torreggiarono su di lei. *Immobile.*

Theo lanciò un urlo di rabbia e disperazione mentre cercava forsennatamente un fiammifero, anche se sapeva che era troppo tardi per usare una bomba.

I mostri agitavano le braccia e allungavano gli artigli mentre si avvicinavano a lei come lupi famelici.

"*Selenaaaaa!*" gridò, mentre lei scompariva in mezzo ai mostri.

7

Selena ebbe l'istinto di chiudere gli occhi, quando i mostri le furono addosso, agitando le braccia e gli artigli. Disperati.

Disperatissimi.

Ma non lo fece: si impose di rimanere ferma, salda e forte, di non cedere né alla paura, né al dolore. Ogni volta diventava più difficile, ogni volta le sembravano sempre più violenti e disperati.

Mentre le si stringevano attorno, il fetore di quelle creature pareva penetrarle ogni singolo poro, riempirle le narici e farle lacrimare gli occhi. E poi c'era quella carne grigia, marcia e cadente che la sfiorava, simile alla pelle spessa e secca di un serpente. Carne che un tempo era stata tesa e liscia, bianca, nera, olivastra, mogano… e di un'infinità di altre sfumature.

I loro occhi brillavano di una luce arancione, eppure parevano vuoti finché non vedevano il cristallo.

Lo teneva in bella mostra davanti a sé, il debole lucore rosa creava solo un piccolissimo cerchio di luce, eppure loro parevano percepirlo anche da grandi distanze. E bruciava, come se stesse prendendo fuoco.

Uno degli zombie lanciò un lungo, basso richiamo, diverso dal solito *ruuuu-uuuuthhhh* e più simile a un *iiiiioooo*, allungando verso la donna una delle sue zampe deformi e letali.

Tremando come una foglia, Selena strinse le dita attorno all'enorme polso grinzoso della creatura, che era una femmina, mentre con l'altra mano stringeva il cristallo. Fu immediatamente percorsa da una scossa, intensa e orribile, oscura e potente e non poté fare a meno di gemere per via di quell'accecante ondata di dolore.

La femmina gridò e il suo sguardo incontrò quello di Selena che, in quell'istante, ne scorse l'umanità. L'ultimo bagliore della sua anima, liberata dalla prigionia di un corpo che l'aveva contenuta e controllata per cinquant'anni. L'intera vita di Selena, praticamente.

L'arancio dei suoi occhi si fece più intenso, un attimo prima di spegnersi. Le ginocchia della creatura cedettero, e crollò al suolo. Morta e, finalmente, libera.

Le lacrime le pungevano gli occhi ma Selena non aveva tempo di recuperare, perché un altro zombie le si faceva incontro, le braccia tese e poi un altro ancora, troppi, erano in troppi che artigliavano, afferravano, strappavano nel frenetico tentativo di raggiungere la salvezza e la libertà.

Incombevano su di lei, barcollando come mendicanti, come una folla impazzita, come animali feroci, dondolando e urtandosi l'un l'altro, spintonandosi. E lei ripeteva l'operazione: prendeva tra le dita quella carne cadente e, facendo da catalizzatore per il potere della pietra, accettava per l'ennesima volta quel dolore lacerante, l'angoscia e gli sprazzi di ricordi, e liberava l'essere umano imprigionato.

E poi ancora.

Una fitta di dolore le trapassò la spalla, laddove un mostro, nella sua disperazione, l'aveva afferrata, mentre un altro la spingeva, facendola barcollare. La sofferenza si sommava alla paura, all'odore nauseante, alla sensazione claustrofobica data dalla loro vicinanza. Riusciva a malapena a respirare, a pensare. Il mondo attorno vorticava e le si chiudeva addosso, un'oscurità illuminata solo dalla tenue luce rosa e da flash di memorie *umane*. *Continua, puoi farcela, ancora uno…*

"Selena!"

Pensò di averlo sognato, il suono del suo nome. L'ennesimo mostro si fece avanti, e lei lo prese per mano, lo guardò negli occhi e liberò la sua anima. Lo shock fu di nuovo intenso e le ginocchia le cedettero, ma gli altri zombie erano talmente vicini, che le impedirono di cadere a terra.

"*Selena!*"

Qualcosa di luminoso fendette l'aria descrivendo un arco sopra le loro teste. Ci fu un'esplosione, poco dietro gli zombie, che li fece arretrare per un attimo, ma poi si fecero ancora più vicini, e insistenti, la spingevano coi corpi deformi e gli artigli letali.

"*Selena!*"

Non riusciva a focalizzare lo sguardo, riusciva a malapena a muoversi e a respirare. Ma sembrava… Theo. *Theo*, oddio, no, stava sognando di sicuro.

Eppure, all'improvviso, lui era lì. *Impossibile*. In qualche modo era lì che strattonava e colpiva gli zombie che la circondavano, che si faceva largo tra i mostri per arrivare da lei. *Oddio, Theo.*

In quel momento non sapeva dare un significato a quello che accadeva, lo avrebbe fatto in seguito.

"Selena!" gridò quando finalmente, da dietro gli zombie, incrociò il suo sguardo. "Vieni!"

Fece roteare qualcosa di grosso e pesante, un ramo enorme, e lo abbatté sul cranio di uno dei *ganga*. Selena gridò nel sentire le ossa fracassarsi e vide la creatura barcollare e cadere a terra. Morta.

Ma ancora prigioniera.

"No!" gridò a Theo. "Fermati!"

Aveva gli occhi pieni di lacrime, il suo corpo martoriato non le rispondeva, non riusciva neanche a respirare, ma doveva impedirgli di ucciderne altri. "No, per favore" gridò, costringendo almeno la sua voce a collaborare, mentre prendeva la mano di un'altra creatura.

L'ondata la travolse e stavolta, la fece cadere in ginocchio, ansante, ma sostenne lo sguardo di quello che era stato un uomo, finché il bagliore arancione non si spense e l'anima non fu libera.

"Vattene Theo" gridò, quando ebbe ripreso fiato. "Lasciami fare!"

"Non ti lascio qui!" urlò lui in risposta e tornò ad avventarsi sugli zombie. Ne fece cadere un altro ma stavolta lo aveva colpito alle ginocchia e quindi il cervello era rimasto intatto. Poteva ancora salvarlo.

"Per favore!" implorò. "Theo, smettila!"

Toccò un altro umano intrappolato, il cristallo venato di rosso le bruciava il palmo e mentre fissava gli occhi di una femmina, si chiese perché ce ne fossero ancora così tanti. Tantissimi.

Infiniti.

Selena realizzò vagamente che Theo sembrava essersene andato. Grazie a Dio, l'aveva ascoltata. Ma poi sollevò la testa e di nuovo lui era lì, facendosi largo in qualche modo fra le creature, strattonandole nel tentativo di raggiungerla.

"Non fare loro del male!" urlò, cercando di farsi capire. "Non… fargli… male!"

Stava singhiozzando ora, aveva il viso bagnato, e tra le lacrime e il bagliore roseo, incontrò il suo sguardo severo e terrorizzato. L'unica cosa che contava era che lui era lì, in qualche modo, era lì. Al suo fianco.

Non disse niente. Si limitò a circondarla con le proprie braccia e stringerla a sé.

"Sono qui" disse soltanto. "E non ti lascio finché non è finita."

⚜

Theo rimase vicino a Selena mentre gli zombie cercavano di avvicinarla, colpendolo per arrivare a lei. *Ma che diamine…*

Le stava vicino, proteggendola da quegli artigli orribili, impedendole di cadere mentre portava avanti la sua battaglia, qualunque essa fosse, che la costringeva a stare lì. Non era certo di quello che stava accadendo e, per il momento, non osava pensarci.

Si concentrava invece sul respirare senza soffocarsi con quel fetore di marcio, sul mantenere la posizione, sostenendola in piedi e, al contempo, arretrando, portandosi dietro il branco di mostri, per avvicinarsi alla macchina più vicina e coprirsi le spalle. Quel cerchio di follia, grida lamentose, mani avide e occhi vuoti e brillanti lo paralizzava.

Dovevano uscirne. Doveva farsi largo tra loro… e poi realizzò quanto era stato stupido. Ce l'aveva un modo per allontanarli.

La sua corrente elettrica. Il suo "lasciati ricaricare, tesoro", il suo superpotere post-apocalittico del cazzo. Non lo aveva mai usato in un combattimento corpo a corpo con dei *ganga* ma solo perché non era mai stato necessario, dato che non si era mai ritrovato circondato. Non era mai stato tanto vicino a quei mostri.

Theo chiuse gli occhi mentre una nuova ondata di zombie si abbatteva su Selena, facendolo barcollare nel tentativo di sorreggerla. La sentiva cedere… quanto ancora poteva resistere? E perché non gli permetteva di portarla via da lì?

Non ne erano rimasti molti, quattro, no, cinque.

Gli altri sembravano morti.

Doveva concentrarsi per allontanarli con una scarica elettrica, tramortirli per il tempo necessario a scappare.

Non fare loro del male! Aveva gridato Selena.

Ma se riusciva a tirarla fuori sana e salva da quell'ordalia, avrebbe fatto loro male eccome! Era abbandonata tra le sue braccia, ma non in senso buono.

Theo afferrò per un gomito il mostro più vicino, toccando la pelle secca, aggrinzita e squamata, sentì che al suo tocco si sfaldava, sbriciolandosi come fango secco, rivelando gli strati sottostanti, ed esalando una nuova ventata di puzzo che lo colpì in pieno viso. Chiuse gli occhi, concentrandosi e raccogliendo tutto il potere che si annidava da qualche parte dentro di lui e che emanava dal piccolo circuito integrato incastonato nella sua schiena… pronto a dare la scossa a quella creatura e allontanarla, almeno il tempo di avere un attimo di respiro.

I cinque superstiti si agitavano, spingevano e urlavano, agitando le braccia e barcollando, Theo cercò di ignorarli, si concentrò e cercò il potere dentro di sé, aspettando per quella sensazione di solletico che…

Ma non successe niente.

Niente.

Spalancò gli occhi, lasciò andare lo zombie, fissando la propria mano, mentre agitava su e giù l'altro gomito per impedire all'ennesimo mostro di cadergli addosso. *Niente?*

Stupito, Theo cercò di ignorare questo nuovo sviluppo e concentrarsi piuttosto sul salvarsi il culo. Ora non poteva permettersi di sprecare tempo ed energie per capirne la causa.

Selena si era afflosciata tra le sue braccia, il viso rivolto verso l'alto. Le labbra tese e imbronciate. Persino con la poca luce che c'era, riusciva a vedere che la pelle appariva grigiastra. Il respiro era corto e affannoso, sentiva il suo petto muoversi. Ma aveva gli occhi aperti, stringeva con forza il cristallo che portava al collo, allungò la mano verso un altro zombie.

Non resisterà ancora per molto.

Stringendola a sé, cercava di trascinarla verso le macchine alle loro spalle. I *ganga* non sapevano arrampicarsi e potevano dunque trovare rifugio lì.

Ma procedeva piano e lei continuava a prendere i mostri a uno a uno. Theo comprese che non avrebbe smesso finché non fosse arrivata all'ultimo. Osservava la scena, sostenendola, percependo la scossa che le attraversava il corpo quando toccava le creature. La sentiva indebolirsi e, alla fine, gemere piano.

Finalmente l'ultimo zombie si accasciò a terra. E intorno tutto si fece silenzioso, a parte il respiro affannato di Theo.

All'inizio Selena non si mosse, rimase lì, tra le sue braccia, tremante, mentre riprendeva fiato.

"Selena" le disse infine, costringendola a guardarlo. La sua mente, sconvolta e confusa, saettava in mille direzioni, incapace di scegliere una linea di pensiero o una domanda da porre. Sentiva qualcosa colargli lungo la schiena, forse sangue, forse sudore. Il volto di lei era rigato di lacrime, sporco e graffi.

Selena fece un respiro profondo e si allontanò da lui. Non era un buon segno che si rifiutasse di guardarlo, ma Theo era ancora così spaventato e stupito da quell'esperienza, che non riusciva a dire niente. La guardò sollevare il cristallo, tenendolo per la cordicella, e riavvolgerlo nella sua minuscola custodia. Il bagliore scomparve e lei lo rimise a posto, sotto i vestiti.

"Devo bruciarli" esordì, la voce tesa e stanca. "Non posso lasciarli così."

"Siediti, maledizione" sibilò Theo in balìa di una furia che lo rendeva gelido, mentre il suo corpo fu preso come da un torpore. "Siediti, Selena, per l'amor di Dio. Non vedi che neanche ti reggi in piedi? Faccio io."

"Grazie" mormorò, lasciandosi cadere sul cofano arrugginito e deformato di una macchina.

Theo fece una pila coi corpi dei dodici zombie poco distante, il lavoro fisico lo aiutò a smaltire un po' della rabbia e della confusione che gli annebbiavano la mente. Quando finì, aveva il fiatone, ma non per la fatica fatta nel comporre quei corpi deformi in una sottospecie di pira funebre. No.

Era per quello che sarebbe venuto dopo: l'ira feroce che gli bruciava dentro, la confusione, le domande, le risposte. La realtà che sarebbe arrivata insieme al nuovo giorno.

Era questo che gli bruciava e vorticava dentro, e che lo lasciava col cuore svuotato.

Accese la seconda molotov e la scagliò verso la pila di corpi. Mentre l'esplosione rischiarava la notte, si voltò verso Selena.

"Andiamo via" disse soltanto.

8

Quando Selena si svegliò, la mattina seguente, il sole inondava la stanza.

Aprì gli occhi senza problemi ma, quando provò a muoversi, il suo corpo protestò. Aveva male dappertutto, ma non era niente a fronte del nero dei ricordi, terribili strascichi dell'orrore della notte prima.

Sbatté le palpebre, respingendoli con relativa facilità e guardò fuori: a giudicare dal sole, doveva essere mattina inoltrata.

Rimase sdraiata ancora un poco, scavando tra i frammenti di incubi e sogni piacevoli, cercando di recuperare i ricordi. Quelli *davvero* suoi.

Theo l'aveva riaccompagnata a casa, insistendo per portarla in braccio. E lei, mica scema, glielo aveva lasciato fare. L'aveva aiutata a lavarsi e a medicare le vecchie ferite, che si erano riaperte, e le nuove, che, per fortuna, non erano altrettanto gravi, anche grazie alla tunica protettiva che aveva indossato. L'aveva fatta bere, mangiare, bere di nuovo e l'aveva messa a letto.

Per tutto il tempo quasi non aveva parlato, a parte per darle ordini.

E poi, naturalmente, se n'era andato.

Qualcosa di spiacevole la consumava dentro, ma cercò di non farci caso. Lo shock e lo stupore, persino il tradimento, li aveva visti sul volto di Theo, gli si leggevano negli occhi.

E c'era anche rabbia.

Proprio come succedeva con Brandon.

Ma, si disse, costringendo il proprio corpo a collaborare e alzandosi, la situazione con Theo era diversissima, in tutto e per tutto, da quella con Brandon. L'unica cosa che i due avevano in comune era che facevano bene l'amore.

Anche se dire che la notte prima aveva "fatto bene l'amore" era un eufemismo. A ripensarci, le labbra s'incurvarono spontaneamente in un sorrisetto e sentì un brivido nello stomaco. Ma non aveva la forza di fare di più.

Qualcuno bussò alla porta, distraendola da quei pensieri. "Avanti" disse ma poi fu presa dal terrore. E se era Theo? Cosa gli avrebbe detto?

Ma a fare capolino fu una testa bionda. "Mamma," fece Sam, "come ti senti?"

Cosa gli ha detto Theo?

"Sto... bene" azzardò, chiedendosi che aspetto avesse.

Il ragazzo entrò. Rimase sorpresa di quanto somigliasse a Brandon, a parte la bocca. Non aveva mai notato che fosse così simile a suo padre. Aveva un vassoio con sopra roba da mangiare, da bere e un vaso con un fiore. Un *fiore*. "Mamma, Theo ha detto che ieri sera sei rimasta ferita e che dovevi riposare."

Dio, come ha osato...

"Che altro ti ha detto?" chiese cercando di mantenere un tono che non fosse né preoccupato, né accusatorio. Poi, nel disperato tentativo di cambiare argomento, indicò la margherita. "Che bel fiore. Un'idea tua o di Vonnie?"

L'espressione del ragazzo passò dalla preoccupazione allo sdegno. "Ma come! È mia!"

"Grazie, amore." Prese il vassoio e vide che, a parte il dettaglio del fiore, dappertutto c'era la firma di Vonnie: tè con miele e limone, spicchi di pera, mandorle e del pane croccante imburrato, il tutto avvolto da un bel tovagliolo giallo.

"Theo ci ha detto che ieri sera, mentre andavi a controllare Robert, al buio, sei caduta dalle scale. Devi stare più attenta, mamma!" Ora, più che a suo padre, faceva pensare a Vonnie.

Si era portata la tazza di tè alle labbra per darsi il tempo di pensare, indecisa su cosa dire, ma la riabbassò, sollevata e riconoscente. "Lo so. Che stupida, vero?"

Si portò di nuovo la tazza alle labbra. "Sai come sta Robert?"

"C'è Vonnie con lui. Mi ha detto di dirti che sta bene." Sam si sedette sul letto e la guardò.

Selena sentì un tuffo al cuore. Aveva quello sguardo... lo stesso con cui la fissava quando le aveva chiesto cos'era successo a suo padre e perché il Cacciatore Seattle la guardava in quel modo.

"Mamma" proseguì con voce decisa, "quel Theo è un po'... diverso."

Selena morse uno spicchio di pera. "In che senso?"

Sam scrollò le spalle e distolse lo sguardo. "Si è offerto di farmi vedere quelle cose nella Sala Giochi. Vorrei imparare."

Il sollievo provato nel rendersi conto che, probabilmente, Sam ignorava cosa ci fosse tra loro, fu sostituito dal puro terrore.

"*No,* nella maniera più assoluta." Inspirò, ricacciando indietro ben altre paure. "Sam, è troppo pericoloso. Quegli aggeggi sono pericolosi. Non ha senso farsi coinvolgere in quelle cose, vengono da un altro mondo, da un altro tempo."

"Ma mamma lui sa tutto di quei cosi! L'ho visto lavorare, sembra magia! Come nei DVD. Una figata." Alzò la voce, un po' implorante, un po' ammirato.

"No. Stanne lontano. Sia da lui, sia da quei cosi. Questo è un mio ordine preciso, Sam. E, comunque, Theo non si tratterrà a lungo. Adesso che è guarito e in perfetta salute, se ne tornerà a Envy o ovunque sia casa sua." *Grazie a Dio. E prima possibile, si spera.*

Sam s'imbronciò, deluso e arrabbiato. "Ma mamma, non è-"

"Sam" lo richiamò, forse con più durezza del necessario. Ma almeno riuscì, per il momento, a zittirlo.

"E sia" sputò lui, con astio.

"Sam" mormorò, presa dal rimorso. "Se dico così, è perché ti voglio bene."

Il volto del ragazzo si distese. "Lo so. Ma penso ancora che sia ingiusto." Si alzò. "Meglio che vada a dare una mano a Frank, prima che cominci la sua litania di parolacce." Si chinò per baciarle la guancia, lei alzò un braccio dolorante per abbracciarlo. "Riposa un altro po', ok, mamma?"

"Sì."

Ma non era vero. Aveva un sacco di cose da fare, i pazienti da visitare e – sentì una fitta al cuore – doveva sistemare le cose con Theo.

Sì ma *come*? Doveva sbarazzarsene. Far sì che se ne andasse da lì, da Yellow Mountain e tornasse a Envy, dove poteva dimenticare tutto.

E non solo. Era troppo giovane per lei. Era assurdo aspettarsi o desiderare qualcosa di più di una botta e via. Aveva sentito l'orrore nella voce di Jennifer, il giorno prima, mentre parlava con Theo, dopo che lei era uscita. La ragazza era riuscita a stento a nascondere lo shock: *"Potrebbe essere tua madre. Vi ho beccati. Che schifo."*

Jennifer aveva ragione.

Quasi come evocati e previsti, arrivarono prima i colpi alla porta e poi la testa corvina di Theo che faceva capolino. "Ho incrociato Sam e mi ha detto che eri sveglia" spiegò, senza preamboli.

Gli occhi a mandorla sembravano più infossati del solito e avevano un'ombra scura sotto. I capelli erano bagnati, doveva aver appena fatto la doccia e anche quel poco che si vedeva della sua pelle olivastra, era coperto da un sottile strato di umidità. Selena sentì la bocca seccarsi alla vista del profilo dei muscoli sotto la maglietta nera, incollata al petto e alle spalle.

"Già" rispose, fissandolo e cercando di interpretarne l'espressione. Ma era imperscrutabile e quindi andò dritta al punto. "Ti aspettavo. Mi aspettavo che venissi a trovarmi."

"Ne sono sicuro" disse piano, chiudendosi la porta alle spalle.

"Grazie per… tutto" la voce si fece roca, e sbatté le palpebre.

La notte prima… non riusciva a pensarci. Era stata la peggiore di tutte. Ci era andata così vicina e aveva temuto per la propria vita come mai fino a quel momento. Se lui non fosse stato lì, se non l'avesse riportata a casa, se non avesse pensato a tutto, compreso mentire a Vonnie e Sammy…

"Vonnie lo sa?" chiese Theo, sedendosi su una sedia vicino al letto.

Non *sul* letto, lo stesso, realizzò, che avevano diligentemente *disfatto* la notte prima, pensò subito Selena. *Bene, mantieni le distanze. Cerchiamo di semplificarci le cose.*

Fossero stati i protagonisti di uno di quei film romantici, entrambi avrebbero girato educatamente intorno a quello che c'era da dire, con lo stesso obiettivo: farla finita senza ferire nessuno, evitando le situazioni spiacevoli.

Speriamo funzioni davvero così.

"Vonnie… non proprio. Non conosce l'intera storia."

"E quale parte sa, di grazia?" La voce era più tesa e alta di volume. "La parte in cui esci fuori di notte da sola e disarmata? O la parte in cui gli zombie ti circondano fin quasi a ucciderti? O sa che tu devi toccarli in quel modo per… cosa? Ucciderli? Addomesticarli? Cosa diavolo succede là fuori?"

Serrò le labbra e si passò una mano tra i capelli, spettinandoli. La guardò: "Lo sai, vero, che ci sono modi più sicuri per sbarazzarsi di quei mostri, che non stringendogli la mano?"

Il cuore di Selena era in subbuglio. Come poteva capire? Nessun altro comprendeva, non dopo che, anno dopo anno, i *ganga* continuavano ad attaccare. Tutti li vedevano solo come degli assassini che si nutrivano di carne umana. Nessuno capiva, nessuno a parte Vonnie, e persino lei stentava ad afferrare il compito di Selena.

Perché?

"Theo" mormorò, sforzandosi di sorridere. "Ieri notte è stato… beh, avrei preferito tu non dovessi vederlo. È terrificante e incomprensibile, e la cosa migliore è, credo, se te ne dimentichi e basta. Non succederà più e tutto andrà a posto, alla fine. Grazie."

Il volto di Theo si fece tanto scuro, che Selena ebbe quasi paura. "Mi hai preso davvero per un cretino?" sibilò, la mascella serrata.

"Non credo tu sia un cretino, Theo" disse in tono suadente, cercando di non mostrare la propria disperazione. Non sarebbe andato tutto a posto. "Ma, credimi, non è niente di cui ti debba preoccupare." Si umettò le labbra. "Non c'è motivo che tu rimanga qui, Theo, stai bene, ora, diamine, non hai nemmeno un graffio. Tornatene a Envy o altrove, torna alla tua vita. E per favore, *per favore*, dimentica tutto. Non è niente."

L'uomo si alzò all'improvviso, muovendosi a scatti. Invece di andarsene, come si aspettava Selena, si mise a camminare avanti e indietro. Su e giù, con passi pesanti e nervosi, una mano serrata in un pugno, l'altra tra i capelli. Poi tornò seduto e la guardò.

"Basta con le stronzate, Selena. So che ti piacerebbe relegarmi al ruolo del toy boy belloccio per potermi cacciar via dopo esserti divertita un po', ma non credo a una sola parola di quello che hai detto. Non sono un bambino, in effetti sono ben lontano dall'esserlo, ho visto e provato cose di cui tu non hai idea."

"Ho sentito cosa vi siete detti con Jennifer…" attaccò.

"Davvero? Allora avrai sentito che non sono interessato a lei e che me ne sbatto di quello che pensa. Ci sono cose di me che non sai nemmeno *tu*." Si calmò un po'. "Continui a dire che me ne andrò presto. Cosa ti aspetti? Che scappi con la coda tra le gambe per essere andato con una donna più grande? Come se me ne vergognassi? Ti ho per caso fatto capire, in qualche modo, che le mie intenzioni siano quelle?"

Selena scrollò le spalle, cercando di non fare smorfie. Dio, aveva male dappertutto. "Non c'è niente per te qua. E poi… Sage?"

"*Sage?*" Se la conversazione non fosse stata tanto seria, l'espressione apparsa sul volto di Theo l'avrebbe fatta ridere. "Non pensavo a lei da… wow, un bel po'… Ma cosa ne sai tu?"

"So che la ami, intanto" rispose, rendendosi conto di quanta fatica le costassero quelle parole. E accettare l'idea che nella sua vita ci fosse un'altra donna. "La chiamavi quando deliravi quando… beh, quando sei arrivato qui." Non era il caso di dire che, quando era resuscitato, lei aveva colto dei frammenti dei suoi ricordi e intravisto l'immagine di una donna bella e *giovane*, coi capelli rossi.

"La *amavo*, il passato è d'obbligo. E poi sta con un altro" aggiunse piano.

"Mi dispiace."

Theo fece spallucce, ma il suo volto non tradì vero dispiacere, per quanto Selena ve lo avesse cercato. "Se lei è felice, sono felice anche io." Si sistemò sulla sedia e poi le lanciò uno sguardo di pietra. "Ora che abbiamo discusso dei miei trascorsi amorosi, che ne dici di parlarmi un po' di te? Di quello che è successo con Brandon? Ha scoperto di te e… cosa? È rimasto ferito o ucciso nel tentativo di aiutarti? Ti ha proibito di farlo? Si è arrabbiato perché rischiavi la vita? Nel qual caso, non mi sento certo di biasimarlo."

Selena non si era mai sentita tanto sconvolta e spiazzata. Quello era sveglio, troppo sveglio e insistente. "Lascia Brandon fuori da tutto questo. La situazione è completamente diversa."

"Che cosa? Come posso capire e aiutarti se non mi parli, cazzo?"

Capirmi? Seh, magari. Selena inspirò a fondo per calmarsi. *Coraggio.* "Non ne parlo con nessuno Theo, questa cosa non riguarda nessuno tranne me, è il *mio* fardello. Ed è così che rimarrà."

⛬

Theo non uscì sbattendo la porta, ma avrebbe voluto.

Preferì invece andare fuori a sbollire, dando una mano a Sam e Frank per rinsaldare una parte del muro protettivo. Fece una bella sudata e, accaldato e ancora incavolato nero, andò a farsi una lunga nuotata controcorrente nel fiume lì vicino. La rabbia che lo agitava era per metà rivolta verso Selena e per metà verso Brad Blizek. Aveva scoperto ulteriori livelli di sicurezza che gli avevano fatto sospettare di aver preso una strada sbagliata. Doveva ricominciare daccapo e, stavolta, provare a entrare dalla porta di servizio.

Dopo la nuotata, ben conscio di non poter essere una buona compagnia per nessuno, tranne che per un apparecchio con una tastiera, Theo tornò su nella Sala Giochi e cercò di dedicarsi ad altri problemi.

Quando la notte prima non era riuscito a creare la scarica elettrica, aveva pensato, sul momento, che il problema fosse dovuto al fatto che era sotto pressione e non riusciva a concentrarsi in mezzo a quella massa di zombie incalzanti. Non era un pensiero confortante, ma poteva darsi.

Tuttavia, la prima cosa che aveva fatto quella mattina quando, al sorgere del sole, aveva lasciato il letto di Selena (era rimasto lì per assicurarsi che non facesse la stupidaggine di uscire di nuovo perché sì, la riteneva perfettamente capace di fare una cosa del genere) era stata quella di fare un test.

E... *nada*. Niente, nulla, zero.

Poco dopo si era guardato allo specchio e aveva notato che non solo aveva la barba di un paio di giorni, ma anche un capello bianco.

Per un uomo di settantotto anni barba e capelli bianchi avrebbero dovuto essere di normale amministrazione. Ma per Theo, che per cinquant'anni si era rasato sì e no una volta a settimana e aveva avuto pochissimi capelli bianchi, era un segnale evidente.

Non solo aveva perso i superpoteri ma... stava facendo la fine di Dorian Gray?

L'idea di invecchiare tutto in una volta non lo entusiasmava, anche perché... come avrebbe potuto proteggere Selena in un'altra delle sue uscite suicide, se era un vecchietto traballante?

Che cosa avrebbe pensato lei, se avesse scoperto la verità? Sarebbe scappata a gambe levate e non perché era troppo giovane per lei, bensì *più vecchio* di circa trent'anni?

Aveva pensato che nasconderle la verità per un po' sarebbe stato divertente. Lasciarle credere di essere davvero un ragazzo e sentirla tirare fuori mille scuse per la loro storia. E poi, quando si sarebbe resa conto di quanto Theo tenesse a lei, a dispetto dell'età che ciascuno aveva o dimostrava, le avrebbe detto tutto.

Solo che ora era piuttosto preoccupato del fatto che presto, invece di poterle dare a letto tutto quello che aveva sempre desiderato, sarebbe dovuto andare alla forsennata ricerca di quelle pilloline blu chiamate "viagra" e introvabili ormai da decenni.

Theo riversò rabbia e paura sulla tastiera, lasciando che le dita volassero agili sui tasti, e abbandonandosi a quella sensazione così piacevole e familiare. Lavorare sui codici era rilassante. Persino hackerare. Era un mondo in cui tutto tornava, tutto funzionava. Ogni cosa aveva un proprio posto. Ogni risposta era logica e perfetta.

A differenza che nella vita, maledizione.

Dopo un po' fece una pausa e cominciò a cercare tra i file di Blizek, usando il maxischermo trasparente per far partire qualche prototipo di gioco. A volte si rivelava molto utile schiarirsi la mente e poi tornare al problema affrontandolo da un'altra prospettiva.

Inoltre, guardare filmati e concept per nuovi videogame, realizzati da un maestro, era piacere allo stato puro. Vedere come la mente umana lavorava per passare dal concetto al prototipo alla programmazione, era affascinante.

Theo si era perso tra i progetti di un gioco di avventura chiamato *Jolliah Castle*, quando fu riportato bruscamente alla realtà dalla presenza di Vonnie che se ne stava lì, in piedi, con un vassoio in mano. *Dannazione.* Sbatté gli occhi cercando di tirarsi fuori dalla sua *reverie.*

"Sapevo che ti avrei trovato qui" disse.

"Uh, wow." Rispose lui, staccando controvoglia lo sguardo dallo schermo, come risvegliandosi da un lungo sonno. *Connectus interruptus.*

Avrebbe realizzato dopo il paradosso di Vonnie, *presto-e-bene-non-stanno-insieme* Vonnie, che aveva percorso tutta la stanza e raggiunto il suo angolino senza urtare o far cadere niente. In effetti sembrava avesse il fiato un po' corto, forse a causa delle due rampe di scale, ma i ricci sale e pepe erano tirati indietro e in ordine, e le guance piene solo appena rosate. Aveva un aspetto adorabile e rassicurante.

"Hai saltato il pranzo e ho pensato potessi aver fame." Poggiò il vassoio sul tavolo, spostando un mucchietto di circuiti e cavi che lui aveva sistemato con attenzione.

E che ora erano tutti aggrovigliati.

Theo le sorrise lo stesso. "Grazie ha un odore buonissimo."

Era vero e lui aveva fame. Un sandwich al pollo fatto con quel buon pane marrone coi semi di girasole, qualche fettina di pomodoro e il formaggio che colava ai lati. Una bella pera matura tagliata a spicchi. Qualche carota cruda e del tè freddo. Aveva l'acquolina in bocca e la guardò di nuovo. "Grazie."

Vonnie scrutò i tre schermi che aveva acceso, ciascuno con la sua brava tastiera. "Ricordo vagamente queste cose" disse, indicando uno dei monitor. "Era molto prima che tu nascessi… avevamo una cosa chiamata Facebook con un gioco in cui dovevi costruire una fattoria. E YouTube, potevi vederci i film, sai, i DVD, direttamente sul computer."

La voce gli morì in gola e lo guardò. All'improvviso i suoi occhi divennero molto seri e severi. "Allora, hai intenzione di dirmelo o no cos'è successo davvero ieri notte?"

Mentre affrontava un gran boccone del panino, Theo sbatté le palpebre e continuò a masticare. Era proprio vero che la strada per il cuore, o in questo caso per la confidenza, di un uomo passa per lo stomaco. L'aveva praticamente comprato. "Credo" disse dopo aver ingoiato il boccone, "che tu lo sappia bene."

Si guardarono per un momento: uno scontro di volontà in cui nessuno voleva cedere. Theo azzardò un altro morso.

Vonnie lo fissava e basta, ma l'aria da chioccia era completamente sparita. Al suo posto c'era il preside che tamburellava col piede, in attesa di sapere chi aveva riprogrammato l'allarme antincendio, perché si azionasse giusto al momento dell'inizio degli esami.

La capacità delle donne di cambiare atteggiamento tanto in fretta era straordinaria, quasi inquietante. Anche sua madre era molto brava a farlo. E anche Selena.

"Cos'è successo con Brandon?" chiese, ostinato. "Almeno questo devi dirmelo."

"Eri fuori con lei ieri notte? Almeno questo devi dirmelo" lo scimmiottò, sollevando il mento e guardandolo un po' dall'alto in basso.

"Sì ero con lei."

Le spalle di Vonnie si abbassarono. "Grazie a Dio. Non vuole portarmi con sé e io ho il sonno pesante e non la sento mai uscire. Me ne accorgo solo *dopo*, quando non resta altro da fare che medicarla."

Theo registrò l'informazione che Vonnie, a sole due camere di distanza da quella di Selena, aveva il sonno pesante. "A dire il vero non mi ha *voluto* portare con sé" precisò, "l'ho seguita."

Si ficcò uno spicchio di pera in bocca. "È così che è andata con Brandon? Ha scoperto cosa faceva? E poi? Ha tentato di fermarla? Non posso certo criticarlo, se non voleva che la madre di suo figlio andasse in giro a farsi dilaniare dagli zombie."

L'espressione sul bel viso di Vonnie si fece più tenera e triste. "Non è così semplice. E non sono sicura di dovertelo dire…"

"Faresti bene a farlo, invece" rispose, atono. "L'ho vista. Là fuori. Non voglio che succeda di nuovo. E lei… beh, vuole che dimentichi tutto e che la lasci in pace. E che me ne vada. È questo che ha fatto Brandon? L'ha lasciata?"

"No, oh no, è stata lei a lasciarlo. L'abbiamo fatto tutti… io, lei e Sam. Siamo stati costretti. Vonnie sbatté rapidamente le palpebre e lanciò uno sguardo fugace fuori dalla finestra. "Ha provato a spiegarlo, a tutti quanti, quello che faceva. Loro non hanno mai capito davvero, ma almeno hanno dovuto ascoltarla."

"Loro chi? La gente di Yellow Mountain?"

"No, oh, no. Questo è successo prima che venissimo a Yellow Mountain. Stavamo a Sivs, allora, a una settimana abbondante di viaggio da qui, verso sud." Proprio come Selena, indicò con la mano una direzione a caso, che al sud non si avvicinava neppure. "C'è voluto molto, ma alla fine glielo ha detto, a Brandon, cosa faceva. Che il suo metodo era migliore e più umano verso gli zombie. Ma lui non voleva crederle e non voleva che si facesse male. L'amava, ma non la capiva."

Vonnie indicò l'ultimo residuo del panino di Theo. "Come il fatto che si rifiuti di mangiare carne, né niente che venga da una creatura uccisa. Lei è così e lui non lo ha mai accettato. Ogni tanto provava a farle mangiare un pezzettino di pollo o di pesce. Una volta provò a fregarla mettendole un po' di carne nello stufato che stava mangiando. Quando lo scoprì stette malissimo. Male davvero. E da allora mangia solo le cose che le cucino io."

"Capisco." Theo non stava prestando molta attenzione all'incoerente spiegazione di Vonnie, ma era di sicuro interessante. A quanto pareva questo Brandon era una bella testa di cazzo. E la cosa non gli dispiaceva. "Cosa successe a Sivs?"

"Brandon scoprì cosa faceva e tentò di fermarla. Ma Selena non glielo permise. A me diceva che non poteva farne a meno. Era come rifiutarsi di aiutare un moribondo: per quanto fosse dura, non poteva *non* farlo."

"Da quanto tempo è la Signora della Morte?"

Vonnie si guardò intorno, come a sincerarsi che non ci fosse nessuno in arrivo. "Aveva cinque anni quando vide la sua prima nuvola della morte, solo che allora non sapeva cosa fosse. Si rese conto solo alcuni anni dopo di quello che faceva."

"Nuvola della morte?"

Vonnie parve a disagio. "Non starebbe a me dirtelo Theo ma… è quello che vede quando una persona sta per morire."

"Selena è molto riservata sui suoi segreti e se vorrà dirti altro, lo farà lei stessa. Ma l'ultima persona a cui lo disse fu Brandon e le cose non andarono a finire bene. Beh, a Brandon e alla gente di Sivs."

Theo riusciva a stento a contenere la propria agitazione. "Cos'è successo a Sivs?"

"Tutti odiano gli zombie e ne hanno una paura folle. Non c'è persona che non abbia perso qualche amico o conoscente a causa loro."

"Certo, è ovvio. Ed è per questo che dobbiamo farli fuori. Sono le uniche creature su questa terra che non hanno ragione di esistere. Sono cattivi." Theo guardò fuori, valutando la posizione del sole. "Scherzi di natura che non fanno parte del cerchio della vita, mostri cannibali."

Vonnie si morse le labbra. "Non è così che li vede Selena."

"Anche lei li uccide, la sua prospettiva non può essere poi tanto diversa. Solo che il modo che usa per farli fuori è pericoloso e poco efficiente. Perché diavolo non usa delle frecce o una bomba o del fuoco o che so io?"

"Perché lei non è così. Dice che il suo metodo è più umano. Deve salvarli, Selena non sopporta di vedere la vita distrutta. Non vuole che Frank metta delle trappole per topi, ma solo delle gabbiette, cosicché poi i topolini possono essere lasciati di nuovo liberi."

Theo scosse il capo, frustrato e confuso. "Gli zombie non sono vivi. La loro… non so cosa sia, ma non è certo *vita*. È cattiveria pura. Mangiano tutto e tutti, e quello che non mangiano, lo distruggono, per il mero gusto di farlo. Grazie a Dio sono scemi come sassi altrimenti ci avrebbero sterminato." Aveva spazzolato anche le carote e ora teneva in mano il tè freddo. *Ah! Dolce al punto giusto!*

Vonnie storse le labbra. "Stai parlando quasi come Brandon. Comunque, in qualche modo Selena lo convinse a vedere la cosa dal proprio punto di vista, ma siccome lui la faceva lunga sul fatto che lei andasse fuori la notte, se ne uscirono con un'idea: se il resto della città li aiutava, potevano rinchiudere gli zombie in un recinto e lasciare che Selena svolgesse la sua missione in sicurezza.

"Come ingabbiare un branco di cani selvatici per poi farli fuori uno alla volta?" Chiese Theo. "Resta comunque un metodo poco efficiente ma certamente più sicuro per lei."

Selena riuscì a convincerli e costruirono il recinto, e una notte riuscirono anche ad attirarci dentro un branco di zombie. Ce li chiusero e tutto andava bene. Ogni sera, con estrema cautela, lei ne prendeva un po' per volta e faceva quello che doveva."

"Finché… merda. Lasciami indovinare… fuggirono?"

Annuì. "Fu orribile, terrificante. A quel punto erano intrappolati, con noi, *dentro* le mura dell'insediamento, quando ci rendemmo conto di quello che era successo, era ormai troppo tardi. Gli zombie parevano impazziti, erano spaventati, fuori controllo, affamati e attaccarono. Selena fece del suo meglio per fermarli, per dare una mano, ma non ci fu niente da fare. Il danno era fatto. Morirono vecchi, bambini e persino alcuni uomini giovani e forti che stavano costruendo un veicolo a energia solare. Quasi metà della popolazione dell'insediamento perse la vita quel giorno."

Theo aveva la nausea. Non aveva bisogno di sentire altro, era facile immaginarselo, ma lo domandò comunque: "E cosa fecero?"

"Ovviamente tutti dettero la colpa a Selena, come fosse stata lei a convincere gli zombie a uscire e ad attaccare la gente. E Brandon non riusciva nemmeno a guardarla, non la stava ad ascoltare. E lei, beh, ovviamente si dava la colpa di tutto. Tutto. Aveva bisogno del suo uomo, ma lui non poteva darle quello che le serviva." Vonnie lo guardò in tralice e Theo sentì tutta la forza di quello sguardo. "E quindi ce ne andammo. Non l'avrebbero mai perdonata. Non poteva uscire di casa senza che le sputassero addosso, la prendessero a spintoni o la ignorassero o… di tutto e di più. Era orribile. La chiamavano *l'amica degli zombie* e non era un complimento."

Quasi seguendo il percorso dei pensieri di Theo, proseguì: "Arrivarono a chiedersi se li uccidesse davvero o se quello che faceva là fuori era una sorta di ipnosi per ridurli a fare quello che voleva lei. Fummo costretti ad andarcene."

A quel punto Theo stava male sul serio. Che storia orribile. Capiva entrambe le posizioni, entrambe le prospettive. Era un po' come dopo l'undici settembre, quando la gente se la prendeva con tutti i musulmani per quello che aveva fatto un gruppetto di integralisti.

Trovare un capro espiatorio era tipico della natura umana. Trovare un colpevole quando succedeva qualcosa di tragico. Non sempre era giusto, e questo non era uno dei tratti migliori della natura umana, tuttavia si trattava di una reazione molto comune.

Ma Brandon continuava a perdere punti.

"E non è tutto" proseguì Vonnie. "Ci trasferimmo per un po' in un posto chiamato Crossroads, per un annetto, grossomodo.

Dopo quello che era successo a Sivs, Selena non voleva parlare a nessuno della sua missione. Continuava ad aiutare i moribondi, accompagnandoli verso qualsiasi cosa venga dopo, ma non poteva neppure ignorare il suo dovere verso gli zombie. Solo che stavolta non disse niente a nessuno, ma ovviamente la gente poteva vederla, fuori, al buio, di notte, oltre le mura, con gli zombie. Dava l'impressione che li aiutasse, li indottrinasse o qualcosa del genere. E siccome tre ragazzini del posto erano stati attaccati da poco, la gente di Crossroads cominciò ad accarezzare l'idea che qualcuno aiutasse o proteggesse i *ganga*. Iniziarono a evitare Selena, a chiamarla in modi orribili... fu un'escalation. Poi una notte, una ragazza fu aggredita e uccisa oltre le mura e fu la fine. Dissero che a Selena piacevano gli zombie e che li aveva attirati lì e un gruppo di cittadini inferociti venne a bussare alla nostra porta. Volevano portarla via e incarcerarla. Così decidemmo di andarcene di nuovo.

Cristo. C'era da capirla, Selena, se non voleva parlarne. Non c'era da stupirsi se credeva di non potersi fidare di nessuno. Theo lo capiva, ma continuava a dispiacergli che non si fidasse neppure di lui.

"Quindi venimmo qui. A dire il vero abbiamo incontrato Frank e ci ha portato lui qui. E ora sai perché non viviamo a Yellow Mountain e perché Selena ci va solo di rado. Meno gente sa di lei, più è sollevata. Per loro è solo la Signora della Morte, non l'amica degli zombie."

Theo annuì, ma aveva lo stomaco sottosopra. Quei racconti gli ricordavano i processi alla streghe di Salem: persone innocenti marchiate e giudicate, persino uccise a causa della superstizione dei loro simili.

Eppure continuava a non capire perché mai Selena avesse tanto a cuore di dare agli zombie la dolce morte. Perché rischiasse la sua vita per salvarli, come fossero dei cagnolini che, improvvisamente, erano impazziti.

Si ricordò di una vicina di casa, di quando lui e Lou erano ragazzi. La signora Cloud. Aveva un rottweiler che, un giorno, aggredì e uccise il gatto di un altro vicino.

Theo e Lou avevano giocato molte volte col cane e lo avevano visto avvicinarsi tranquillamente ai gatti senza mai aggredirli. Ma quella volta qualcosa doveva averlo infastidito, spingendolo ad attaccare. Il tribunale decretò che il cane dovesse essere soppresso e, nonostante le proteste, i picchetti e le lettere di Lou e Theo (ancora non esistevano Twitter e i gruppi di Facebook), per salvare la vita al cane, il decreto del tribunale aveva prevalso.

Il padrone del gatto festeggiò alla morte di Butch, ma la signora Cloud e gli altri che lo avevano conosciuto, furono molto tristi.

"E Brandon? E Sam?"

Vonnie scrollò le spalle. "Selena non aveva alcuna intenzione di lasciare Sam a Sivs col padre. E a Brandon interessava più rimanere nell'insediamento che non seguire la sua famiglia. Non fu troppo difficile come decisione."

Theo assentì. Ora le cose gli erano più chiare. "Grazie per avermi raccontato tutto."

Vonnie lo guardò. "Ora però, vorrei sapere qualcosa da te." Era tornata in *modalità mamma*. Theo fece di nuovo cenno di sì.

"Quanto pensi di rimanere qui?"

"Quassù, dici?" chiese indicando la stanza.

Vonnie lo guardò aggrottando la fronte e tamburellò col piede.

"Ah! Intendi qui a Yellow Mountain." Sfoderò quel sorriso che con sua mamma funzionava sempre e fu ricompensato con una smorfia delle labbra. "Non lo so. Quello che posso dirti ora è che non ho alcun motivo per partire… viceversa ne ho molti per restare."

Vonnie lo guardò e portò via il vassoio. Annuì con un rapido cenno del capo. "Bene, allora, giovanotto." Dette un'occhiata ai computer che li circondavano e poi tornò a rivolgersi a lui. "Non so che diamine fai quassù e non ho intenzione di chiedertelo. Solo sta' attento. Questi cosi hanno causato fin troppe disgrazie."

"Grazie Vonnie" ripeté, mentre la donna usciva dalla stanza.

Tornò al touchscreen e lo guardò. *Avranno pure causato disgrazie, ma nascondono anche dei segreti. Di sicuro.*

"Cosa mi nascondi, eh, Blizek? Ti sei unito a loro? Li hai aiutati a distruggere questo mondo del cazzo?" chiese Theo, fissando l'enorme schermo. "Sei ancora vivo da qualche parte. Con un cristallo di merda sottopelle?"

Cominciò a muovere rabbiosamente le dita sul monitor, selezionando, espandendo, spostando e osservando le finestre aprirsi, una dopo l'altra, una dentro l'altra, una sopra l'altra. Lasciò da parte i prototipi dei giochi e smise anche di scavare negli strati di sicurezza sempre più profondi.

Si mise invece a guardare foto, video ed e-mail. Passò in rassegna i documenti normali e i codici di programmazione più semplici.

E poi lo vide e si raggelò.

SE FINISCE IL MONDO.

Un file .mov, un video.

Neppure troppo nascosto. Lo avrebbe trovato subito se non avesse perso tempo a rovistare alla ricerca di quella che credeva fosse la roba più interessante.

Il cuore prese a battergli forte, Theo cliccò e il video si aprì, invadendo tutto lo schermo, ed eccolo, Brad Blizek, lì sul muro, come il mago di Oz.

Parlava alla macchina da presa, con voce bassa e concitata, aveva fretta, lo si leggeva sul volto amichevole.

"Se state vedendo questo video, vuol dire che è accaduto il peggio. Io sarò morto perché non mi lasceranno vivere, quando scopriranno che non sono davvero uno di loro. Non sto con loro. Loro vogliono distruggere il mondo."

A quel punto Theo si abbandonò a un sonoro sospiro di sollievo e, nel video, Brad si guardò alle spalle, e si piegò su se stesso, come se si aspettasse di essere interrotto da un momento all'altro.

"Parlerò finché posso, per fornire tutte le informazioni possibili ma, appena li sento arrivare, chiudo. Il video è programmato per autopubblicarsi su vari siti di notizie, su YouTube e tornare alla mia LAN."

Fece una smorfia, l'espressione divenne più seria e la voce ancora più sommessa e affrettata. Theo notò che teneva la mano sulla scrivania di fronte alla webcam, pronto a cliccare sul mouse.

"Li ho scoperti diversi anni fa, volevano che mi unissi a loro e io finsi di accettare. Per cinquanta milioni di dollari, una cifra irrisoria che gli detti solo per sapere cosa stessero combinando. Mentre sviluppavo per loro hardware e software, ho anche, con molta discrezione, hackerato il loro sistema. È stato difficile perché non potevo lasciare tracce del mio passaggio e poi, sono bravo, sì, ma loro mi tenevano d'occhio.

Lavoro con tutto per cominciare a raccogliere i dati e trovare un modo per fermarli. Sono ovunque, e tanto potenti che ogni tentativo di rendere pubblica la cosa verrebbe soffocato, me compreso, o comunque verrei ucciso in qualche modo. Quindi sto cercando un modo per usare il loro-"

Seguì un rumore, forte abbastanza da essere udito attraverso la webcam. Blizek spalancò gli occhi e si avvicinò al computer, la voce ormai ridotta a un chiaro sussurro. *"Sono loro. Quelli del Culto di Atlantide. Stanno facendo emergere quella cazzo di Isola di Atlantide che farà tremare la Terra. Stanno-"*

Si guardò alle spalle e il monitor divenne nero.

"Porca puttana, cazzo!" Theo restò a fissare lo schermo, e ci volle un po', prima che i peli sulle braccia tornassero normali. Guardò il video di nuovo, ancora e ancora. Mentre fissava il monitor, il cuore gli era salito in gola.

Se lo avesse visto cinquant'anni prima, lo avrebbe preso per uno scherzo.

Ma ora sapeva tre cose. Le teorie sue e di Lou erano giuste. Brad Blizek era sempre stato ed era rimasto una brava persona. E Brad Blizek era morto di sicuro.

9

Robert passò oltre solo nella tarda mattinata del giorno seguente: erano trascorse ventiquattr'ore da quando Selena aveva detto a Theo che non parlava con nessuno dei propri segreti e quasi dieci giorni dalla resurrezione.

Nonostante i dolori, Selena aveva lavorato tutto il giorno, un po' rallentata ma sempre impegnatissima. Di proposito.

Che fosse per caso o per disegno, non aveva più avuto modo di parlare con Theo, dopo che lui se ne era andato, lasciando che la porta si richiudesse alle sue spalle con uno scatto secco ed eloquente. Non lo aveva nemmeno più visto, se non dalla finestra, in lontananza, di ritorno, a quanto pareva, da una nuotata al fiume. Era bagnato, il torso nudo che luccicava sotto il sole, ogni muscolo e curva al suo posto, sotto la pelle olivastra e il drago rosso che si muoveva sinuoso. Le si era seccata la bocca e aveva sentito lo stomaco riempirsi di farfalle. Al che si era voltata con decisione.

La cosa che più la faceva star male, non era tanto la vista del suo corpo ma il rendersi conto di quanto lui le mancasse. Solo quello: le mancava. Ma sapeva che non si sarebbe mai più sentito a proprio agio con lei, non dopo quello che aveva visto la notte prima.

Stranamente, dopo quei terribili eventi, Selena non era stata il bersaglio del solito pistolotto di Vonnie circa le sue attività notturne. In effetti, tutti quanti sembravano particolarmente calmi e gentili. Si chiese perché. Si chiese, con una certa ansia, perché quella le sembrasse la quiete che precedeva la tempesta.

La cosa che più la disturbò, comunque, accadde tre giorni dopo essersi svegliata in camera sua. Per l'ennesima volta Theo non si era presentato a cena e Selena non sapeva se sentirsi sollevata perché la evitava e, forse, si stava addirittura preparando ad andarsene, come lei stessa gli aveva suggerito, o se lasciarsi andare alla tristezza. Si sentiva spaesata, certo, ma cercava di convincersi a non perdersi completamente.

Era stata una sola notte.

Ma le mancava.

Eppure, la cosa che più l'aveva infastidita, non era stata l'ennesima assenza di Theo, bensì il modo in cui Sam guardava Jennifer e come lei, di rimando, flirtasse apertamente con lui. *Menomale che Frank è sordo* pensò, dopo l'ennesimo doppio senso particolarmente esplicito.

La situazione peggiorò ulteriormente quando, dopo cena, Selena decise di farsi una passeggiata per schiarirsi le idee, quindi uscì dalla casa e si avviò lungo un sentiero lastricato di pietra ma, quando girò l'angolo, beccò Sam e Jennifer avvinti in un abbraccio appassionato.

Erano sotto un piccolo albero coperto da rampicanti, per non farsi vedere dalla casa. La maglietta di Jennifer era sollevata a mostrare la schiena liscia e nuda.

Selena si bloccò, facendo rumore tra i cespugli e Sam fece capolino da dietro la testa di Jennifer, incontrando lo sguardo di sua madre. Spalancò gli occhi e inspirò profondamente, Selena lo vide bene.

"Ciao, Sam" lo salutò, sforzandosi di mantenere la voce ferma. *Che stai combinando? Quella ha quasi dieci anni più di te. Beh, forse solo sei o sette. Ma tu sei troppo giovane per lei!* Dentro, la sua mente, urlava e lottava.

I due ragazzi si staccarono, ma Sam continuò a tenerla per la vita, con gesto possessivo. Era rosso in viso, le labbra gonfie e umide, l'espressione, ovviamente, vacua. Jennifer si sistemò con calma la maglietta sul seno nudo, quindi lanciò a Selena uno sguardo per niente caldo. E neppure imbarazzato.

Era tipo *ti ho beccato*.

E, all'improvviso, Selena capì. Un brivido di rabbia e delusione la percorse. "Frank ti sta cercando, Sam" mentì, senza pentirsene.

"Mamma" rispose lui, la voce sorprendentemente ferma, come se si stesse prendendo la piena responsabilità delle proprie azioni. "Non volevo lo scoprissi così." Strinse a sé Jen e Selena ne scorse, con una fitta allo stomaco, il pancino, così giovane rispetto al suo.

Senza degnare la ragazza di uno sguardo, si concentrò sul figlio, così innocente, così giovane, appena diciassette anni, che aveva una *cotta coi fiocchi* per quella Jennifer da quando ne aveva quindici. "Lo so" rispose. "Magari la prossima volta sceglietevi un posticino più appartato." Era importante che riuscisse a non far trapelare la propria rabbia nei confronti di Jennifer. "Pensa a cosa avrebbero detto Frank e Vonnie se vi avessero visti."

Sam rivolse a Jen un sorriso tanto zuccheroso che a Selena venne la nausea.

"Beh, abbiamo pensato che fosse carino fare una passeggiata qui dopo cena e poi… sai come vanno queste cose" spiegò Sam, con una punta di orgoglio sul volto e nella voce. *Guarda chi ho qui io. Guarda chi mi vuole.*

Selena deglutì a fatica e riuscì a far cenno di sì. *Quella ti mangia vivo.* Ci avrebbe parlato dopo con lui, in privato. Adesso doveva solo andare avanti, evitando di cavare gli occhi a quella donna che stava usando suo figlio, e senza dare a lui l'impressione che non approvasse quel rapporto.

"Credo di aver lasciato il maglione laggiù" disse Jennifer con voce suadente. "Vado a prenderlo, ti dispiace, cucciolo?"

Lanciò di nuovo a Selena quello sguardo da gatta che ha mangiato il canarino. "Torno subito."

Selena mantenne il proposito di non lasciar trapelare i propri pensieri, sperando che i pugnali che sentiva dentro non le uscissero dagli occhi, mentre la ragazza si allontanava lungo il sentiero.

"Mi spiace tu l'abbia scoperto così, mamma" ripeté Sam.

"Da quanto tempo va avanti?" riuscì a chiedere.

"Solo da un paio di giorni… di sicuro pensi che stiamo correndo troppo…"

Sì, cazzo.

"… ma lei è uno schianto, è così… sai… matura…"

Sì, lo so.

"… comunque avevo intenzione di riaccompagnarla al suo cavallo prima che cali il buio. A meno che tu non le permetta di passare la notte qui."

Selena si trattenne a stento dal parlare, ma non riuscì a impedirsi di lanciare uno sguardo alla ragazza che riapparve dal sentiero. "Non credo sia una buona idea" fu tutto quello che riuscì a dire. *Non la mettere incinta. Per favore non la mettere incinta!* Era un pensiero quasi blasfemo, ma non le importava.

Sam sembrò prenderla bene, forse pensava che, per quella sera, per sua madre fosse abbastanza. "Va bene, mamma. Ma dovremo parlarne. Presto."

"Credo proprio di sì. Ti aspetto dentro. A fra poco."

Confusa, furente e decisamente nauseata, Selena si allontanò. Prima con passo rilassato, poi accelerò, spinta dalla rabbia. *Quella puttanella.*

Non aveva alcuna intenzione di starsene lì a guardare mentre quella usava suo figlio e lo feriva solo per sfizio. Finora non lo aveva degnato di uno sguardo e gli uomini single della sua età non mancavano a Yellow Mountain. Selena serrò le labbra e continuò a camminare, grata di avere tanto spazio, circondato da solide mura dove poter sbollire la propria rabbia senza dover temere il calare della notte.

E ora cosa faccio?

Quella che doveva essere una passeggiata rilassante per schiarirsi le idee, respirare il profumo dei fiori alla sera e dare un'occhiata all'orto di Frank, si era trasformata in un altro dilemma. Perché? Ancora un *perché?*

All'improvviso, uno strano rumore attirò la sua attenzione. Si fermò, guardandosi attorno. Si era allontanata un bel po' dalla casa: da mesi non si addentrava tanto nella proprietà, forse da anni. Aveva superato l'enorme orto con la verdura e le erbe di

Frank in direzione del boschetto che fiancheggiava il lato ovest in lontananza. Nella parte sud Frank aveva un altro orticello, nascosto da alberi e rottami, disposti ad arte per impedire ai Cacciatori di vederlo. Ma lì, a ovest, gli alberi crescevano alti e folti e non ricordava ci fosse niente, a parte un ammasso di macchinari rugginosi e ricoperti dalla vegetazione.

Il rumore veniva da lì, simile a un mormorio sordo seguito da un lungo, acuto stridio. E c'erano delle... *luci*?

Tra gli alberi?

Il sole era basso ma ancora non era il crepuscolo. E poi lo vide di nuovo: qualcosa che si muoveva sopra agli alberi. E luci. E altri strani suoni...

Selena si avvicinò, lungo un sentiero trascurato e ingombro di vegetazione. Il rumore saliva di intensità e c'era di sicuro qualcosa che si muoveva... ma adesso gli alberi coprivano le luci.

Poi emerse da una macchia di cespugli e si ritrovò nella radura, dove si trovavano i macchinari.

Si bloccò, stupita e affascinata dallo spettacolo che gli si parò davanti. Qualcuno aveva ripulito il centro della radura dalle piante, che ora giacevano accatastate a mucchietti vicino agli alberi. Un enorme ruota messa in verticale, più alta di una casa, più alta degli alberi stessi, si ergeva illuminata da luci che si accendevano e spegnevano. E girava, piano e cigolando, ma si muoveva. E dalla ruota pendevano delle scatole, simili ad altalene chiuse. Selena sapeva cos'era, l'aveva vista nei DVD: era una ruota panoramica.

Chi diamine. Ma non dovette nemmeno finire di formulare il pensiero. Ovviamente era stato Theo. Sapeva che era stato lui. Aveva riparato il lettore DVD, ricollegato una lampada che dava a Frank un sacco di problemi e fatto qualcosa alla lavatrice che aveva fatto piangere di gioia Vonnie.

Lo trovò subito, era vicino alla base della ruota, seduto a terra che imprecava contro una scatola di metallo con le gambe, piena di fili e leve. C'erano diversi arnesi sparsi a terra, accanto a lui, che era tutto spettinato. Il braccio senza drago era in bella vista, i muscoli che si allungavano e flettevano deliziosamente mentre litigava con qualcosa nella scatola.

Avvicinandosi, le cominciarono, chissà perché, a sudare le mani e di nuovo sentì quelle stupide farfalle nello stomaco.

Che reazione avrebbe avuto Theo nel vederla? Era ancora arrabbiato? Perché Selena aveva la bocca arida e il cuore a mille?

Non sapeva come approcciarsi, forse gli avrebbe dato fastidio essere interrotto. Quindi si limitò ad avvicinarsi e restarsene lì, in piedi. Prima o poi l'avrebbe vista.

Quando accadde, Theo sussultò appena, poi il suo sguardo risalì dai sandali di corda, lungo l'ampia gonna lunga che indossava e infine i loro occhi si incontrarono.

"Pensavo fossi Frank" disse.

"No" rispose, sollevata che non l'avesse mandata via.

"Decisamente. Non c'è modo di sbagliarsi."

E decisamente non c'era modo di sbagliarsi sul tono della sua voce. Le farfalle si agitarono ancora di più.

Theo si alzò in piedi e lei si ritrovò a sollevare il mento per guardarlo, facendo un passetto indietro. Era serio educato, non di più. "Vuoi provarla?" chiese, indicando la grande ruota.

Selena trasalì: per la sorpresa, la felicità e… la paura. "Non saprei… è… altissima!"

Theo ridacchiò, più disteso e quel suono le provocò un caldo brivido di piacere lungo la schiena. "Non dirmi che hai paura dell'altezza."

"Non mi capita tanto spesso di salire così in alto" disse e la cosa lo fece ridere di nuovo. Le piaceva il suo modo di ridere, un suono che, si rese conto, ormai aveva sentito piuttosto spesso.

"Andiamo Selena, cosa vuoi che sia un piccolo azzardo in più, nella tua vita piena di pericoli?" Selena percepì una nota di rimprovero nella voce, o forse di tristezza.

"È sicuro?" chiese, seguendolo lungo gli scalini che portavano alla cabina più in basso.

"Certo, beh, almeno questa" rispose facendola dondolare un po'. "Ho appena stretto tutti i bulloni e fatto dei test. Vedi quei pietroni laggiù? Hanno fatto loro il viaggio inaugurale."

La vista dei macigni la tranquillizzò: sebbene non riuscisse immaginare come diamine avesse fatto a metterli nella cabina, se l'abitacolo aveva sopportato il peso di quelli, non avrebbe avuto problemi con lei e Theo. "Ok" disse. Si accorse in quel momento che le travi di metallo erano costellate da minuscole lampadine, anche se solo alcune si accendevano a intermittenza di rosso, blu, verde e giallo.

Theo le sorrise, aprendole lo sportello della cabina con mille salamelecchi. "Largo ai giovani" disse, facendole il gesto di entrare.

Selena rise guardandolo, come a dire *tu sei pazzo*, mentre si dirigeva verso il sedile. Quando mise un piede sul predellino, sentì la cabina muoversi e si bloccò: "Dondola" osservò.

"Deve farlo, avanti, scegli un posto."

Si affrettò a sedersi su un lato, e all'improvviso si scoprì ansiosa di vedere se lui le si sarebbe seduto accanto o di fronte, e quando lui salì e si sistemò sull'altro lato, rimase un po' delusa.

"Voglio essere sicuro che sia bilanciato" spiegò lui, acquietandola un po'. Quindi chiuse lo sportello e si sedette. Alzò un aggeggio simile al telecomando del lettore DVD ma con un filo rigido che ne fuoriusciva. "Di solito c'è un tizio giù, a manovrarla: tira la leva e la ruota si mette in movimento e quando il giro è finito, la ferma. Ma in questo caso non possiamo farlo a meno che… tu non voglia starci da sola…"

"No! Per niente al mondo!"

Ridacchiò. "Immaginavo. Infatti ho il comando a distanza. Pronta?"

"Sì. Credo…" Selena si preparò, seduta al centro della poltroncina con le braccia tese e le mani che stringevano i lati della cabina. Chiuse gli occhi e puntò i piedi contro il bordo del sedile di Theo.

Le parve di sentirlo ridacchiare di nuovo, ma il suono fu coperto dal lungo e sordo cigolio dell'ingranaggio che faceva girare e sollevare la ruota.

Selena non sapeva cosa si era immaginata in realtà, forse di schizzare rapidamente su verso l'alto o di fare una specie di balzo improvviso, invece percepì solo un piacevole venticello e la strana sensazione di non avere peso. La cabina dondolava dolcemente e non forte come aveva creduto.

Quando riaprì gli occhi, vide che Theo la fissava. Un mezzo sorriso gli incurvava le labbra, ma l'espressione nei suoi occhi non era divertita, bensì sexy e determinata.

Nello stomaco le farfalle si erano librate in volo e non era solo la sensazione data dalla ruota. Avevano raggiunto il punto più alto e ora stavano scendendo. Deglutì e spostò lo sguardo, mentre la brezza le sfiorava dolcemente il viso.

Wow, pensò.

"Ti piace?" chiese Theo. Era sprofondato nel proprio sedile, le braccia distese e rilassate sulla spalliera e non rigide come le sue.

"Sì. È meraviglioso. Mai fatto nulla di simile." Allentò la presa e addirittura staccò una mano. Fece per togliere i piedi dal seggiolino e poggiarli a terra ma lui, con una mossa fulminea, la fermò.

Prendendole una caviglia fra le dita, le sussurrò: "Non devi muoverli." Continuò a tenerle il piede e, prima che potesse protestare, le aveva sfilato il sandalo di corda logoro, lasciandolo cadere a terra. Le sue dita, si mossero dalla caviglia e, un istante dopo, Selena si ritrovò col piede fra le ginocchia di Theo, che prese a massaggiarle la pianta con entrambe le mani.

Oh. Era una sensazione paradisiaca. Quelle dita forti che le massaggiavano l'avampiede esercitando la giusta pressione, facendosi poi più leggere lungo l'arco, in modo da non farle il solletico, infine il pollice e l'indice le strinsero la parte posteriore della caviglia. *Wow.*

"Hai dei piedi molto sexy" disse, alzando gli occhi verso di lei, mentre alle sue spalle sfilavano gli alberi e la brezza le scompigliava i capelli.

"Grazie" riuscì a balbettare. Aveva le ginocchia in pappa e non riusciva distogliere lo sguardo dalle mani eleganti di Theo, le dita scure e forti che stringevano il suo piede dall'incarnato più chiaro, quasi dorato.

"Voglio dire, davvero molto sexy. È una delle prime cose che ho notato di te."

Selena aveva la bocca arida. Poi nella sua mente confusa, andò a ripescare la domanda che le aveva fatto giorni prima. "La pittura che uso per le unghie… è fatta con argilla, miele e altre cose. Il colore rosso lo prendiamo dalle radici dei denti di leone."

"Mi piace." All'improvviso si chinò a prendere tra le mani l'altro piede, che era scivolato a terra quando si era rilassata.

Quando iniziò a massaggiarlo come aveva fatto col primo, Selena non potette resistere, chiuse gli occhi, si abbandonò contro la spalliera del sedile e si lasciò accarezzare dalla brezza e dal piacere. Se solo avesse potuto far durare quel momento in eterno.

"Quanto ci hai lavorato, a questo progetto?" chiese quando, dopo un minuto, riaprì gli occhi.

Lui continuò a trattenerle il piede, carezzandone il dorso per poi risalire lungo la caviglia e fino al polpaccio. Selena non poteva fare a meno di chiedersi dove tutto questo li avrebbe portati ed era piuttosto interessata a scoprire la risposta.

In effetti, se il calore che le invadeva il corpo e i brividi al bassoventre che sentiva, volevano dire qualcosa, era, a quanto pareva, molto interessata. Ma non impaziente. Non c'era fretta.

"Alcuni giorni" rispose. "Volevo starmene un po' fuori dai piedi e così ho pensato che potevo fare delle cosette, mentre sono qui. Questa è una."

Mentre sono qui. Cercò di ignorare la fitta di delusione provocata da quelle parole, sforzandosi invece di annuire e ascoltarlo.

"Volevo portarti qui con una scusa e farti una sorpresa, ma mi hai battuto sul tempo. Strano che tu mi abbia trovato, di solito Frank è l'unico che si spinge fin quaggiù e solo perché gli ho chiesto di portarmici. Che ci facevi, piuttosto, qui, a quasi un miglio da casa?"

Naturalmente quella domanda le riportò alla mente con brutalità il problema di Sam e Jennifer, cancellando buona parte della gioia per quel giro in giostra. "Avevo bisogno di una camminata per sbollire la rabbia" rispose infine, spostandosi e cercando di poggiare i piedi a terra. Lui li trattenne, gentile ma fermo.

"Rabbia? Contro chi?"

Selena distolse lo sguardo e si rese improvvisamente conto che, da lassù, dal punto più alto della ruota, aveva una piena visuale di tutta la tenuta e che il sole era già per metà nascosto dall'orizzonte. Era uno spettacolo bellissimo e intrigante, non l'aveva mai visto così. E ora che riscendevano, il fremito che sentiva dentro si univa alla brezza che sembrava venire da sotto in su. Man mano che il sole calava, le lucette sembravano brillare con maggiore intensità, sopra e intorno a loro.

"Selena."

Tornò a guardarlo. "Ho appena notato il panorama."

Annuì. "Non vuoi dirmi con chi ce l'hai?"

Si mosse, un po' a disagio: non era esattamente il tipo di conversazione che voleva avere con lui... anche se... magari le avrebbe offerto un punto di vista diverso, trovandosi, per così dire, nella stessa situazione. E poi *voleva* parlarne con qualcuno, ne aveva bisogno.

Non era lei quella che si sentiva sola?

"Sono incappata in Sam e Jennifer che pomiciavano, poco fa, laggiù, vicino alle rose."

Theo sollevò le sopracciglia e interruppe il massaggio. "Ah." Poi riprese, premendole con il pollice appena sotto l'avampiede, un movimento circolare, deciso e così paradisiaco, che Selena avrebbe voluto soltanto gemere di piacere e cadere in coma. "Dev'essere stato strano forte."

"Ti ho sentito parlare con Jennifer l'altro giorno. Il giorno che poi tu... ehm... mi hai aiutato a spostare la libreria."

Theo ridacchiò. "Non male come nuovo eufemismo *spostami la libreria*. Anche se, a mio modesto parere, rende poca giustizia all'attività." Il sorriso scomparve. "Lo so, me lo hai detto che ci hai sentiti."

"Ah, giusto. Beh, ecco, temo che Jennifer lo stia facendo apposta. E non voglio che ci vada di mezzo Sammy e che ne soffra."

Theo le fissò il piede per un po', il pollice che carezzava gentilmente il dorso, all'attaccatura della caviglia. Lentamente, dolcemente. "Pensi che sia gelosa? O che cerchi di fare con Sam quello che, beh, facciamo noi?"

"Il modo in cui mi ha guardata... era... compiaciuta e sembrava dire... *e allora, ti piace?* Non voglio che usi lui per vendicarsi di me, per dimostrarmi qualcosa. Lui ha una cotta coi fiocchi per lei da tempo."

"Una *cotta coi fiocchi*?" La guardò con una tale intensità che, nonostante fosse più vecchia, si sentì come se fosse lui l'adulto. "Mi piace."

Theo si mosse all'improvviso e in un attimo le fu accanto, facendo dondolare un po' troppo la cabina, almeno per Selena, che lanciò un gridolino sorpreso, ma quando il corpo di lui si sistemò vicino al suo, forte, grande e caldo, si sentì subito meglio.

"E se rimane incinta?" si affrettò a dire Selena, tanto per riempire il silenzio.

"Non ti va ancora di fare la nonna?" chiese, sorridendole.

Era così vicino. Era proprio *lì*. Eppure non si toccavano, solo le braccia si sfioravano appena. "Non è quello" rispose. "È che Sam non è certo pronto a fare il padre, e so che Jennifer non è pronta per metter su famiglia con un diciassettenne."

"Lo sai come sapevi per certo che io non potevo essere interessato a frequentare una donna che sembra avere il doppio dei mie anni, dico bene?"

Selena alzò gli occhi al cielo. "La situazione è un po' diversa. Prima di tutto, lui non è ancora un adulto. E trovo molto strano che lei sia interessata a Sam, dato che finora non lo aveva degnato d'uno sguardo. E sai cosa penso? Sono sicura che se tu le rivolgessi un minimo di attenzioni o mostrassi interesse nei suoi confronti, lo getterebbe via come un vecchio giocattolo."

La guardò serio. "Voglio sperare che tu non mi stia suggerendo di dedicarle attenzione per distrarla da Sam."

Si morse il labbro e lo guardò speranzosa. "Potresti."

Theo aggrottò le sopracciglia. "E che figura ci farei? Già mi sono preso una ramanzina da tuo figlio circa le mie intenzioni... E non ne era contento."

"Che cosa?" Non sapeva se sentirsi più sciocca o felice. Theo le sorrise. "Non era contento, ma è stato educato. E molto deciso. Quanto a Jennifer, ti ripeto quello che ho detto a lui: non mi interessa affatto."

"Ok, ma se tu potessi solo stuzzicarla un po', giusto per vedere se ho ragione? Sarebbe per una buona causa. Per il cuore tenero e ingenuo di un ragazzino di diciassette anni."

"Neanche per sogno. Non vado a caccia di donne che non mi interessano, non ci flirto e soprattutto non ci vado a letto." Il tono era piuttosto scocciato, ma Selena vi percepì qualcosa di oscuro, che le fece seccare di nuovo la bocca. "Ed è normale che, prima o poi, qualcuno ti spezzi il cuore. Fa parte della vita. È una brutta esperienza, ma ti rende più forte. Ti aiuta a vedere le cose più chiaramente... almeno una volta passato il dolore."

Si chiese se si riferisse a quella donna chiamata Sage. A quanto pareva era lei ad avergli spezzato il cuore. Selena deglutì a fatica e cercò un modo per cambiare argomento.

"E poi cosa intendi con *una donna che* sembra *avere il doppio dei miei anni*? Forse è un pochino esagerato, io ho cinquant'anni, Theo. Mentre tu ne dimostri una trentina, massimo trentacinque."

"Te l'ho già detto... non sono così giovane come sembro."

Si lasciò andare contro la spalliera del sedile e sbuffò, contribuendo a spettinarsi la frangia già arruffata dalla brezza. "Appunto."

Theo scosse lentamente la testa, fissandola, come se stesse per dirle qualcosa. E alla fine parlò: "Ti devo fare una domanda. Che cos'è successo esattamente quando mi hai resuscitato? Come hai fatto?"

"Beh, io..." Selena si girò, sistemandosi nel suo angolo del sedile. Intanto lui la afferrò per un polpaccio e tirò su la gamba, in modo da portarsi, ancora una volta, uno dei suoi piedi in grembo.

Selena si mordicchiò il labbro Cosa poteva o *non* poteva rivelargli? "Sai quel cristallo che avevo con me... l'altra notte."

"Quello che bruciava quando eri fuori con gli zombie?"

Fece cenno di sì. "L'ho appoggiato sull'occhio del dragone che hai sulla schiena, su quel... Cos'è, peraltro? Insomma su quel coso che sembra di metallo. Il tuo corpo è come… sobbalzato e poi ha tremato. E dopo hai aperto gli occhi.

"Beh, questo spiega…" borbottò. "Ce lo hai semplicemente appoggiato?"

"Sì. E ha fatto una specie di scintilla. Ma che roba è quella cosa che hai dentro di te?"

"Già. Vedi, Selena" disse, sistemandosi a sua volta nel proprio angolo, le ginocchia rivolte verso di lei, che le sfioravano la gamba destra. "Ci sono delle cose di me che non sai. Ho anche io i miei segreti."

Selena attese, sperando che continuasse, ma non lo fece. Cominciò invece a concentrarsi sul suo alluce, massaggiandolo come se al mondo non ci fosse niente di più prezioso, un gioiello o un metallo che stava strofinando e lucidando.

A un tratto alzò la testa con un sorrisetto ebete. "Questa cosa mi sta davvero eccitando" disse. E lo sguardo che le rivolse lo confermava.

"Massaggiarmi il piede?" Selena voleva ridacchiare ma quello che uscì fu piuttosto un sospiro arrochito. E intanto le farfalle…

Rise brevemente anche lui. "Lo so, è bizzarro. Ma credo derivi tutto da un servizio fotografico che vidi una volta tanto tempo fa, quando avevo più o meno l'età di Sam ed ero quindi piuttosto sensibile… c'era questa serie di foto di due che facevano l'amore, per lo più nudi. Era ben fatto, nonostante il tema. E nell'ultima immagine c'erano solo i piedi di lei. Eleganti e femminili, dalle curve morbide, come il resto del corpo. Le unghie dipinte di rosso acceso, come le tue, spuntavano fra le lenzuola bianche, che erano spiegazzate e in disordine, come a dare l'idea di quello che era appena successo. Un piede era dritto e l'altro inclinato e… non lo so… mi colpì molto."

Colpì parecchio anche lei, sentirlo parlare in quel modo.

La cabina aveva quasi raggiunto ancora una volta la cima e, di nuovo, sentì la brezza e quella piccola sensazione di vuoto allo stomaco quando iniziarono la discesa. Quando era arrivata era nervosissima e ora si godeva quei giri di giostra così sensuali. Il sole era quasi scomparso e una luna enorme era sorta a sud-est. I colori ovattati del mondo stavano assumendo diverse sfumature di grigio e blu, screziati d'ombre.

"Quella cosa di metallo che ho nella schiena è ciò che si dice un *circuito integrato*" spiegò infine. "Mi si è piantato nel corpo nel corso de… di una forte esplosione sotterranea."

Selena taceva, in attesa di sentire il seguito.

"Quando le ferite sono guarite, il circuito è rimasto lì, nel mio corpo e l'ha un po'… cambiato." Smise di massaggiarle il piede, ora si limitava a tenerlo fra le mani calde, stringendole il tallone e l'avampiede. "Non so come o perché ma il circuito mi dava la capacità di produrre energia elettrica a comando."

Selena sbatté le palpebre e lo fissò. Il sole era ormai così basso, che non distingueva più chiaramente i tratti del viso e non capiva se dicesse sul serio o scherzasse. "E…?"

"E poi, all'improvviso, dopo che mi hai resuscitato, ho perso questa capacità, che, peraltro, in passato, mi è tornata utile diverse volte."

Selena si rese conto che, presa dal discorso, si era protesa in avanti, ma tornò a sedersi. *Ah* e quindi non poteva mostrarle il suo superpotere. *Comodo.*

Ma perché avrebbe dovuto mentire su una cosa del genere? Sapeva per esperienza personale che c'erano fatti inspiegabili nella vita e oltre. "Non mi sembra ti dispiaccia tanto aver perso quella capacità."

Sorrise appena e le strinse piano il piede. "Non è come perdere un braccio o un piede" rispose. "Funziono ancora perfettamente" aggiunse con un sorrisetto sghembo. "E non era una cosa che usavo spesso o tutti i giorni: richiamare l'energia e usarla richiedeva un enorme sforzo e dopo mi lasciava debolissimo. Riuscivo a malapena a stare in piedi. La mia teoria è che la scarica data dal cristallo, che mi ha resuscitato, abbia fatto, per così dire, saltare il circuito. Quindi il potere è andato, ma io sono sopravvissuto… mi sembra uno scambio equo."

Non ne capiva molto di circuiti che saltavano, quindi si limitò ad annuire.

"Non posso farci niente e per quanto mi interroghi sul motivo, non arriverò mai a una risposta."

Selena lo guardò, sentendo qualcosa sbocciarle dentro. "Conosco la sensazione."

"Non so perché sia successo né perché tu sia riuscita a riportarmi in vita, vorrei saperlo, ma non lo so. Sembra debba esserci una ragione ma, finora, non l'ho trovata."

Lasciò che quelle parole le scorressero addosso come la brezza, prendendole per quello che valevano. Theo le piaceva e voleva credergli e non pensare che fosse strano. Era diverso e lei non sapeva bene cosa combinasse, ma le piaceva, molto. E non solo per le sue spalle ampie e squadrate. Con lui si sentiva a proprio agio, come se capisse le cose a un livello più profondo rispetto alla maggior parte delle altre persone. Era facile parlare con lui, ti stava ad ascoltare. Ma non era ancora pronta a dirgli tutto. Aveva *amato* Brandon, avevano fatto un figlio insieme, eppure lui non era riuscito a capirla fino in fondo.

"Credo che non avremo mai la risposta al *perché* delle cose che accadono, belle o brutte, facili o difficili che siano. Ma mi sembra che tendiamo a porci questa domanda solo per quelle che non ci piacciono. Quando vogliamo sapere perché qualcuno muore o perché una tragedia è accaduta o perché ci viene richiesto qualcosa di difficile."

Un rapido sorriso comparve sul volto di Theo. "Non è del tutto vero. In questo momento, sto chiedendo all'universo perché sono così fortunato da trovarmi su una ruota panoramica con te."

Si mosse e, in un attimo, le fu addosso. Lasciò scivolare a terra il piede che aveva tra le mani e si avvicinò, la fronte illuminata da una lucetta rossa. La guardò e i loro occhi si incontrarono e, d'improvviso, Selena non vide che lui che poggiava le proprie labbra sulle sue.

Sentì il calore crescerle dentro, mentre le bocche si toccavano, completandosi alla perfezione: le labbra che si fondevano come fossero nate per quello, morbide, piene, dolci. Non la sfiorava neppure, a parte le mani poggiate sul sedile vicino a lei per sostenersi.

E poi, con altrettanta naturalezza, si staccò da quell'unico semplice bacio. Il lieve rumore delle labbra che si dividevano fu impercettibile, perso nel costante cigolio del meccanismo della ruota. Theo tornò nel proprio angolo e la guardò, le palpebre abbassate sugli occhi neri che brillavano dei riflessi della luna.

Selena aveva il cuore a mille e un desiderio intenso di farglisi incontro e riprendere quel bacio... ma qualcosa la trattenne. C'era solo una fioca luce verde ma il suo atteggiamento, il linguaggio del corpo erano chiari: se ne stava sulle sue, lontano.

La ruota li riportò giù, e mentre percorrevano la base del cerchio, cominciò a rallentare, mentre la brezza soffiava ancora, placida. Il giro ricominciò e Selena fu certa che fosse l'ultimo. Raggiunsero di nuovo il punto più alto con le luci che, dai raggi della ruota, proiettavano il loro arcobaleno luminoso, poi la cabina si fermò a terra, con un gemito che parve un sospiro.

"Che bello" disse Selena. "Mi è piaciuto un sacco. E mi è piaciuto parlare con te. Non ho altri con cui farlo."

"Piacere mio" rispose Theo, allungando, per aprire lo sportello, il braccio solido, caldo e brunito che le rammentò all'istante tutto il suo corpo solido e caldo contro il suo.

Poi si alzò, e vide le luci della ruota da un'altra prospettiva, notò che si accendevano e spegnevano in rapida sequenza; rosso, verde, giallo e qualcuna azzurra. "Agli zombie non piacciono le luci intermittenti come queste" buttò lì, pentendosi all'istante di aver tirato fuori quell'argomento così delicato.

Theo scese dopo di lei. "Non lo sapevo" rispose tranquillo, mentre lei si chiedeva se sarebbe stata in grado di uscirne senza addentrarsi in quel discorso: perché andava fuori, cosa faceva... "Ne hanno paura?"

Selena discese la scaletta con le ginocchia che tremavano un po'. "Più che altro sembra che li confondano. Adesso vado a casa, Theo" disse, in modo da impedire ulteriori domande. "Grazie."

"Selena" la chiamò, bloccando la sua fuga. "Non uscirai stanotte, vero?"

Scosse la testa: non era pronta, non ancora. Non così presto. "Non sono più uscita dopo l'altra notte."

"Lo so."

Rabbrividì: la controllava? Non era sicura di cosa pensare ma certo non era sorpresa. "Te lo prometto" disse.

E poi, anziché girare i tacchi e andarsene, come aveva programmato, si mosse verso di lui. "Theo" mormorò.

Lui spalancò le braccia e lei ci si abbandonò. Le bocche si trovarono subito, vinte da un bacio deciso e rovente, niente a che vedere con quello tenero che si erano scambiati sulla ruota. Le dita di Theo le premevano sulla schiena, traendola a sé, fino a fondersi come se lui fosse l'albero e lei la sua corteccia, poi le mani scesero a prenderle le natiche.

Theo profumava di buono e di fresco, mentre le guance avevano un gusto leggermente salato. I capelli parevano seta sotto le dita, e quando di nuovo trasse a sé la bocca di Selena, le lingue si intrecciarono in un bacio possente e profondo. Lei, che gli poggiava le mani sulle spalle, le lasciò scivolare lungo la curva dei bicipiti, sentendo la pelle calda sotto le maniche della maglietta. Col piede gli sfiorò il polpaccio muscoloso, arruffandogli la peluria delle gambe. *Sì.*

Il mondo si era fatto scuro e bollente e girava, ma nella giusta misura. Lei si sentiva risvegliata, tumida e bagnata, i seni tesi e pronti che gli premevano sul petto.

Theo le mise le mani sui fianchi per tenerla ferma mentre si staccava, allontanandosi di qualche passo. Le luci della ruota danzavano sul suo viso, ora creando ombre e ora colorandolo di giallo, blu e rosso, cosicché lei poteva vederne le labbra dischiuse, gli occhi scuri e persino il petto che si alzava e abbassava.

"Vorrei ben più di questo" sussurrò, guardandola con gli intensi occhi scuri. "Ma non credo sia una buona idea, almeno per un po', almeno finché resisto" disse con un sospiro, lasciandola andare e allontanandosi ancora. "Perché credo che tu abbia bisogno di vedere in me qualcosa di più di un bel corpo giovane con cui divertirti."

Selena trasalì, un po' per l'indignazione, un po' perché era senza fiato, presa dalla foga del momento. "Questo non-"

"Davvero?" Rise nervosamente. "Non che mi dispiaccia che tu giochi col mio corpo o viceversa, ma hai questa specie di complesso verso di me e gli anni che ho, o meglio che dimostro, e credo che tu mi veda come una cosa temporanea. Forse lo è, ma non so quanto temporaneo sia questo temporaneo. Quindi ho deciso di starti un po' fuori dai piedi, di fare due cosette nei dintorni, magari conoscere meglio te, Sam e Vonnie perché quello che c'è fra noi non sia solo una cosa fisica. Dato che, come ti ho detto l'altro giorno, Selena, non riesco a smettere di pensare a te. E non solo al tuo corpo che si rotola con me tra le coperte e alle cose che ci sai fare." Il suo sorriso brillò fra le luci colorate. "Ho dei graffi sulla schiena e non credo siano stati i *ganga*."

Selena arrossì violentemente e fu grata che, nel buio, non si vedesse. "Scusa."

La risata di Theo parve un po' forzata. "Non devi scusarti, credimi. Da quando ti ho conosciuto non vedo l'ora di vedere cosa sai fare... e cosa ti piace."

Oddio. Il cuore le rimbombava con forza nel petto e il suo intero essere parve destarsi. *Cosa ti piace.*

"Ok" rispose, intontita, confusa e con le ginocchia che sembravano gelatina. "Se è questo quello che vuoi."

"Quello che voglio" ribatté, il tono improvvisamente serio e deciso, "è che tu ti fidi di me e mi parli come hai fatto stasera. Che ti lasci scoprire. E poi potremo divertirci quanto vuoi."

Giusto. Non sapeva se sarebbe mai stato possibile, eppure, mentre girandosi, rischiava di inciampare, si rese conto di avere una voglia matta di provarci.

10

Il problema, con le docce fredde, era che l'effetto durava giusto il tempo della doccia stessa.

Non appena uno ne usciva, la mente ritornava inesorabile al motivo per cui nella doccia c'era entrato ed era fottuto. Metaforicamente, ovvio.

Ecco perché, un'ora dopo il giro in giostra, Theo stava già risalendo la buia rampa che portava alla Sala Giochi coi capelli che ancora stillavano acqua gelida sulle spalle nude. Almeno poteva concentrarsi su qualcosa di produttivo, anziché girarsi e rigirarsi insonne nel letto.

Si rimise di fronte al PC, la posizione confortante delle dita sulla tastiera, fra il mormorio dei monitor e il ronzio degli hard drive, e controllò la sua casella di posta.

Niente da parte di Lou, ma non c'era da sorprendersene: si erano sentiti mentalmente durante il giorno.

Poi di nuovo guardò il video di Brad. Stavolta concentrandosi su ciò che lo circondava, sulla stanza alle sue spalle. Di sicuro non si trovava a Blizek Beach. Sembrava più un ufficio qualsiasi o una stanza d'albergo, con le pareti spoglie e senza arredamento.

Cercò di sentire se c'erano rumori di sottofondo usando un apposito programma per isolarli. Non che avesse la certezza che capire dove Brad si trovasse gli fosse di qualche utilità: non era lì, ed era successo cinquant'anni prima.

Ma mentre lo ascoltava per l'ennesima volta, realizzò un'altra cosa. Brad non diceva: "Lavoro *con tutto* per cominciare a raccogliere i dati…" diceva "lavoro *con Truth*."

Remington Truth, una delle menti che stavano dietro al Cambiamento. Voleva forse dire che il vecchio aveva fatto il doppio gioco? Forse era per quello che lo stavano cercando… o quanto meno-

Ruuuu-uuuthhhhhh. Ruuu-uuuthh.

Guardò fuori, nell'oscurità, dove si scorgevano ancora, cinquant'anni dopo, le rovine lasciate da quel pandemonio. Crateri e rialzi del terreno, ora coperti di alberi e piante e, ancora più eloquenti, gli scheletri degli edifici distrutti.

E poi scorse, in lontananza, un bagliore arancione.

D'istinto guardò il terreno sotto di lui, all'interno delle mura. E scorse un'ombra muoversi, rapida e risoluta, dalla casa verso il cancello.

Era chiaro che fosse Selena, ed era chiaro cosa andasse a fare.

E che aveva mentito.

Selena aveva appena raggiunto la porticina laterale che portava oltre le mura, quando udì, alle proprie spalle, un rumore di passi sulla pietra. Un'ombra si allungò sull'erba increspata, unendosi alla sua nella luce della luna. Si voltò, sperando fosse Frank, ma ben sapendo che non si trattava di lui.

"Avevi detto che non saresti uscita stanotte."

"Theo" ribatté, cercando di far ordine nei propri pensieri. "Cosa ci fai qui?" Che domanda idiota. Pareva uno di quei brutti dialoghi nei DVD, ma non le era venuto niente di meglio. Che poi forse era anche la spiegazione che stava dietro quelle battute.

Theo si spostò e la luce gli illuminò il viso. Non era affatto contento, pensò Selena mordendosi il labbro.

"Avevi detto che non saresti uscita stanotte" ripeté, la voce bassa e severa.

Deglutì e lasciò che la rabbia, che anche lei provava, rimpiazzasse il nervosismo e l'apprensione. "Ho cambiato idea. Sono adulta, posso farlo."

Lui si avvicinò, tese il braccio per bloccarla e poggiò la mano sulla porticina, impedendole di proseguire. Questo la fece arrabbiare ancora di più. "Che cosa credi di fare?" chiese. Poteva accucciarsi o aggirarlo ma, che diamine, non gli avrebbe dato quella soddisfazione.

"Non puoi andare là fuori, Selena."

"Devo."

"Non *devi* affatto." Poi la voce parve diversa, quasi rotta, mentre continuava: "Soprattutto non da sola." Raddrizzò la schiena, lasciando ricadere il braccio. "Ricordi cosa ti è successo l'ultima volta?"

Sbuffò. "Come potrei dimenticarmene? Ma è un rischio del mestiere. Finora me la sono sempre cavata con qualche graffietto."

"Questo" disse allungando la mano per scostarle il colletto della camicia. "Non lo chiamerei *un graffietto*."

Quelle dita le sfiorarono dolcemente la pelle e d'improvviso si rese conto di quanto lui si fosse avvicinato. Tanto da sentire il calore del suo corpo nell'aria fresca della notte. E che i suoi piedi nudi le sfioravano le scarpe. E che non aveva la camicia. E che la pelle e i capelli erano profumati e un po' umidi.

Selena deglutì a fatica. Alzò gli occhi verso di lui e vide che la fissava, lo sguardo fermo e deciso.

"Ruuuu-uuuthhh. Arrrleeyyyyyyyy-eeeeiiiinnn"

L'orribile lamento si spandeva nella notte e lei interruppe quel contatto visivo e si voltò verso il muro altissimo, come potesse vederci attraverso.

Non voleva uscire. Ma loro la chiamavano. Il cristallo pendeva dal collo caldo e pesante. Se non li salvava lei, chi mai lo avrebbe fatto?

Dammi una ragione per restare.

"Stanotte no" mormorò, scostandole un ciuffo di capelli sfuggito alla coda di cavallo. Il cuore batteva tanto forte da riverberarle per tutto il corpo. Lo stomaco si contorceva per l'indecisione. Dentro di lei combattevano il dovere, il desiderio, la paura e il senso di colpa. Cercò di mettere tutto da parte, focalizzandosi su quello che le aveva detto Wayren tanti anni prima: *è un dono, ma soprattutto è una responsabilità*. E sollevò la mano pesante verso il chiavistello.

"No" gridò Theo prendendole le dita e stringendole a sé. Non era stato un gesto rude, né rapido. Si era mosso quasi al rallentatore ma, all'improvviso, Selena si era ritrovata a toccare quel petto nudo e caldo. "Stanotte no, ti prego. Stanotte resta con me."

Senza darle tempo di rispondere, si chinò su di lei che, di riflesso, sollevò la bocca per incontrare la sua.

Dammi una ragione.

Eccola lì, la ragione, pensò lasciandosi andare a quel bacio. *Ci saranno altre notti*, si disse. *Non posso salvarli tutti*. E il brivido gelido del dovere divenne un'ondata di calore mentre le mani di Theo andavano a coprirle la schiena per attirarla a sé. Poi le insinuò la mano tra i capelli, sciogliendoli, quindi le dita scesero sulle spalle e lungo la speciale tunica pesante che portava per proteggersi dai *ganga*. Sotto, i capezzoli turgidi sfregavano contro quella plastica morbida e spessa, una sensazione eccitante e fastidiosa insieme.

"Da te o da me?" Mormorò prendendola in braccio.

Mentre lui la stringeva con gesto protettivo contro il petto nudo, Selena lasciò i lamenti degli zombie fuori, oltre le mura. Chiamavano, gemevano e bramavano, mentre lei affondava il viso nel collo di Theo. "Più vicino possibile" rispose lei sussurrando contro la pelle calda.

Procedeva rapido, il ritmo dei suoi passi era fluido e rilassante mentre si abbandonava contro di lui, felice, pronta e determinata. "Avevo capito" gli sussurrò mentre rientravano in casa, "che saresti stato lontano da me per un po'." Gli mordicchiò il lobo dell'orecchio.

Lui la teneva stretta a sé, mentre, rapido attraversava la cucina e, con somma sorpresa di Selena, proseguiva verso la scala sul retro che portava alla Sala Giochi.

"Volevo" rispose, "ma, prima hai rovinato tutti i miei piani, e poi mi sono dovuto fare una lunghissima doccia gelata."

Cominciò a salire agilmente le scale e a ogni sobbalzo lei si accoccolava di più contro il suo petto. Stava per chiedergli, per scherzo, se poi la mattina dopo l'avrebbe odiata, ma si sentì in colpa e respinse quel pensiero.

Era lei a volerlo.

Lei, che voleva essere lì e non là fuori.

Theo si era avvicinato a Selena arrabbiato e impaurito ma, piano piano, si era calmato, leggendole, nell'espressione e nell'atteggiamento, quanto fosse indecisa. E poi era subentrata la tenerezza, la voglia di cancellare la tristezza e la tensione dal suo viso. Stava esagerando.

E ora che saliva le scale che portavano alla Sala Giochi tenendola tra le braccia, quelle emozioni lasciavano spazio ad altre, meno virtuose… piacere e desiderio.

Attraversò la porta e la lasciò scivolare gentilmente a terra, godendosi la sensazione di quel corpo che strusciava contro il proprio. Ora era sicuro di averla, che non sarebbe scappata per andare al di là del cancello. Almeno per quella notte.

E poi lasciò perdere gli zombie e Brad Blizek, la strinse a sé, mentre le sbottonava la pesante tunica che indossava. Era rigida e scivolosa, come fosse fatta di plastica o di qualche altro materiale sintetico. Trovò subito la lunga cordicella sottile da cui pendeva il cristallo, ancora avvolto nella sua custodia. Prima che le facesse tornare in mente strane idee, glielo sfilò dalla testa e lo gettò a terra da una parte, poi aprì la tunica. Sotto, i seni erano nudi, i capezzoli turgidi e invitanti. Vederli illuminati dalla luce della luna e dal bagliore degli schermi gli suscitò un gemito basso e rauco, dal profondo della gola.

"Ma cosa avevo in mente?" le chiese, prendendoli fra le mani per soppesarli: erano grandi come delle belle mele e avevano una splendida forma a goccia, magari un po' più allungata rispetto a qualche anno prima, ma erano perfetti per lui. *Più che perfetti.* I capezzoli scuri erano turgidi e quando ne sfiorò uno col pollice, lei si inarcò, per avvicinarsi ai suoi palmi.

"A proposito di cosa?"

La voce di Selena era bassa e tremante e lo fece fremere di desiderio.

Non perdeva tempo, lei: gli stava già togliendo i pantaloncini che aveva indossato dopo la doccia. Quando gli caddero sui piedi, Theo li scalciò via, premendosi contro i jeans di lei e il suo busto nudo e caldo.

"Negarmi tutto questo" rispose, passandole le mani sopra i seni e poi sul ventre. "Chissà cosa mi era passato per la testa."

A cadere a terra furono poi la tunica e i jeans di Selena. In un angolo della sua testa Theo pensò che, quantomeno, si era vestita adeguatamente per l'escursione notturna, subito dopo, tuttavia non riuscì a pensare ad altro che non fosse il corpo sinuoso e dorato che aveva tra le mani.

Nella Sala Giochi c'erano diversi divani e ampie poltrone, ma Theo la portò verso la sedia da scrivania con le ruote e si sedette, con lei in piedi tra le sue gambe. La prese per i polsi e la guardò per un minuto buono, il chiaro di luna le colorava la pelle d'argento e illuminava i capelli folti. Se la mangiava con gli occhi, percorrendole la linea dei fianchi, la curva dei seni e il profilo della clavicola, del collo e delle spalle.

"Theo" ridacchiò imbarazzata, facendoglisi più vicina. E, all'improvviso, lui sentì quelle cosce di seta strusciarglisi contro le gambe, mentre Selena gli si sistemava in grembo. Il suo sesso si tese e pulsò quando il calore di lei gli fu sopra, quando lentamente poggiò la pelle calda e le belle curve sul suo corpo, intrappolando la sua erezione.

"Non correre" sussurrò Theo con una voce che suonò appesantita persino alle proprie orecchie, mentre le affondava il viso nei capelli spessi e dolci e le mordicchiava il collo. Sobbalzò quando la mano di lei, insinuandosi tra loro e fra i suoi peli pubici, andò a stuzzicargli i testicoli. Chiuse gli occhi e la lasciò giocare, mentre lui si perdeva tra il profumo della sua pelle e la calda morbidezza del suo corpo di donna. *Oh sì.*

A un tratto, ne ebbe abbastanza: non poteva più aspettare e allora cambiò posizione e la trasse di nuovo a sé per darle un bacio intenso e profondo. Fu quindi la sua mano a insinuarsi tra i loro corpi, per scoprirla meravigliosamente calda e bagnata. Una fitta di puro desiderio lo attraversò, ma si trattenne, la baciò di nuovo e non poté impedirsi di sorridere mentre lo faceva, pensando a quanto gli piacesse. E la titillava, come Selena aveva fatto poco prima, muovendo la mano fra di loro, lei a cavalcioni, larga, bagnata e pronta.

La donna si ritrasse appena, a corto di fiato, mentre lui procedeva lento e inesorabile, godendosi le smorfie sul suo viso e le labbra che si dischiudevano in piccoli gemiti. Quelle espressioni, quei versetti di piacere, l'odore muschiato e femminile lo stavano eccitando. La luce che veniva da dietro le gettava ombre sul viso, e Theo riusciva, dunque, a scorgere solo brevi immagini delle ciglia folte e degli zigomi. Aveva il viso rivolto al soffitto, mentre si inarcava all'indietro, e lui la sorreggeva con un braccio facendola tremare e sospirare.

Aveva una piena visuale del torso nudo di Selena e si godeva la vista dei seni che si muovevano e dei capezzoli duri e dritti, disegnati dalla luce dei monitor dietro di lui. Si chinò a leccarne uno, girandovi attorno con la punta della lingua, ancora, ancora e ancora. Selena sospirò, percorsa da un fremito, e gli strinse forte le spalle, piantandoci le unghie: il dolore e il piacere combattevano nella mente di Theo.

Voleva assaggiarla, essere dentro di lei e vedere l'estasi sbocciare sul suo viso. Era pronto. Duro, focoso e pronto.

E lei parve percepirlo e, prima che le abili dita di Theo la spingessero oltre il limite, aprì le palpebre e lo guardò con occhi decisi e vogliosi. Senza porre tempo in mezzo, si sollevò e poi si lasciò scivolare giù, attorno al suo sesso.

Theo sibilò, travolto dal piacere. *Oh ssssìììì...* Presero a muoversi all'unisono e il mondo si fece rosso, si mise a girare a spirale e all'improvviso, Theo la sentì stringersi attorno a lui, tremando ed esalando quei piccoli gemiti di piacere che gli facevano desiderare di venire all'istante.

Chiuse gli occhi e aspettò che quel momento intenso passasse. Imponendosi di restare fermo. E prima di cambiare idea, si costrinse a spostarsi e allontanarla. Selena spalancò gli occhi e lui rispose alla sua muta domanda con un bacio fugace, mentre si alzava, sollevandola.

"Adesso facciamo a modo mio" sussurrò, fra le braccia il dolce peso di una donna nuda e appagata.

Non le dette nemmeno il tempo di reagire: tolse di mezzo un paio di tastiere, e posò il suo bel culetto sulla scrivania, accanto alla propria postazione. Selena trasalì al contatto con la superficie fredda e gli strinse le spalle.

Quello sì che sarebbe diventato un ricordo prezioso, pensò, mentre si posizionava di fronte a lei, duro e bagnato, pronto a finire.

Poi si bloccò. *Maledizione.*

"Che c'è?" mugolò Selena aprendo gli occhi, sentendo che la lasciava andare.

"Mi serve un preservativo." Il pensiero, naturalmente, lo smontò: quanto *odiava* quel mondo post-apocalittico, in cui i preservativi erano poco più che budelli di animale, ingombranti, spessi e larghi. Se ne era procurati un paio dai ragazzi di Yellow Mountain, ma erano dall'altro lato di quella fottuta stanza, nascosti da qualche parte, per impedire a Vonnie o Sam di vederli.

"Un preservativo? Ma che diavolo dici? Hai già tutto quello che ti serve, *proprio qui*" sussurrò, avvolgendogli le gambe attorno alla vita e traendolo a sé.

Oh, merda.

Theo vacillò e lei riprese ad accarezzarlo, decisa e spietata, il mondo ricominciò a fare quella cosa del rosso e della spirale, lui cercava di pensare lucidamente, ma lei lo stringeva tra le gambe.

"Piccola" balbettò mentre lei guidava il suo membro nel posto giusto e si sollevava dal tavolo, scivolando verso di lui, affondando. Theo mugolò di dolore e piacere.

"Come ti ho già detto... sono troppo... vecchia per... *oh.*"

Theo di nuovo vide rosso, e si lasciò andare, la prese per i fianchi, ignorando le unghie che gli graffiavano la pelle mentre lei si muoveva, tremando e gemendo, finché lui, con un ultimo, poderoso affondo, venne.

Si afflosciò su di lei, poggiandole la guancia sulla testa. Continuando a stringerla forte, le insinuò le mani sotto il sedere sfiorando la scrivania su cui ancora lei poggiava, mentre lo teneva avvinto tra le proprie gambe, che si rilassarono solo quando gli staccò anche unghie dalle spalle.

Theo pensò, distrattamente, che nei giorni successivi avrebbe dovuto celare quei segni: non avrebbe potuto godersi il sole a torso nudo mentre toglieva le erbacce.

Infine, sollevò la testa e cominciò a staccarsi. La pelle sudata si appiccicava qua e là e separarsi, lasciandosi accarezzare dalla lieve brezza fresca che entrava dalla finestra, fu quasi piacevole.

"Però!" esclamò Selena. Sedeva ancora sul tavolo, ma si era lasciata andare all'indietro, puntellandosi sulle mani. Nuda, formosa, illuminata dal chiaro di luna, i capelli arruffati che le ricadevano scompostamente sul viso e sulle spalle. La sola vista gli annullava la salivazione.

Sì, sarebbe stato decisamente un bel ricordo a cui ripensare mentre lavorava.

"Concordo" le sussurrò, sporgendosi in avanti per darle un altro bacio, un modo semplice e sensuale per dire *grazie e sì, ne avremo ancora*, un dolce sfiorarsi delle labbra, seguito da un piccolo, tenero morso.

"La prossima volta, però" disse, scivolando giù dal tavolo con un sensualissimo sobbalzo del seno. "Non ti bloccare a metà parlando di farsi una famiglia."

Theo ridacchiò imbarazzato. "Su questo punto non sono un irresponsabile ma, Dio mio Selena, tu mi fai… perdere la testa."

"Anche tu" mormorò, lanciando uno sguardo alla finestra. L'espressione sul viso cambiò, ma era troppo buio per vederla bene.

Era di rimpianto? O rimorso?

Theo si sentì un po' in colpa, ma respinse quel pensiero con decisione: l'ultima volta era quasi rimasta uccisa. Se quella notte fosse uscita da sola… o anche insieme a lui… avrebbe potuto succedere di tutto. Aveva visto come quegli esseri combattevano e agitavano gli artigli per giungere a lei… perché?

E perché lei lo faceva?

Non voglio che ti accada niente. Non poteva dirlo ad alta voce, ma la strinse a sé e cercò di farglielo capire, conscio del fatto che qualcosa di grande e terribile si spalancava dentro di lui. Quando, qualche istante dopo, la sentì rabbrividire a causa della brezza proveniente dalla finestra, si allontanò e le offrì una delle sue camicie. Nelle ultime settimane aveva praticamente stabilito la propria residenza nella Sala Giochi, dato che ci passava buona parte del proprio tempo. Il problema era che di giorno la stanza era caldissima e l'unico modo per abbassare la temperatura era aprire tutte le finestre ancora intatte. Ma nel cuore della notte, faceva freschino.

Selena infilò la camicia e Theo la condusse con gentilezza verso il grande divano che usava come letto e su cui aveva steso lenzuola e coperte. "Vieni. Vuoi stare un po' qui con me?"

Selena sorrise passando una mano sulle lenzuola. "Uhm, non saprei… credevo volessi tenermi a distanza di sicurezza, perché altrimenti ti faccio spompare" insinuò, lanciandogli un sorrisetto sghembo.

"Vediamo chi spompa chi" rispose, con un certo interesse. La prese per un braccio e lei si buttò sul divano-letto, tirandolo giù con sé.

Ma anziché lanciarsi in un altro lungo e caldo abbraccio, le si sdraiò accanto, puntellandosi col gomito. Voleva solo stare lì a guardarla per un po', passandole dolcemente l'indice lungo il corpo, sul profilo della clavicola, intorno all'areola increspata e giù lungo il torso. Poi le poggiò la mano su una coscia e cercò i suoi occhi.

Anche lei lo fissava ma, al buio, riusciva solo a vedere che lo sguardo che gli puntava addosso era forte e deciso. Theo si sporse in avanti per baciarla sulla bocca.

"Raccontami di Sage" disse, all'improvviso.

Theo ridacchiò sentendosi tranquillissimo. Non pensava a lei da molto, molto tempo. "Un ottimo modo per rovinare l'atmosfera" ironizzò.

"Davvero? Sono curiosa." Sbatté rapidamente le ciglia, e Theo pensò fosse meglio spiegare.

"Intendevo dire... che rovina l'atmosfera fra noi due... eravamo qui, soli e ora... è come se ci fosse qualcun altro. Non importa chi. È che mi piaceva stare qui con te, sai? Solo con te."

"Ti ha fatto molto male?"

Theo cambiò posizione e si rese conto di doverci riflettere. "Beh, lì per lì fu un brutto colpo. Non facevo che chiedermi *perché*. Ma ora mi è chiaro che non era la persona adatta a me, non più di quanto lo sia Jennifer, con la differenza che Sage mi ha sempre voluto molto bene, ma solo come a un fratello."

"Mi dispiace."

"Beh, vedila così: se avesse funzionato con lei, ora non sarei qui. E non c'è altro posto al mondo dove vorrei essere." E mentre lo diceva si rendeva conto non solo di quanto fosse vero, ma anche che non credeva avrebbe mai smesso di pensarlo. Quel voler stare con lei. Quel livello di affetto e condivisione. Le conversazioni interessanti. Il desiderio di posare le mani e le labbra su quel corpo pieno e dorato.

Selena sorrise, e allungò la mano per carezzargli una guancia. "Grazie. Sai, non so molto di te, Theo. Ma pare che tu nasconda più segreti di me."

Non te lo immagini neppure.

Valutò l'idea di raccontarle cos'era successo durante il Cambiamento, ma l'orgoglio lo fece desistere: non poteva accettarlo per quello che era, a prescindere dall'età che credeva avesse?

"Quindi, non sei mai stato sposato?" chiese.

"No, mai." Prima del Cambiamento, aveva sempre pensato che c'era tempo. E dopo era stato troppo impegnato a cercare di capire chi diavolo fosse, perché era resuscitato e cosa era diventato, per pensare di poter dividere la vita con qualcun altro.

E poi c'erano stati quei due tre anni in cui l'unica donna che aveva avuto in mente era Sage, che venerava da lontano.

"Avrai figli, però."

Un sorrisetto sghembo gli increspò le labbra. "No, non posso dire di averne. Non che non ci abbia provato" aggiunse con aria tronfia.

"Che cosa?" esclamò lei. Sembrava piuttosto sconvolta e si allontanò pure.

"Scherzo, ti giuro che scherzo" puntualizzò, continuando a sogghignare e afferrandola per le spalle per ricondurla a sé. "Sono stato attento a non farlo succedere."

"Qualcuno direbbe che è immorale" rispose Selena, dopo una breve pausa e dopo aver, così sembrava, deciso di credergli. "Evitare le gravidanze quando c'è un mondo da ripopolare."

"E tu cosa diresti?" le chiese, scostandogli una ciocca di capelli dal viso e risistemandogliela dietro la testa.

"Dico che fare il genitore è già abbastanza difficile se lo fai quando sei pronto e con l'aiuto di qualcuno che ami. Ma se non sei pronto è ancora più dura. Ecco perché non mi schiero con chi vuole che la gente faccia figli solo per ripopolare la terra. Forse non è un punto di vista molto diffuso, ma la vedo così." Scrollò le spalle. "Fra i vari perché su cui mi interrogo, mi chiedo anche perché ho avuto solo Sammy."

"Non è stata una scelta tua?"

Selena scosse la testa e la ciocca ricadde. Se la scostò, poi gli poggiò piano la mano sul petto. "Sono rimasta incinta cinque volte, forse di più."

"Ma..." iniziò poi si bloccò. "*Cinque*?"

Gli angoli della bocca le si incurvarono appena in giù. "Ho avuto almeno tre aborti e una bambina morta a pochi giorni dalla nascita. E ovviamente Sammy."

"Oh Selena" sussurrò. "Mi dispiace."

Annuì, il volto di profilo, gli occhi che lo fissavano nella penombra. "Anche a me. L'ultimo è stato molto tempo fa. E ovviamente... beh, qualunque sia la ragione, Sam è l'unico figlio che ho. Ma ne ho sempre voluto un altro quindi..." La voce quasi le mancò. "Se succedesse di nuovo, anche ora, che sono in là con gli anni, ne sarei felice."

La mente di Theo andò in pezzi, divisa tra shock, panico, curiosità e calore. E una domanda atroce: che effetto faceva a lui?

Selena, come spesso accadeva, parve afferrare subito il suo dilemma. "Per quanto tu sia un gran bel pezzo di ragazzo, e lo sei," aggiunse con un sorriso, "non ti sto usando come uno stallone da riproduzione, puoi stare tranquillo."

"Non è quello che mi preoccupa" la fermò. "È solo che... ecco... diventare padre... non è qualcosa che prenderei alla leggera. Vorrei prima sposarmi, con una donna con cui voglio passare il resto della mia vita. Che poi è il motivo per cui mi sono arrabbiato perché non ero preparato, anche se avrei dovuto esserlo."

Selena sospirò. "Spero tanto che anche Sammy la veda così. Non so se lui e Jennifer fanno sesso ma insomma... tu che pensi? È possibile?"

"Possibilissimo! Io direi che le spostano, le librerie" rispose ridacchiando al buffo eufemismo. "Un quasi diciassettenne e una ragazza come Jennifer? Tenderei a darlo per scontato, perdonami" aggiunse di fronte allo sguardo contrariato di lei.

"Argh, non è una cosa a cui mi va di pensare."

"Allora cambiamo discorso" sussurrò, avvicinandosi. Lei rispose con un ardore che lo fece subito eccitare di nuovo.

Stavolta, però, tutto fu più lento, dolce e rilassato. Corpi che si sfioravano, che si soffermavano per trovare la posizione perfetta, che osservavano unirsi nella penombra le proprie sfumature, la pelle villosa e ruvida di lui contro quella di lei, liscia e serica. Theo pareva non averne mai abbastanza di assaggiarla, di passarle le dita tra i capelli folti, dei mugolii di piacere che Selena esalava quando lui la compiaceva, delle unghie di lei che gli percorrevano le spalle, stavolta con gentilezza.

Quando si sollevò per posizionarsi sopra di lei, per entrare in lei, fece in modo che durasse, permettendo ai fili del piacere di intrecciarsi piano, in piccole onde, finché non sentì il respiro e il cuore della compagna accelerare, all'unisono coi suoi. Ma anche allora continuò con quegli affondi lunghi e sensuali, trattenendosi come solo gli amanti che si conoscono bene sanno fare, consapevoli che l'apoteosi sarebbe comunque arrivata, e prendendosi il proprio tempo per raggiungerla.

E quando giunse, fu per entrambi. Fu come un giro di ruota panoramica che arriva in cima per poi discendere... un lungo precipitare di piacere verso una bolla di calore che esplose dentro Theo, mentre lei si inarcava e tremava a sua volta.

Wow, pensò, quando, qualche momento dopo, si stirò e tornò a mettere a fuoco lo sguardo, il corpo che lentamente tornava sulla terra.

Cambiò posizione e di nuovo la strinse a sé, passandole un braccio attorno alle spalle. La sentì rannicchiarsi sotto il proprio mento, sospirare e rilassarsi fino ad assopirsi.

Ma Theo non dormì.

Non osava. Rimase lì, sveglio, stringendo a sé Selena, interrogandosi sulla varietà di emozioni che gli si agitavano nel corpo.

Quella notte era riuscito a tenerla con sé, al sicuro.

Il solo pensiero che potesse uscire di nuovo, avventurarsi tra i pericoli che si annidavano là fuori, era sufficiente a cancellare tutto il piacere e l'appagamento delle ultime ore. Era ancora arrabbiato perché gli aveva mentito o perché aveva cambiato idea o chissà cosa. Che avesse o meno il diritto di arrabbiarsi, non riusciva a mettere quel sentimento da parte, quella rabbia cieca frutto della paura e dell'incertezza.

Doveva trovare il modo di fermarla, di tenerla al sicuro. Di convincerla che non valeva la pena correre un tale rischio. Che c'era bisogno di lei lì, per i suoi pazienti, per la gente che veniva dalla Signora della Morte in cerca di pace e di una guida.

Ed era responsabile verso le persone che *vivevano* in quella casa e che le volevano bene: Vonnie, Frank, Sam.

E probabilmente lui stesso, pensò.

Da quando si era risvegliato, da quella sua seconda resurrezione, era un uomo diverso. O forse era tornato quello di prima.

Forse era quello il *perché*.

Mentre il sole iniziava appena a illuminare il cielo, oltre la finestra, confortato dalla presenza di Selena al suo fianco, si rese conto che avrebbe potuto passare in quel modo ogni notte. E che lo avrebbe fatto.

Giusto per tenere fede al proposito di starle lontano, finché lei non imparava a conoscerlo.

11

Theo si svegliò col sole che irrompeva deciso dalla finestra rivolta a est. Selena non c'era e, in un primo momento, Theo saltò giù dal letto preoccupato, ma poi si rammentò di essere rimasto sveglio fino a quando la notte coi suoi pericoli non era passata.

Non poteva essere uscita a caccia di zombie, doveva essere al sicuro da qualche parte.

Ciononostante, si vestì in fretta e furia per andare giù in cucina a vedere cosa Vonnie aveva preparato e… come stava Selena.

Ora, alla luce del giorno, si sentiva forse a disagio per averla manipolata e costretta a stare con lui? No.

Uhm… forse.

Sapeva che lo aveva fatto per il suo bene… ma lei l'avrebbe vista allo stesso modo?

Diavolo, Theo aveva visto e percepito la titubanza e la preoccupazione con cui, la sera prima, lei si avvicinava al cancello. Qualunque cosa pensasse circa la sua missione di aiutare gli zombie ad avere una morte più *umana*, non era una cosa che faceva *volentieri*. Non era stato difficile convincerla a passare, invece, la notte fra le sue braccia.

Continuava a ripetere fra sé tutti quei ragionamenti logici, ma non poteva non considerare il fatto che se n'era andata. Senza svegliarlo.

Tutto quel rimuginare un po' paranoico fu interrotto da un rumore di passi per le scale, seguito da qualche colpetto allo stipite della porta.

Theo si alzò in piedi e vide Sam. "Ciao!" lo salutò liberandosi dagli ultimi residui di preoccupazione.

Il ragazzo aveva con sé un vassoio (sia fatta lode a Vonnie!) che appoggiò sul tavolo vicino al monitor ancora acceso. Alla faccia dello screensaver: l'immagine del Culto di Atlantide era ancora lì, probabilmente impressa sullo schermo per sempre.

"Per te" smozzicò Sam additando il cibo, ma fissando il monitor. "Voglio che mi insegni queste cose, queste cose che fai. Ehi!" Si immobilizzò e strabuzzò gli occhi guardando Theo, che vi lesse sospetto e un po' di paura. "Ho già visto questo coso!" esclamò indicando quel simbolo intricato.

"Davvero?" domandò Theo distrattamente, prendendo un sorso di tè dolce per dare sollievo alla bocca arida e dando uno sguardo attorno per assicurarsi che Selena non avesse lasciato tracce della propria presenza. Quella cosa di portarsi a letto una donna con un figlio aveva delle complicazioni. "Dove?"

"L'Elite. Quando vengono qui a volte hanno quel disegno sulle loro liste. Credo di avere addirittura visto uno che ce lo aveva tatuato sul braccio."

"Vengono spesso? Chiese Theo, mentre addentava un enorme pezzo di pane: era tiepido e spalmato generosamente di burro. E aveva un sapore paradisiaco. Pane alle zucchine e uova strapazzate. Vonnie era fantastica, avrebbe quasi potuto sposarla.

"Sì, una, due volte l'anno. Che fai?" Sam aveva fatto alcuni passi avanti e sembrava voler toccare la tastiera. L'oggetto pareva affascinarlo e intimidirlo al contempo. Esitò.

"Coraggio, prova." Theo si avvicinò e spinse la tastiera dell'altro PC verso di lui. Proprio nel punto in cui, poche ore prima, posavano le chiappe nude di sua madre. Theo quasi arrossì al pensiero, ma cercò di metterlo da parte e concentrarsi sul presente. Era davvero messo male se si metteva a fantasticare sulla madre del ragazzo mentre lui era lì.

"Non so cosa farci" sospirò, lasciandosi cadere sulla sedia e premendo un tasto.

"Cosa vengono a fare qui quelli dell'Elite o i Cacciatori?" incalzò Theo.

Aveva sentito molte brutte storie circa i membri dell'Elite, o Stranieri, e sulle loro visite agli insediamenti. A volte non succedeva niente, ma altre volte vi erano state delle ripercussioni. Appena un paio di mesi prima, lui ed Elliott Drake avevano tentato di salvare un gruppo di ragazzi dell'età di Sam dall'essere presi come schiavi dall'Elite. Gli Stranieri avevano ingannato i ragazzi, facendoli assuefare alla polvere di cristallo, la versione post-apocalittica della metanfetamina, attirandoli lontano da Envy con la promessa di dargliene ancora. "Devi stare lontano da quelli."

"Lo dice anche mamma" rispose Sam, premendo tasti a caso e facendo apparire scritte senza senso sullo schermo. Theo lo lasciò fare perché ci prendesse confidenza.

"Dalle retta. Ho visto succedere cose molto brutte a causa loro."

Sam smise di digitare e alzò su di lui uno sguardo diffidente. "Sembri molto più vecchio di quello che sei... voglio dire, degli anni che dimostri."

"È vero" rispose. Il ragazzo non gli avrebbe certo creduto, ma mentire non era mai una buona strategia. "Cosa fanno quando vengono qui?"

Ma Sam non ebbe tempo di rispondere: sulle scale risuonarono altri passi, seguiti dalla voce di sua madre che lo chiamava. Il ragazzo saltò giù dalla sedia a una velocità incredibile e in un attimo attraversò la stanza, evitando accuratamente di guardare i flipper e le consolle per i videogame, quando Selena apparve.

"Vonnie mi ha detto che eri qui" disse, guardandoli entrambi ma rivolgendosi a Sam. Lo sguardo che lanciò a Theo fu piuttosto freddo, ma di fronte a suo figlio faceva sempre così. Non voleva dire niente, probabilmente. "Credo che io e te abbiamo un discorsetto da fare, Sammy."

Theo cercò di non lanciarle sguardi languidi ma era dura. Era così bella, così normale, calda e femminile coi lunghi capelli neri sciolti, una camicetta rosa scollata, le gambe nude, slanciate e dorate sotto dei calzoncini grigi e, buon Dio, portava qualcosa al piede. Una cordicella intrecciata con delle perline, che poggiava appena sulla curva della caviglia, lasciando lo spazio sufficiente per infilarci il mignolo e carezzare la pelle soffice del piede.

Ma non potette proferire parola, interrotto dallo sguardo severo che la donna rivolse a Sam indicandogli, perentoria, la via delle scale. Era fermamente decisa a fare quel discorsetto a suo figlio.

"A dopo" lo salutò Sam, e seguì la madre, strascicando i piedi.

Theo li osservò allontanarsi, cercando di soffocare un brutto presentimento che si faceva strada in lui. Non poteva parlare con Selena adesso, ma magari più tardi avrebbero avuto un po' di tempo per loro.

Invece di preoccuparsi di qualcosa per cui, al momento, non poteva fare niente, prese una bella cucchiaiata di uova e si mise al computer. Ora che sapeva la verità su Blizek, doveva penetrare a fondo nel sistema, alla ricerca di quei dati che Brad aveva tentato di nascondere. Si chiese se il video non celasse altri indizi, oltre all'accenno a Truth.

Ho bisogno di te, Lou.

La risposta del fratello arrivò quasi subito, immediata e insolente. *Lo so, senza di me non cavi un ragno dal buco. Ci sono quasi.*

Theo sorrise, rispondendo con un *fottiti*, seguito da un *muovi il culo*, aprì la mente per percepire la posizione di Lou, ed ebbe la conferma che era davvero vicino. Sarebbe arrivato il giorno dopo, probabilmente. *Sicuro che non vuoi che ti venga a prendere?*

Il *fottiti* fu rapido quanto quello che gli aveva mandato prima lui. Theo ridacchiò, tornando al suo rompicapo. Due cervelli sarebbero stati meglio di uno. Theo era il migliore come hacker, ma Lou era più bravo in molte altre cose, anche se Theo non lo avrebbe mai ammesso di fronte a lui.

Rimase lì a lavorare ancora un po', cercando di penetrare più a fondo nei meandri del sistema informatico, poi decise di prendersi una pausa e farsi un paio di partite a flipper. Qualche giorno prima aveva riavviato quello di Star Trek che aveva funzionato bene anche se il lancia-palline si era inceppato un paio di volte. Quel giorno, in ottemperanza ai suoi sogni, attaccò Aragorn e Legolas e aspettò che le luci si accendessero dopo il riavvio.

Le luci!

Lampeggiavano rapidamente. Sentì una specie di formicolio e si sporse in avanti, osservando il gioco, i suoni, i rumori e le *luci*.

Cosa aveva detto Selena?

Agli zombie non piacciono le luci intermittenti come queste. Sembra che li confondano.

Fu così che ebbe un'idea.

Non appena vide da lontano i falchi volare in cerchio, Selena ebbe un brutto presentimento.

Era ancora tesa e sconvolta dalla conversazione avuta con Sam ore prima, che non era andata affatto come aveva sperato. Le parole rabbiose del figlio le riverberavano ancora in testa, mentre andava a Yellow Mountain per portare della verdura coltivata da Frank e, avvolto in un telo, il cadavere di Robert, che Cath avrebbe cremato per la famiglia.

Quei compiti sarebbero spettati a Sam, ma mentre legava Thelma e Louise al carro, Selena aveva tentato di riaprire il discorso per appianare le cose e lui se n'era andato via come una furia. Non voleva parlare con lei e allora la donna aveva pensato che un giretto le avrebbe fatto bene. Inoltre, magari, a Yellow Mountain sarebbe riuscita anche a scambiare due parole con Jennifer, sempre che fosse lì.

Ma c'era qualcos'altro ancora. In mezzo a quel casino cercava anche, per una serie di motivi, di non ripensare alla notte precedente, soprattutto a quanto era stato bello risvegliarsi al fianco di quell'uomo che gli dava tanta sicurezza e conforto.

Aveva incontrato Theo subito dopo aver parlato con suo figlio, appena prima di pranzo. Era ancora in collera con Sam, perché era cocciuto, accecato dall'amore e non voleva parlare delle conseguenze dei suoi gesti e, a essere onesta, era arrabbiata anche con Theo, perché la notte prima, le aveva impedito di uscire e fornito una scusa per restare. Ma soprattutto ce l'aveva con se stessa perché era stata così debole, perché aveva ceduto a un piacere passeggero, tralasciando le sue responsabilità, perché aveva preso la strada più facile.

Così quando Theo si era avvicinato, cercandola con la scusa di avvertirla che il pranzo era pronto, non era dell'umore migliore. Ma lui non aveva detto niente, l'aveva presa tra le braccia, lì, nel magazzino, e l'aveva tenuta stretta.

E quella confortante sensazione di calore l'aveva invasa: era così bello stare tra le sue braccia. Si sentiva a casa, protetta, come se non avesse niente da temere.

"Voglio solo che tu rimanga al sicuro" aveva detto, come leggendole nella mente. "Non riesco a capirlo, Selena. Ci provo ma, a dirla tutta, proprio non riesco a comprendere perché tu ti esponga a certi rischi."

"Quello che vado a fare là fuori, la notte, non è niente di speciale" si era affrettata a rispondere, la faccia affondata in quella spalla virile. *Oddio ora gli dico tutto.* Stava per venire fuori tutto. "Non è che sia questo gran segreto, solo che non lo dico in giro. Non voglio che la gente lo sappia. Perché potrebbe non capire. Non sarebbe la prima volta. Ed è... ecco, difficile."

"Lo so" aveva sussurrato Theo, gentile. "Vonnie mi ha raccontato di Sivs. E di Crossroads."

Selena aveva annuito, per niente sorpresa. "Vonnie ne sa più degli altri e ci prova a capire, ma neppure lei ci riesce del tutto. Nessuno ci riesce. Non possono vedere quello che vedo io, né capirlo, qui." Si era staccata da lui in modo da mostrargli la mano poggiata sul cuore. "Quando li aiuto a morire, quando tocco uno zombie mentre nell'altra mano stringo il cristallo, io sento... io *so* che li sto salvando. Erano umani un tempo, proprio come me e te. E quando li tocco, in qualche modo, so che li libero e possono morire in pace."

"Tanto tanto tempo fa erano umani, sì, ma non lo sono più" aveva detto Theo, la voce bassa ma ferma. "So che non vuoi vedere fare del male o torturare niente e nessuno, e che non vuoi far altro che dare loro una bella morte. Ma non riesco a capire il tuo punto di vista, perché mi sono trovato davanti, fin troppe volte, gli scempi che sono in grado di compiere. Ho visto i corpi, la pelle e le ossa che si lasciano dietro. Per come la vedo io non c'è niente di buono o di salvabile negli zombie. Ma" aveva proseguito deciso quando lei stava per aprire bocca, "ho rispetto di te e di quello in cui credi e quindi desidero aiutarti. Perché non posso credere che tu voglia continuare a mettere a repentaglio la tua vita così, notte dopo notte."

"Non voglio, ma *devo*." Con le lacrime negli occhi, gli aveva stretto le dita sulle spalle. "Non posso non aiutarli, so di non poterli salvare tutti ma è compito mio liberarne quanti più possibile. Quanto a domandarsi *perché*, beh, me lo chiedo ogni giorno… *perché* proprio a me, *perché mi hanno trovata con questo stramaledetto cristallo. Perché io?*"

"Domandati" aveva ribattuto Theo prendendole la mano. "Cosa accadrebbe se tu *non* lo facessi. Se tu restassi al sicuro all'interno delle mura, a fare da madre a tuo figlio, da figlia a Vonnie, e da angelo a coloro che si rivolgono alla Signora della Morte per essere aiutati a morire con dignità e in pace. Sarebbe poi così terribile?"

Aveva scosso piano la testa mentre, dentro di lei, il dubbio si stava facendo strada. E se avesse avuto ragione? Le lacrime erano riaffiorate e aveva sbattuto ripetutamente le palpebre per fermarle. *Non lo so.*

"Gli zombie sono già morti, non puoi più aiutarli, non sanno nemmeno cosa fanno. Ma se invece succede qualcosa a *te*?"

Non lo so.

Non lo so.

Non si era presentata a pranzo, non aveva fame e aveva troppe, troppe cose a cui pensare. Le parole di Theo così sentite, le sue argomentazioni così credibili. Era davvero preoccupato per lei.

E aveva forse ragione? Mettere a rischio la propria incolumità era, sulla lunga distanza, la cosa peggiore?

Dopo la conversazione con Theo, si sentiva fragile e confusa e aveva dunque colto al volo la possibilità di andare a Yellow Mountain, come un'opportunità per allontanarsi e pensare.

Per avere un po' di tempo per se stessa, lontano dai suoi doveri di madre, figlia, Signora della Morte e amante.

Ma, scorgendo i falchi volare a spirale e gettarsi in picchiata a poca distanza dalla strada, aveva sentito una stretta allo stomaco.

Quando le era apparso chiaro che il percorso per raggiungere il punto su cui si concentravano i rapaci doveva passare attraverso una fitta vegetazione, aveva legato Thelma e Louise a un grosso albero e aveva proseguito a piedi.

Si ritrovò presto su un pezzo di asfalto mangiato dall'erba a fissare due cadaveri. Puzzavano di rancido, come tutti gli zombie.

Alla luce del giorno riusciva a vedere bene il loro ripugnante colore grigio-verdastro, i pori enormi e le smagliature che increspavano quella pelle tesa fino allo spasmo. Uno aveva radi capelli fra il giallo e il grigio, mentre quelli dell'altro erano altrettanto sottili e sfibrati, ma più scuri.

Avevano il cranio sfondato simile a un guscio d'uovo rotto, l'uno sulla parte posteriore, l'altro su un lato, ed erano ricoperti di sangue scuro che ancora fluiva, ma che cominciava a seccare. Le dita nodose e le unghie sudice e affilate erano conficcate nel terreno come le zampe di un granchio. Dalla carne straziata e dai vestiti strappati entravano e uscivano mosche, formiche e persino vermi. A completare la scena macabra c'erano le ombre dei falchi che vorticavano. Il rimorso e il dispiacere la costrinsero a voltarsi, l'odore rancido e quella scena disgustosa le fecero rivoltare lo stomaco. Vomitò fra i cespugli finché la pancia non smise di dolerle e poi tornò vicino ai cadaveri lasciando che stavolta fossero il senso di colpa e la rabbia a raggiungerle le viscere.

Era terribile sapere che le anime di quelle creature, di quelle *persone*, sarebbero rimaste intrappolate in eterno in una sorta di limbo.

Si sentiva terribilmente in colpa: se la notte prima fosse uscita, avrebbe potuto salvarli, ma, risoluta, cercò ramoscelli e sterpi secchi e li usò per bruciare i corpi. Almeno non avrebbero subito più oltraggi.

Poi andò a Yellow Mountain sentendosi il cuore vuoto eppure pesante.

❧

Theo non la vide tutto il giorno. Gli avevano detto che era andata a Yellow Mountain per delle commissioni ma, quando il sole iniziò a calare, si chiese se sarebbe tornata prima del buio.

O se sarebbe rimasta fuori di proposito in modo da poter fare quello che voleva senza dover rendere conto a lui.

Più il sole calava, più sentiva crescere dentro la certezza che il piano di Selena fosse proprio quello.

Cercò di focalizzarsi su altri progetti, sulla sua idea con i flipper, ma si ritrovava, più spesso di quanto volesse, a sbirciare fuori dalla finestra della Sala Giochi, quella rivolta a est, sperando di vederla arrivare.

Lou lo contattò di nuovo ma dovette percepire il disagio e il malumore diffuso del fratello e interruppe la connessione quasi subito.

A cena c'erano solo Sam, che si ingozzava, e Vonnie che era ciarliera come sempre, ma aveva ben poco da dire e sembrava voler solo riempire il silenzio. Frank era, a quanto pareva, impegnato ad aggiustare qualcosa nel granaio e non mangiò con loro.

Quando il sole scomparve dietro l'orizzonte e di Selena non c'era ancora segno, Theo sapeva cosa doveva fare.

Gli ci volle più del previsto per staccare Frank dal tosaerba che tentava di aggiustare e, alla fine, gli toccò aiutarlo, con i propri *occhi buoni*, a riattaccare un filo, prima che il vecchio aiutasse lui a scegliere il cavallo giusto. Sellarono un mustang che Theo montò, con una sacca messa a tracolla. Frank mugugnò a lungo per essere stato interrotto ma poi lo accompagnò oltre le mura.

Il rumore del cancello che gli si chiudeva alle spalle, dette a Theo una sensazione tipo *i giochi sono fatti*.

L'oscurità calava sul mondo e tutto taceva, a parte l'ululato di un lupo in lontananza e il frusciare della brezza tra il fogliame. Gli zombie non erano l'unica minaccia: nella notte si muovevano anche lupi, gatti selvatici e persino tigri e leoni.

Ma Theo, sul cavallo, era più agile e veloce e in una posizione dominante. Aveva inoltre una torcia accesa in mano e delle scorte nella sacca. Non era preoccupato per la propria incolumità: gli animali selvatici, per lo più, non avevano motivo di attaccare, specie quando si trattava di un animale più grosso, a meno che non si sentissero minacciati.

L'espressione del viso si faceva sempre più tesa via via che percorreva la cosiddetta *strada* per Yellow Mountain. Nel frattempo, anche l'ultimo raggio di sole era scomparso, il mondo era illuminato solo da una profusione di stelle e da un bel tocco di luna, ma gli alberi lungo la strada gettavano fitte ombre che bloccavano la luce e rendevano difficoltoso, per il cavallo, distinguere la pista.

Theo. La voce di Lou si insinuò, interrompendo la sua concentrazione.

Stai bene? Rispose laconico. *Sono impegnato.*

Va bene.

Teneva le orecchie tese, per udire il rumore del carro di Selena o i richiami degli zombie, quando un odore acre di fumo gli penetrò le narici: di recente era stato bruciato qualcosa.

Era quasi a metà percorso quando li sentì. Si soffermò, stringendo le dita attorno alla torcia, per cercare di capire da che direzione provenissero. Nella sacca aveva delle molotov e la fiaccola poteva essere usata a mo' di clava per spaccare loro la testa: l'unico modo per uccidere un *ganga* era spappolargli il cervello.

I peli sulla nuca gli si drizzarono quando realizzò che i gemiti erano più vicini di quanto pensasse. Il vento doveva averli fatti sembrare più distanti ma, ora che si era acquietato, i lamenti giungevano forti e chiari da un punto poco più a nord del sentiero.

Dove c'erano gli zombie c'era, probabilmente, anche Selena.

La decisione fu presto presa e Theo lasciò il sentiero e s'infilò nella boscaglia, lo stomaco stretto in una morsa. Mentre il cavallo sfilava rapido fra la fitta vegetazione, gli parve di udire qualcosa in lontananza. Le grida si erano fatte più selvagge e disperate e Theo capì che i mostri avevano trovato qualcuno.

Selena era lì.

Spronò il cavallo perché accelerasse, piegato sul collo lungo e forte dell'animale, con la criniera che gli sferzava il viso. *Selena!* Non riusciva a pensare ad altro. *Sto arrivando.* D'improvviso si sentì pervadere da un terrore quasi doloroso, che gli riempiva la mente e il cuore. Qualcosa non andava nel verso giusto. Proprio per niente.

Sbrigati, sbrigati implorò il cavallo. *Più veloce!*

L'animale perse l'equilibrio e inciampò, ma si riprese, salvo poi impennarsi quando qualcosa sbucò dall'oscurità. Theo cadde e finì su una piccola sporgenza del terreno ma, seppur con qualche difficoltà, riuscì non mollare la torcia. Quando si alzò, faticosamente, il cavallo imbizzarrito scappò via, lasciandolo a piedi e senza fiato.

Udiva ancora i richiami insistenti e disperati degli zombie e, a dispetto del corpo dolorante, corse nella direzione da cui provenivano, sprintando fra cespugli, alberi e macchine arrugginite.

Man mano che si avvicinava, le grida si facevano più raccapriccianti, poi cominciò a scorgere, tra gli alberi, il luccicare degli occhi arancioni. Mentre correva, con la mano libera rovistava nella sacca alla ricerca di una molotov pronta all'uso: non avrebbe dovuto far altro che dar fuoco allo straccio che fungeva da stoppino e lanciarla nel mucchio.

E poi fu lì, in mezzo a quella specie di assemblea di zombie, che mugolavano, gridavano e arrancavano per arrivare a qualcosa.

"Selena!" gridò, cercando di scorgerla in mezzo ai mostri, quando, nel buio, inciampò in qualcosa di morbido e vivo. Sentì quel corpo gemere mentre finiva di nuovo a terra, sbattendo la faccia e le braccia su un tronco caduto. Stavolta la torcia gli cadde di mano e mentre cercava di voltarsi per recuperarla, richiamando l'aria nel diaframma dolorante, vide un luccichio argenteo.

Capelli grigi.

Lunghi capelli d'argento.

Fu istantaneo… l'immagine, la connessione mentale: era Lou, ne era sicuro.

Theo esitò per un attimo, prendendo coscienza di quel gemito flebile e gridando il nome di suo fratello, mentre tornava a scagliarsi contro il manipolo di zombie disperati. Fece roteare la torcia, chiamando a gran voce Lou e Selena, mentre si faceva strada, feroce e selvaggio, fra i mostri.

Il fuoco li spaventava e Theo usava il bastone ardente per allontanarli. E spaccare a viva forza, mosso dalla paura, ora il cranio di uno, ora la gamba di un altro, per poi colpirlo alla testa.

Nel marasma riuscì a scorgere a terra un paio di gambe senza vita, fasciate da jeans e striate di una sostanza rosso scuro, ma cercò di non pensarci. Con una mano afferrava e tirava e con l'altra colpiva. I mostri non arretravano, il loro odore gli riempiva le narici, e con gli artigli gli aprirono uno squarcio su un braccio. Sentì qualcosa di caldo e umido colare, uno dei *ganga* si concentrò su di lui.

Theo gli abbatté la torcia sul capo con tutta la forza che aveva in corpo e barcollò all'indietro, prese il corpo per una caviglia e lo trascinò con sé, cercando di allontanarlo dai mostri.

All'improvviso, gli zombie cambiarono. Si spostarono e i loro lamenti divennero più alti e tesi, due si staccarono addirittura dal branco, barcollando via, come richiamati da qualcosa. Theo colpì un altro con una mazzata e strattonò la caviglia viscida del sangue suo e… di qualcun altro.

"Basta!" un urlo fendette il buio.

Theo si voltò e vide Selena spuntare dal bosco, il cristallo rosso che le pendeva dal collo, rimbalzando qua e là.

Gli zombie si mossero subito verso di lei, barcollanti e smaniosi, improvvisamente dimentichi del corpo che Theo stava cercando di salvare, al che questi si voltò e riconobbe quel volto sporco e insanguinato.

Sam.

Selena fissava gli zombie che incombevano su di lei, cercando di farsi coraggio. Se non altro, avevano lasciato andare chiunque stessero attaccando, preferendo allungare gli artigli verso il suo cristallo.

Meeeeeeee.

La pietra brillava e le bruciava in mano, ma continuava a stringerla, aspettando che da un momento all'altro i mostri le fossero addosso, mentre lacrime di rabbia e frustrazione le bagnavano il viso.

Orameeeeeeee.

"No!" gridò ancora, mentre lui agitava un grosso ramo ardente verso un *ganga* e poi glielo abbatteva sulla testa, aprendola come un melone. "*Fermati!*"

Theo le urlò qualcosa in risposta, la faccia, illuminata per un attimo dalla luce della torcia, una maschera di terrore, tesa e con gli occhi spalancati. Selena non riusciva a sentirlo e, all'improvviso, si ritrovò circondata dagli zombie che allungavano le mani mossi dalla loro solita disperazione.

Orameeeeee oraaaaaaa.

Il richiamo le riempiva le orecchie, come l'ululato di un vento orribile che soffocava ogni altro suono, che non fossero quelle strazianti richieste d'aiuto.

Ne toccò uno e si ritrovò a guardare gli occhi di un ragazzo, sentì la vita agitarsi in lui mentre la luce dell'anima abbandonava gli occhi arancioni, crivellandola come una valanga di sassi. Le lacrime le bruciavano gli occhi. Theo, Theo non capiva. Cercava di riprendere fiato, di mantenersi salda, fra una zaffata di marcio e l'altra.

Iutameeeeee.

Un altro urlo, più umano e insistente gli risuonò nelle orecchie e d'improvviso la torcia fiammeggiò tra gli zombie che le erano intorno. Uno cadde, creando uno spiraglio e Selena si voltò verso Theo, guardandolo con rabbia mentre, a fatica, la raggiungeva.

"Lasciami stare!" gli strillò, respingendolo mentre afferrava un'altra mano putrescente e appiccicosa. "Vattene!"

Lui le stava dicendo qualcosa ma lei non lo sentiva a causa di quei forti lamenti, sempre più disperati. "*Io sto-*"

Ma Theo la prese per una mano e la allontanò, usando la torcia per tenere indietro i mostri.

Selena cercava di divincolarsi, prendendolo a pugni e gridando, piena di rabbia e di paura, ma lui non ci faceva caso e continuava a strattonarla.

Le urlò qualcosa sopra la testa: "*Chi?*" e Selena fu sconvolta nell'intravedere, nel buio, un'altra persona che cercava di tirarsi in piedi. Aveva i capelli bianchi, lunghi e sottili che brillavano nel chiaro di luna mentre lui (o lei?) si alzava. Intanto Theo la teneva stretta e la allontanava dagli zombie e gridava: "Vieni!"

Mentre lottava per non farsi portare via, Selena vide una luce fendere il buio, volando dalla figura coi capelli lunghi verso gli zombie tenuti a bada dalla torcia di Theo.

"Nooooo!" gridò la donna mentre Theo la spingeva a terra, coprendola col proprio corpo.

L'esplosione fu fragorosa, il terreno tremò e la notte si accese di una luce dorata. I detriti piovvero su di loro, a terra e sugli alberi intorno.

E poi calò il silenzio, rotto solo dai loro respiri affannati.

Selena giaceva a terra inchiodata dal peso di Theo e del suo tradimento, ma anche raggelata dalla disperazione. Sentiva la terra fredda e umida sotto le dita mentre restava lì, immobile, il viso premuto contro il suolo, le lacrime che lo bagnavano, anche dopo che lui si fu spostato. Li aveva uccisi, uccisi tutti. Li aveva lasciati in trappola.

Lei avrebbe potuto salvarli, invece lui li aveva ammazzati.

Lo odiava, si sentiva lacerare dentro.

"Selena" la chiamò Theo e c'era una certa urgenza nella sua voce. Le aveva poggiato la mano sulla spalla e lei aveva sentito la fitta del suo tradimento.

Si voltò e lo fissò con odio. "Come hai potu-"

"Smettila, Selena, per favore. Si tratta di Sam." L'aveva presa per le spalle e la guardava negli occhi. La maschera che gli tendeva i tratti si era trasformata in qualcos'altro.

"Sam?" L'espressione sul volto di Theo la fece raggelare. Le ginocchia cedettero. "In che senso?"

Un sogno. Tutto quello che accadde, da lì in poi, non fu altro che un incubo orribile.

Si voltò, o meglio, la fece voltare e poi andò, o meglio, fu condotta di fronte a una scena orribile.

Un uomo dai lunghi capelli d'argento chino, inginocchiato vicino a un corpo inerte. Sam.

Il suo Sammy. Illuminato da una luna pietosa che aveva, in qualche modo, trovato il centro del mondo di Selena.

Il torso e le gambe erano coperti di tagli orribili, un braccio praticamente maciullato. Il viso, il suo bel viso, era pieno di graffi e di sangue scuro e fresco.

Per colpa degli zombie. Quelli che lei voleva salvare.

Oddio. Le ginocchia cedettero ma qualcuno la sostenne.

"Ha cercato di salvarmi" disse il vecchio accovacciato, alzando il viso.

Sammy non era morto. *Non era* morto.

Selena si inginocchiò, o forse si accasciò, accanto a suo figlio e lo toccò. Vide la bocca muoversi e gli occhi aprirsi lentamente e guardarla. Sentì il cuore balzarle in petto, serrò le labbra e allungò le mani sudate a stringere quelle sanguinose del figlio.

E poi la vide, la nuvola grigia brillare nella luce della luna, formarsi e agitarsi sopra di lui.

12

Non Sammy, non il mio bambino!

Selena continuò a ripetersi quelle parole nella testa per tutto il tragitto fino a casa. Non ricordò mai niente di quel viaggio, se non la solida presenza di Theo che portava in braccio suo figlio… *il suo bambino.* Combatteva contro l'onda di odio e di furore accecante che minacciava di farla urlare.

Teneva una mano sul braccio di Sam, gelido da far paura, e osservava la nube argentea che lo circondava, cercando di convincersi che fosse solo polvere illuminata dalla luna o lucciole o qualcos'altro.

Una rabbia sorda dava forza ai suoi passi. Il ricordo della carneficina, la scena nella radura… Theo che si sbracciava, colpiva e spaccava crani, spingendola via, gridandole qualcosa di inintelligibile. La morte, il sangue, suo *figlio. Suo figlio.*

Udiva appena la conversazione che si svolgeva vicino a lei fra Theo e quell'uomo anziano dai capelli lunghi che pareva conoscerlo.

"Ha tentato di salvarmi" diceva il vecchio che, a quanto pareva, si chiamava Lou. "Sono sbucati all'improvviso, senza farsi sentire, neanche un lamento."

"Sapevo che qualcosa non andava, ma non credevo si trattasse di te" rispose atono Theo. "Se solo avessi ascoltato… ma non ho fatto in tempo."

"Che ci faceva lì Sam?" riuscì a chiedere Selena, emergendo per un istante dall'oscurità. "Perché era fuori dalle mura?"

Nessuno aveva una risposta ma, nel profondo, continuava a chiederselo. Era stata a Yellow Mountain e aveva visto Jennifer, che l'aveva ignorata bellamente, tranne per uno strano istante in cui i loro sguardi si erano incrociati. Selena l'aveva vista parlare e flirtare con uno dei ragazzi, uno con cui non faceva che mollarsi e riprendersi. E sospettava che la sortita notturna di Sam avesse a che fare con quello.

Ma erano solo congetture e, ora, aveva altro cui pensare.

Quando infine posarono Sammy nel letto che era stato di Theo e che Selena aveva scelto per superstizione, sperando in un altro miracolo, ebbe finalmente modo di valutare le condizioni del figlio.

Erano pessime.

Quando scostò quello che rimaneva della camicia di Sam, sentì alle sue spalle Theo mormorare "Cristo", quindi voltarsi verso quel Lou e aggiungere: "Dobbiamo far venire Elliott."

Lou rispose qualcosa che Selena non udì, perché Sam aveva aperto gli occhi e sussurrato: "Mamma."

Gli sfiorò la fronte, cercando di non fargli leggere nei suoi occhi la paura e quella terribile consapevolezza. "Sammy, sono qui. Ti rimetteremo in sesto, Frank è andato a chiamare Cath."

"Lui sta bene?" chiese Sam con un filo di voce. "Quell'uomo."

Selena sbatté le palpebre per ricacciare indietro le lacrime che le bruciavano gli occhi. Quello era suo figlio. Quello era l'uomo che aveva tirato su.

"Sono qui" fece Lou, spostandosi in modo che Sam lo vedesse. "Grazie, grazie per avermi aiutato."

"Bene" mormorò e chiuse gli occhi. Selena, disperata, si guardò intorno per cercare la nube e vedere se era cambiata.

Il cuore le batteva forte mentre osservava le scintille grigie, muoversi belle e aggraziate come granelli d'argento, ma non ancora blu. *Andatevene via, maledizione. Lasciate stare mio figlio.*

Rimase con lui a lungo, non seppe mai quanto: a un certo punto era venuta Cath, aveva esaminato l'addome straziato di

Sam e aggiunto le sue medicazioni a quelle di Vonnie. Selena vide quanto il viso della guaritrice fosse teso e impassibile e che tutti parevano parlare sottovoce e che, in un angolo, c'erano un uomo e una donna avvolti da un tremulo alone azzurro, in attesa.

Ma la nube restava grigia e lei pregava che non diventasse blu. Perché il blu significava la fine.

"Selena." Infine fu quella voce a scuoterla, quella voce accompagnata da una mano che, ferma ma gentile, le sfiorava la spalla.

Era Theo che avvicinò il proprio viso al suo, come deciso ad attirare e avere la sua attenzione. Gli occhi marroni erano dolci, ma determinati. "Devi riposarti un po'. Ti prego."

"No" rispose, tornando a voltarsi verso Sam. "Non posso lasciarlo."

Mentre lo guardava, la figura con l'alone azzurro si mosse dall'angolo e si avvicinò al letto. Non riusciva a vederne i piedi, ma era una donna dai lunghi capelli neri e quando la guardò, fu come vedere il proprio riflesso in uno specchio nebuloso.

La sensazione di conoscerla le trapassò il corpo. *Mamma?* Mormorò.

"Selena" proseguì Theo, "Sembri un morto che cammina, vieni con me."

Va' con lui.

Si lasciò condurre via da Theo, tranquilla, sapendo che sua madre sarebbe rimasta con Sam fino al suo ritorno.

Theo la portò all'aperto, dove il sole riscaldò i suoi sensi obnubilati e camminò, mentre lui la teneva per la vita. Prima di rendersi conto di dove stessero andando, si ritrovarono vicino alla ruota panoramica, lontani dalla casa e dai cattivi pensieri e da quella nube grigio-azzurra di dura realtà.

L'aiutò a entrare in uno degli abitacoli e lei non oppose resistenza. Lo stordimento iniziava a diradarsi e una miriade di emozioni la travolsero. Paura. Rabbia. Incredulità.

Odio.

Ma quando la ruota iniziò a sollevarsi, il vento le mosse i capelli e lei sbatté gli occhi, finalmente *sentiva quacosa*. La terra si allontanava e gli alberi si facevano piccoli mentre la cabina saliva su, dolcemente. Theo le sedeva di fronte e lei guardava il bosco. Di giorno, il giro in giostra era tutt'altra cosa. La leggera sensazione di vuoto allo stomaco quando iniziarono la discesa la fece quasi ridere. Il movimento della ruota era ancora dolce e lento, come cavalcare un'onda circolare.

"Mangia" le disse, fissandola dal sedile di fronte e mettendole in mano qualcosa. "Non so quant'è che non metti qualche cosa nello stomaco. Da ieri? Da quando eri a Yellow Mountain? So anche che non dormi da un bel po'."

A quel punto Selena parve uscire da quella sua stanca trance e Theo fu sollevato di scorgere nei suoi occhi una scintilla di consapevolezza. Stava ancora tentando di mettere insieme tutti i pezzi dell'accaduto e di gestire la girandola di emozioni che ne veniva. Lo shock era solo una di queste.

E sapeva che Lou era pieno di rimorsi e sensi di colpa. "Doveva toccare a me!" Aveva esclamato solo poco prima, su, nella Sala Giochi. "A me che l'ho già vissuta la mia vita del cazzo! Perché un ragazzino?"

L'ennesimo *perché*.

Theo osservò Selena mangiucchiare il panino che le aveva preparato. Masticava e sembrava che lo sguardo fosse di nuovo focalizzato.

D'improvviso, sollevò gli occhi e lo guardò. "Grazie. Ne avevo bisogno, credo. Di allontanarmi."

Theo annuì. La gratitudine era genuina, ma c'era dietro qualcosa. "Dovresti dormire, credo." Le si sedette accanto e la cabina dondolò, inclinandosi per il suo peso. Le passò un braccio dietro la schiena. "Riposati qui con me per un attimo."

Sembrava rigida, ma doveva essere per lo shock e per il dolore. La strinse a sé e fu bello quando la sentì accoccolarsi contro la spalla. Forse avrebbe dormito.

Aveva mostrato a Lou la Sala Giochi, ma l'emozione che il gemello avrebbe potuto provare alla vista del sacrario privato di Brad Blizek, fu annullata dalla tragedia in corso. Si erano inseriti nella rete, Theo col computer di Blizek e Lou col mini laptop che aveva portato con sé.

Il primo punto all'ordine del giorno era stato avvertire Sage che Lou era lì, che aveva solo qualche graffio rimediato nello scontro con gli zombie, e chiedere a Elliott suggerimenti su Sam.

Se poteva avvenire un miracolo e c'era una vaga speranza di curarlo, Elliott doveva raggiungerli al più presto.

"Morirà" disse Selena, dopo un po'. Il sole si era abbassato parecchio ed era scomparso dietro gli alberi e la casa lontana. Forse si era addormentata per un po', Theo l'aveva sentita rilassarsi e appoggiarsi contro di lui, mentre la ruota li portava su e giù e la cabina dondolava come una culla. Il respiro della donna si era fatto regolare e lui fu contento che fosse riuscita a dormire, non poteva che farle bene.

Ma ora che era sveglia, si allontanò da lui.

"Non lo sappiamo" le rispose, scostandole una ciocca di capelli dal viso.

"Io sì" proseguì, atona. Lo sguardo dorato era distante, ma non vacuo, non più. "È il mio lavoro, Theo, conosco la morte. E lui ha la nuvola."

Theo pregò che Lou si fosse messo in contatto con Envy e che Elliott si fosse già messo in cammino. "Che nuvola?"

"La nuvola della morte. Quando appare, è grigia ed è il segno che l'anima di una persona si sta preparando a passare su un altro piano. A volte ci vuole un giorno, a volte poche ore, altre settimane o persino mesi. Quando diventa blu, vuol dire che è il momento. Ma quando appare, non c'è modo di farla scomparire."

Theo le prese la mano nella sua e la strinse. Non era il momento di tentare inutilmente di consolarla, e comunque, non trovava le parole.

"La sua è ancora grigia, c'è tempo. Voglio tornare da lui" fece all'improvviso.

"Ok" disse Theo, azionando il telecomando attaccato alla cabina.

Mentre la ruota rallentava, iniziando la sua ultima salita, lei fece una risata amara. "Hai idea di quante persone ho visto morire? Quanti familiari ho confortato? Quante volte ho alleviato il loro dolore, li ho ascoltati, ho tenuto loro la mano? Penserai che sia pronta, che possa accettarlo, so che la morte è una cosa naturale, da cui tutti dovremo passare e so che dopo c'è qualcosa. Eppure… io…"

La voce le mancò e lui la strinse. Le lacrime gli bagnarono la camicia mentre la stringeva e sentiva le spalle sussultare appena.

"È tuo figlio. È ovvio che sia più penoso" le mormorò tra i capelli e, a dispetto del momento tragico, la sentì vicina, una sensazione familiare di desiderio e bisogno. Di casa.

Mia. Sei mia.

"Dovrei essere in grado di gestirla meglio."

"E perché mai? Come potresti essere in grado di gestirla? Lo ami, è parte di te, è difficile." La strinse a sé, volendo disperatamente trovare le parole giuste. Desiderò di essere giunto alla radura in tempo, la sera prima, di non essere stato disarcionato. Così, forse, avrebbe potuto salvare Sam.

Selena tirò su col naso e si allontanò. "Andava a trovare Jennifer, credo. Non si faceva vedere da un paio di giorni, penso sia quello il motivo per cui era arrabbiato con me. Ieri, quando ho tentato di parlarci, era come se sapesse che qualcosa non andava ma non volesse ammetterlo. E poi ha trovato quell'uomo. Lo conosci?"

"Sì, si chiama Lou." Evitò di dire altro. Non era il momento. "Ci conosciamo molto bene, è venuto a cercarmi."

"Sammy lo voleva difendere, si è esposto per cercare di salvarlo."

"E c'è riuscito" precisò Theo. "Tuo figlio è un eroe, è coraggioso. Proprio come la sua mamma."

"Lo era." Tirò su di nuovo e si passò il dorso della mano sul naso. Aveva il viso e gli occhi arrossati e non era molto bella in quel momento, così sconvolta e paonazza. Ma era lei, la sua Selena. "E quei mostri. Se lo sono preso. Gli hanno fatto *questo*. Lo hanno fatto nonostante io cerchi di salvarli, lo hanno dilaniato, fatto a pezzi. Morirà. Li *odio*."

Theo la strinse ancora più forte a sé mentre la ruota, lentamente, si fermava nella sua posizione a terra. *Dio, cosa dovrei dire?* "Lo so, Selena. So quello che fai e mi dispiace. Molto."

"Se tu non fossi arrivato lì e non li avessi uccisi…" le parole le morirono in gola mentre affondava il viso rigato di lacrime nella sua spalla. La voce usciva ovattata. "Sono così confusa, così arrabbiata. Non capisco perché succeda tutto questo. Perché, dopo tutto quello che ho fatto per tentare di salvarli? Perché? Perché proprio a me?"

Theo sentiva le lacrime bucargli gli occhi. La disperazione e lo sconforto che trasparivano da quelle parole gli scavavano dentro, penetrandogli il ventre e riempiendolo di angoscia. Non aveva una risposta, ma si chiese seriamente se non fosse un segno che Selena dovesse cambiare strada.

⌘

"Elliott non è a Envy" fu la prima cosa che gli disse Lou quando tornò alla Sala Giochi. "Lui e Jade sono fuori in missione, c'è una donna che sta per partorire."

Theo fremette di rabbia. "Se sono in una zona con accesso a internet puoi loggarti e-"

"Ci ho già pensato. Sage sta cercando di contattarli. Sta facendo tutto il possibile. Quanto tempo abbiamo?"

Theo si calmò. "Non lo so. Selena dice che sta per morire. E finirà così a meno che non facciamo venire Elliott per curarlo." Si sedette su un divano e si passò una mano tra i capelli. La sua mente lavorava praticamente senza sosta dal giorno prima, da quando si era appisolato per un po' dopo aver fatto l'amore con Selena per tutta la notte, e si sentiva spossato.

"È lei?" chiese Lou, girando la sedia per guardarlo.

"Sì."

"Diamine, mi dispiace ancora di più per quello che è successo." Il volto di Lou pareva ancora più vecchio e sciupato di quanto lo ricordasse. O forse era solo la prima volta che non si vedevano per tanto tempo. O forse era che, dopo l'ennesima resurrezione, vedeva le cose con più chiarezza di prima. O meglio le vedeva come erano veramente e non come avrebbe voluto che fossero. "Raccontami di lei."

Theo si sdraiò sul divano e, fissando il soffitto pieno di crepe e di tele di ragno, parlò. Gli raccontò tutto: la resurrezione, lo strano modo che aveva Selena di uccidere gli zombie. Non c'erano segreti tra loro, non ce ne erano mai stati.

"Se ti conosco bene, scommetto che hai approfittato di questa scrivania" ridacchiò Lou indicando il tavolo su cui Selena aveva posato il suo bel didietro solo un paio di giorni prima.

Le labbra di Theo si piegarono in un sorriso. "Ehi, non sarà mica che vivi attraverso di me?"

Un lungo silenzio e poi un flebile *sì*.

Le palpebre di Theo che si stavano per chiudere, si riaprirono di scatto. C'era qualcosa nel tono di Lou… Si tirò su seduto, lo guardò e vide che aveva gli occhi velati di pianto. Il cuore gli rimbalzò nel petto. "Scherzavo" disse subito, ma era troppo tardi. Il danno, per quanta innocenza ci fosse da parte sua (così come di Lou, ma anche di Sam) era fatto.

"Lo so" ribatté Lou. "Ma sono stato un coglione a pensare di poter essere te. A lasciare Envy, manco fossi Indiana Jones o qualcosa del genere, venire a cercarti, partire all'avventura. Guarda cos'è successo. Guarda cosa ho combinato."

"Non essere stupido. Sam non avrebbe dovuto trovarsi fuori dalle mura di notte e da solo. E io avrei dovuto ascoltarti di più, cretino. Ero vicino, potevo venirti a prendere. Non devi sentirti in colpa."

"Vaffanculo, Theo. Non sapevi cosa stava succedendo perché non te l'ho detto. Perché ero troppo intento a essere te, maledizione."

"E va bene, ok, Louis Beatty Waxnicki, commiseriamoci tutti insieme. Apriamo qualche bottiglia, ubriachiamoci e piangiamo sui tuoi errori e sulle stupidaggini che hai fatto. Dio, quanto sei idiota." Si alzò e si allontanò a grandi falcate, sorpassò la signora Pac-Man sbatté la mano accanto al joystick. "Almeno tutti sanno chi *sei*. E almeno ti capiscono. Almeno tu sai *chi* cazzo sei e *che cosa* sei."

"Certo, dimenticavo. Dev'essere dura la vita per te, che non invecchi, che sembri sempre giovane e forte, tu che hai persino dei veri superpoteri" ribatté stizzito Lou, spingendo via la sedia con tanta forza da mandarla a sbattere contro il muro e cadere a terra.

"Beh, ora non li ho più" gridò Theo, girando attorno al videogame. "Ora sono un coglione qualsiasi come te, solo che sembro il tuo cazzo di nipote. E non so se vivrò in eterno o rimarrò così per sempre o cosa, ma sono uno stramaledetto *scherzo della natura*. E non so *perché* sono così e *che cazzo* dovrei farmene di questo dono. E *perché* tutti continuano a riportarmi in vita ogni volta che *muoio*, porca puttana."

Si fissavano, furenti, due paia di occhi identici, che si guardavano da due volti diversi.

"Esco" sputò infine Theo, sbattendo le palpebre con decisione e serrando le labbra. "Ho bisogno di spazio."

"Prenditela comoda e non sbatterti la porta sul culo quando esci" ribatté Lou, tornando al computer. "Io cercherò di capirci qualcosa dato che da solo non ci arrivi."

Theo sbatté la porta e corse giù per le scale: non era ancora arrivato in fondo che già la rabbia verso Lou e tutto il resto, era scemata. Che idiota.

"Che succede?" chiese Vonnie, che incrociò una volta arrivato al piano terra. "Eri su con quel Lou?"

"Solo una piccola divergenza di opinioni" spiegò Theo laconico. "Come sta Sam?"

"Sempre uguale. In bilico. Selena è con lui.

"Jennifer si è vista?"

Vonnie si fece cupa. "Non la si vede da giorni. Sono sicura che non sappia neanche-"

"Torno fra un po'" disse Theo: aveva preso una decisione.

⌇

Non ebbe problemi a trovare Jennifer a Yellow Mountain. Theo superò il vecchio McDonald, dove i eagazzi single vivevano in una sorta di comune, e dietro di esso c'era il patio riparato dove avevano mangiato e bevuto prima del racconto di Vonnie, diverse sere prima.

C'erano delle sedie e molti dei ragazzi che aveva conosciuto quella stessa sera. Chiacchieravano ma, al contempo, erano tutti impegnati in una qualche attività: cucivano, intagliavano il legno, una donna ripuliva i fagiolini.

Fra loro c'era anche Jennifer che, quando Theo arrivò, alzò subito la testa. "Ciao Theo" lo salutò con nonchalance, come se non avessero mai avuto quella conversazione su lui e Selena. "Come va?"

"Sono venuto a cercarti" rispose, rimanendo di proposito sul vago. Era riuscito a ridurre la sua furia a una rabbia sorda, che, in quel momento, era rivolta al mondo intero.

Jennifer si alzò con slancio. "Ok" sorrise, strizzò l'occhio a una delle ragazze e passò quasi scodinzolando attorno agli amici, avvicinandoglisi. Theo la condusse qualche metro più in là, in modo che gli altri non potessero sentirli e poi le chiese: "Ti sei vista con Sam ieri sera?"

Lei sgranò gli occhi. "No. Fra noi è finita, troppo giovane per me, se sai cosa intendo."

Theo annuì. "Capisco, certo. E come l'ha presa quando gli hai detto che era finita?"

Jennifer sbatté le palpebre e distolse lo sguardo. "Ecco, beh, ancora non ho avuto l'occasione di parlargliene."

"Non ci credo." Theo inspirò profondamente, controllando la propria collera. "E sai come lo so? Perché ieri sera stava venendo da te, forse perché non aveva tue notizie da due giorni, malgrado fosse stato indotto a pensare che tra voi ci fosse qualcosa."

"Non è colpa mia" mugolò. "È lui che è immaturo, diceva cose assurde, parlava di sposarsi e tutto."

"Ma sei stata tu a fargli credere che il sentimento fosse reciproco, no? Giocavi con lui per vendicarti di Selena, dico bene?"

"Beh, io… sì… ma mi stavo solo divertendo un po'. Non mi aspettavo-"

"E sai cos'è accaduto ieri sera? Sam stava venendo da te, quando è stato attaccato dai *ganga*."

"Oh!" Sgranò di nuovo gli occhi. "Oh no. Ed è…?"

"Non se la caverà" disse Theo e la prese per un braccio mentre trasaliva, sconvolta dalla notizia. Una presa ferma ma gentile. "Ora tu prendi e vieni con me a casa di Selena. E *non* gli dirai che è finita, e che era solo un giochino. Renderai i suoi ultimi giorni felici. Siamo intesi?" Si chinò su di lei, facendole capire quanto le facesse schifo.

"Va… va bene" disse, con le guance in fiamme, "Ma io non volevo-"

"Sono certo di no, ma farai di tutto per metterci una pezza, per quanto possibile. Dagli qualcosa e sii convincente, Jennifer." Lo guardò storto.

"E se poi non muore?"

"Saremo tutti fortunati e felici e forse, dico forse, allora, Selena non vorrà più ucciderti."

Se la situazione non fosse stata tanto tragica e orribile, l'espressione sul suo viso sarebbe sembrata comica. Ma per come stavano le cose, Theo non riusciva neppure a guardarla, mentre andavano alla ricerca di un cavallo per lei. Cretina. Certo, non era colpa sua se Sam aveva fatto la stupidaggine di uscire di notte, ma se lei non avesse fatto quei giochetti da immatura, magari, non sarebbe successo niente.

Stavano giusto uscendo dai cancelli quando, in lontananza, Theo udì il rombo basso di un motore.

Jennifer, ancora sconvolta da quella tragedia e persa nei propri pensieri, non parve accorgersene, ma lui si voltò.

Non c'era bisogno di schermarsi gli occhi poiché i veicoli venivano da est. Theo riuscì a scorgere il primo spuntare da dietro gli alberi e gli edifici decrepiti. La luce del tramonto faceva brillare il metallo nero del fuoristrada e poi illuminò quello che lo seguiva, e poi ancora un altro e un altro. Quattro in tutto.

"Oh merda" mormorò Jennifer vedendoli, quando Theo si fermò. "I ficcanaso."

Theo sapeva che si trattava o degli Stranieri o dei loro Cacciatori. Esitò un attimo, poi girò il cavallo. "Torniamo indietro."

Voleva sapere cosa sarebbe successo e cercare di scoprire qualcosa da quei bastardi, chiunque essi fossero.

Quando rientrarono, qualcuno aveva già dato l'allarme e Theo vide gente che lasciava case e luoghi di lavoro e si preparava. Jennifer si dileguò non appena riportarono i cavalli alla stalla e Theo la guardò andare, scocciato. Ma senza di lei fra i piedi avrebbe potuto osservare meglio.

Tutta quella frenesia era, a suo parere, inutile: non era facile gabbare i Cacciatori, se erano lì, c'era, probabilmente, un motivo. Ma non avendo mai assistito a una delle loro visite, non sapeva neppure bene come si svolgessero.

Il fabbro, il tessitore, il sarto e quelli che lavoravano la plastica e la gomma uscirono dalle rispettive botteghe, seguiti dai propri dipendenti, il gruppetto riunito nel patio dietro al McDonald si era disperso e tutti sembravano avere molto da fare. Gli agricoltori misero via i cesti di pomodori e altri ortaggi. A quanto pareva, quando i ficcanaso arrivavano, tutti li andavano a salutare.

Tutti a parte Theo che scivolò fra un edificio ben conservato e un grosso albero e si arrampicò fra i rami pieni di foglie. Nessuno parve notarlo e lui si sistemò in un posticino da cui aveva una perfetta visuale dell'ingresso dell'insediamento, pur rimanendo al riparo del fitto fogliame.

Mentre si sistemava sul suo ramo, Theo udì i fuoristrada entrare a Yellow Mountain. I cancelli vennero loro aperti senza esitazione, naturalmente. Il suono degli pneumatici che stridevano sulla ghiaia era familiare e inquietante al tempo stesso.

Osservò una dozzina di uomini sciamare dagli Hummer, mentre gli abitanti dell'insediamento uscivano dai vari edifici per incontrarli nello stesso posto in cui, settimane prima, Vonnie si era seduta a raccontare le sue storie.

E poi riconobbe uno degli uomini che si voltò per dare indicazioni a un compagno, facendo volare i lunghi dreadlock biondi. *Figliodiputtana.*

Era Seattle, il Cacciatore che gli aveva piantato una pallottola nel petto… una pallottola che lo aveva ucciso.

D'istinto Theo si accucciò, nascondendosi meglio tra le foglie: non poteva trattarsi di niente di buono.

Se Seattle fosse stato da solo, Theo non avrebbe fatto altro che uscire allo scoperto e stringere la mano di quel coglione. Così avrebbe potuto trapassarlo con una scarica elettrica e farlo cadere come un sasso. Porca puttana. Non poteva farlo. Non più. *Merda.*

La furia che aveva represso cominciò a filtrare e lui strinse forte il legno, controllando il respiro. Non era il momento di fare pazzie.

Cercavano lui? O erano lì per qualche altro motivo?

Intanto i suoi compagni si erano disposti a coppie e impugnavano delle pistole con l'aria di chi è pronto a farne uso.

Porca puttana.

Theo li osservò far disporre in fila gli abitanti di Yellow Mountain. Due parevano controllare una lista, mentre gli altri andavano in giro, a ispezionare case e botteghe.

Ma che diamine stava succedendo? Facevano una specie di censimento o identificavano tutti per un altro motivo? Si morse il labbro, il cuore in tumulto. Lui e gli altri della Resistenza sapevano bene che gli Stranieri usavano i mortali per qualsiasi cosa andasse loro a genio, come schiavi o per divertirsi. Non era ancora chiaro se questa fosse una sorta di selezione o qualche altra imposizione dall'alto ma, qualsiasi cosa fosse, puzzava parecchio.

Theo osservò Seattle e i suoi che continuavano a scorrere la lista, mentre alcuni abitanti portavano loro delle enormi vasche e gliele mettevano davanti.

Seattle, che evidentemente era a capo della spedizione, esaminò il contenuto e parve soddisfatto. Abbaiò qualche altro ordine e si mise a parlare con dei compagni agitando il fucile con arroganza. Altri vennero fuori da una delle case portando quelli che sembravano un fucile e… *oh merda….* un computer. Sotto lo sguardo di Theo, lo schermo per PC, uno di quegli scatoloni a tubo catodico che erano già in disuso prima del Cambiamento, veniva scaricato a terra. Seattle fece qualche passo e, col fucile, lo spaccò.

Ma che bravo, il coglione.

Continuò a guardare e la rabbia gli saliva alla vista degli invasori che disintegravano una specie di motore per automobile trovato sul retro di un edificio e un altro computer. Interessante che, invece, non avessero niente contro i televisori e i lettori DVD, almeno da quello che aveva visto.

Intuì quindi che gli invasori fossero venuti per scovare non tanto delle persone, bensì eventuali traffici illeciti. O di quello che consideravano illecito contrabbandare: armi, veicoli e computer.

Cose che avrebbero permesso alle persone di collaborare e difendersi.

"Che c'è nelle vasche?" mormorò tra sé. La gente di Yellow Mountain non pareva opporre resistenza al fatto che i Cacciatori le prendessero.

In quel momento vide un altro volto noto scendere da uno dei fuoristrada e quando lo riconobbe, si preoccupò ulteriormente. *Ian Marck.*

Theo aveva incrociato più di una volta lui e suo padre, Raul. Se Seattle non era che uno stupido bulletto arrogante, Raul Marck era un bastardo avido, perfido… e scaltro.

Anche se, a parere di Theo, non quanto suo figlio Ian.

Aggrottò la fronte davanti a quella risma di Cacciatori, chiedendosi che ci facesse Ian Marck con uno come Seattle, che era, chiaramente, a capo della missione. Ian non era certo il tipo da prendere ordini da qualcuno. E comunque, a giudicare dall'atteggiamento degli altri Cacciatori, Seattle incluso, tutti rispettavano e forse persino temevano Marck.

E quando questi si voltò a parlare a un compagno, un tipo piccolo e magrolino che inclinò il capo per guardarlo, Theo si sentì gelare.

Dalla sua posizione di vantaggio, in cima all'albero, vedeva perfettamente che quello non era un uomo, bensì una donna con due stupendi occhi azzurri e i capelli neri come l'inchiostro.

Nemmeno due mesi prima, quella aveva puntato una pistola in faccia a lui, Sage, Wyatt e Simon.

Era la nipote del famigerato Remington Truth, l'uomo che gli Stranieri cercavano da cinquant'anni.

13

Selena liberò il viso di Sam da un ciuffo di capelli. Lui aprì gli occhi e le labbra screpolate accennarono un sorriso.

"Ciao mamma" sussurrò, la voce accompagnata dal sibilo della morte che Selena cercò di ignorare.

"Come stai?" gli chiese. "Hai dolore?"

"Un po'."

"Dirò a Vonnie di portarti l'erba. Vuoi del tè?"

Annuì. "Ho sete."

Gli avvicinò la tazza alle labbra e, col suo aiuto, Sam prese qualche sorso. La nube grigio-argento incombeva su di lui e sarebbe presto diventata blu. Gli zombie non avevano leso solo la pelle e i muscoli ma anche alcuni organi vitali. Aveva delle emorragie interne e non c'era niente si potesse fare, tranne che cercare di dargli conforto.

"Mamma" disse, muovendo le mani come a cercarla. "Scusami. Non sarei dovuto uscire."

Subito le lacrime le bruciarono gli occhi. "Sammy, non devi chiedermi scusa, ti prego. Ti voglio bene e desidero solo che tu stia meglio." La rabbia le strinse lo stomaco. Avrebbe potuto facilmente essere lei quella distesa lì, col corpo straziato dai *ganga*. In effetti, era un miracolo che non fosse così. O una tragedia. Con tutte le volte che, nel corso degli anni, era uscita, con tutti i pericoli che aveva corso... i loro ruoli avrebbero potuto essere invertiti.

E solo Dio sapeva quanto lei avrebbe voluto essere al posto di suo figlio.

"Sono… stato… un cretino… volevo solo… vedere… Jennifer."

La rabbia in lei sobbolliva ma cercò di nasconderla. Non era colpa della ragazza se suo figlio aveva fatto una scelta sbagliata. Anche se era piuttosto sicura che, per molto tempo, non sarebbe riuscita a guardare quella puttanella senza provare il desiderio di strangolarla. Era stata lei a illuderlo.

"La amo" fece Sam indicando la tazza per avere ancora da bere. Selena lo aiutò, sforzandosi di mantenere un'espressione calma e composta. "Dov'è Jennifer? Vorrei vederla… vorrei dirle…"

Selena deglutì a fatica e annuì. "Lo so, Sammy." Non aveva intenzione di mentirgli, ma nemmeno di dargli false speranze.

"… prima di morire" proseguì. "Sto morendo, mamma, lo so. Mi aspettano."

"Sammy" sussurrò, sbattendo le palpebre per non piangere.

"È tutto a posto, mamma, lo sai, è tutto a posto."

A posto per te ma non *per* me!

Non lo disse ad alta voce: si limitò ad annuire.

Poi gli occhi di Sam si accesero, guardando qualcosa dietro di lei. "Jennifer!" esclamò Sam sforzandosi di muoversi e sorridere.

"Sam" disse la ragazza avvicinandosi rapida all'altro lato del letto. "Sam ma che hai combinato?"

Selena la guardava allibita, osservava il volto del figlio illuminarsi e la sua attenzione focalizzarsi completamente su Jennifer. Persino la nube grigia si mosse e, per un attimo, si diradò. Solo quando una mano gentile le si posò sulla spalla, Selena si voltò e vide Theo. I loro sguardi si incrociarono per un breve istante, poi si spostarono sui due ragazzi.

Selena capì e di nuovo le lacrime le salirono agli occhi, per la gratitudine e per qualcos'altro, qualcosa che andava oltre l'affetto e che la spingeva fra le sue braccia: un bisogno di conforto, di qualcosa di solido cui aggrapparsi. Ma non si mosse, troppe emozioni combattevano dentro di lei… stupore, rabbia, incredulità e qualcosa di più oscuro. Odio.

Era convinta di non poterlo smorzare.

Ma poi lui si avvicinò, le passò le mani sulle braccia e poi gliele strinse piano, sospingendola appena, e lei, che un attimo prima era lì in piedi, si ritrovò avvolta dall'abbraccio di Theo che, dolcemente, la portava via da lì.

"Grazie" fu la prima parola che Selena riuscì a dire, quando si furono allontanati abbastanza dai due ragazzi. "Grazie, Theo."

"Era necessario" rispose. Le carezzava i capelli con dolcezza. Ma sul suo viso si leggeva altro, una durezza, una tensione che Selena non aveva mai notato prima. "Era il minimo che lei potesse fare." La fissava con quei suoi occhi marrone scuro che tradivano preoccupazione, ma c'era anche qualcos'altro che vi si agitava dentro. "Come stai?"

"Un po' meglio. Grazie anche per oggi pomeriggio, avevo bisogno di staccarmi un attimo. Sto cominciando ad accettare l'inevitabile" confessò. Le labbra le tremarono ma si convinse che non era il momento di piangere. "Supererò anche questo. Sono grata per il tempo che mi viene concesso con lui, eppure prego che le sue sofferenze abbiano presto fine."

"Non devi affrontare questa tragedia da sola, ci sarò io con te."

"Grazie" ripeté e lo intendeva davvero: aveva un disperato bisogno di aggrapparsi a qualcuno, di aggrapparsi a lui in quei momenti. Si accoccolò contro il suo petto ampio e si lasciò consolare dalla mera sensazione del suo abbraccio. Era difficile pensare che, meno di un mese prima, non lo conosceva neppure. E ora era a lui che si aggrappava per non impazzire in quel terribile momento.

"Mentre ero a Yellow Mountain, oggi, sono venuti i ficcanaso" disse dopo un po' e la voce gli rimbombò nel petto, sotto l'orecchio di Selena, che si allontanò da lui e lo guardò, lieta di avere qualcos'altro a cui pensare, che non fosse il figlio agonizzante. "È stato orribile come sempre?"

"Non lo so, non so quanto sia orribile di solito" rispose, accompagnando le parole con un gesto secco. "Hanno fatto a pezzi un motore, trovato delle armi, portato via dei barili pieni di qualcosa e perquisito a fondo ogni casa. Ma non hanno ferito né prelevato nessuno" concluse, in tono amaro.

"Bene."

"*Bene*? Ti pare una cosa *normale*? Ogni quanto si presentano?"

C'era qualcosa di diverso in Theo, pareva quasi invecchiare davanti ai suoi occhi, non esteriormente, certo, ma nello sguardo. "Accade piuttosto spesso" rispose. "Diverse volte l'anno. Se portano via delle cose è per il nostro bene, danno… una ripulita."

"Mi stai prendendo per il culo, vero?" disse Theo, in uno strano tono basso e minaccioso. "Quelli arrivano, portano via roba, perquisiscono, distruggono e lo fanno per il vostro *bene*?" Gli occhi erano accesi di rabbia e incredulità. "Spiegami in che cazzo di modo possa essere per il vostro bene."

All'inizio Selena non sapeva che rispondere, il suo cervello era ancora avvolto dalla nebbia. "Beh" iniziò, cercando parole che lo aiutassero a capire. "È per proteggerci. Le armi sono pericolose. Sono un retaggio di prima del Cambiamento, perché oggi nessuno le produce più, e prima il mondo era molto violento. A quei tempi tutti le usavano e ammazzavano la gente. Erano imprevedibili e letali, e non ne abbiamo alcun bisogno, oggi." Quelle parole, che aveva sentito ripetere più e più volte, uscivano da sole. Parole a cui si era sforzata di credere e, soprattutto, che aveva cercato di inculcare in Sam.

Era la cosa più sicura da fare.

Theo la fissava come se le fossero spuntate tre teste.

"È quello che pensi tu o è quello che ti è stato detto?" chiese, con espressione sprezzante e furente. "Io non avevo idea…." Scosse il capo e si passò una mano sui capelli e spettinandoli. "Vengono mai qui?"

"A volte, ma ora è un bel po' che non si presentano perché uno ha paura di me."

"In che senso? Perché sei la Signora della Morte? O l'altra…"

"Una volta, un paio di anni fa, vennero qui. Erano in quattro e uno aveva attorno a sé la nube della morte ed era già quasi blu anche se, esternamente, sembrava stare benissimo. Ero arrabbiata con loro perché erano venuti qui a ficcare il naso e a rompere le cose, così gli dissi che il tipo stava per morire. E il loro capo, un certo Seattle, che è un… che c'è? Lo conosci?"

"Oh, sì che conosco quel coglione. È stato lui a piantarmi nel petto quella pallottola che mi ha quasi ucciso."

"A dire il vero ti aveva ucciso proprio" gli rammentò.

"Già." I suoi occhi sorrisero per un istante ma poi tornò serio. "E cosa successe al tipo con la nube blu?"

"Morì, ovviamente. Proprio mentre erano qui, in effetti, ma non me lo aspettavo. Fu una pura coincidenza. Ebbe un infarto o qualcosa del genere e cadde a terra stecchito. I ficcanaso se ne andarono di lì a poco e, da allora, non abbiamo più avuto il piacere di una loro visita. Credo che Seattle tema che io predica la sua morte" aggiunse con un sorrisetto.

"E comunque Frank ha preso delle misure di sicurezza e ha messo quella porta finta per impedire loro di trovare la Sala Giochi."

"E sul retro? Cosa nasconde lì?"

Selena sgranò gli occhi. "Come lo sai?"

Theo annuì. "Ho tirato a indovinare e credo che là dietro coltivi qualcosa che non vuole far loro trovare."

"Hai indovinato. Quei grossi barili che i ficcanaso vengono a ritirare sono pieni di fave di cacao. Gli abitanti di Yellow Mountain hanno l'incarico di coltivare le piante di cacao per gli Stranieri e quello è il raccolto. Credo serva a fare-"

"La cioccolata. Ecco da dove la prendono. A volte gli Stranieri la usano per corrompere la gente, li ho visti farlo. E dov'è? Non ne ho vista di cioccolata in giro."

"A noi non rimane niente. Gli abitanti dell'insediamento la coltivano e consegnano il raccolto all'Elite. Hanno detto loro che è un veleno molto pericoloso e che per raccoglierlo devono mettere i guanti."

Theo fece un'altra delle sue risatine amare. "Il cacao si usa per fare la cioccolata. Sono sicuro che Frank se la ricorda, e forse anche Vonnie. Non è per niente pericolosa. È-"

"Lo so" lo interruppe Selena. "È questo che Frank fa là dietro… cerca di far crescere delle piante tutte sue da un po' di fave che è riuscito a sottrarre di nascosto. Come potrai immaginare è tutto ben protetto. È riuscito a far crescere alcune piantine e le cura come fossero le ultime sulla terra anche se, per ora, hanno prodotto poco."

"Furbo. Buon per lui."

Selena guardò Theo. "Forse. Ma è pericoloso, sai. Se i ficcanaso beccano qualcuno che ha a che fare con ciò che loro ritengono pericoloso… beh, spesso ci sono delle conseguenze. Le persone scompaiono… di solito, se quelli ritengono che la cosa sia andata troppo avanti, le portano via. O si prendono la roba e la distruggono. Ecco perché credo che anche tu corra un rischio enorme a giocare con quegli aggeggi, su nella Sala Giochi."

"Non mi fanno paura. So più cose sul loro conto e su quello che rappresentano di quanto immaginino."

Selena fu molto colpita dalla ferocia della sua espressione. Avrebbe fatto altre domande, ma apparve Vonnie.

"Sammy chiede di te" disse.

Ogni altro pensiero scomparve e Selena si precipitò dal figlio, col terrore che la nube avesse cambiato colore e di aver perso l'occasione di salutare il suo bambino.

Ma quando arrivò da lui, lo trovò meglio di quanto non lo avesse mai visto dal momento in cui, alcune ore prima, aveva riaperto gli occhi. Jennifer se n'era andata e la nube era ancora lì, ma il ragazzo pareva più vigile e in forze.

Selena si voltò per ringraziare Theo per quello che aveva fatto. Ma non era più lì.

҂

Lou sentì dei passi sulla soglia e distolse lo sguardo dal computer.

O era quel coglione di Theo che tornava per un altro round o quella donna dai capelli ricci che voleva a ogni costo dargli da mangiare mentre lo scrutava dall'alto in basso con sguardo accusatorio.

Lui aveva da fare, doveva capire come penetrare i segreti più reconditi di Blizek, e aveva gli occhi stanchi, dato che i suoi occhiali erano andati distrutti la sera prima, durante lo scontro coi *ganga*.

"Ehi."

Era Theo. Lou si voltò per guardarlo attraversare la stanza e gli bastò quello per mettere da parte tutta la rabbia.

"Che litigio cretino" esclamò, mentre suo fratello diceva: "Su cosa discutevamo, poi?"

Lou si alzò per andargli incontro, si trovarono a metà strada e si abbracciarono, dandosi delle pacche sulla schiena come facevano sempre quando le emozioni erano forti, ma non volevano cedere alle lacrime. "Scusa" disse Lou.

"Ho passato il segno" rispose Theo, facendo qualche passo indietro. "Ho detto delle stronzate."

"Sì, ma io sono stato ancora più scemo. Non mi ero mai reso conto che ti sentissi così per il tuo essere... come sei." In effetti Lou aveva trascorso le ultime ore ad autoflagellarsi per non essersene mai accorto. Come aveva potuto essere così insensibile? Da cinquant'anni stava nella testa di suo fratello e non si era mai reso conto che si sentisse uno scherzo della natura. *Pezzo di idiota.*

Theo scrollò le spalle. "Non ti preoccupare. È che, sai, sarebbe carino poter sapere se morirò o se sono destinato a vivere in eterno. E da come si sono messe le cose, inizio a pensare che ci sia qualcuno, lassù, che non vuole che crepi."

"Però la barba ti è cresciuta parecchio" osservò Lou. "E hai diversi capelli grigi. Quindi non mi preoccuperei troppo per la vita eterna, presto avrai il mio stesso aspetto." Si passò una mano lungo la coda di cavallo che gli arrivava appena sotto le spalle.

"Insomma, hai scoperto qualcosa?" chiese Theo accennando al PC. "Hai avuto tutto il pomeriggio."

Lou sbuffò. "Macché. Il sistema di sicurezza di Blizek è assurdo, qualsiasi cosa sapesse su di loro, ha sepolto le informazioni praticamente in Cina. Ma li hai visti i prototipi e i filmati per *Jolliah Castle*? Sarebbe stato un gioco stupendo."

"Già. Mi chiedo se possiamo riuscire a ripristinarlo" rispose Theo, prendendosi una sedia. "Magari migliorandolo pure."

"Migliorare UniZek! Questa è blasfemia!"

Theo ridacchiò. "Saputo niente da Sage ed Elliott?"

Lou tornò serio. "Non ancora. Sage ci sta provando ma, anche se riuscisse a contattarlo, non penso che riuscirebbe ad arrivare qui prima di una settimana. Jade è capace di collegarsi alla rete ma non so dove siano di preciso lei ed Elliott."

"Non credo resisterà tanto a lungo" replicò Theo, che già aveva iniziato a battere sulla tastiera. Aveva il volto tirato e Lou vi lesse dolore e preoccupazione. "Ho anche un'altra novità" proseguì Theo, smettendo per un attimo di lavorare e voltandosi verso il fratello. "Oggi pomeriggio sono stato a Yellow Mountain, l'insediamento qua vicino, e sono incappato in un paio di vecchie conoscenze."

"Chi?"

"Il tizio che mi ha sparato quando ero con Fence e Quent, un Cacciatore di nome Seattle. E indovina chi c'era con lui?"

"Ian Marck."

"E la Remington Truth femmina."

Lou spalancò gli occhi. Quella Remington Truth era stata a Envy fino a poche ore prima della sua partenza. Aveva scagliato un serpente contro Wyatt, una scena che continuava a farlo ridere ogni volta che ci ripensava. Nessuno aveva ben capito perché fuggisse e cosa avesse da nascondere, ma qualcosa evidentemente c'era, perché continuava a dileguarsi. "E che diamine ci facevano tutti insieme?"

I gemelli si erano posizionati, automaticamente, uno accanto all'altro a lavorare su due computer diversi, ognuno nella propria postazione, mentre Theo raccontava quanto aveva visto a Yellow Mountain.

"Uhm. Però non hanno fatto del male a nessuno?" chiese Lou.

"No, interessante, vero? Ma c'erano un paio di ragazzi che stavano provando, così mi è sembrato, a mettere insieme un'automobile e i ficcanaso gliela hanno distrutta." sospirò Theo, adagiandosi contro la spalliera. "Porca puttana Lou, ho una voglia di inseguire quei bastardi e scannarli… o qualcosa del genere. Specie quel Seattle. E il fatto che Remington Truth se la intenda con loro non promette nulla di buono."

"Perché non li seguiamo? Non saranno troppo lontani. Magari scopriamo qualcosa. È la prima occasione del genere che ci capita." Per scappare da Envy, aveva preso uno dei tre Hummer in possesso della Resistenza, solo che era finito in un fosso a circa quindici miglia da lì e Lou non era riuscito a tirarlo fuori da solo. Ecco perché era a piedi quando gli zombie lo avevano attaccato. Ma in due avrebbero potuto liberare il mezzo senza problemi.

Theo annuì. "Partirei subito se non fosse per Selena e per quello che sta passando. Non posso lasciarla sola proprio ora."

"Insomma è proprio quella giusta?" lo canzonò bonariamente Lou. *Grazie a Dio.*

"Sì. È lei."

Calò il silenzio, rotto solo dal *click click* delle tastiere e da qualche imprecazione ogni tanto. Poi, a un tratto, Theo cominciò a ridacchiare da solo.

Lou lo guardò. "Beh?"

"Non so perché, ma mi è appena tornata in mente Betty McAnus."

Lou sorrise e poi soffocò una risata. "E Don Sciolta." Gli venivano le lacrime agli occhi dal ridere pensando a uno scherzo che avevano fatto alle superiori: erano penetrati nel sistema di posta elettronica della scuola e avevano cambiato i nomi sulle e-mail del preside e di alcuni suoi collaboratori, per cui quando Betty McArdle mandava un'e-mail, al destinatario appariva come Betty McAnus, mentre Don Schleuter era diventato Don Sciolta.

"E non ci hanno mai beccato" gongolava Theo. "Eravamo dei geni. Ricordi quando cambiammo gli scontrini del supermercato Wal-Mart?"

Lou si stava scompisciando. Erano stati presi entrambi per un lavoretto estivo, in due diversi reparti. Ma il loro ultimo giorno di lavoro, giusto per finire in bellezza, si erano inseriti nel sistema operativo e avevano modificato la frase alla fine dello scontrino da "Buona giornata" a "Buona giornata di merda." Per diverse ore tutti gli scontrini emessi alla fine di ogni spesa, vennero fuori con quella scritta, seguita dalla faccina sorridente del logo di Wal-Mart, finché una delle cassiere non se ne accorse e lo fece presente al direttore.

"Se siamo tanto geniali, perché mai non riusciamo a scoprire cosa nasconde il signor Blizek?" chiese Lou.

"Non lo so ma alcuni dei prototipi sono una figata e sembra anche che il nostro amico Brad fosse gay, a giudicare dai contenuti piuttosto espliciti di alcune e-mail inviate a un certo Tony Filletti. E poi c'è della roba… sembra quasi stesse lavorando a un progetto che aveva a che fare col *geocaching* e che lo volesse collegare a un gioco in modo da creare una specie di caccia al tesoro a metà tra il virtuale e il reale. Una figata anche questa."

"Tony potrebbe anche essere una donna" commentò Lou, facendo l'ennesimo tentativo sull'ennesimo livello di sicurezza. "Di sicuro 'sto stronzo era un paranoico."

"Beh, se fossi stato un membro del Culto di Atlantide che voleva fare il doppio gioco, sarei stato piuttosto paranoico anche io" ironizzò Theo.

E poi, all'improvviso, la folgorazione e le mani di Lou si fermarono.

"*Geocaching*!" gridò. "Potrebbe essere quello, deve essere quello!"

"Che ti prende?" Theo sospinse la propria sedia verso il PC su cui lavorava il fratello. "Che c'è?"

Ma Lou aveva già iniziato a rovistare nel proprio zaino alla ricerca della lista di codici numerici che per settimane aveva tentato di decifrare. "Che cretino. Sono stato un idiota totale. Sono gradi decimali, coordinate geografiche!"

"Ti riferisci ai numeri degli Stranieri? Quelli nel quaderno di Remington Truth?"

Lou tirò fuori i fogli scritti a mano. "Sì e accennando al *geocaching* me lo hai fatto venire in mente. Scommetto che queste sono coordinate per identificare la posizione di… qualcosa. Qualcosa che per gli Stranieri è importante. Non ho idea di cosa ma, se dovessi tirare a indovinare, immagino si tratti di roccaforti, depositi di approvvigionamenti o cose del genere."

Theo annuiva, gli occhi che brillavano di gioia. "Ma certo. Ha perfettamente senso. Sì. L'unico problema è che lo spostamento dell'asse terrestre ha incasinato tutto... come *cazzo* facciamo a interpretare questi dati?"

Quando la nube attorno a Sam divenne blu, Selena non seppe dire se fosse una benedizione o una tragedia.

In pochissimo tempo il dolore aveva inciso profondi solchi sul viso del ragazzo e il respiro si era ridotto a un rantolo faticoso. Più di una volta aveva aperto gli occhi e le aveva parlato con discreta lucidità. La visita di Jennifer era stata un dono del cielo. Aveva dissipato il dolore che aleggiava nella stanza e Selena ringraziò per l'ennesima volta Theo. Per quello che valeva, Sam sarebbe morto avendo ciò che voleva dalla donna che amava.

Ma in quel momento, ventiquattr'ore dopo l'attacco, la luce stava abbandonando i suoi occhi.

Da quando Vonnie l'aveva richiamata, non aveva mai lasciato il capezzale del figlio. E nelle ultime ore di vitalità che spesso venivano concesse ai morenti, lei e Sam avevano persino riso, ricordando degli episodi di quando lui era piccolo.

"Sono pronti per me, mamma" disse infine. "Mi aspettano... sono... i tuoi genitori, sai."

Annuì, sforzandosi di non piangere. Senza Sam la sua vita sarebbe stata così vuota, non avrebbe più avuto nessun consanguineo. "Sono contenta che starai con loro."

"Non ti lascerò, mamma" disse. Sorrise brevemente e, guardando il suo volto, Selena lo rivide neonato e poi bambino e poi ragazzo. "Dico sul serio, mamma..." inspirò con estrema fatica, "io... sarò... sempre... con te."

"Va bene, Sammy. È tutto a posto. Puoi andare ora," sussurrò, sapendo quanto fossero importanti quelle parole per lui. "Ti voglio bene e so che tu ne vuoi a me. Non c'è niente da perdonare. Va' in pace."

"Ti… voglio… bene" disse e chiuse gli occhi.

Selena lasciò allora che le lacrime fluissero, scendessero lungo le guance cadendo sulle mani che ancora stringevano quelle del figlio. Era diverso, era terribile farlo per qualcuno che amava. Qualcuno che era venuto da lei. Si sentiva dilaniare dentro.

Gli spiriti guida si mossero dall'angolo da cui avevano vegliato su Sam e la nube blu si accese e brillò e poi vorticò leggiadra.

Sam inspiro ed espirò… inspirò ed espirò… inspirò ed espirò…

E poi più niente.

Niente.

Niente.

14

Theo arrivò troppo tardi... o forse era proprio il momento giusto, dopo che Selena si era presa il suo tempo per stare da sola.

La vide coprire il volto di Sam col lenzuolo. Regnava il silenzio. Non c'era nessun altro. Era notte fonda e, per una misericordiosa coincidenza, nella corsia non c'erano altri pazienti cui attendere.

"Se n'è andato" mormorò, mentre Theo le si avvicinava.

"Mi dispiace" rispose lui e rimase lì fermo, le braccia aperte. In attesa di capire se lei volesse essere abbracciata o solo lasciata in pace. "Era un ragazzo straordinario."

Theo la strinse non appena lei gli si accostò e piegò il volto contro la sua spalla, bagnandogli la camicia, scossa dai singhiozzi.

"Mi ha detto che resterà sempre con me" disse dopo un bel po', allontanando da lui il volto segnato dal pianto. "E ho visto i miei genitori. Sono andati con lui."

Annuì. "Ti sarà di conforto, sapere che non è solo."

Fece anche lei cenno di sì. "È stato bizzarro" disse, la voce sorprendentemente ferma. "Quando se n'è andato, non ho sentito niente. Di solito, quando qualcuno se ne va, sento una piccola scossa e, lo so è strano, ma ne vedo i ricordi nella mia mente. Con lui è stato diverso."

"Credo che, in un certo senso, sia un bene."

Annuì ancora. "Lo credo anch'io."

"Avrei voluto avere l'opportunità di conoscerlo meglio."

"Desiderava imparare a usare quei computer. Non glielo avrei lasciato fare, ma lui avrebbe voluto che gli insegnassi."

"Mi sarebbe piaciuto."

"Lo so."

La tenne stretta finché non fu lei stessa a staccarsi: Theo resistette a fatica all'istinto di baciarla, conscio che non era il momento. Lasciò, invece, che si allontanasse da lui per tornare al capezzale del figlio.

Quando le chiese se aveva bisogno di qualcosa, lei scosse il capo e gli disse di andare a dormire.

Sarebbe rimasta ancora un poco con Sam.

"Remington Truth è morto."

Remy si bloccò di colpo, poi ricominciò a portarsi alla bocca l'ennesima cucchiaiata di stufato. Si voltò a guardare Seattle, l'uomo che aveva appena annunciato la notizia, perché quella era la cosa ovvia da fare e perché era quello che gli altri stavano facendo. Ma aveva la bocca asciutta, e, all'improvviso, il suo stomaco aveva perso ogni interesse per il cibo.

Maledizione. Non vedeva l'ora di andarsene insieme a Ian, adesso che l'incursione annuale a Yellow Mountain e negli altri insediamenti l'avevano fatta, approfittandone per accaparrarsi i raccolti e per controllare la situazione. Per tenere quella gente al loro posto. Seattle la metteva a disagio, con quello sguardo indagatore che seguiva ogni sua mossa. Da quando si erano riuniti, però, Ian non sembrava avere alcuna fretta di abbandonare i compagni, nonostante l'evidente disprezzo che provava nei loro confronti.

"Il vecchio, dico. L'uomo che abbiamo cercato per tutti questi anni", continuò Seattle, intento a masticare un pezzo di pane.

"Come fai a saperlo?", chiese uno degli altri Cacciatori, un tizio di nome Rake.

"Ho le mie fonti", rispose Seattle. "Ma si dice che, anche se il vecchio è morto, sua figlia o sua nipote, o che so io, sia ancora in circolazione."

"Insomma, dovremmo metterci a cercare una giovane donna invece che un vecchio rimbambito", concluse Ian. Appoggiò il piatto davanti a sé, facendo tintinnare le posate. Prese una bottiglia di birra e vi si attaccò con una certa soddisfazione

Una donna, la moglie di un altro Cacciatore di nome Jose, si alzò e portò i piatti a lavare. Ian non le risparmiò un'occhiata mentre abbassava la bottiglia, poi il suo sguardo azzurro e gelido fu di nuovo su Seattle.

"Sì, se credete alle voci che si sentono in giro", rispose Seattle. "Ehi, Lisa, anche questo!" fece, con un cenno verso il suo piatto. La moglie di Jose tornò indietro e lo raccolse senza una parola.

Remy non aveva ancora mosso un muscolo, e ricordò a se stessa di cominciare a masticare. Come diavolo facevano a saperlo? Magari erano solo voci, come diceva Seattle. Non significavano niente.

Nessuno la poteva collegare a Remington Truth… a parte gli uomini di Envy. Ma se c'era una cosa che sapeva di loro, era che non facevano favori né all'Elite né ai Cacciatori.

Però. Non si fidava di loro più di quanto non si fidasse di chiunque altro, compreso il suo cosiddetto compagno. Sentendosi gli occhi di Ian addosso, ingoiò il boccone di stufato di selvaggina e riempì di nuovo il cucchiaio. Era ora di andarsene, e alla svelta.

La scelta era tra gli sguardi indagatori di Seattle e il rischio di essere consegnata agli Stranieri in cambio di una ricompensa qualsiasi, se solo Ian avesse scoperto o immaginato la sua vera identità.

Mentre si sforzava di mangiare e di seguire la conversazione sull'incursione a Yellow Mountain e su come sarebbero tornati a "concludere l'impresa" (qualunque cosa intendessero), Remy alzò gli occhi verso le cime degli alberi. Il sole stava tramontando, e nel giro di poco tempo sarebbero tutti rientrati nel vecchio appartamento al secondo piano, per dormire al riparo dagli zombie. Dantès era nascosto da qualche parte nell'ombra, al di là dei quattro veicoli parcheggiati in cerchio nella piccola radura.

Sarebbe stato pronto a partire al primo segnale di Remy, a meno che non stesse dando la caccia a qualche coniglio o qualche volpe.

Se solo avesse saputo guidare uno di quei fuoristrada... Ma non era così, e non aveva il coraggio di provarci adesso. Avrebbe dovuto osservare Ian con più attenzione, magari farsi insegnare.

Del resto, non era la sua compagna? Le si schiusero le labbra in un sorrisetto ironico.

Invece di aspettare che fosse Lisa a levarle il piatto, come aveva fatto con gli altri, Remy si alzò e glielo portò.

Poi ne approfittò per allontanarsi dal gruppo, allontanarsi da tutto quel parlare di incursioni, dei piani per Yellow Mountain e di quei due giovani che avevano beccato con *quella roba pericolosa*.

Doveva assolutamente stare da sola, fosse anche per un minuto. La cattiveria e la bruttura del gruppo la facevano sentire sporca. È vero, non aveva avuto altra scelta che unirsi a quelle scorrerie, ma davanti a tutta quella distruzione, ai volti della gente degli insediamenti, le era venuta la nausea.

Ian era il peggiore di tutti. La sola vista dei suoi gelidi occhi azzurri e dei suoi lineamenti duri spesso bastava a far indietreggiare anche i più coraggiosi. E quando aveva frantumato le finestre di una casa solo perché i suoi abitanti non erano usciti abbastanza in fretta, c'era così tanta cattiveria dietro quella violenza, che a Remy erano venuti i brividi e aveva dovuto allontanarsi.

Seattle godeva nel distruggere; un sorriso arrogante gli spuntava sul volto ogni volta che spaccava lo schermo di un computer o appiccava il fuoco a qualcosa. Si inebriava dell'azione e della paura che incuteva. Il potere non gli bastava mai.

Ian, al contrario, faceva tutto con tali freddezza e distacco, da essere ancora più inquietante.

Remy sentì un rumore alle sue spalle, e si fermò al margine del bosco. Un formicolio le percorse il collo e, quando si voltò, si trovò davanti Seattle. I dreadlock lunghi e biondi, gli ricadevano sulle spalle, e per quanto il suo viso non fosse del tutto spiacevole, l'espressione che aveva negli occhi le provocò una stretta allo stomaco.

"Tra poco sarà buio", le disse. Aveva addolcito la voce, come se sapesse che lei lo disprezzava, e tentasse di farle cambiare idea. "Spero tu non abbia intenzione di andare per il bosco da sola."

Sentire il peso della pistola sul retro dei jeans le dava un senso di sicurezza. Non lo sapeva neanche Ian, che se l'era tenuta, anche se magari lo immaginava, dato che era stato proprio con quella pistola che lei lo aveva convinto ad aiutarla a scappare da quelli che l'avevano trovata a Redlo, puntandogliela alla schiena e costringendolo a portarla via col fuoristrada.

"Grazie per la premura" gli rispose gelida.

"Se vuoi un po' di compagnia…"

"Non voglio compagnia."

Gli occhi di Seattle si ridussero a due fessure. "Sai bene che Ian Marck non è particolarmente gradito alla Cerchia. Se ti interessano il tipo di informazioni e di rispetto che ricevo io dall'Elite, ti conviene starne alla larga. Ti metterebbe i bastoni tra le ruote."

"Ho i miei modi per guadagnarmi il rispetto della Cerchia", replicò Remy.

"Chissà che direbbe Lacey se sapesse che stai cercando di farti una nuova compagna…" la voce di Ian risuonò nella notte, "non credo le farebbe piacere."

Seattle non sembrava sorpreso dall'arrivo del rivale. "Lacey può andare a farsi fottere. Magari da te, tanto mi dicono che ci sei abituato." Da cordiale che era, la sua voce si era fatta gelida.

"Ti brucia, eh, Seattle?" Ian non aveva concesso a Remy neanche un'occhiata fugace, né le si era avvicinato di un passo. Stava semplicemente lì, in piedi, fermo a guardarli.

"Va' a farti fottere" gli disse l'altro.

"Perché non ci vai tu? Scommetto che ti piacerebbe" ribatté Ian. "Stammi alla larga."

Remy tentò di sgusciare via: non aveva la minima intenzione di rimanere a guardare i due maschi alfa che si preparavano allo scontro. Ma Ian si allungò e la afferrò per il braccio.

Passò un secondo, poi Seattle si girò e tornò indietro a grandi falcate, facendosi strada rabbioso tra i cespugli.

Remy tentò di liberarsi, ma Ian non mollò la presa. "Ti sei fatto un nemico", commentò lei, asciutta.

"Ah sì? Un altro? Che paura." La sua voce trasudava sarcasmo. La fece girare in modo da averla di fronte, e lei fece scivolare lentamente la mano verso la pistola nei pantaloni. Dov'era Dantès?

"Lascia perdere", la bloccò lui, strappandole la pistola di dosso con uno scatto veloce, prima che lei riuscisse a prenderla di nascosto. Se la sistemò in vita. "Questa qui non ti servirà."

Anche se con il cuore in gola, Remy mantenne un'espressione indifferente. "Voglio tornare dagli altri. Dammela" gli disse, tendendo la mano verso di lui.

"Tra un attimo." Si teneva a debita distanza, le aveva persino lasciato andare il braccio. "Seattle crede che siamo amanti."

"Sembra volere che Lacey lo scopra."

Ian non la fece neanche finire di parlare. "È arrivato il momento di dar loro ragione."

Remy sentì un tuffo allo stomaco e lo guardò negli occhi. Non si era ancora avvicinato troppo, ma lei riusciva a leggergli nello sguardo una mescolanza di passione e odio.

"È il modo migliore per tenertelo lontano" le disse Ian, sempre senza muoversi.

Le tremavano le mani, le era venuto un groppo allo stomaco, ma al solo pensiero le si erano risvegliate altre parti del corpo. Non si fidava di Ian, non le piaceva, le faceva persino un po' paura… eppure c'era qualcosa in lui che le faceva desiderare di passare le mani su quel corpo agile e asciutto, e lasciargli fare quel che voleva con lei.

Alla fine lui le si avvicinò, tenendole stretto il mento, e coprì la sua bocca con la propria. Fu un bacio violento, dato senza l'intenzione di farle del male, ma solo per levarsi il pensiero. Come le altre volte che si erano baciati, la bocca di lui era incredibile, si adattava alle sue labbra con movimenti perfetti, né viscida, né asciutta. Remy chiuse gli occhi proprio quando meno avrebbe dovuto, e sentì un'ondata di piacere invaderla nel momento in cui si ritrovò con la schiena contro un albero.

La mano di Ian scese sul suo seno, le dita scivolarono a stringerle la mascella, costringendola a sollevare il volto, impedendole di muoversi. Remy sentì il suo corpo spingere contro il tronco, e si spostò in modo da avere le spalle appoggiate alla corteccia, mentre il bacino era teso in avanti a incontrare quello di lui. Ian era alto, ma lei non era da meno: i loro corpi combaciavano alla perfezione. Gli appoggiò le mani sul petto, toccando finalmente quel corpo tante volte guardato da lontano.

Lui interruppe il bacio e, fissandola con i suoi occhi rabbiosi, la sistemò contro il tronco mentre faceva scivolare le mani sotto i vestiti per stringerle i seni e tastarle i capezzoli induriti; poi le tirò via la camicetta, per guardarli mentre li sollevava e li accarezzava. Remy osservava le mani scure di Ian sulla sua pelle chiara, e il respiro le si faceva sempre più eccitato, ondate di desiderio si riversavano nella pancia e ben oltre.

Le strattonò i jeans con tanta forza da farla sobbalzare, aprendoli e lasciando così che l'aria fresca della sera le accarezzasse il bassoventre. Senza perdere tempo, le abbassò i pantaloni, poi le mutandine, e trovò il punto tra le sua gambe. Sorpresa e un po' imbarazzata, Remy si scoprì turgida e bagnata, e dovette mordersi le labbra per rimanere in silenzio quando lui la toccò.

Ian la tenne ferma mentre si slacciava i pantaloni con i suoi soliti modi, efficienti e impassibili. Ma il suo sguardo si era fatto più cupo e accigliato, il suo respiro più affannoso.

Remy lo costrinse a chinarsi per un altro bacio, circondandolo con le gambe mentre lui la sollevava. Quando le entrò dentro, lo sentì tendersi e rabbrividire. Rimase fermo, la testa contro la corteccia, respirandole vicino alla tempia. Poi si risollevò e cominciò a muoversi, con gli occhi chiusi, il volto impassibile.

Lo guardò finché il piacere non fu troppo grande, mentre gli ultimi raggi di sole illuminavano il profilo deciso del suo naso, gli zigomi alti e marcati, la fronte... e sentì il proprio corpo farsi caldo e crescere tutto intorno a lui.

Le mani di Ian si spostarono per spingerla più forte contro l'albero, incuranti della corteccia scabra a contatto con la sua schiena nuda. Remy lasciò ricadere la testa all'indietro e chiuse gli occhi, mentre tutto il mondo le si richiudeva addosso, e quando lui cominciò a muoversi più velocemente e con più veemenza, lei aprì ancora di più le gambe, spostando e sollevando il bacino, andandogli incontro con la stessa urgenza ed efficienza, finché anche lei non ottenne ciò che desiderava.

Le sfuggì solo un piccolo "Oh!", quando un liquido caldo la invase e le esplose dentro. Si abbandonò tra le sue braccia, sentendo frammenti di corteccia scivolarle addosso e grattarle la pelle, mentre lui faceva un ultimo affondo e si ritraeva.

Appoggiato contro di lei, il respiro pesante, le mani tremanti sui suoi fianchi, Ian finì con un gemito profondo.

Remy si rese conto di che cosa era appena successo. Si sentì arrossire di vergogna e gratitudine. L'ultima cosa di cui aveva bisogno era di rimanere incinta, figuriamoci di Ian Marck. *Che diavolo avevo per la testa?*

Ian si allontanò con una delicatezza maggiore di quella che le aveva dimostrato fino a quel momento, sostenendola fino a che non ebbe riacquistato l'equilibrio. Lei si sentiva le ginocchia deboli, voleva solo rimanere lì a crogiolarsi… ma le cose andarono diversamente.

"Per quale motivo" sospirò, mentre lui si rimetteva le mutande, "sembri sempre così arrabbiato quando mi baci?"

Ian la guardò appena, le labbra tese, gli occhi fiammeggianti e scuri, e si strinse nelle spalle. "È un'altra, che mi piacerebbe baciare" rispose. "Se potessi."

Remy rimase senza fiato. "Beh, probabilmente è la prima volta che mi dici la verità", riuscì a dire. *Bastardo.*

Ian non sorrise mentre si riallacciava la cintura. "Credo di sì."

"Lacey?", non poté fare a meno di chiedere.

"Cazzo, no! Non Lacey."

Lui si allontanò, con le mani nelle tasche. Le allungò la pistola. "Non pensare di squagliartela stanotte. Dormirai accanto a me. Per questa notte e per le prossime."

Gli lanciò un'occhiata di fuoco. *Come se potessi costringermi a stare qui.*

Lui la fissò. "Non penserai mica che mi faccia scappare dalle mani la nipote di Remington Truth, vero?"

"C'è una cosa di cui ti vorrei parlare" disse Theo a Selena.

Erano passate oltre due settimane dalla morte di Sam e l'aveva vista molto meno di quanto avrebbe voluto. Molto meno.

Era sorprendente come lei riuscisse a non essere mai presente a tavola quando c'era lui e come le loro strade non si incrociassero praticamente mai pur vivendo nella stessa casa. Theo aveva iniziato a sospettare, con estremo dispiacere, che lo stesse evitando. Capiva che aveva bisogno di elaborare il terribile lutto che l'aveva colpita, ma c'era una parte di lui che si chiedeva come mai lei non lo coinvolgesse. Perché non dividesse quel peso con lui.

Forse perché Sam era figlio di Selena ma non suo. Forse non credeva che lui fosse addolorato per il ragazzo. E invece lo era.

Non che non avessero entrambi il loro bel daffare. Il giorno successivo alla morte di Sam, erano arrivati ben tre pazienti e Theo si era arrabbiato, arrabbiato col mondo, con l'universo o qualsiasi cosa fosse, che non rispettava il dolore di Selena. Lei invece li aveva accettati con la solita grazia e tranquillità, e si occupava dei morenti con la stessa empatia di prima.

Forse era anche quella una benedizione, distrarsi e tornare alla vita di tutti i giorni.

Anche Theo era stato occupato, a lavorare giorno e notte con Lou al sistema di sicurezza di Blizek (gli veniva ancora da ridere al pensiero che, settimane prima, aveva creduto di aver già superato facilmente il primo livello) e sui vari codici numerici che Lou pensava fossero coordinate geografiche. Dovevano ancora trovare un modo per ricalcolarle in base alla nuova inclinazione dell'asse terrestre. Intanto Theo pensava anche a come avrebbe potuto usare le luci intermittenti dei flipper e delle console.

Inoltre, ora che Sam non c'era più, Frank aveva costretto i gemelli ad aiutarlo in una serie di lavoretti, che i due facevano volentieri nonostante il continuo brontolare di Lou sulla velocità e la forza di quell'ultra-novantenne.

"Altro che te, è *lui* il vero supereroe" commentò dopo tre ore passate a sollevare pietre per ricostruire un pezzo di muro, durante le quali Frank si era fermato sì e no per cinque minuti.

Ma ora Theo aveva intercettato Selena e le aveva proposto una passeggiata dopo cena. Il sole era una luminosa palla arancione che si abbassava sull'orizzonte, portando la notte. Stranamente non aveva più il terrore, come in passato, che lei uscisse.

Dopo l'aggressione a Sam non l'aveva più fatto. Theo l'aveva tenuta d'occhio.

Forse aveva mollato, realizzando che la sua vita lì e la sua missione di assistere i moribondi erano più importanti che rischiare la vita là fuori. Forse la morte di Sam le aveva fatto aprire gli occhi sui pericoli, e sulla cruda verità che gli zombie erano dei mostri assassini.

O forse non era ancora pronta a ritrovarseli davanti.

Selena lo guardò. "E di cosa si tratta?"

A Theo mancò il respiro davanti alla serenità che irradiava da quel volto delicato, mentre il sole morente esaltava il colore dorato della pelle e quello scuro dei capelli. A dispetto delle occhiaie e delle rughe di dolore che le segnavano gli occhi e la bocca, era bellissima. Voleva baciarla. Le mancavano la sua presenza, il calore, quell'umorismo brillante che veniva fuori nei momenti più inaspettati… ma si trattenne.

Voleva dirle di Lou, che erano gemelli ma, poi, non gli parve il momento. Forse per la sofferenza che le si leggeva sul viso… erano passate appena due settimane. O forse non voleva rischiare che anche lei lo vedesse come uno scherzo della natura. O forse temeva che lei incolpasse Lou della morte di Sam e che non avrebbe mai accettato che fossero gemelli.

"Mi mancava passare del tempo con te" ammise, prendendole la mano. Magari, poteva solo dirle come si sentiva. Lei sorrise, con un certo distacco, ma gli strinse la mano a sua volta. "Ho molte cose a cui pensare, al momento."

Lui la guardò, spostando i capelli folti e neri dalla spalla. "Capisco. Volevo solo che sapessi che stare con te mi manca. E anche questo." Non riuscì a trattenersi, si sporse in avanti, le prese dolcemente il volto tra le mani e le poggiò le labbra sulle sue.

Chiuse gli occhi godendosi il piacere e il desiderio ormai familiari che venivano da quel mero sfiorarsi di labbra. Si mosse e sentì la bocca di lei accoglierlo, le labbra si dischiusero appena permettendo alla punta della sua lingua di insinuarsi. Dolce, calda, bagnata… Il desiderio lo infiammò.

E poi lei si allontanò, poggiandogli le mani sul petto. "Io… ecco Theo… non credo di farcela… non ora."

A Theo parve che davanti gli si aprisse un buco nero, vuoto e misterioso. Il cuore che batteva forte, il sospetto che aveva cercato di soffocare ora si trasformava in qualcosa di orribile. Cercò gli occhi di Selena. "Troppo presto?"

"Sì." Inspirò a fondo e lo guardò. "Ho molte cose a cui pensare. Sono confusa e arrabbiata, Dio, così *arrabbiata* e…. io vorrei che fosse tutto a posto ma poi ci ripenso e davanti non ho che il ricordo di te, quella notte. Parevi volare tra gli zombie, uccidendoli come un guerriero preso dalla foga della battaglia. Non riesco a togliermi dalla testa quelle immagini… quella violenza, quella carneficina. Continuo a sognarle e ad avere gli incubi."

Theo fece un passo indietro, sconvolto. Quella che era sembrata una fastidiosa, minima preoccupazione divenne un pericolo concreto. Gli si gelarono le mani. "Selena, non avrei mai potuto starmene in disparte e lasciare che ti dilaniassero… all'inizio credevo ci fossi *tu* là in mezzo… ma non avrei lasciato che lo facessero a *nessuno*. Dovevo tentare di fermarli e se ricapitasse, lo rifarei di nuovo. Te lo devo dire, rispetto i tuoi tentativi di aiutarli, ma, potendo, non lascerò mai che si prendano la vita di qualcuno. Soprattutto la tua."

Le sfuggì una lacrima che scese luccicando lungo la guancia. "Lo so, Theo e lo capisco. Il problema sono io. Ti vedo farlo, ti vedo che li annienti e sento odio e rabbia perché lo vorrei fare io. Vorrei essere io a ucciderli. Vorrei distruggere quei mostri maledetti, per quello che mi hanno portato via." La voce pareva a metà fra la follia e la disperazione. "*Voglio* farlo, *voglio* annientarli nel modo più violento e terribile che esiste… eppure… non ci riesco. E non me la sento più nemmeno di andare là fuori per salvarli. Il solo pensiero mi fa star male. Non posso fare *niente*."

Ora le lacrime sgorgavano a fiumi dai suoi occhi, e il volto, prima tranquillo, era distorto in una dura e orrenda maschera di rabbia. Era come se ci fosse qualcosa di brutto nei suoi lineamenti, qualcosa che non aveva mai visto prima. "Quindi credo sia meglio che mi prenda un po' di tempo per tentare di fare chiarezza. Da sola."

Theo ricevette il messaggio, forte e chiaro. Cercò di soffocare la risata amara che gli saliva alle labbra al pensiero che, per la seconda volta, si era innamorato perdutamente di una donna e, per la seconda volta, veniva messo da parte per motivi insondabili, che non avevano a che fare con lui.

La bocca si mosse prima che si rendesse conto di cosa stava per dire, ma il cervello si attivò subito. "Ottimo, perché è proprio di questo che ti volevo parlare. Io e Lou stiamo per partire. Forse già domani. Abbiamo delle cose da controllare e non so bene quando torneremo. Volevo solo che lo sapessi."

I loro sguardi si incrociarono e Theo rimase sconvolto da quanto quelli di Selena fossero *vuoti*. "Grazie di avermi avvertito." Fece per voltarsi e tornare in casa, quando si soffermò. "Tornerai?"

Theo soffocò uno sbuffo derisorio. Il dolore iniziava appena a superare lo stordimento. "Sì. Sono sicuro che prima o poi ripasseremo di qui. Non so quando, però." Fece di tutto per mantenere un tono calmo e neutro.

Lei si irrigidì, poi fece cenno di sì col capo. "Abbi cura di te, Theo."

15

"Lou è il tuo giorno fortunato!" esclamò Theo facendo il suo ingresso nella Sala Giochi. "Si va a caccia di Cacciatori."

Stranamente, non ottenne risposta. "Lou?" chiamò ancora camminando in quello spazio di cui, ormai, avevano preso possesso. I computer erano accesi come sempre, ma erano partiti gli screensaver e, dato che Lou li aveva impostati per attivarsi dopo venti minuti, era chiaro che fosse via già da un po'.

Dove cavolo poteva essere? Erano le nove di sera passate e, si sa, i vecchietti devono andare a nanna presto. O, se proprio non volevano saperne di dormire, dovevano lavorare al loro progetto. Più che seccato, anzi quasi furioso, Theo prese posto al PC più vicino e premette un tasto per far andar via il salvaschermo e vedere a cosa stesse lavorando il fratello.

Niente. Quell'idiota aveva smanettato col video del nuovo gioco della caccia al tesoro di Brad Blizek che forse aveva a che fare col *geocaching*. Una buona idea, almeno nel 2010.

Arrabbiato, agitato e distratto, Theo si mise a scartabellare i file contenenti video e *mockup* del gioco. Uno in particolare gli balzò all'occhio: osservò più attentamente uno degli *screenshot* del prototipo e raggelò. *Porca puttana.*

Era proprio lì.

Il simbolo del Culto di Atlantide, completo di svastica, piramide e onde stilizzate. Era lì, sulla schermata del gioco. *Porca puttana.*

Le dita di Theo si liberarono dal torpore mentre iniziava a cliccare su varie parti del gioco. Forse tutto quello di cui aveva bisogno era proprio lì, in quel videogame chiamato *Tremor*. *Cazzo*. "Farà *tremare* la Terra." *Era così che aveva detto.*

Era tutto lì. Davanti ai suoi occhi.

Dopo qualche minuto ebbe un'ispirazione e inserì una serie numerica che, secondo la loro teoria, rappresentava delle coordinate decimali e... *bingo!* Venne fuori una delle liste per il *geocaching* nel "mondo reale", integrato nel gioco.

Esaltato, Theo approfondì la propria ricerca tra file, appunti e *mockup* del videogame. I siti del "mondo reale" dove trovare i *geocache* elencati in *Tremor* erano solo quindici, ma nelle informazioni sottratte agli Stranieri c'erano venti codici numerici.

Nel 2010 il *geocaching* era un passatempo che poteva essere considerato ora un gioco per famiglie, ora uno sport estremo: un sito web apposito riportava le coordinate geografiche per una sorta di Caccia al Tesoro globale, in cui i partecipanti usavano dei GPS per individuare l'esatta collocazione di un *geocache* nel giro di pochi metri quadrati. Il "tesoro" era un contenitore resistente agli animali e alle intemperie (tipo quelli usati per le munizioni) e dentro poteva esserci di tutto: qualche dollaro, dei giocattoli, un gingillo o anche solo un quaderno su cui aggiungere il proprio nome. Ma nel gioco che Theo aveva davanti i siti dei *geocache* erano qualcosa di più.

Erano centri di potere sotterranei e lo scopo del gioco era neutralizzarli uno dopo l'altro, per impedire a una bomba di detonare e fermare una reazione a catena che, infine, avrebbe fatto *tremare* la terra.

Far tremare il pianeta e spostare l'asse terrestre del cazzo. Theo dette un'occhiata agli appunti sul gioco e ai file, passando da momenti di ammirazione, ai brividi, a una nausea terribile, quando si rese conto di quello che significava. Quei *geocache* erano forse i punti in cui il Culto di Atlantide aveva agito per provocare il Cambiamento?

Gli parve di vederle, una serie di esplosioni sotterranee sincronizzate, di altissima magnitudo, che avevano fatto muovere e affondare le placche tettoniche, provocando ora implosioni ora eruzioni, e dando il via a quella reazione a catena che aveva causato terremoti devastanti, tsunami, incendi… e tutte le altre calamità che avevano concorso a distruggere il pianeta.

Era andata così, dunque.

E Brad Blizek aveva creato un videogame che, altro non era, se non una sintesi dei loro piani.

Theo stava ancora fissando il PC, cercando di assorbire la dura realtà di quello che avevano fatto al mondo e alla sua razza, cinquant'anni prima, quando Lou rientrò.

"Ah, sei qui" esclamò, in tono sorpreso. Pensavo ti saresti trattenuto più a lungo, magari tutta la notte" ridacchiò. "Ho visto che ti allontanavi con Selena, dopo cena."

"Sì, beh, le cose non vanno un gran che bene" rispose Theo a denti stretti. "Lou devi dare un'occhiata qui. C'è tutto… spiega come hanno fatto e, tra l'altro, domani partiamo."

❧

Theo e Lou iniziarono da Yellow Mountain, facendo qualche domanda qua e là sui ficcanaso, nel tentativo di reperire informazioni sufficienti per decidere quale direzione prendere.

Ma mentre erano lì, Theo ricevette delle notizie sconvolgenti.

"Wayne e Buddy se ne sono andati" gli disse Patrick Delicki, lo stesso che, la sera della storia di Vonnie, aveva organizzato le squadre di ricerca. "Spariti circa tre giorni fa."

"Sono stati gli zombie?" chiese Lou ma Theo scosse il capo. Li aveva visti dal suo nascondiglio sull'albero, durante il raid dei ficcanaso. Il vecchio computer e il motore di automobile, che Seattle e i suoi uomini avevano distrutto, erano loro.

"No, niente cadaveri, nessun segno di aggressione, neppure da parte di qualche animale. Sono scomparsi e basta. La mamma di Wayne è piuttosto sconvolta e la moglie di Buddy partorirà tra qualche mese." Patrick scosse la testa, le labbra serrate. "Si stavano dedicando a cose che è meglio lasciar stare. Cose pericolose."

"Scommetto che non è una coincidenza che siano scomparsi giusto due settimane dopo la visita dei ficcanaso, dico bene?" gli chiese Theo.

Patrick si chiuse a riccio e distolse lo sguardo, stringendo gli occhi per scrutare l'orizzonte. "Chi può dirlo."

Ma non ce n'era bisogno.

"Insomma li hanno presi loro" disse Lou, non appena ebbero lasciato Yellow Mountain. "I Cacciatori."

"È quello che credo, sì. Ma almeno questo lascia supporre che, circa tre giorni fa, quei bastardi siano stati qui, e seguire la loro pista sarà più facile, se la troviamo."

"Hai intenzione di dirmelo, cos'è successo con Selena?" chiese Lou mentre si facevano largo tra la boscaglia, diretti al fosso dove era caduto lo Hummer.

"E tu hai intenzione di dirmelo, dov'eri l'altra sera?"

Ma nessuno dei due rispose.

⌇

Selena guardava fuori dalla finestra mentre quella terribile, dolorosa sensazione pareva azzannarle lo stomaco.

Ancora una volta era calata la notte, a dispetto del suo inane desiderio di tenerla lontana, e col buio arrivavano le domande, il senso di colpa, lo smarrimento.

E quell'odio bruciante, profondo, eterno.

Aveva smesso di portare il cristallo al collo e lo teneva al sicuro nella sua scatolina di legno, in modo da non doverlo sentire diventare caldo mentre attirava gli zombie. Loro potevano percepirlo e lei lo sapeva. E arrivavano, si ammassavano, innalzavano lamenti e grida… al di fuori delle mura.

Vedeva da lontano il bagliore dei loro occhi arancioni. Ne udiva i gemiti.

Li odiava. Eppure quelle grida la impietosivano, quelle grida che solo lei capiva.

Ma non faceva niente.

Sammy, Sammy. Spero tu riposi in pace. Mi dispiace così tanto.

Dio, quanto le mancava. La casa era così silenziosa. Era come se le avessero staccato un pezzo di cuore. Un pezzo della sua vita… andato.

Sedici anni. Non sarebbe mai diventato un uomo, la promessa che aveva visto in lui non sarebbe stata mantenuta, quella sua gentilezza, quella reverenza verso il mondo e tutte le creature viventi. Sarebbe potuto essere un bravo padre. Quel senso di vuoto lacerante che sentiva dentro non sarebbe mai scomparso. Mordeva e graffiava.

Selena guardò verso ovest, si asciugò una lacrima e si chiese dove fosse Theo. Se era al sicuro. Cosa facevano lui e quel vecchio, quel Lou e se mai sarebbero tornati.

Theo si era insinuato nella loro casa, nella sua vita e le mancava.

Perché l'ho di nuovo allontanato?

Eppure, se chiudeva gli occhi, vedeva il suo volto scuro, una maschera di rabbia e determinazione, gli occhi che brillavano di una luce violenta. Vedeva gli spruzzi di sangue, i brandelli di carne, sentiva il bastone fendere l'aria quando lui lo faceva roteare per poi abbatterlo sui mostri.

Come avrebbe mai potuto superare quella sensazione quando, ora, la stessa voglia di violenza si agitava in lei?

Distolse lo sguardo dalla finestra e dagli occhi arancioni che brillavano oltre le mura. Invece di dirigersi verso il proprio letto, scese giù per controllare uno dei pazienti, ormai dormiva poco ed erano soltanto sonni agitati.

Il respiro di Reggie Blanchard era debole e affannoso e Selena gli sedette accanto, osservando la nebbiolina grigia vorticare e spandersi sopra di lui. I riflessi argentei si vedevano bene nonostante il buio, come se quei corpuscoli fossero in grado di catturare anche la minima fonte di luce. Era un uomo anziano, aveva più o meno l'età di Vonnie, e stava morendo di vecchiaia, scivolando dalla vita verso la morte. Negli ultimi due anni, dopo che la moglie era spirata, accudita da Selena, aveva vissuto a Yellow Mountain lavorando come fabbro. Ora la moglie e la sorella lo aspettavano, circondate dall'alone azzurro dell'oltrevita, ritirate in un angolo, come le guide erano solite fare. In attesa.

Selena fissava il vuoto, avvolta in una nebbia di torpore e apatia, tenendo la mano grande e nodosa di Reggie. Il silenzio della notte era lacerato dai richiami distanti *Ruuuu-uuuuthhhh.*

Mamma.

All'inizio pensò fosse un sogno e di essersi, finalmente, addormentata. Quella voce era nella sua testa, sepolta nella mente, eppure si guardò intorno. Ed eccolo lì, Sammy.

Nell'angolo, insieme alla moglie e alla sorella di Reggie. Le due donne le sorrisero, ma Selena se ne accorse a malapena.

Te l'avevo detto che non ti avrei lasciato del tutto.

"Ciao Sammy, mi manchi." Le lacrime le pungevano gli occhi mentre lo guardava. Pur concentrandosi, non riusciva a distinguere i dettagli della sua figura, a parte gli occhi. Eppure sapeva che era lui.

Mi manchi anche tu e sono preoccupato per te.

"Starò bene. Ma mi serve tempo."

Reggie passerà oltre molto presto. Io e la signora Blanchard siamo qui per aiutarlo. Era sempre così gentile con me quando lo vedevo in paese.

"E quindi hai un nuovo lavoro? Aiutare la gente a passare oltre?" Le venne quasi da sorridere.

Tale madre, tale figlio. A volte verrò a dare una mano, come una sorta di accompagnatore.

"E stai bene?"

Sì. Non puoi immaginarti come sia qui.

"E non posso chiedere altro, vero?"

Mamma, devi provare a ricominciare a vivere.

Selena aggrottò la fronte, ricacciando indietro le lacrime. "Non sono sicura di sapere come fare."

Mi hanno detto che devi trovare il modo.

Più facile a dirsi che a farsi, pensò.

Devo andare. Torno fra poco per il signor Blanchard.

"Ok. Ti voglio bene."

Ti voglio bene anche io.

Quando Selena riaprì gli occhi, era ancora buio. Gli zombie mugolavano e il cristallo, su, nella sua scatola, brillava.

Fissò l'angolo dove aveva visto Sammy e le si strinse il cuore.

Mamma, devi provare a ricominciare a vivere.

Immaginò di salire le scale, prendere il cristallo, metterlo al collo e uscire. Chiuse gli occhi e quasi sentì gli zombie che le si avvicinavano, le sembrava di percepire la puzza orribile e le loro mani immonde e disperate che la toccavano.

E poi si vide esplodere in un violento uragano, colpendoli, straziandoli, ferendoli ancora e ancora finché non rimanevano che pile di corpi, carne e ossa.

Vide la luce della speranza spegnersi nei loro occhi insieme al bagliore arancione, mentre crollavano ai suoi piedi.

Lo stomaco si contrasse e si ribellò, lei si tirò su a fatica, appoggiandosi al letto di Reggie e corse in bagno. Quando rialzò la testa e si pulì la bocca aveva le guance bagnate di lacrime, lacrime di smarrimento, frustrazione e paura.

E Vonnie era lì, in piedi, che la guardava, addolorata e preoccupata.

"Selena" le disse aiutandola ad alzarsi. "Stai bene?"

Non so se starò mai più bene in vita mia. "Grazie, è tutto a posto, solo mi sento un po' male."

"Vuoi parlarne?" le chiese la sola madre che avesse mai conosciuto.

Selena scosse il capo, realizzando in quel momento che l'unica persona con cui avrebbe voluto parlare era Theo.

Ma lui se n'era andato.

16

Avevano lasciato Yellow Mountain da una settimana a bordo dello Hummer che, tirato fuori dal fosso, ora correva alimentato dalla sua batteria a energia solare, quando Theo e Lou decisero di fare una pausa. Avevano passato gli ultimi giorni girando in cerchi concentrici attorno all'insediamento per trovare tracce di veicoli o altri segni del passaggio dei Cacciatori.

Le ricerche procedevano a rilento, e a Theo venne in mente un passo noiosissimo di un libro pubblicato con grande clamore nel 2007.

"È come cercare un Horcrux nella foresta" disse mentre Lou guidava lo Hummer lungo strade inesistenti.

C'era una ragione se, dopo il Cambiamento, la pratica di spostarsi usando veicoli meccanici aveva fatto la stessa fine di iTunes, dei centri commerciali, delle autostrade, e di tutte le cose che non servivano più ed erano difficili da mantenere in funzione.

Non solo le strade erano ormai inservibili, piene com'erano di enormi crepe e buche, ma la gente non se la sentiva di allontanarsi troppo dagli insediamenti. E dopo nemmeno dieci anni dal Cambiamento, le auto che non erano andate distrutte da terremoti, tempeste e intemperie, non erano comunque più in condizioni di viaggiare. Senza elettricità le pompe di benzina non funzionavano, e la gente era molto più occupata a procurarsi cibo e riparo, e a venire incontro alle proprie necessità basilari, che non a rimettere in moto le macchine.

Nel giro di trent'anni non c'erano più veicoli né carburante e poi c'erano anche altri problemi.

Di conseguenza, a quel punto, le uniche persone che avevano accesso a un veicolo erano gli Stranieri e i loro Cacciatori. E la Resistenza, che era riuscita a sottrarre tre Hummer, che tenevano nascosti e usavano con giudizio.

Di conseguenza, la vista o il suono di un mezzo meccanico era, in genere, associato alla presenza dei ficcanaso o dell'Elite. Quando dunque quella notte Theo e Lou, che si trovavano a circa trenta miglia a nord dell'insediamento, videro una luce di fari in lontananza, furono certi di aver trovato la loro preda.

Nessuno di loro si era mai spinto tanto a nord di Envy (quasi centocinquanta miglia, in totale) e quindi non conoscevano il terreno e la geografia del luogo. Ma questo non li fermò: avviarono il proprio veicolo e guidarono alla volta dell'altro.

Direzionarono i fari in modo che puntassero a terra, una cosa che, se da un lato li aiutava a non essere visti da nessuno, dall'altro rendeva ancora più difficile guidare su quelle terre selvagge. Sul loro cammino poteva presentarsi, all'improvviso, di tutto: macchine arrugginite, buche enormi, dossi, alberi e cespugli.

Cercare un compromesso tra velocità, sicurezza e discrezione era una bella sfida e generava un bailamme di imprecazioni e deviazioni di percorso non richieste. Inoltre si dovevano fermare spesso, per permettere a Theo di salire sopra il tettuccio o su qualche albero ancora più alto per decidere che direzione prendere. Per un po' viaggiò direttamente sul tetto del fuoristrada, alla James Bond, anche se a una velocità molto ridotta, dando indicazioni da lì.

Nonostante i pericoli e la furtività, fecero in fretta e colmarono la distanza fra loro e l'altro Hummer, pur mantenendosi abbastanza lontani da non farsi notare.

Quando poi le loro prede si fermarono per la notte, ebbero l'opportunità di avvicinarli ulteriormente.

"Meglio nascondere questo coso da qualche parte" disse Lou quando furono talmente vicini da rischiare di farsi scoprire. Theo era appena rientrato nell'abitacolo.

Trovarono un nascondiglio e si distesero sul sedile per farsi una dormita.

Mentre se ne stava lì, cercando di rilassarsi, Theo non riusciva a non pensare a Selena. Negli ultimi giorni era stato impegnato a guidare, indagare, punzecchiare Lou e discutere con lui possibili teorie su *Tremor* e sul coinvolgimento di Brad Blizek nel Culto di Atlantide. Non che non avesse mai pensato a lei.

L'aveva fatto. Spesso.

Lou aveva mostrato a Frank come usare i computer della Sala Giochi per comunicare con loro: in fondo, cinquant'anni prima, aveva saputo usare bene Google e le e-mail, per cui non era stato difficile reinsegnarglielo. Suo fratello ne era stato contento perché così poteva avere qualche informazione su Selena.

Almeno sapeva che non si era fatta uccidere o ferire di nuovo gravemente nel tentativo di salvare gli zombie.

Sapeva anche che dormiva poco, che era impegnata coi pazienti e aveva il viso ancora indurito dal dolore. Che circa una settimana prima era stata male, ma che ora sembrava sentirsi meglio, almeno fisicamente.

Nel buio, aggrottò la fronte. Erano un bel po' di informazioni, contando che venivano da Frank. Forse con una tastiera davanti diventava più ciarliero.

"Se troviamo quella donna, Remington Truth" attaccò Lou facendo breccia nei pensieri di Theo. "Che facciamo?"

"Proviamo a parlarle. Deve nascondere qualche segreto. Qualcosa che ha a che fare con tutto il casino che è successo, altrimenti perché continua a scappare?"

"Però ora è coi Cacciatori. Se si è alleata con loro ed è in possesso di ciò che loro cercano da cinquant'anni, qualsiasi cosa sia, per noi non è una buona notizia."

"Lo so" disse Theo "ma se aveva intenzione di allearsi con loro, perché non lo ha fatto anni fa? Secondo me qualcosa non quadra." Guardò il soffitto dell'abitacolo e vide che, nei pressi del finestrino, il rivestimento di stoffa si era staccato e ciondolava come una buganvillea. "Ah, e ti avverto: se troviamo Seattle, io lo faccio fuori, il bastardo."

"E Ian Marck?" chiese Lou dal sedile posteriore dove riposava. Con la scusa dell'età, aveva preteso il posto più comodo.

"Di lui non so cosa farmene. Ha rapito Jade e rinchiuso me ed Elliott in un grande magazzino infestato di zombie, ma quando ha scoperto che avevamo tratto in salvo il suo ostaggio non ci ha ucciso… avrebbe potuto farlo… almeno me."

Lou si mosse, la voce impastata per il sonno. "Aveva bisogno di Elliott per le sue conoscenze mediche ma, è vero, avrebbe potuto ucciderti, anche se Elliott avesse contrattato per la tua vita. Quello però non mi piace, e neanche a Simon."

"Simon avrebbe dovuto farlo fuori quando ne ha avuto la possibilità" rispose, atono.

"Cazzo, Theo, da quando hai tutta questa sete di sangue?" biascicò Lou. "Dormi."

Theo alzò gli occhi al cielo. "Guarda che hai iniziato tu a parlare."

Ma le parole di suo fratello, per quanto scherzose, gli rimasero in mente. *Da quando hai tutta questa sete di sangue?*

Era quello che aveva visto anche Selena? Un uomo che si nutriva di violenza e che amava uccidere?

Paradossalmente, l'unica volta che Theo aveva davvero ucciso un uomo, era stata poco dopo il Cambiamento, quando imperversavano i saccheggiatori e la gente afflitta da disturbo post-traumatico da stress. Un uomo aveva attaccato un gruppo di persone ma nessuno sapeva esattamente perché: era impazzito e Theo dovette sparargli.

A parte quella volta, nonostante il mondo fosse diventato un luogo dove ognuno si faceva giustizia da sé, Theo non aveva mai preso un'altra vita. A meno che non si contassero anche gli zombie.

Non riusciva a immaginare come si potesse non uccidere quelle creature infernali. Erano scherzi di natura, privi di una volontà propria e mossi da due soli obbiettivi: sfamarsi e trovare Remington Truth.

Se si lasciavano andare liberi, l'umanità non sarebbe sopravvissuta.

Ah, Selena.

Gli mancava.

La mattina seguente, Theo si svegliò poco prima che il sole sorgesse e scivolò fuori dal fuoristrada per vedere quanto avrebbero potuto avvicinarsi alle loro prede.

Non che avesse proprio dormito, ma almeno aveva chiuso gli occhi per un po'. Grazie a Dio non avevano né visto né sentito segni della presenza dei *ganga*, così si erano quantomeno riposati un po'. Tagliando per il bosco si diresse, agile e silenzioso, verso il punto in cui avevano visto il veicolo per l'ultima volta. Nell'aria c'era un delizioso profumo di cibo che lo attirò verso l'edificio dove era stato parcheggiato l'altro Hummer e si avvicinò abbastanza per scorgere due persone che si muovevano all'interno di quello che un tempo era stato un negozio di articoli per feste.

Si avvicinò, approfittando della semioscurità e di alcune macchine per nascondersi. Qualsiasi cosa stessero cucinando, aveva un profumino delizioso. Theo e Lou avevano finito da un po' il cibo che Vonnie aveva dato loro e si erano poi dovuti accontentare di bacche e carote oltre a qualche pezzo di carne essiccata e, due giorni prima, un paio di pesci.

Per un attimo aveva pensato di fare un po' di rumore per attirarli fuori e provare a intrufolarsi all'interno per portare loro via la colazione, ma poi decise che non farsi scoprire era più importante del cibo. Ma più si avvicinava all'edificio più aveva l'acquolina in bocca e lo stomaco che brontolava.

Scansando un vecchio cassonetto e un cumulo di macerie, Theo girò attorno alla costruzione e potette, finalmente, udire le voci all'interno. Lentamente si avvicinò, approfittando delle finestre rotte.

"Scarichiamo questi due e poi ci riuniamo con Seattle. Dobbiamo portarli a Ballard per mezzogiorno e tornare per incontrarci con lui qualche ora dopo." Era un uomo ma Theo non riconobbe la voce.

"Si sbarazzerà di Marck?" chiese una voce femminile. "A Lacey non piacerà…"

Theo si avvicinò ancora, domandandosi se la seconda voce non appartenesse a quella Remington Truth. Allungò il collo, e, nascondendosi dietro un rampicante che pendeva davanti alla finestra, sbirciò dentro. No. Questa donna aveva i capelli molto più chiari.

L'uomo, la cui faccia era meglio illuminata, era uno dei Cacciatori che aveva visto a Yellow Mountain e, più guardava quella donna, più si convinceva che c'era stata anche lei.

"Il piano è questo, vuole far fuori Marck: se c'è uno che può farlo, quello è Seattle: è un folle bastardo del cazzo e, in caso tu non lo sapessi, Lacey è una delle ragioni per cui vuol togliersi Marck dai piedi."

"E che mi dici di quella tipa che sta con Ian? Non parla molto… cosa vuol farsene di lei?"

"Non saprei, Lisa. Tu cosa ne pensi? Non hai visto come la guardava Seattle?" Il sarcasmo nella voce era evidente. "Tutto quello che so è che Seattle vuol trovare chiunque sia rimasto della famiglia di Remington Truth e vuole essere il primo. E sbarazzarsi di Marck rientra in questo disegno. Ha una paura fottuta che Marck trovi Truth e venga cristallizzato prima di lui."

Interessante. Se la Remington Truth femmina era con loro, perché quei due non lo sapevano? Era possibile che ignorassero la sua identità?

"E che ne farà di noi?" intervenne una terza voce, esile e spaventata.

L'uomo replicò: "Oh, voi starete benissimo. Non abbiamo alcuna intenzione di uccidervi." Rise ma Theo rabbrividì, nonostante si trovasse ben lontano.

"Ho fame. Non si potrebbe avere qualcosa da mettere sotto i denti?" proseguì la voce, spaventata, ma un po' più forte.

L'uomo rise ancora. "Non avete bisogno di mangiare, ancora poche ore e sarete sistemati. Di voi si prenderà cura il buon Ballard. Porca puttana, Lisa, perché ci metti tanto? Vorremmo partire, sai?"

Al che Theo realizzò che era tempo di levare le tende.

Ma esitò un altro minuto. Voleva vedere chi era il terzo, perché sospettava che si trattasse di uno dei due giovani rapiti a Yellow Mountain. Voleva anche perquisire gli Hummer, sperando di trovarci qualcosa di interessante, tipo delle pistole.

Decise in un secondo di tornare sui propri passi fino al punto in cui i veicoli erano parcheggiati. Le orecchie tese per sentire se arrivava qualcuno, aprì lo sportello più lontano e ci guardò dentro. E sorrise.

Proprio quello che voleva: arraffò il fucile automatico e un po' di munizioni. Il rumore di voci che si avvicinavano lo fece rabbrividire, ma si concesse qualche altro istante per guardarsi intorno e vedere se c'era ancora qualcosa che valesse la pena prendere.

Quindi, prima che la situazione si facesse troppo pericolosa, chiuse piano lo sportello e fuggì nei boschi, proprio mentre gli altri uscivano dall'edificio. Dopo una cinquantina di metri si fermò per mettersi il fucile a tracolla e salì su un albero: da lì potette vedere il Cacciatore e Lisa trascinarsi dietro due persone.

Sì, uno di loro era di sicuro Wayne di Yellow Mountain, i suoi capelli rossi erano inconfondibili. *Probabilmente vogliono venderli come schiavi. Dobbiamo fare qualcosa per fermarli.*

Theo si sfilò il fucile e provò a puntare nella loro direzione, ma erano troppo lontani e i numerosi alberi impedivano di mirare bene.

E va bene. Vorrà dire che vi seguiremo, bastardi.

Scese dall'albero e tornò da Lou.

"Andiamo" disse salendo sul fuoristrada con un balzo. "Hanno Wayne e Buddy e li stanno portando in un posto a un paio d'ore da qui." Raccontò al fratello tutto quello che aveva visto.

Se da un lato guidare di giorno era più facile, dall'altro nascondersi era più difficile, ma facendo come la notte prima, riuscirono a seguire Lisa e il suo compagno fino a destinazione.

Seppero di essere arrivati quando scorsero fra gli alberi un'imponente recinzione di solido metallo. Theo scese dallo

Hummer e salì sulla pianta più vicina e più alta per avere una visuale migliore.

Merda.

"Credo che il Nero Cancello di Mordor sarebbe stato così se avessero avuto l'elettricità e la nostra tecnologia" commentò Theo una volta tornato a terra.

"Invece della magia intendi?" rispose secco l'altro.

Theo lo ignorò. "Non possiamo fare niente finché è giorno, tuttavia… scommetto che per due geni del computer come noi disarmare il loro sistema di sicurezza sarà un giochetto da ragazzi. Ho visto telecamere e fili elettrificati sopra la recinzione, ma non credo ci sia molto di più. A cosa gli servirebbe? Non vediamo tracce né di insediamenti né di persone da tre giorni. Non c'è anima viva."

"Sei riuscito a vedere oltre il muro?"

"È di metallo pieno, mica posso vederci attraverso. C'è un portone, da cui sono entrati loro, e una porticina di lato. Credo dovremmo puntare a quella."

"Bene, vediamo se, intanto, riusciamo a tirar giù un paio di telecamere" disse soppesando il loro nuovo fucile.

Di lì a poco, il pick-up uscì dal cancello. I due fratelli si guardarono. "Se vuoi io rimango qui e tu li segui" suggerì Theo. "Non ti piacerebbe scoprire dove si incontrano con Seattle? E cosa ne sarà di Ian Marck?"

Lou annuì, tentato. "Sai se Wayne e Buddy erano a bordo?"

Theo scosse il capo. "Vetri oscurati. Non ho visto ma credo di no. Parlavano di lasciarli qui."

"Allora restiamo qui e aspettiamo che cali il buio. Non me ne frega un cazzo di quello che succede a Marck. Voglio riportare a casa quei ragazzi" sentenziò Lou. "E nel frattempo allestirò un punto di connessione temporaneo, dovremmo essere ancora raggiungibili. Così mando un messaggio a Sage per aggiornarla."

Si guardarono con un mutuo cenno di assenso.

Remy aprì gli occhi e rimase immobile per un istante.

Qualcosa non andava.

Ian era lì, sdraiato sul fianco, dietro di lei, e con il braccio la teneva stretta per la vita. Era così che dormivano da quando lui le aveva detto di conoscere la sua vera identità. Dormivano vestiti e, quella notte, stavano sul tetto del fuoristrada, perché non c'erano edifici sicuri nelle vicinanze.

"O così", le aveva sussurrato all'orecchio la prima notte che si era sdraiato dietro di lei, "o le manette. A te la scelta. Anche se," aveva continuato, avvicinando i fianchi al suo corpo, "ho come la sensazione che tu preferisca questo." Le aveva preso un seno con la mano, mentre con la bocca le aveva percorso il collo, lambendo con lentezza e sensualità quel tratto morbido di pelle e tendini.

A volte, prima di dormire, facevano l'amore anche se lei non lo vedeva in quei termini. Quello era sesso. Sesso puro, caldo, metodico, ma nello stesso tempo sesso da brividi, liquido e caldo, sesso. Ogni volta, lui sembrava in lotta con se stesso, anche quando la faceva sentire così viva.

E, ogni volta, si assicurava di non venire dentro di lei.

"Metterti incinta è l'ultima cosa che voglio", le disse una volta, senza che lei glielo avesse chiesto.

Inaspettatamente, Dantès aveva accettato di buon grado il cambiamento nella loro relazione. Forse perché Remy soffocava ogni gemito di piacere o di abbandono solo per dispetto a Ian, che, dal canto suo, si scomponeva appena. Non voleva fargli capire quanto le piaceva.

Ma era certa che lui lo sapesse. Ce l'aveva scritto negli occhi, insieme al disgusto per se stesso e alla violenza repressa.

Non aveva mai parlato di suo nonno, se non per dirle che conosceva la loro parentela. E non l'aveva rivelata a nessun altro. Forse, pensava Remy, voleva mantenere il segreto fino a quando non gli fosse tornato utile, in un modo o nell'altro. Vendendola al primo offerente. Barattandola per qualcosa di vantaggioso. Consegnandola all'Elite.

A meno che lei non fosse fuggita prima.

E se pure si era accorto del cristallo dalla montatura d'argento che portava all'ombelico, non sembrava averne capito l'importanza. Non l'aveva mai toccato, e tanto meno ne aveva parlato.

Ma adesso, dopo essersi appena addormentata su quella spessa coperta sopra il tetto di metallo del veicolo, si rese conto che qualcosa l'aveva svegliata nelle prime ore della notte.

Ian non si era mosso. Il suo corpo asciutto e forte, combaciava completamente con il suo, riscaldandola da dietro.

Il ritmo del suo respiro non era cambiato. Non uno dei suoi muscoli allenati si era contratto.

Remy cercò di rilassarsi. Ci fosse stato qualcosa di strano, Ian avrebbe reagito ancor prima che lei potesse accorgersene. Aveva un senso animalesco per questo genere di cose, e lei avrebbe dovuto saperlo bene, visto che, la settimana precedente, le aveva impedito la fuga ben due volte.

Poi, proprio mentre gli occhi le si chiudevano di nuovo e il suo respiro tornava regolare, un'esplosione lacerò la notte.

Ian fu subito in piedi, rotolando in un attimo giù dal mezzo e imprecando tra i denti. La trascinò di sotto, e prima che Remy toccasse il suolo, teneva già la pistola in mano. Remy atterrò con una botta tremenda. "Andiamo!", le intimò lui, tirandola con sé. In direzione dell'esplosione.

Se Remy aveva pensato che quella potesse essere la sua occasione per fuggire, dovette ricredersi. Ian aveva una presa di ferro e correva attraverso il sottobosco trascinandola con sé, senza preoccuparsi che lei riuscisse o meno a tenere il passo. Remy chiamò Dantès, e Ian si girò rabbioso, dicendole di chiudere la bocca e continuando a tirarsela dietro.

L'intrico di alberi e i resti sparpagliati delle vecchie fondamenta di case ormai scomparse rendevano la loro corsa faticosa e difficile. Le gambe di Remy sbattevano contro tronchi e cemento, i rami le frustavano la faccia e le braccia.

Ian correva davanti a lei, e fu per questo che, quando quattro ombre sbucarono fuori dal buio, le prese in pieno. Dopodiché

Remy sentì la presa di Ian allentarsi, mentre tre delle ombre lo tiravano via e lo trascinavano a terra.

Non ebbe il tempo di reagire prima che Seattle, la quarta ombra, si gettasse su di lei e la afferrasse per la vita. Graffiando e scalciando, Remy cercò di divincolarsi, nelle orecchie il rumore dei cazzotti, i gemiti di dolore, i grugniti di sforzo che provenivano dalla mischia.

"Avanti!", gridò Seattle. "Buttatelo giù dalla scarpata! Sono almeno dieci metri!"

Trascinò Remy con sé, tappandole la bocca con la mano quando si accorse del suo tentativo di fischiare per chiamare Dantès che, dal momento dell'esplosione, non si era più visto. Remy si voltò e vide gli altri tre portare via un corpo inerte e poi, davanti ai suoi occhi, sollevarlo e gettarlo nel vuoto.

"Ecco fatto", commentò Seattle, accostando il proprio volto a quello di lei. Sorrise, e i suoi denti schiacciati brillarono alla luce della luna. "Così non avremo più problemi, vero? Che ne dici di farmi vedere dove eravate accampati? Di certo Marck ci ha lasciato qualcosa di utile. A parte te, ovviamente."

Tutto era successo così in fretta che Remy stentava ancora a credere che Ian non ci fosse più. Era morto, o lo sarebbe stato presto.

E Dantès non si trovava: questa cosa la faceva stare così male che preferiva non pensarci.

Così, adesso era nelle mani di Seattle.

Dalla padella alla brace.

Il lato positivo era che sarebbe stato molto più facile scappare dalla brace che non dalla padella.

17

Selena stava rientrando in casa dall'orto di Frank quando lo sentì: il rombo meccanico che, in tutta la sua vita, non le aveva mai portato niente di buono.

Sentì una stretta allo stomaco mentre si sistemava il cesto di pomodori e fagiolini contro il fianco per accelerare il passo e tornare in casa. Il cuore le batteva forte.

Era tanto che non si presentavano lì. I ficcanaso. Non era più capitato da quando aveva previsto la morte di uno dei compari di Seattle. Si era forse illusa di essere al sicuro?

Certo che sì.

Guardò oltre il cancello e vide un solo veicolo nero che si avvicinava al muro. Aveva sentito parlare della scomparsa di Wayne e Buddy e subito il suo pensiero era andato alla Sala Giochi, con tutti quei computer misteriosi e quei giochi che, negli ultimi mesi, erano stati molto utili. *Che follia!*

Il veicolo aveva ormai quasi raggiunto il cancello e, dal nulla, era spuntato Frank, che con la mano si schermava gli occhi dal sole e guardava, anche lui in silenzio.

Nessuno dei due si mosse per andare ad aprire il cancello.

Il pick-up si fermò e le portiere si aprirono. Ne scesero due uomini, uno per parte: erano alti e scuri ma troppo lontani per vedere le loro espressioni.

Frank si passò una mano sui capelli rasati e si trascinò verso il cancello, muovendosi a un quarto della sua velocità solita. Parlò piuttosto a lungo con uno degli uomini, che si era avvicinato abbastanza perché Selena potesse vederlo in viso. Era belloccio, tanto da meritare una seconda occhiata, sui trent'anni, ma non lo riconobbe come uno dei Cacciatori che aveva visto in altre occasioni. Era sicuro di sé senza tuttavia essere minaccioso.

Frank annuì e aprì il cancello, lasciando che il pick-up entrasse.

Gli uomini scesero di nuovo e lei si avvicinò loro, scrutando il secondo. Doveva essere di poco più vecchio, sui quarant'anni. Più ruvido che bello, aveva l'aria di chi a stento trattiene… qualcosa. E da lui emanava un'aura di potere e competenza.

Selena si fece loro incontro, per dare supporto a Frank e per… curiosità.

"Sono Elliott" disse il primo uomo, rivolgendosi direttamente a Selena. "Un amico di Theo e Lou." Gli occhi azzurri erano gentili e premurosi e Selena si sentì immediatamente a proprio agio con lui. "Mi è dispiaciuto apprendere di suo figlio, speravo di poter arrivare in tempo per dare una mano."

Selena ingoiò l'enorme groppo che, all'improvviso le si era formato in gola e riuscì a non piangere. "Grazie ma non credo si potesse fare qualcosa. Grazie comunque. Venite da lontano?"

"Da Envy" intervenne l'altro e quando Selena lo guardò, notò subito il dolore ben nascosto in fondo a quegli occhi duri e a quel volto di pietra. "Abbiamo viaggiato oltre dieci giorni per trovarvi. Sono Wyatt."

Dal pick-up venne un improvviso guaito che lo fece voltare. I tratti del volto si distesero appena mentre andava ad aprire uno sportello per permettere a un enorme cane dall'aspetto feroce di saltare giù. Atterrò barcollando: aveva evidentemente un problema a una zampa. Al che Wyatt si chinò sull'animale per abbracciarlo e fargli qualche carezza.

"Questo è Dantès" spiegò Wyatt, l'espressione di nuovo dura. "L'abbiamo ritrovato l'altro giorno nello scantinato di una vecchia casa, non lontano da qui. Sembrava fosse rimasto lì intrappolato da un po'. Lui…" esitò, "appartiene a una donna che conosciamo. È per caso qui?"

Selena fece cenno di no. "No, a meno che non si chiami Gloria e non stia morendo di cancro."

"No. Si chiama Remy. Ha i capelli neri e degli occhi azzurri incredibili, mai visto niente di simile" rispose Elliott. "Avrà circa trent'anni ed è molto bella."

Selena tacque un attimo e lo guardò. Aveva conosciuto una Remy, tanti anni prima: allora aveva circa vent'anni. Suo nonno stava morendo e Selena si imbatté in loro quasi per caso, in una casetta lontana e isolata. Non aveva mai scordato quell'episodio.

L'uomo sembrava vecchio e infatti ne aveva di anni. Somigliava a un ramo secco, pronto a essere portato via dal vento, accartocciato su se stesso per il dolore. Gli occhi azzurri erano vuoti e sofferenti, parlava pochissimo e per lo più affatto. Aveva i capelli bianchi, con qualche ciuffo grigio. Stringeva in mano qualcosa che non avrebbe lasciato per niente al mondo, nemmeno quando le fitte di dolore gli facevano alzare gli occhi al cielo e tremare tutto il corpo.

Era orribile e patetico a vedersi, nella sua disperazione: Selena percepiva in lui tanta stanchezza e angoscia e ogni suo respiro vibrava di paura, una paura profonda, che lo tormentava assai più del dolore fisico.

Era uno di quelli che la morte la combattevano, che si aggrappavano alla vita più che potevano, e lottava, lottava, gemeva e gridava contro l'inevitabile. Era terrorizzato da quello che lo aspettava, eppure, Selena capì che era terrorizzato anche dalla vita.

Passò due giorni con lui, cercando di aiutarlo a passare oltre. Nessuna guida era venuta per aiutarlo, nell'angolo non c'era nessuno a tendergli la mano. Quando ormai era prossimo alla fine, aprì gli occhi velati e chiese della ragazza. La nube da argento si era fatta azzurrina.

La giovane si avvicinò e si sedette, prendendo la mano del vecchio fra le sue.

"È giunta la mia ora" mormorò lui.

"Lo so, nonno, ti voglio bene."

"Ti voglio bene… anche io." L'uomo parve raccogliere tutte le proprie forze e la voce si fece più ferma. "Prendilo" disse aprendo le dita e mettendole qualcosa in mano. "Proteggilo. A costo della tua vita."

"Che cos'è?"

"È la chiave. Saprai cosa farne quando sarà il momento."

La ragazza aprì la mano per guardare l'oggetto, ma Selena non riuscì a vederlo. "Una chiave? Non capisco."

"Ricorda tutto quello che ti ho detto." Rispose il nonno. Poi uno spasmo gli sconquassò il corpo e ci volle un po' prima che riuscisse a parlare di nuovo. "Ho fatto un errore colossale… Quante vite…" una lacrima gli percorse la guancia e annaspò, cercando di respirare.

Selena corse al suo fianco mentre la nuvola si agitava. Gli prese le mani fra le proprie e sentì il gelo sotto la pelle. Era ora.

Ma lui fissava la nipote e lei ricambiava lo sguardo, con quegli occhi blu così brillanti: Selena non ne aveva mai visti di simili.

"Tu sei la sola speranza… di cambiare. Nasconditi, Remy. Non lasciare che ti trovino. Non… lasciare… che… ti… trovino."

Selena sentì che la vita abbandonava il suo corpo mentre l'uomo esalava l'ultimo, faticoso respiro e d'improvviso ricordi duri, neri e contorti le travolsero la mente. Quando tornò a guardare la ragazza, quegli occhi di zaffiro erano pieni di dolore e determinazione.

"L'hai vista?" ripeté Wyatt, riportando Selena al presente. Le chiedeva di Remy.

Scosse la testa. "No."

"E Theo dov'è? E Lou?" chiese Elliott.

Un senso di vuoto le attanagliò lo stomaco. *Vorrei tanto saperlo.* "Sono partiti alcuni giorni fa e non so bene quando torneranno. Ma sono certa che Vonnie sarà ben lieta di darvi qualcosa da mangiare, fermatevi per un po', siete i benvenuti."

"Già" mugugnò Frank, inserendosi per la prima volta nella conversazione. "Ci sono giusto un paio di buchi in quel cavolo di tetto che vanno riparati. Meglio se ci salite voi, lassù, che non un vecchio rincoglionito come me."

"Io entro" disse Theo a Lou. "E tu rimani qui e mi avverti se arriva qualcuno."

Il sole era tramontato e gli ultimi sprazzi di luce indugiavano sulla fitta vegetazione dietro di loro. I Cacciatori se ne erano andati ore prima e i gemelli avevano passato il tempo a distruggere sistematicamente l'impianto di sicurezza: rompendo le luci, ridirezionando le telecamere, studiando il sistema di bloccaggio dei cancelli.

"Col cazzo" rispose Lou attraversando deciso la porta che avevano appena aperto nel loro Nero Cancello di Mordor post-apocalittico.

A Theo non restò che seguirlo.

La prima impressione era che quel posto somigliasse a un carcere di massima sicurezza. Il muro circondava un enorme spazio libero dalla vegetazione che, invece, dominava nei paraggi. Al centro c'era una strana struttura simile a una piscina circondata da mura di vetro. Una sorta di enorme acquario dalle pareti trasparenti alte oltre sei metri e col tetto massiccio.

Di fronte si ergeva un edificio liscio e senza finestre, grande più o meno come un garage a tre posti. Lì davanti era parcheggiato uno Hummer e sull'esterno c'erano alcune luci.

"Che cazzo è?" chiese Lou guardando l'acquario gigante, mentre Theo lo raggiungeva.

La luce era poca ma potevano vedere una specie di cascatella in cima alla struttura. Avvicinandosi ulteriormente, Theo cominciò a scorgere delle forme che galleggiavano nell'acqua. Decine, anzi, centinaia di grosse ombre sospese, immobili ammassate nella piscina.

Avevano hackerato il sistema di sicurezza tagliando uno dei cavi esterni e collegandolo al proprio computer. Avevano poi resettato le telecamere interne in modo che mostrassero in loop un video in cui l'area era vuota, così avrebbero avuto piena libertà di movimento. La vista dell'edificio senza finestre e dell'unico veicolo parcheggiato, dava loro ulteriore fiducia: non potevano esserci troppe persone là dentro e, data la semplicità del sistema di sicurezza, Theo non temeva altri intoppi.

"Andiamo a dare un'occhiata" suggerì avvicinandosi alla vasca e concentrandosi sulle alte mura di vetro.

In quell'istante, però, sentirono un rumore e si acquattarono nell'ombra, l'unica disponibile, quella proiettata dall'acquario stesso. Videro una porta aprirsi alla fine dell'edificio simile a un garage. Ne uscì un uomo.

"Dev'essere quel Ballard" mormorò Theo, "ma non ne sono certo al cento per cento."

Lo videro avvicinarsi alla vasca e, per la prima volta, Theo notò che alla base c'era una porta. O meglio non proprio una porta, bensì un ascensore.

Ballard vi entrò e l'ascensore salì lungo l'acquario fino alla sua sommità. Poi ne uscì, camminando su una piattaforma vicina al tetto e si inginocchiò come per scrutare dentro l'acqua. Usando una lunga pertica per mescolare le figure sospese, che erano grandi quanto lui, l'uomo rimase a lungo a fissare l'interno della vasca.

"Dovremmo entrare?" sussurrò Lou, indicando l'edificio che ora era, molto probabilmente, vuoto.

Theo annuì, ma ancora guardava Ballard che, intanto, si era alzato e si era avvicinato alla parete della passerella ma continuava a fissare la vasca. Un basso brontolio ruppe il silenzio e un'enorme braccio meccanico simile a una gru apparve e si alzò sopra l'acquario.

Theo cominciò ad avere un brutto presentimento mentre vedeva il braccio calare in acqua. Intanto Ballard, che, da dentro, pareva manovrarlo, attendeva. Il braccio si tuffò nella vasca, un po' come quei giochi di cinquant'anni prima in cui con una specie di artiglio tentavi di pescare un pupazzo e farlo scendere lungo uno scivolo.

E fu proprio quello che successe: il braccio meccanico si tuffò, afferrò una delle ombre e la tirò fuori da quel liquido che, a giudicare dal modo in cui stillava in grosse gocce, non doveva essere acqua. Theo raggelò quando si rese conto di cosa trasportava. A quel punto la gru lasciò cadere il suo carico in un buco in un angolo dell'acquario. Uno scivolo.

"Porca puttana troia" esclamò Lou prima ancora che Theo riuscisse a riprendere fiato e a realizzare quello che aveva appena visto. "Era un *corpo* quello?"

"Sì" sussurrò Theo guardando l'enorme vasca. "Mio Dio, sono tutte persone quelle là dentro!"

"Ce ne saranno un migliaio... Credi che siano morte?"

"Non saprei dirlo" ribatté Theo, cercando di riavviare il cervello. Aveva la strana sensazione, giù nel profondo, di sapere cosa facevano lì. Sentiva lo stomaco in una morsa. *Lo spero, che siano morti.* Ma quando avevano tirato su il corpo gli era parso di vedere un braccio muoversi e temeva, dunque, che la sua speranza fosse vana.

La gru era stata di nuovo messa in movimento e, sotto i loro sguardi ammutoliti, pescò un altro corpo da quella melma translucida e lo lasciò cadere lungo lo scivolo. E poi ancora un altro. E un altro.

"E con quello fanno dieci" disse inutilmente Lou mentre la gru tornava finalmente nella sua posizione di partenza.

"Andiamo" disse Theo afferrando il braccio sottile del fratello e strattonandolo verso l'altro fabbricato. "Prima che ritorni."

Costeggiando l'acquario, si mossero silenziosi verso il retro dell'edificio. Theo guardò la cima del vano dell'ascensore per controllare se Ballard stesse rientrando. Quando la cabina prese a scendere, corse dalla vasca alla porta dell'altra costruzione, sicuro che, data l'angolazione dell'ascensore, mentre veniva giù, Ballard non potesse vederli.

La porta si aprì facilmente e, acquattandosi, Theo entrò, seguito a ruota da Lou.

Si ritrovarono in un'enorme camera sterile illuminata da abbacinanti luci bianche. Sul muro opposto si scorgeva un'altra porta ma, a parte quella, l'interno era un unico stanzone semivuoto. Il primo pensiero di Theo, mentre chiudeva la porta, fu che non offriva nascondigli.

La vista dei tavoli operatori forniti di cinghie, ora aperte, obnubilò sempre di più la mente di Theo. Tavoli più piccoli, altrettanto freddi e fatti di metallo, erano allineati lungo le pareti e sopra c'erano diverse siringhe enormi, simili a quelle di tipo ipodermico, e una bacinella piena di una sostanza chiara e gelatinosa. Accanto c'era un vassoio imbottito con sopra delle minuscole gemme arancioni, poco più grandi di un grano di sale grosso, che brillavano nella forte luce.

"Theo" lo chiamò sussurrando Lou dall'altro lato della stanza. Si avvicinò e capì a cosa era dovuto l'orrore nella voce del fratello. Un lungo condotto largo poco più di un metro entrava da un buco nel muro e poi percorreva il perimetro della stanza. Dentro vi galleggiavano dei corpi umani.

"Buon Dio" mormorò. Lou stava per toccare la sostanza gelatinosa, ma Theo lo fermò.

"Non sappiamo cosa sia. Meglio non toccarla" gli disse, senza smettere di fissare i cadaveri. Indossavano vestiti normali. I capelli fluttuavano come alghe attorno alla testa e così i bordi dei vestiti. Da quello che poteva vedere la pelle era pallida, ma non grigia. Dei tre che erano usciti dall'apertura, solo uno era rivolto verso l'alto. Era sicuramente una donna e aveva gli occhi aperti. Quando Theo la guardò, sbatté le palpebre e mosse la bocca. "Buon Dio" sussurrò rendendosi conto che lo stava *guardando*. "È viva!"

In quel preciso istante un rumore li avvisò che Ballard stava rientrando. Come fossero una sola persona, i gemelli si fiondarono verso la porta dall'altro lato della stanza, che, come la prima, si aprì senza problemi: sembrava non ci fosse motivo di prendere ulteriori misure di sicurezza all'interno delle mura. Theo scivolò dentro, portandosi con sé il più lento Lou.

Appena il tempo di dare un'occhiata al nuovo ambiente per accertarsi che non ci fossero pericoli immediati, poi chiusero la porta, un istante prima che quella sull'altro lato si aprisse.

Si trovavano in un breve corridoio su cui si aprivano tre porte, una sul lato opposto, e due sulle pareti laterali. Non avevano bisogno di parlare a voce alta, comunicavano con la mente e si avvicinarono ognuno a una porta laterale, prima appoggiandovi l'orecchio e poi aprendola piano, alla ricerca di un nascondiglio nel caso Ballard arrivasse.

"Porca puttana, Theo, vieni a vedere" sibilò Lou, mentre il fratello sbirciava oltre la sua porta. Sembrava una camera con angolo cottura, probabilmente l'alloggio di Ballard.

Con le orecchie tese al tramestio che veniva dalla sala operatoria, Theo chiuse la porta di quel mini appartamento e raggiunse il fratello. Questi lo spinse oltre la soglia e lo seguì.

"Porca puttana" ripeté Theo alla vista delle capsule a grandezza umana attaccate alla parete. Ce ne erano a dozzine e parevano provette giganti. Tre erano occupate da corpi umani immersi in un liquido bluastro. Riconobbe due di quegli sventurati: Wayne e Buddy.

"E ora che cazzo facciamo?" chiese Lou, avvicinandosi a una delle capsule.

"Sono ancora vivi?" chiese Theo avvicinandosi a quella dove stava Wayne e notando che, dal coperchio della capsula, pendeva un tubicino che affondava nel liquido.

Wayne aveva gli occhi aperti e il volto e le mani parvero muoversi al rallentatore, forse alla vista di Theo. Gli occhi si accesero di terrore e fece un sobbalzo, per quanto gli concedesse lo spazio angusto, come un pesce che tenta di fuggire dalla rete. "Dio, sono vivi."

"Cosa pensi che sia quella sostanza nel tubo? Qualsiasi cosa sia, sembra che possano respirare" osservò Lou, mentre avvicinava uno sgabello e ci saliva per guardare all'interno delle capsule.

"Non lo so. Come facciamo a tirarli fuori?"

Lou scosse la testa. "Potremmo rompere le capsule… ma con cosa? E poi quella robaccia cadrebbe a terra, non vorrei fosse tossica o pericolosa."

"Dovremmo-" Theo tacque ed entrambi si raggelarono: un nuovo rumore aveva attirato la loro attenzione. Una porta che sbatteva, il suono di passi che si avvicinavano.

Di nuovo si mossero all'unisono e si nascosero in due angoli ben in ombra dietro altrettante capsule. Incastrato fra il macchinario e il muro, Theo guardò il fratello. Per avere settantotto anni era molto agile, ma non era sicuro che potesse tenere il ritmo a lungo.

Ecco perché non avrebbe fatto pazzie: la sicurezza di Lou era di primaria importanza e dovevano uscire fuori di lì senza essere visti.

Così si limitò a osservare, attraverso la capsula e il liquido azzurro che deformava le immagini, Ballard entrare nella stanza. Era la prima volta che lo vedeva abbastanza da vicino da distinguerne i tratti del viso. Come da manuale, indossava un camice da laboratorio candido e aveva i capelli neri striati di bianco. Doveva essere sulla cinquantina e gli pareva un volto vagamente noto. Si avvicinò alla capsula di Wayne e ci guardò dentro, tamburellando sul vetro come per valutare la risposta dell'uomo.

"Buon per te" gli disse, mentre si avvicinava a Buddy, i cui movimenti erano più letargici rispetto al suo amico dai capelli rossi. "Sembra un po' sconvolto là dentro, mio caro signore, ma presto vi porremo rimedio" ridacchiò Ballard. Quindi passò alla terza e ultima capsula. "Molto bene" disse a sé stesso o alla stanza e si voltò.

Theo trattenne il fiato, sperando che Ballard non si avvicinasse alle altre capsule vuote rischiando di vedere lui e Lou. L'uomo si diresse verso un muro dove, poggiato su un tavolo, stava un pannello con dei pulsanti. Click, click, click… ne premette tre.

Nelle capsule occupate iniziarono a formarsi delle bolle e lui uscì dalla stanza… fischiettando la sigla di un vecchio quiz televisivo chiamato *Jeopardy!*

Theo aspettò che la porta si chiudesse alle spalle dell'uomo prima di abbandonare il proprio nascondiglio e avvicinarsi a Wayne. Le enormi bolle si formavano velocemente e il ragazzo aveva gli occhi e la bocca spalancati, in un grido silenzioso.

Il liquido nelle capsule si agitava e vorticava rabbiosamente, Theo corse al pannello ma, prima che potesse capire quali bottoni spingere, uno scroscio d'acqua, simile a quello dello sciacquone di una toilette, riempì la stanza.

Theo si voltò appena in tempo per vedere Wayne sparire giù in un vortice di bolle. Seguirono altri due scrosci.

"Occazzo!" mugolò avvicinandosi alle capsule mentre anche Buddy e la terza cavia scivolavano giù attraverso il fondo delle loro capsule, come risucchiati nell'etere.

"Scommettiamo che sono in viaggio verso l'acquario gigante?" disse Lou, raggiungendolo.

"Fanculo" ringhiò piano Theo, sbattendo le mani sul vetro della capsula, frustrato. Cercò di guardarci dentro, ma non si vedeva niente.

"Dobbiamo fare qualcosa con Ballard" disse Lou, allontanando il fratello dal macchinario. "Non ho idea di cosa faccia in quella sala operatoria, ma dobbiamo fermarlo."

"Crea quei cazzo di *ganga*" sibilò Theo, dando finalmente voce al sospetto che lo attanagliava fin da quando aveva visto quei corpi sospesi nella vasca. "È una specie di Dottor Frankenstein degli zombie."

"L'hai riconosciuto?" gli chiese Lou mentre raggiungevano la porta.

Theo si bloccò. "Ma chi? Ballard?"

Lou annuì. "Già. Non lo hai riconosciuto?"

"No."

"Lester Ballard" proseguì Lou afferrando la maniglia.

"Porca puttana troia" ripeté, per la decima volta quel giorno. "Il dottor Lester Ballard?"

"Esatto. Deve esserci un cristallo nascosto sotto quel suo camice bianco, perché il dottore ha lo stesso aspetto che aveva cinquant'anni fa. L'ho riconosciuto da una copertina del *Time Magazine*."

"Quello che aveva curato dieci casi di sclerosi multipla con le cellule staminali, maledetto figlio di puttana." Un altro membro del Culto di Atlantide ovvero una bella gatta da pelare, perché l'unico modo per uccidere quegli stronzi dell'Elite era strappargli dal petto il cristallo che li rendeva immortali.

"Andiamo" borbottò cupo Theo, pensando che il fucile che Lou si portava dietro potevano cacciarselo nel culo: non sarebbe servito a niente contro Ballard. "Usciamo di qui e cerchiamo di elaborare un piano."

Lou scosse la testa, fissandolo attraverso i suoi nuovi occhiali. "Niente da fare, Theo. Lo so cosa ti passa per la testa: meglio non correre rischi col nonnetto al seguito. Cazzate. Più aspettiamo, più danni farà quel ciarlatano."

"Non fare il cretino," attaccò Theo ma, prima che se ne rendesse conto, Lou l'aveva preso per il bavero e sbattuto contro il muro.

"Il piano lo facciamo qui e ora, oppure esco da questa stanza ed entro bel bello in quella sala operatoria del cazzo e faccio ciò che deve essere fatto. Mi sono rotto i coglioni di starmene relegato in un bunker davanti a un computer. Se c'è qualcuno che deve rischiare la vita qui, quello sono io... ho praticamente già un piede nella fossa!"

"Cristo, Lou" imprecò Theo, allontanando la mano del fratello.

"Vado" fu la risposta dell'altro mentre apriva la porta.

"A dire il vero" riprese Theo, fermando la porta ma resistendo alla tentazione di chiuderla. "Stavo per osservare, mio malgrado, che non è affatto una cattiva idea. Tu entri nella stanza, tranquillo e lui non penserà certo che tu possa rappresentare una minaccia. Potresti distrarlo mentre io entrerò dalla porta esterna e lo prenderò alle spalle. Credo che quella" proseguì indicando la porta alla fine del corridoio "sia un'altra uscita."

Il volto di Lou si distese. "Mi piace. Farò del mio meglio per farlo parlare e distogliere la sua attenzione dalla porta. Tu arrivi da dietro e poi ce ne andiamo."

"Ma dovrai fargli credere che sei da solo, altrimenti..."

"Che cazzo, Theo, credi che oltre ai miei supermuscoli abbia perso anche il cervello? So cosa faccio. Va', dammi dieci minuti."

Theo esitò, poi fece cenno di sì. "Bene. Ti farai ammazzare, fratello" disse in tono scherzoso, anche se aveva lo stomaco in una morsa. "Dieci minuti ed entro. E a proposito" aggiunse dirigendosi verso la porta, "quando mai li hai avuti, i supermuscoli?"

Lou era a dir poco adrenalinico mentre si avvicinava alla porta della sala operatoria. Aveva a tracolla il fucile che Theo aveva sottratto ai Cacciatori e poco altro con cui proteggersi… eccetto il suo acume.

Decise di mostrarsi spavaldo: dati alcuni minuti a Theo per uscire dall'edificio, aprì la porta ed entrò nella sala operatoria.

In un primo momento Ballard non parve notarlo, impegnato com'era a usare una carrucola e un'imbracatura per tirare fuori la donna dal condotto e da quella sostanza vischiosa. Rimase lì appesa per un po', poi cominciò a muoversi lentamente, quindi, via via che la gelatina si staccava dalla pelle, prese ad agitare braccia e gambe.

"Buona" la blandì Ballard. "Presto starai bene. Sta' tranquilla, tesoro, sta' tranquilla." Fece muovere la carrucola fino a portare la donna sopra uno dei tavoli, la fece calare e, rapido, le legò una gamba con una cinghia, prima ancora di rimuovere l'imbracatura.

"Dimmi un po'" proseguì il dottore, come volesse fare conversazione. "ti piacerebbe sapere quanto sei rimasta sospesa? Sai, in quella specie di… limbo?"

La donna non pareva avere la forza di opporsi eppure Lou osservò con un misto di orrore e fascinazione come Ballard assicurasse anche l'altra gamba e il busto al tavolo.

"Quanto sono rimasta…" balbettò lei.

"Secondo i miei appunti" proseguì Ballard, sempre dando le spalle a Lou, "sei rimasta, come dico io, *sospesa* dal quindici giugno 2010. Più di cinquant'anni… ci credi? E non hai un solo capello grigio." Ridacchiò, melenso. "Se solo non fossi stata costretta a nuotare in quella gelatina schifosa."

"Che?" annaspò la donna. "Di cosa parli?" Cominciò a tossire forte e Ballard alzò la testa dal legaccio con cui le stava assicurando il polso. "Di già mia cara?" chiese fingendosi preoccupato. "Hai fatto in fretta. Bene, preferisco i lavoretti veloci. Non avevo alcuna voglia di tirar fuori un altro dei tuoi amichetti stasera."

La donna riuscì a controllare l'accesso di tosse e chiese: "Che cosa vuo-" Ma di nuovo fu presa da quella tosse violenta, dimenandosi e inarcandosi per cercare di respirare, costretta com'era al tavolo dalle cinghie.

"Tesoro" la ammonì Ballard in tono scocciato, "così non va proprio, devi smetterla se vuoi che continui. Magari se ti calmi un poco, possiamo fare due chiacchiere, puoi raccontarmi cosa facevi... e poi potremmo..."

"Ne ha fatta di strada dalla ricerca sulle cellule staminali, eh, Ballard?" intervenne Lou, incapace di trattenersi oltre.

Il dottore si voltò di scatto, ma si calmò vedendo quel vecchietto. "E tu chi cazzo sei?" Prima ancora che Lou potesse battere ciglio, aveva già una pistola in mano.

"Ricordo la sua foto sulla copertina del *Time*" proseguì tranquillo Lou, "ma non avrei mai pensato di poterla incontrare di persona. Credevo fosse morto come tutti durante la catastrofe del 2010."

"Chi sei?" ripeté Ballard armando la pistola.

"Non ha importanza. Ma sono curioso di sapere cosa combini qua. Non mi pare che tu stia prendendo molto sul serio il giuramento di Ippocrate, Lester."

"Posa là il fucile e avvicinati lentamente a quel muro." Ballard non pareva in vena di conversazione, non con Lou, almeno. "Hai interrotto un procedimento della massima importanza e non ho tempo da perdere."

Lentamente Lou appoggiò il fucile dove gli era stato detto, grato che Ballard gli avesse chiesto di mettersi sulla parete opposta a quella da cui sarebbe apparso Theo. Se riusciva a distrarlo, Theo avrebbe potuto arrivargli alle spalle.

Mentre si posizionava vicino alla parete mandò un rapido e preciso messaggio mentale al fratello: *pistola*. Quella che ancora era puntata su di lui con mano ferma da Ballard, mentre questi si avvicinava e bloccava con un laccio i polsi di Lou. La donna nel frattempo tossiva tanto che sembrava stesse per soffocare, obbligando Ballard a controllarla di tanto in tanto.

"Sarò da te tra un attimo" disse a Lou, quindi si avvicinò alla paziente. "Non va affatto bene."

"Che fai?" chiese Lou. "La resusciti?"

Ballard aveva raggiunto il tavolo con gli utensili e vi aveva appoggiato la pistola, ben lontana da Lou. "In un certo senso. Di solito non hanno questa reazione così violenta, non appena recuperati. Deve essere debole di costituzione. Tuttavia…" la voce si affievolì mentre sceglieva un enorme siringa ipodermica fra quelle allineate sul tavolo vicino a Lou.

Sbrigati, Theo.

"E ora a noi, tesoro" riprese, rivolgendosi alla donna. "Se magari ti calmi e rispondi a qualche domandina, ti sentirai meglio, vedrai. Ti ricordi cosa facevi prima che succedesse tutto questo?"

Lou osservò il dottore muoversi con disinvoltura, provare la siringa, riempirla con la sostanza della bacinella, quindi scegliere con attenzione uno dei piccoli cristalli arancioni e inserirlo all'interno della siringa, lasciando che galleggiasse nel liquido. *Tutto questo non promette bene.*

Il cristallo brillò e il dottore tornò dalla paziente che pareva aver incominciato a ritirarsi e raggrinzire sempre di più. A Lou venne in mente una creatura marina tirata fuori dall'oceano, che inizia a disidratarsi e a prosciugarsi mentre, annaspando, cerca di respirare.

"Che fai?" chiese di nuovo mentre mentalmente chiamava: *Theo!*

Il fatto che nessuno dei due rispondesse era un brutto, bruttissimo segno per Lou.

Sembrava che la donna stesse tentando di rispondere all'ultima domanda del medico, ma la sua risposta era poco più che un rantolo o un sospiro.

"Che cosa hai detto?" chiese il dottore chinandosi su di lei per sentire meglio. "Un'insegnante? Oppure… un agente? Ah, un agente *di polizia.* Capisco." Si spostò di fronte alla testa della donna e ne palpò la calotta cranica coi pollici mentre lei cercava di divincolarsi dalle cinghie. "Male, molto male" mugugnava il dottore, sollevando la siringa e guardandola. Poi, con gesto preciso e sotto lo sguardo ammutolito e terrorizzato di Lou, ficcò dieci centimetri di ago nel cranio della donna e premette lo stantuffo.

Lei urlò e si ritrasse, tossendo e annaspando e spalancò gli occhi in preda al dolore. Lou scattò, combattendo con le proprie manette, cercando di liberarsene.

"Mio Dio, ma cosa le hai fatto?" chiese mentre Ballard, con un sorrisetto tronfio, sfilava l'ago.

"Sta' a guardare" rispose.

Come se si potesse distogliere lo sguardo da quella cosa.

Proprio in quel momento la porta alle spalle di Ballard si aprì piano. *Grazie a Dio ma quanto cazzo ci hai messo.*

Me lo hai detto tu di aspettare dieci minuti.

I dieci stramaledetti minuti più lunghi della mia vita. Lou fu attento a non guardare verso la porta.

Theo scivolò attraverso lo spiraglio, silenzioso come un gatto e Lou si accorse che anche lui guardava la donna sul tavolo. Si mosse, facendo tintinnare di proposito le proprie manette in modo che suo fratello sapesse che aveva un impedimento. Anche se… lanciando uno sguardo al tavolo accanto a sé, si rese conto di poter afferrare un paio di quelle siringhe.

Non avevano bisogno di guardarsi, avevano il loro legame mentale. Lou seppe quando Theo fu pronto a scattare in azione e si preparò.

Si mossero all'unisono: Theo assaltò Ballard alle spalle con in mano qualcosa di lungo e flessibile mentre Lou allungava un piede verso il tavolo per tirarlo a sé. Theo intanto, si era avventato sul dottore avvolgendogli da dietro una manichetta attorno al collo.

Colto completamente di sorpresa mentre era ancora intento a osservare la propria paziente, Ballard lasciò cadere la siringa e portò le mani al tubo che gli stringeva la gola. Lou allungò le mani per arraffare qualcosa dal tavolo che, dondolando, sparse siringhe e cristalli su tutto il pavimento.

Ballard tentava di urlare, mentre Theo cercava di farlo cadere, ma dalla sua gola costretta non usciva alcun suono. Oltre a essere immortali, i membri dell'Elite erano dotati di una forza sovrumana e Lou sapeva che il fratello poteva contare solo sul fatto di coglierlo di sorpresa con una spinta, per avere la meglio su di lui.

Lou riuscì a prendere due siringhe, chinandosi per raccoglierle. *Cavolo se sono grosse!* Era come ficcare un paletto nel cervello di qualcuno. Guardò la vittima distesa sul tavolo e vide che la pelle le stava diventando grigia e che tutto il suo corpo pareva trasformarsi. Tendersi, crescere, allungarsi.

Cristo santo.

Theo guardò il gemello, e costrinse il dottore a girarsi su un lato, sbattendogli la testa contro il muro, quindi usò il contraccolpo per girargli attorno e farlo di nuovo. Si stavano avvicinando a Lou, che sapeva bene cosa fare.

Bisturi. Guardò gli strumenti chirurgici sparsi sul pavimento e ne scorse uno. Era… proprio… lì…

Si inginocchiò, conscio dei calci di suo fratello e dell'uomo che cercava di sopraffare. Riuscì a evitare un piede in faccia ma ricevette un colpo sul braccio, poi, infine, afferrò il bisturi.

"Era ora" grugnì Theo, spingendo l'uomo verso Lou.

Con la mano libera, Lou afferrò il camice per cercare di determinare su che lato fosse il cristallo.

Ballard era rallentato, i suoi gesti erano deboli e il respiro un sibilo. Peccato che non potesse morire strangolato. Allungò una gamba e agganciò Lou che rischiò di perdere il coltello.

"Cazzo" disse Theo fra i denti. "Cazzo, cazzo, sbrigati!"

Lou strinse in mano il bisturi e strattonò di nuovo il camice, mentre Theo lo faceva voltare di nuovo. Scorse un brillio e seppe dove colpire.

Con un grido liberatorio Lou abbatté la lama su Ballard, lacerando i vestiti e la pelle.

Theo sentì Ballard sobbalzare quando, infine, il bisturi di Lou gli incise la carne. Continuò a tenere forte il tubo con cui gli stringeva la gola, cercando di non lasciarsi distrarre dalla donna sul tavolo che si contorceva come un'indemoniata.

Dovette far voltare il dottore altre tre volte, mentre Lou, a ogni giro, lo colpiva. Le braccia gli dolevano per lo sforzo e la tensione di contrastare quell'uomo così forte e agile. Finalmente le ginocchia del medico cedettero e cadde pesantemente a terra. Theo lo seguì, strappando il camice e i vestiti recisi per scoprire il cristallo conficcato nella pelle, appena sotto la clavicola.

Era attaccato con un ultimo filamento, come un dente che dondola e, con uno strattone, lo staccò.

Quando il tubo attorno alla gola si allentò e il cristallo venne strappato dalle radici che gli affondavano nei muscoli, nella pelle e tutto intorno, Ballard urlò. Assieme alla gemma azzurra si staccarono anche una serie di tentacoli e Theo cadde all'indietro, esausto, stringendola in mano.

Le braccia gli dolevano e tremavano per lo sforzo di aver trattenuto tanto a lungo quel bastardo. Il cristallo era caldo e viscido, coperto com'era di sangue e umori, i lunghi tentacoli erano simili a sottilissimi cavi in fibra ottica.

Ballard esalò un ultimo respiro e gli occhi si spensero. Quindi, sotto lo sguardo di Lou e Theo, cominciò a restringersi, come uva messa a seccare al sole. Presto non rimasero che ossa e pelle, secche, fragili, marroni e vecchie.

Theo si rialzò faticosamente in piedi, rammentandosi della donna sul tavolo e osservandola attentamente per la prima volta.

Guardò quella creatura, ormai non più umana, legata al tavolo. Gli occhi erano arancioni, la bocca aperta a mostrare una serie di denti marci e aveva la pelle che pendeva da tutto il corpo, che era cresciuto a dismisura, tirandola e strappandola.

"Dio" mormorò, allungando la mano per toccare, per la prima volta, la pelle di un *ganga*. *Non siamo a Mordor, siamo a Isengard, dove si creano i mostri.*

Il mostro, no era una donna, *accidenti*, si agitava e si inarcava, poi prese a gemere e sospirare. E mentre Theo la guardava, incontrò il suo sguardo. Per un attimo la riconobbe, perché nel profondo di quegli occhi arancioni, lei c'era ancora. Vide la donna, vide che capiva. Vide paura, confusione, disperazione.

Vide la vita.

E all'improvviso le ginocchia gli cedettero, luce e oscurità lo attraversarono e infine realizzò, comprese.

Ora capisco.

Guardò verso Lou che stringeva ancora in mano il bisturi insanguinato e guardava la donna con la stessa aria sconvolta che Theo sapeva di avere.

Ah Selena. Theo chiuse gli occhi. *Ho bisogno di te.*

18

Selena stava chiudendo gli occhi di Gloria mentre gli ultimi stralci della nuvola grigiazzurra si dissolvevano, quando sentì delle voci venire dalla cucina.

Soprattutto *una* voce.

Il cuore perse un battito e si costrinse a non saltare in piedi, a non mettersi a fare piroette, nel caso si sbagliasse. Ma sentiva un gran sbattere di ali nello stomaco e il cuore prese a rimbombarle nel petto fortissimo, come a un'adolescente che sente la voce del primo fidanzatino.

Theo.

Si concentrò su quello che doveva fare per Gloria: coprirla con uno dei lenzuoli bianchi dopo averle sistemato le mani e recitato una breve preghiera su di lei, quindi si alzò e tirò le tendine separatorie.

Solo dopo tutto questo si concesse di avviarsi molto lentamente verso la cucina.

Erano tutti lì, a riempire la stanza con la presenza dei loro corpi imponenti: Wyatt, Elliott, Lou e Theo. Tre teste di capelli scuri, di varie tonalità, e una grigia. E c'era anche Vonnie, naturalmente, tutta indaffarata e con l'aria di chi ha appena ricevuto il regalo più bello del mondo. Aveva le guance arrossate e gli occhi che brillavano.

Gli occhi di Selena, invece, non vedevano che Theo.

Era bello. Così bello. Giovane, soprattutto in mezzo agli altri, ma bello. Avrebbe avuto l'acquolina in bocca, se questa non fosse stata asciutta per la tensione. Ma i suoi bellissimi capelli neri come la pece, ribelli come sempre e la curva morbida dei suoi bicipiti sotto le maniche arrotolate, la facevano vibrare e avvampare a distanza, come quando le erano addosso.

Non appena lei comparve, i loro occhi si incontrarono e Selena si sentì attraversare da una scossa di consapevolezza. *Dio, quanto mi sei mancato.*

Ma mantenne un'espressione distaccata, specie di fronte ai volti seri degli uomini che parlavano e mangiavano in piedi. "Salve" disse sentendosi a disagio a entrare nella sua cucina. "Siete tornati." Però che osservazione intelligente. Sentì le guance imporporarsi.

Com'è che lui le faceva perdere la ragione così?

"Selena" disse Theo, gli occhi scuri e socchiusi che la fissavano. "Io… noi… abbiamo bisogno del tuo aiuto. Quell'espressione… nel profondo degli occhi gli si agitava qualcosa… qualcosa di difficile, esitante, vuoto.

Come se fosse accaduto una cosa di orribile.

"Che c'è?" chiese, preoccupata. Forse qualcuno stava morendo?

"Ci serve il tuo cristallo. Vieni?"

"Sì" rispose e un formicolio alle spalle le disse che non era un semplice assenso. Realizzò di non sapere dove, come e perché. Ma sapeva che l'avrebbe seguito senza esitazione. Anche se voleva dire portare il cristallo e affrontare di nuovo gli zombie.

Era solo felice che fosse lì e che glielo avesse chiesto.

Forse ora…

"Grazie" rispose lui. Quindi si rivolse agli altri. "Prima partiamo, meglio è."

"Ma siete appena arrivati" pigolò Vonnie, guardando i suoi preziosi ospiti appena giunti e terrorizzata al pensiero che se ne andassero subito.

"Io posso rimanere" si offrì Lou. "La vita di Theo l'ho già salvata ieri, ora immagino sia il turno di Wyatt."

Theo sbuffò e un sorrisetto gli increspò le labbra. "Cos'è che dicevi a proposito dei tuoi supermuscoli, fratello?"

"Ma ciucciati il calzino, come direbbe Bart. Dicevo solo che quelli sono stati i dieci stramaledetti minuti più lunghi della mia vita" ribatté Lou, appoggiandosi al bancone e riaggiustandosi gli occhiali sul naso. "Secondo me il tuo orologio va piano e ne sono passati una ventina."

"Allora siamo a posto" disse Wyatt all'improvviso, drizzando la schiena e prendendo chiaramente in mano la situazione. "Lou rimane, perdonaci Vonnie, e noi torniamo a… come lo chiamate?"

"Isengard. Non dirmi che non hai mai visto *Il signore degli anelli*. Isengard è dove creavano gli orchi, li tiravano fuori da budella melmose della terra. Ecco, quel posto è la stessa cosa: una fabbrica di zombie."

Selena si bloccò e cercò lo sguardo di Theo, oltre la spalla di Wyatt. Ecco perché avevano bisogno del cristallo. Ebbe un po' paura: cosa le avrebbero chiesto di fare?

Ne sarebbe stata capace? Non ne aveva la più pallida idea.

"Puoi essere pronta fra cinque minuti?" chiese Wyatt.

"Cinque minuti?" esclamò Selena. "Beh, credo di sì." Si voltò e uscì di corsa dalla stanza, rendendosi conto che non sapeva neppure per quanto sarebbero stati via.

Dalla morte di Sam, non aveva più tolto il cristallo dalla scatola e ora stava correndo a prenderlo. Attraversò l'infermeria dove rimaneva una sola paziente e si chiese se stava facendo la cosa giusta. Forse sarebbe stata via una settimana o persino di più. Chi avrebbe assistito Sally?

"Ci penso io" la rassicurò Vonnie, arrivandole alle spalle. "Devi andare con Theo."

Selena si voltò e lesse la preoccupazione negli occhi di Vonnie. "Andrà tutto bene. Lui mi proteggerà."

"Torna presto. Tornate tutti presto, sani e salvi. Tutti quanti" mormorò, abbracciandola forte. Si rese conto in quell'istante che non era mai stata lontana da Vonnie più di un giorno o due. Mai.

"Va'. Io starò benissimo. A Sally ci penseremo io e Frank. E quel Lou. Theo ha bisogno del tuo aiuto e credo che anche tu abbia bisogno di lui."

Selena fece cenno di sì. *Lo credo anch'io.*

Ripensandoci, Theo non era sicuro che fosse stata una buona idea, quella di salire tutti e quattro, insieme anche a Dantès, sullo stesso Hummer, ma aveva senso lasciarne uno a Lou, nel caso avesse bisogno di recarsi velocemente da qualche parte.

Se almeno lui e Selena avessero viaggiato da soli, avrebbero potuto parlare.

Non che sapesse cosa dire.

Avrebbe potuto insistere per mettersi al volante invece di lasciarlo a Wyatt, che si era arrogato il privilegio perché, prima del Cambiamento, era stato in Iraq con i Marines e poi, per molti anni, un comandante dei vigili del fuoco.

Theo guardò Selena mentre sobbalzavano sul sedile posteriore: il bel naso elegante, le labbra piene e la pelle dorata del braccio. Per non parlare delle curve ben proporzionate di quel corpo capace di togliere il sonno.

Quando lei lo guardava, lo vedeva ancora come un guerriero preso dalla furia della battaglia, come un assassino assetato di sangue, come un uomo che godeva nel fare del male? Era per quello che, sebbene i loro sguardi si incrociassero, sembrava esserci qualcosa che la tratteneva?

Né l'espressione, né l'atteggiamento lasciavano supporre che avesse messo da parte il ribrezzo verso di lui e le sue azioni, la tensione fra loro saliva e scendeva, imprevedibile come il terreno dissestato su cui viaggiavano.

Mentre dava indicazioni a Wyatt, tentò di parlare con lei e ci riuscì. Scoprì che al momento aveva una sola paziente e che le piante di cacao di Frank sembrava fossero sopravvissute. Quella fragilità che aveva prima che lui e suo fratello partissero, pareva essere diminuita.

Ma rideva meno di prima. E la calma e la serenità di cui si era innamorato a prima vista, sembravano come diluite, offuscate rispetto a come lui la ricordava.

Era cambiata.

O forse era cambiato lui.

Quello era poco ma sicuro.

Di conseguenza, quando il pick-up raggiunse quelle mura imponenti, si sentì gelare di paura. Guardò ancora il volto tirato di Selena e sperò che, quando tutto fosse finito, le cose si sarebbero aggiustate.

❧

Selena osservò quella creatura agitarsi costretta dalle cinghie sotto la luce impietosa dei neon.

La pelle grigia ciondolava e si sfilacciava, gli occhi arancioni erano accesi dalla disperazione e dalla fame. Il muso, che sembrava di gomma, era allungato, scavato e da sotto gli occhi quelle che erano state le guance penzolavano lungo la mascella fino al mento. La pelle, lacerata e aggrinzita, rivelava il bianco delle ossa e il nero dei muscoli e dei tendini sottostanti. I capelli, un tempo lucidi e folti, erano ora sottili, fragili, grigi. Le labbra erano scomparse. I vestiti stracciati pendevano da quel corpo gonfiatosi attorno ai lacci che stringevano i polsi e le caviglie di quella *donna* sul tavolo.

Oh mio Dio. Selena non riusciva a pensare altro. Nonostante la sua vasta esperienza con gli zombie, non aveva mai avuto occasione di vederne uno così da vicino e alla luce, che lasciava distinguere ogni dettaglio. Dovette sbattere le palpebre per respingere le lacrime. *Com'è successo?*

"Non sappiamo cosa farne" disse Theo, avvicinandosi. "Ho pensato che tu potessi dare una mano."

In quel momento Selena non pensava alle orribili creature che, quella notte, avevano fatto a pezzi suo figlio. Quei mostri non avevano niente a che vedere con quell'essere miserando, legato, immobilizzato, disperato.

Sentì il cristallo diventare caldo contro la pelle e, col cuore a mille, lo tirò fuori da sotto la camicia. Un gesto semplice, facile. Non c'erano minacce, pericoli, buio.

"Falla alzare" disse Selena a Theo, avvicinandosi. Non appena lui ebbe liberato i polsi della creatura, che, muovendo a fatica il corpo deforme, si mise seduta, Selena le prese una mano putrescente.

Theo non volle liberare anche le gambe, ma così era sufficiente. Selena le teneva la mano, toccando quella pelle ruvida e fragile e strinse le dita attorno al cristallo. Quando la guardò negli occhi, cercando l'ultimo barlume di umanità al di là degli sconclusionati gemiti gutturali, per un attimo, entrarono in contatto: guardò nel profondo di quei fari arancioni e vide angoscia e paura.

Poi una scarica di energia la trapassò, mentre vedeva i ricordi della donna e la luce arancione negli occhi si spegneva. L'orribile creatura si ripiegò su se stessa e poi cadde pesantemente sul tavolo.

Selena guardò Theo. "Se n'è andata."

Lui annuì e la prese per mano. "Grazie."

Fu solo allora che se ne rese davvero conto: aveva atteso che venisse lei ad aiutare lo zombie, non lo aveva ucciso con le sue mani. Non aveva eseguito di nuovo una cieca e violenta sentenza di morte.

Si guardò intorno, tremante. Wyatt ed Elliott erano rimasti lì impalati a guardare, ammutoliti per l'orrore.

"Theo" fece poi Wyatt indicando il lungo condotto alle loro spalle. "Che cos'è?"

Theo guardò Selena e la condusse verso di esso. La donna trasalì alla vista delle due persone che galleggiavano in quello strano liquido denso, viscoso e trasparente.

"Ballard l'ha presa da qui" spiegò accennando alla zombie morta. "Era come loro finché non l'ha tirata fuori e le ha iniettato della roba nel cervello. Un cristallo e un altro fluido… è là, Elliott." Indicò un tavolo e la mano gli tremava. "E poi si è trasformata in *quello*. Davanti ai nostri occhi."

Gli altri tre lo guardarono a bocca aperta, l'orrore e il disgusto scritti in faccia. "Tutto qui?" chiese Selena.

Theo fece cenno di sì. "La cosa più terrificante è stata che, dopo averla tirata fuori da quella roba, lui ci ha parlato per tutto il tempo. Era viva e cosciente. Ha anche risposto ad alcune domande, o almeno ci ha provato. E da quello che diceva Ballard," Theo deglutì a fatica, il bel viso che parve farsi vecchio e alieno, "l'ha tenuta lì, in quella poltiglia, per cinquant'anni."

Mentre guardava i due corpi, Selena si portò le mani alla bocca ma non poté fermare i conati di vomito: ebbe appena il tempo di trovare un contenitore, prima di liberarsi lo stomaco. E quando rialzò la testa, vide che gli altri non erano meno sconvolti.

"Mio Dio" mormorò.

"Lo so" rispose Theo, sostenendo il suo sguardo. "Questo cambia completamente i miei sentimenti verso di loro."

"Perché li avete lasciati lì?" chiese Elliott, in un tono teso, quasi di rimprovero, indicando i due corpi nel condotto.

Theo serrò le labbra e scosse il capo. "Ne abbiamo tirato fuori uno. Non riescono né a muoversi né a respirare. Iniziano a tossire e annaspare, come dei pesci fuor d'acqua. Io e Lou abbiamo provato a salvarli, ma non sapevamo che fare. È come se fossero vivi ma, allo stesso tempo, non lo sono. Quindi lo abbiamo ributtato là dentro, in attesa di capire cosa fare."

A quel punto Theo drizzò la schiena e inspirò a fondo. "E non è tutto. Quella specie di silos là fuori, lo avete visto venendo qui, è pieno, *pieno*" la voce gli venne meno, "di altri come loro. Inclusi" guardò Selena, "Wayne e Buddy."

"Cristo santo" disse Wyatt e il suo volto di pietra parve indurirsi ulteriormente mentre si voltava.

"Quella povera gente. E che diavolo facciamo con loro?" chiese Elliott fissando il condotto.

Theo guardò Selena, il viso stanco e una muta richiesta nello sguardo.

Lei annuì: aveva la bocca arida. "Farò quello che posso."

19

Remy aprì lentamente gli occhi.

Uno era così gonfio da rimanere mezzo chiuso, ma l'altro era a posto. Tutto il resto le faceva *male*. Tutto.

Era sdraiata sulla terra fredda e umida, l'unica luce proveniva dalle braci del fuoco dietro di lei. Si trovava sotto il pick-up, dove Seattle aveva fatto rotolare il suo corpo privo di sensi dopo che aveva finito con lei.

Tentò di non pensare a quel bastardo che le metteva le mani addosso, le tirava via i vestiti, le apriva le gambe, si spingeva dentro di lei. Qualche minuto prima si era liberata di quel poco che aveva in pancia, con grande disgusto di lui, e adesso le era rimasto solo un brutto, fastidioso vuoto allo stomaco.

E la determinazione ad andarsene a tutti i costi.

I suoi movimenti erano limitati perché aveva un polso ammanettato a un qualche aggeggio metallico. Fintanto che rimaneva lì sotto lo Hummer, i *ganga* non potevano raggiungerla, e quindi se ne stava lì in mezzo, fuori dalla loro portata. Non erano abbastanza furbi, credeva, da pensare di spostare il veicolo.

Sperava solo che Seattle avesse intenzione di slegarla prima di ripartire, la mattina dopo. Poteva sopravvivere ad altre percosse, a un altro stupro, ma non ce l'avrebbe fatta se l'avesse trascinata sotto quelle grosse ruote.

Non era andata così male, all'inizio, quando, una settimana prima, Seattle aveva ucciso Ian e se l'era portata con sé nel fuoristrada. Era così che aveva perso Dantès: non era partito con loro e di certo non poteva aver seguito l'automezzo. Remy cercava di non preoccuparsi troppo però, Dantès la ritrovava *sempre e comunque*.

All'inizio, Seattle era stato quel che lui avrebbe definito "premuroso e amichevole". Remy aveva programmato la fuga fin dal primo giorno, preoccupandosi di tenere la pistola nascosta nello zaino, o nel retro dei pantaloni. Avrebbe dovuto andarsene prima, ma con loro c'erano altri Cacciatori e non voleva farli insospettire. Oltretutto, le serviva del tempo per organizzarsi.

Solo che, dopo tre notti che lei respingeva le sue avances, Seattle si era chiaramente stufato. Le era strisciato addosso nel sonno, nella stanza dove dormivano insieme agli altri, e lei si era svegliata con la sua mano premuta sulla bocca e la sua gamba che spingeva in mezzo alle proprie, mentre i lunghi rasta le graffiavano la faccia.

"L'hai data a Marck, la darai anche a me!", le aveva ringhiato quando lei aveva spalancato di colpo gli occhi.

Ma Remy non dormiva mai senza la pistola, e quando aveva allungato il braccio dietro la testa col pretesto di stendersi, Seattle si era ritrovato la canna puntata alla tempia.

"Levati", gli aveva sibilato. Lui era rimasto impietrito, e lei gli aveva spinto via la mano: "E non toccarmi mai più."

Seattle era rotolato via, ma, prima, l'aveva fissata con un odio ben visibile anche nella scarsa luce della notte. In quel momento Remy aveva capito di essersi fatta un nemico, e aveva intensificato la preparazione della fuga.

Ma il giorno dopo, sul pick-up, Seattle aveva preso un'altra strada, mentre i loro compagni si dirigevano verso Yellow Mountain. E aveva portato Remy con sé, ammanettandola prima al mezzo, poi al proprio polso.

Era stato allora che l'aveva violentata la prima volta.

Il giorno seguente, Remy aveva tentato di fuggire colpendolo con un sasso sulla testa mentre lui pisciava vicino al fiume, i loro polsi sempre legati insieme.

Lui le aveva tenuto la testa sott'acqua così a lungo che l'oscurità l'aveva portata via. Quando aveva ripreso i sensi, Seattle l'aveva colpita in volto, e poi, di nuovo, le aveva tirato giù le mutandine.

Quella notte era stata la volta peggiore, tanto che era finita sotto lo Hummer: stava scomoda e temeva che qualche zombie la tirasse fuori per divorarla. Preferiva non pensare agli altri piccoli episodi che l'avevano condotta lì sotto. Si concentrò invece per non piangere, per non cedere alla disperazione, alla paura e al dolore.

Devo riuscire ad andarmene. Riuscirò *ad andarmene.*

Le tornò alla mente quello che diceva suo nonno. *È il tuo destino. Tu sei l'unica in grado di cambiare il corso delle cose.*

Non aveva mai capito cosa volesse dire, ma aveva preso alla lettera le sue raccomandazioni: *Nasconditi. Non farti trovare.* Aveva sempre vissuto tenendo a mente quelle parole, pur senza mai comprenderne il significato.

La cosa ironica era che davvero non si era fatta trovare da nessuno visto che non sapeva a chi suo nonno si riferisse. Seattle non aveva idea di chi lei fosse. Se l'avesse saputo…

Oddio.

E se gliel'avesse detto? Se avesse capito che era lei, quella che cercavano?

Sarebbe bastato a salvarle la vita?

La colse un'ondata di ottimismo. Magari le avrebbe anche evitato altri abusi.

Ma se glielo avesse detto, non ci sarebbe più stato alcun segreto. Tutti avrebbero saputo, e non avrebbero mai smesso di darle la caccia.

A meno che lei non lo uccidesse prima.

Non che negli ultimi tre giorni non ci avesse provato.

Un singhiozzo le salì in gola, ma Remy non trovò la forza neanche per piangere. Le facevano male le costole per via dei calci di Seattle.

Tentò di sistemare meglio il polso ammanettato sotto il veicolo per stare meno scomoda. Il buio inghiottiva i contorni di ogni cosa, ma una luna sottile gettava la sua fioca luce a rischiarare il terreno poco più in là. Forse lì sotto c'era qualcosa che poteva usare come arma. Era tutto di metallo, in buona parte arrugginito…

Di nuovo piena di speranza, Remy cominciò a esplorare la parte inferiore del mezzo in cerca di un pezzo di metallo acuminato da poter staccare.

Col cazzo che gliela do vinta.

"Basta così Selena" disse Theo. "Devi fermarti, adesso."

La stanchezza e la disperazione che le segnavano il viso lo spaventavano. Era stato lui a portarla lì e ora era costretto a vederla esaurire le proprie energie, senza poter far altro che sostenerla un po' fisicamente. A proposito di creare mostri…

"Ancora uno," la voce stanca e gli occhi ridotti a vuote fosse scure. "Non posso fermarmi adesso." Si voltò verso il condotto dove l'ennesimo corpo attendeva di essere resuscitato e liberato.

Wyatt ed Elliott avevano raggiunto la cima dell'acquario con l'ascensore e capito come far funzionare il macchinario che pescava i corpi per metterli nello scivolo: a quanto pareva non c'era un modo più umano di recuperarli. Theo era rimasto con Selena mentre toccava e risvegliava una persona dopo l'altra, da quel vero e proprio inferno in terra.

Nelle ultime ore ne aveva liberati più di cinquanta, ma le pesava molto e Theo lo vedeva. Rabbia e preoccupazione tracimarono, spingendolo a prenderla per le spalle e costringerla a guardarlo negli occhi. "Mi dispiace di averti chiesto una cosa del genere. È troppo Selena, non voglio ti succeda qualcosa."

"Non mi succederà niente" disse con voce ferma, gli occhi che, per un attimo, brillarono di determinazione a dispetto del pallore del volto e dei segni attorno alle labbra. "Solo io posso farlo. Sono l'unica."

"Lo so" la assecondò lui, "ma devi riposarti un po'."

"No. Devo-"

"Selena devi riposarti. Stai esagerando." L'aveva vista tremare e sussultare ogni volta che toccava una di quelle persone, come se ne assorbisse il dolore, la vita o qualsiasi cosa fosse. Ed era sicuro che se non si allontanavano di lì, lei sarebbe andata avanti fino a crollare.

Finché non li avesse salvati tutti.

Perché la sua Selena era così.

"Torniamo da Vonnie e Lou" le ordinò. E quando lei fece per ribattere, lui la anticipò: "Selena… questa gente è qui da un sacco di tempo, qualcuno da decenni… qualche altra settimana per loro non farà differenza. Ma se tu continui così, finirai per farti del male. Per favore. Torneremo qui per occuparci di loro un po' alla volta." Le strinse le spalle: avrebbe tanto voluto abbracciarla, ma non osava. "E poi non credi dovremmo andare a salvare Lou e Vonnie l'uno dall'altra?"

Come aveva fatto la volta prima con Lou, Theo reinserì il sistema di sicurezza e lo implementò, per proteggerlo da eventuali incursioni. Nessuno avrebbe potuto superare quelle massicce pareti di metallo larghe due metri e ricoperte di filo elettrificato senza disattivare il codice.

"E poiché sono un dio dell'informatica" rammentò a Elliott con la solita modestia. "Nessuno sarà capace di superare questo sistema, con le modifiche che ho apportato."

Wyatt alzò gli occhi al cielo e ordinò a Dantès di rientrare nel veicolo, dove lo avevano tenuto mentre lavoravano all'interno delle mura. Poi risalì al posto di guida con accanto Elliott, mentre Theo si sistemò sul sedile posteriore insieme a Selena, che rimase silenziosa e pallida. Mentre si allontanavano, Theo era tormentato dal senso di colpa, ma anche conscio di non poter fare diversamente. Era semplicemente impossibile per Selena occuparsi di tutti quei corpi senza riposarsi.

Non glielo avrebbe lasciato fare. La guardò e poggiò la propria mano sulla sua, che era fredda come il ghiaccio.

"Vonnie sarà contenta di vederci" esordì, nel tentativo di farla parlare.

"Sempre che lei e Lou non si siano uccisi a vicenda" mormorò a fior di labbra, tentando di riprendersi.

Così, invece di insistere a parlare, Theo le si fece più vicino e le passò un braccio dietro la schiena, attirandola a sé. E quando lei si lasciò andare, la accolse sul proprio petto, il profumo familiare dei suoi capelli che gli riempiva il naso. Chiuse gli occhi per un minuto, tentando di controllare la respirazione e il battito del cuore.

Quando li riaprì, incrociò, attraverso lo specchietto retrovisore, lo sguardo di Wyatt. Era freddo e privo di emozioni e tornò quasi subito a concentrarsi sulla strada.

Proseguirono così per un po': il sole era quasi tramontato e la notte incombeva, la strada illuminata solo dalla poca luce dei fari rivolti verso il basso. All'improvviso, Wyatt imprecò, sterzando bruscamente. Il pick-up sussultò e parve cadere in una specie di cratere. Poi più niente. Dantès uggiolò, annusando l'aria.

"Porca puttana" imprecò Wyatt, che era già fuori mentre gli altri ancora si riprendevano. "La ruota è andata, cazzo."

Theo si staccò da Selena, che si era appena svegliata e sbatteva le palpebre assonnate, e scese a controllare.

"La cambio io" bofonchiò Wyatt. "Possiamo approfittarne per mangiare qualcosa, uno di quei panini me lo farei volentieri. Credo manchino ancora venti miglia buone."

"Ti do una mano, Earp" fece Elliott, lanciando a Theo uno sguardo eloquente che diceva tipo *fa' ciò che devi*.

"Per caso hai bisogno di… andare nel bosco?" chiese a Selena, che si guardava intorno bevendo qualcosa che Vonnie le aveva dato.

Per la prima volta da quando era tornato, gli rivolse un mezzo sorriso. "Sì, grazie."

Quel sorriso, per quanto accennato, risollevò moltissimo il morale di Theo.

"Ti accompagno." Afferrò un grosso ramo e dette fuoco a un'estremità per avere luce. "Ci dev'essere un torrente o un ruscello da quella parte: non so tu, ma io avrei voglia di darmi una lavata."

La seguì nel bosco e si lavò a valle mentre lei faceva quello che doveva. La sentì sciacquarsi nel fiume e quando tornò da lui aveva il viso bagnato e splendente.

Ed era bella, così bella e serena.

Inciampò su una radice o qualche altra cosa, e cadde verso di lui, che la afferrò per un braccio. Theo non sapeva se lo avesse fatto apposta, ma come scusa era più che sufficiente. Era la prima volta che avevano un po' di privacy. *Grazie, Elliott.*

"Selena" mormorò girandosi a guardarla. Aveva ancora la torcia e la avvicinò per poter guardare meglio il viso della donna. "Mi dispiace."

"Per cosa?" chiese, senza accennare minimamente di voler tornare al campo base. E lui ne fu lieto.

"Per essermi ripresentato così, con la pretesa che tu mi seguissi e facessi… quello che hai fatto. Soprattutto sapendo cosa pensi di me." Le cercò gli occhi nella luce incerta della fiamma, ma le ombre danzavano, rendendo l'impresa difficile. Deglutì a fatica e gli doleva la bocca dello stomaco.

"Oh, Theo… Ero così confusa. Nelle ultime settimane non sono stata in grado di pensare con chiarezza. Non sapevo più cosa fare, quale fosse il mio compito e perché… perché doveva succedere tutto questo." La voce si fece roca, ma proseguì. "Ma quando ho sentito la tua voce provenire dalla cucina… ero così *felice* che tu fossi tornato. Ho sentito come se dentro di me tutto si rimettesse in moto, ma al tempo stesso, temevo fossi venuto solo per recuperare le tue cose e andartene."

Fu pervaso da un senso di calore e sollievo. Ecco perché era sembrata tanto distaccata. "Mi sei mancata così *tanto*." Finalmente le sfiorò la guancia e moriva dalla voglia di passarle una mano fra quei capelli folti e spessi. "E sono stato via soltanto poco più di una settimana." Riuscì poi a incrociare il suo sguardo e lo sostenne nella luce ballerina. Non voglio andarmene più. Mai più."

"Non vorrei mai lo facessi."

Grazie a Dio. "Temevo che, dopo quanto era successo con gli zombie, non mi avresti più permesso di avvicinarmi. Che ti facessi schifo." Theo scosse la testa e poi lasciò ricadere le braccia.

"Selena avevi ragione tu, *hai* ragione tu. Sono vivi. E mi dolgo che ci sia voluta quella terribile esperienza nel laboratorio di Ballard per farmelo capire. Per accettare quello che tu hai sempre cercato di dirmi."

Una scia argentata le percorse la guancia, mentre infilava le mani nei passanti della cintura di Theo e, coi pollici, gli sfiorava il ventre. "A me è servito, quello che ho visto oggi, per capirlo davvero, nel profondo del mio cuore." Socchiuse gli occhi un istante. "Nonostante ci credessi da tempo, continuavo a farmi domande. E dopo quello che hanno fatto a Sammy..."

Theo annuì. "Selena, qualunque madre avrebbe reagito così."

"Ma loro non capiscono quello che fanno e io lo *sapevo*, ma non riuscivo a superare la rabbia. Me la sono tenuta stretta, la mia rabbia, ho lasciato che crescesse e si avviluppasse dentro di me. E per poco non ti ho perso."

"Avresti dovuto fare molto di peggio per tenermi lontano, Selena. Sono innamorato di te, se ancora non lo hai capito. Non ti lascerò mai."

Sul volto di Selena si accese un sorriso meraviglioso. "Theo..."

Avrebbe voluto prenderla e ubriacarsi di lei, ma c'erano ancora cose da dire. Cercò un posto dove poggiare la torcia, infine la piantò in terra, in modo da avere le mani libere.

Ma prima che iniziasse a parlare, fu lei a fissarlo negli occhi. "Insomma, hai intenzione di baciarmi o no?"

Ripensandoci, quelle cose potevano aspettare. "Se me lo concedi." Sentì le labbra incurvarsi in un sorrisetto sghembo.

"Provaci, ragazzino" disse, con un sorriso ancora più convinto e lui si lanciò.

Prenderla fra le braccia e baciarla, gli dette la stessa sensazione della calura estiva dopo un lungo inverno gelido. Aveva un sapore dolce, caldo e familiare come quello del tè di Vonnie che aveva sulle labbra e, ovviamente, sapore di Selena. Non riuscì a trattenere un gemito di piacere. *Mia.*

La cosa si stava facendo interessante: le mani di Theo cercavano le curve morbide e calde mentre i jeans nella zona inguinale erano tesi… quando sentirono un grido pieno di terrore e disperazione. E decisamente umano.

Si separarono di scatto e Theo partì di corsa verso il punto da cui il suono era parso venire, ad almeno un miglio di distanza, trascinandosi dietro Selena. Stava tornando al campo base, correva nel buio e le stringeva forte la mano.

Il grido si attutì, come soffocato e poi un cane abbaiò. Un guaito terrorizzato, seguito da un rumore di qualcosa che si faceva largo tra i cespugli, le rovine e la foresta: probabilmente Dantès, che correva nella notte.

L'animale sfrecciò davanti a Theo e Selena, seguito a breve distanza da Wyatt ed Elliott che correvano alla cieca, cercando di stargli dietro.

Theo li seguì a sua volta, sempre trascinandosi dietro Selena. Udì il rumore di un veicolo a motore e Dantès che abbaiava all'impazzata. Urla e grida e poi, all'improvviso, giunsero sul posto.

Non perse tempo a dire qualcosa, non se ne concesse neppure per pensare *ma che cazzo…* capì subito cosa stava accadendo e si precipitò in aiuto. Quando arrivò, Wyatt stava già tirando giù qualcuno dal fuoristrada a viva forza mentre Dantès guaiva e abbaiava a qualcosa che stava sotto.

⚘

Quando Remy sentì abbaiare Dantès, pensò che fosse un sogno.

Il fuoristrada si mise in moto rombando, e lei cercò disperatamente, con le poche forze rimaste, di aggrapparsi a qualcosa per sollevarsi dal suolo.

Seattle era ritornato, da ovunque fosse andato, e quando aveva tentato di trascinarla fuori lei lo aveva accolto con un pezzo di metallo tagliente e arrugginito. Colpendolo da sotto il veicolo, determinata a non finire di nuovo nelle sue grinfie, né a essere lasciata fuori in bella vista per gli zombie, era riuscita a cacciarlo via.

Lui se n'era andato mollandole qualche calcio ben mirato, lei lo aveva ferito sul braccio o forse addirittura sul volto con il metallo… ma tutto lì. Seattle si era ritirato barcollando ed era salito sul mezzo a cui era attaccata, nell'attimo esatto in cui qualcosa saltava fuori dall'oscurità.

Quando il motore si accese con un rombo, il cane – era Dantès – balzò su e si lanciò contro lo Hummer. Remy sentì il veicolo oscillare sotto la forza dell'animale che sbatteva contro la portiera. Sfinita e terrorizzata, e per giunta ancora lì sotto, non vedeva bene quello che stava succedendo, ma, all'improvviso, qualcuno li raggiunse correndo. Il motore rombò di nuovo, e lei si tenne stretta mentre il mezzo sobbalzava in avanti, trascinandola per diversi metri. Un dolore lancinante le attraversò la schiena e le gambe, lasciate scoperte dai vestiti slacciati e laceri, contro la ghiaia e i sassi duri e taglienti. Il suo corpo sfinito gridava e doleva mentre lei lottava per rimanere lontana dalle grandi ruote che giravano così vicine.

Poi udì un grido, un forte colpo, non era sicura di cosa stesse succedendo ma il fuoristrada si fermò di botto. La portiera si aprì, intorno a lei riusciva a scorgere solo piedi. Poi si udirono un grugnito e un grido soffocato. Dopodiché, Remy seppe solo che Seattle era finito a terra e stava rotolando lontano dal mezzo.

Dantès fu su di lui prima ancora che si fermasse, e l'urlo acuto, terrorizzato dell'uomo rimase a mezz'aria, troncato dal cane che gli saltò alla gola. Poi scese un silenzio terribile, interrotto solo dallo scricchiolare delle ossa e dal gorgoglio nelle fauci di Dantès.

Remy cercò di chiamare aiuto. L'avevano vista? Ma aveva la voce rauca e flebile, e riuscì solo a emettere un suono incerto. Faceva fatica a muoversi.

Improvvisamente, una figura scura si accovacciò accanto alle sue gambe piegate, che sbucavano in parte da sotto il veicolo.

"Ma che diavolo…", esclamò, e la prese con gentilezza per le caviglie.

Remy era appena cosciente delle altre figure che si stavano avvicinando, ma, ad ogni modo, tutto quello che poteva vedere erano solo gambe e piedi. L'uomo che l'aveva trovata dovette piegarsi per arrivare al punto in cui era ammanettata e, di fronte alla scena, trasalì per la rabbia e il disgusto.

Alla fine riuscì a liberarla, anche se aveva ancora la manetta attorno al polso. Quando lui la tirò fuori e l'aiutò ad alzarsi in piedi, le ginocchia non volevano sorreggerla e barcollò, tremando in preda alle vertigini. La vista si fece scura e confusa, non riusciva a mettere a fuoco. Sentiva l'aria fredda sulla pelle, in punti dove non avrebbe dovuto sentirla, e poi umidità e dolore. Dappertutto.

"Mio Dio", disse l'uomo, teso e allarmato. "Elliott!"

Remy tentò di reggersi in piedi, ma si ritrovò aggrappata al suo salvatore e al bordo metallico della portiera del fuoristrada, mentre un'altra figura si staccava dal gruppo di ombre confuse e si avvicinava veloce. Per quanto breve fosse il tratto su cui era stata trascinata, a Remy faceva male la schiena, già abrasa, ferita e dolorante com'era per via delle altre violenze. I jeans, che Seattle aveva lasciato aperti, erano calati, e aveva graffi anche sui fianchi. Lo stomaco le si ribellò, e dovette sorreggersi a quel braccio caldo mentre vomitava soltanto bile, scossa da forti conati dolorosi.

Quando aprì gli occhi e alzò la testa, si ritrovò davanti a un volto conosciuto. L'uomo da cui era scappata lanciandogli un serpente addosso. "*Tu!*", esclamò, a corto di fiato, le ginocchia di nuovo deboli. "Stu…" Cercò di formulare pensieri coerenti, ma tutto scivolava via davanti a lei, tranne l'uomo dalla faccia di pietra che le impediva di cadere a terra.

"Mio Dio, sei *tu*!", disse lui, le labbra tese e l'espressione smarrita mentre si concentrava sulla sua faccia. "Cristo, Elliott", continuò, "Guardala!" Ancora in uno stato di coscienza intermittente, rimaneva aggrappata al braccio saldo di colui che aveva soprannominato Stu Pido.

Tutto le girava intorno, e Remy riusciva a malapena a muovere le labbra, aveva la bocca screpolata, spaccata, e del liquido le colava da qualche parte lungo la schiena. Mani gentili la toccarono, e lei si sforzò di non sussultare, di rilassarsi mentre la adagiavano su una specie di superficie morbida dentro l'abitacolo.

Sentiva parole come "shock" e "violenza" e capì che parlavano di lei. Imprecazioni secche, e mani ferme, competenti, che la esaminavano senza spaventarla né farla sentire violata.

"Dan… tès", sussurrò.

"È qua" disse Stu Pido, che le stava vicino e sembrava un gigante nello spazio angusto dell'abitacolo. "Si è occupato lui di Seattle."

Seattle. Il suo corpo si irrigidì, un'ondata di nausea la attraversò mentre i ricordi le ripiombavano addosso come pugni. Si accorse di aver iniziato a tremare e rabbrividire, e poi qualcuno, *si chiamava Elliott, forse?*, si chinò per guardarla negli occhi.

"Ascoltami. Ascoltami bene. Seattle è morto. Non può più farti de male. È morto" ripeté.

Remy si sforzò di sorridere, di credergli. Si alzò, nel tentativo di annuire, ma il mondo intorno a lei oscillò e subito dopo fu avvolta dall'oscurità.

❦

Quando Selena riuscì a raggiungere gli altri, era già tutto finito. Theo le si fece incontro e la avvertì: "Non guardare laggiù."

Ovviamente lei provò a farlo, ma l'uomo glielo impedì. "Ma vuoi darmi ascolto una buona volta? C'è un cadavere, là, e non è un bello spettacolo."

"Zombie?" chiese, cercando ancora di sbirciare.

Theo scosse il capo e serrò le labbra. "No, il cane. Quello là è… era Seattle. Dantès lo ha preso. A quanto pare non è tanto docile con chi picchia a sangue la sua padroncina."

All'improvviso scattò qualcosa nella sua mente. "Dov'è lei?" ma sapeva già la risposta e corse verso il fuoristrada, dove si trovava Elliott.

Nonostante avesse il volto sporco e tumefatto e quasi vent'anni di più, Selena riconobbe subito, in quella donna, la ragazza che ricordava. Un pensiero la sfiorò, ma quando tentò di afferrarlo, le sfuggì.

Sapeva solo che era qualcosa di brutto e oscuro e che aveva a che fare col nonno di quella ragazza. E che forse non le andava di ricordare.

"Si rimetterà?" chiese, guardando Elliott.

L'uomo annuì, scuro in volto. "Sì, ma dovrà stare un po' a riposo per guarire."

"Prendiamo questo Hummer e torniamo da Vonnie e Lou" propose Wyatt. "All'altro penseremo dopo." Guardò l'ammasso di carne sanguinolenta e ossa che, a quanto pareva, erano i resti di Seattle. "Dove cazzo sono quei maledetti zombie quando servono?"

20

"Ecco" esordì Theo aiutando Selena a salire sopra la ruota panoramica. "C'è una cosa che dovrei dirti riguardo a Lou."

La sera prima, erano rientrati a tarda notte portando con loro la donna di nome Remington Truth e avevano passato la giornata a occuparsi di lei e ad aggiornare Lou su quanto era accaduto. Theo era rimasto a lungo nella Sala Giochi a lavorare al suo progetto coi flipper, aiutando suo fratello a tenere Sage informata via e-mail. Da quando erano rientrati, non era ancora riuscito ad avere un po' di tempo da solo con Selena per parlare o per fare altro.

Ma, dopo cena, era stata lei a proporgli una passeggiata. Era la serata perfetta per un giro in giostra: nel cielo splendeva un bel tocco di luna e le stelle brillavano, limpide e intense come al solito, dato che le emissioni delle fabbriche e i gas di scarico delle auto erano ormai scomparsi da cinquant'anni.

Eppure, nonostante l'atmosfera romantica e gli sguardi infuocati che Selena gli aveva lanciato durante la cena, Theo si chiedeva come sarebbe andata quella conversazione, a vari livelli. In fondo, se Lou non fosse venuto a cercarlo e non fosse stato attaccato dagli zombie, Sam sarebbe stato ancora vivo. Non si sarebbe sorpreso affatto se la mera presenza di Lou non facesse altro che ricordarle un momento cupo e terribile della sua vita.

"Mi sembra un brav'uomo anche se ho l'impressione che a Vonnie non piaccia molto" rispose con una breve risata, facendogli cenno di sedersi accanto a lei. "Ma a me sì."

Quelle parole lo rincuorarono un po', mentre prendeva posto vicino alla donna.

"Non so bene cosa sia successo tra loro. Tutto d'un tratto lui ha iniziato a chiamarla *quella Vonnie là* e a cena lei ha cominciato quasi lanciarglieli, i piatti."

"Credo che senta minacciato il suo ruolo di matriarca. Ha sempre fatto da mamma a tutti e tutti l'hanno sempre lasciata fare, persino Frank glielo permette, anche se poi fa quello che gli pare. Lou invece non si lascia accudire: qualche giorno fa, prima che ve ne andaste, l'ho addirittura sentito che le dava istruzioni su come cucinare qualcosa. E lei, ovviamente, non l'ha presa bene."

Theo ridacchiò. "Ci credo. La cucina è il suo regno. Forse si sono solo presi nel verso sbagliato." Allungò la mano per prendere quella di Selena, carezzandole le nocche col pollice, mentre la giostra iniziava a girare. Come avrebbe fatto a dirglielo?

"E com'è che vi conoscete, tu e Lou? E soprattutto, come ha fatto a trovarti?"

Theo sentì il lieve sobbalzo della giostra che si metteva in funzione. "Beh, ecco è proprio di questo che ti volevo parlare. Ricordi che ti ho sempre detto che sono più vecchio di quello che sembro, vero? E ti ho anche detto del piccolo circuito di metallo che mi si è inserito sotto pelle e che mi ha cambiato. Ecco, il fatto è…" si bloccò, cercando di ricordare se e quando lo avesse mai raccontato a qualcuno.

Mai in cinquant'anni, probabilmente.

"Il fatto è che quell'esplosione sotterranea di cui ti ho parlato, è avvenuta durante il Cambiamento." Le ultime parole uscirono tutte attaccate.

E poi aspettò. Aspettò che lei capisse.

"Insomma…" balbettò Selena.

"Il fatto è…" proseguì Theo, titubante, "che Lou è mio fratello. Il mio fratello *gemello.*"

Sul volto di Selena si inseguirono a più riprese incredulità, shock e confusione. "Insomma" balbettò scuotendo il capo, "mi stai dicendo che tu hai…"

"Sono nato nel 1984 e in realtà ho settantotto anni. Solo che qualcosa ha rallentato drasticamente il mio processo di invecchiamento. In effetti non sono invecchiato di un giorno per decenni." Attese ancora.

Selena mosse la testa su e giù. Lenta. Lentissima. "È assurdo."

"Dimmi cosa pensi."

"Questo spiega molte cose" proseguì.

"Speravo fosse così."

"Insomma sono andata a letto con uno che ha trent'anni *più* di me."

Theo fece cenno di sì.

Lo guardava a bocca aperta. "E tutte quelle volte che credevo che mi baciassi perché questa vecchia signora ti faceva pena, in realtà ero io quella che aiutava un vecchietto a sentirsi di nuovo giovane?"

"Beh, sì, credo si possa anche metterla così." Theo non era sicuro se Selena fosse davvero seria o se nella sua voce ci fosse un tocco di ironia. Era molto probabile la seconda. "Ma che fossero dati o meno per pietà, i tuoi baci sono i migliori che abbia mai ricevuto. Insomma, sei in gamba per essere una pischella."

Dall'angolo della cabina in cui si trovava, con la brezza gentile che le spettinava appena i capelli facendogli vibrare il bassoventre, Selena lo guardò storto. "Hai lasciato che mi facessi tutte quelle paranoie senza dire una parola?"

Theo le prese un piede e se lo mise in grembo, quindi passò dolcemente le mani su quella pelle liscia, liscissima e morbida.

"Ti ho detto e ripetuto che ero più vecchio di quello che sembravo."

Quando Theo iniziò a massaggiarle la pianta con i pollici, tracciando piccoli cerchi, Selena reclinò la testa all'indietro e si lasciò sfuggire un mugolio di piacere che suscitò in lui i desideri più disparati, ma si concentrò sul continuare a massaggiare e carezzare la pelle di seta sopra il piede.

"Sapevo che in te c'era qualcosa di diverso" rispose sollevando la testa per guardarlo. "Ma questa poi!"

Avrebbe dovuto raccontarle della Resistenza e del ruolo che avevano lui e Lou e dei loro progetti di creare una rete, di computer e di persone per opporsi all'Elite… ma ci sarebbe stato tutto il tempo. In quel momento aveva in mente ben altro.

E, a giudicare da come lo guardava, anche Selena. "Credo che, tutto sommato, sia io quella che ha fatto il miglior affare" disse, pensosa, sfilando il piede dalla sua presa e riportandolo a terra, non senza sfregarlo contro le gambe nude di Theo. "Il corpo scolpito e l'energia di un trentenne con l'esperienza e la pazienza di uomo maturo. Non poteva andarmi meglio" disse, con un sorrisetto malizioso e impertinente.

Theo le si avvicinò e le sue mani si fecero abilmente strada sotto la camicetta. "Mi impegnerò in tal senso" sussurrò coprendole la bocca con un bacio lungo, umido e affamato. Finalmente.

"Ti amo" disse Selena poco dopo, mentre i piedi di Theo calpestavano il mucchietto di vestiti sul pavimento della cabina. "Sei perfetto per me."

Un refolo di brezza notturna gli sfiorò la pelle nuda e Theo si concesse un momento per ammirare il riflesso argenteo della luna sulla pelle dorata della sua donna, che disegnava il contorno dei capezzoli turgidi e dritti e dei seni perfetti a forma di goccia. Era in piedi davanti a lui, bella e audace, con le mani seguì il profilo dei seni, della vita e dei fianchi, per poi trarla a sé.

Se la sistemò in grembo, a cavalcioni sul proprio bacino e lasciò che scivolasse su di lui. La cabina dondolò appena, cullandoli e aggiungendo piacere al piacere, mentre Theo la faceva alzare e abbassare, con quei movimenti ampi e pazienti che le piacevano tanto. Il dondolio dell'abitacolo aumentò seguendo il loro ritmo.

"Beh" esordì lei alcuni momenti dopo, quando i loro corpi caldi e umidi si furono separati, l'oscillazione si era ormai placata e la giostra continuava a girare portandoli lentamente su e poi giù, e proseguì: "ecco alcuni *perché* su cui non mi interrogherò: te, come sei arrivato qui, come tu sia diventato quello che sei e perché io abbia avuta questa immensa fortuna."

Theo scrollò le spalle, scostandole i capelli che le si erano appiccicati sul viso. "Potrei pormi le stesse domande. Mi ci sono voluti quasi ottant'anni per trovare una donna che capisse che le cose non sempre sono quello che sembrano. Che i vari strati della vita non sempre sono semplici e netti." La brezza carezzava i corpi nudi e lui le prese i seni tra le mani.

Proprio lì, su una cavolo di ruota panoramica, al chiaro di luna.

"Credo" disse Selena, avvicinando di nuovo le proprie labbra alle sue, "che molti interrogativi non avranno mai una risposta, non importa con che frequenza o intensità te li ponga. Conta solo cosa fai con quello che hai." Allungò la mano ad afferrare il suo membro, già pronto a ricominciare, e sorrise contro la bocca del suo amante. "E io so benissimo cosa fare con quello che ho qui."

EPILOGO

"Potremmo provarla stanotte, la nostra idea" disse Lou, prendendo posto vicino al bancone della cucina. Era la mattina dopo il giro in giostra di Theo e Selena, quando lui le aveva detto che erano fratelli.

Selena si sorprese a cercare una somiglianza nei volti tanto diversi dei due gemelli, separati, apparentemente, da diversi decenni d'età. Eppure eccola là: nel taglio a mandorla, squisitamente orientale, degli occhi, in certi atteggiamenti, persino nel modo che avevano di piegare la testa quando riflettevano. Per non parlare del fatto che parevano quasi leggersi nel pensiero.

Trasalì quando Vonnie sbatté con un po' troppa forza un piatto davanti a Lou, tanto che le uova strapazzate tracimarono sul bancone. Selena lanciò uno sguardo a Theo inarcando le sopracciglia, quindi tornò alla conversazione. "Quale idea?"

"Cavolo, hanno un aspetto favoloso" esclamò Wyatt guardando con cupidigia il piatto con uova strapazzate e pomodori a fettine che Vonnie gli aveva messo davanti con grazia.

"Manca il sale" sentenziò Lou e Selena corse a portargli il barattolo prima che Vonnie glielo lanciasse. *Ma cos'hanno quei due?*

"Stiamo modificando alcuni flipper e videogame in modo che le loro luci ipnotizzino gli zombie… tanto per rallentarli e poterli gestire meglio" spiegò Theo, tentando a sua volta di fare da paciere. "Per facilitarti il lavoro. Stanotte li porteremo in un angolo della tenuta per fare un tentativo."

"Vorrei sapere chi avrà il coraggio di dire a Zoë che non potrà più andare a caccia di zombie" sospirò Elliott imburrando una fetta di pane tostato. "O almeno non come è solita fare."

Lou ridacchiò. "Ci penserà Quent a rovinarle la festa, ma per un'altra ragione: aspetta solo che scopra che è incinta."

Il dottore fece tanto d'occhi. "Questo sì che sarà interessante."

Selena non capì perché tutti quanti scoppiarono a ridere ma confidava che, più tardi, Theo glielo avrebbe spiegato. Nel frattempo chiese: "Come sta Remy?"

"Presto si rimetterà. Quel bastardo…" sibilò Elliott scuotendo la testa, "se non ci avesse pensato Dantès, lo avrei sistemato io."

"E se vogliamo credere a quello che Remy dice, sarebbe morto anche Ian Marck" aggiunse Wyatt.

"E perché non dovremmo crederle?" chiese Selena, tagliandosi una fetta di ananas.

"Sai com'è, dopo che una ti ha sparato, tendi a prendere le sue dichiarazioni con le pinze" rispose Wyatt atono.

"Se poi ti ha anche buttato un serpente addosso…" rintuzzò Theo.

"Già. Qualsiasi cosa farai, Elliott, non la fare incazzare: chissà di cosa sarebbe ancora capace." Selena li osservava, seguendo con interesse la conversazione: un gruppetto a dir poco interessante.

Si udì sbattere la porta sul retro e Frank entrò ad ampie falcate. "Porca puttana, ma che cazzo state facendo? Sono sveglio da ore ad aspettare che muoviate il culo. Il tetto non si ripara da solo ed è meglio che siano i vostri culi sodi a salire lassù che non il mio, vecchio e flaccido. La stagione delle piogge è in arrivo e certo non vorrete che quei vostri computer del cazzo si bagnino" mugugnò e Wyatt, che pareva essersi sciolto un po' col vecchio, scattò in piedi e trangugiò l'ultimo sorso di tè. "Andiamo" fece rivolto a Elliott e Theo. "Prima sbrighiamo questa cosa, prima io ed Elliott potremo ripartire per Envy."

"Io porto la colazione a Remy" disse Selena prendendo del formaggio. "Poi resterò un po' con Sally. Sta peggiorando."

"E io vado a lavorare su in Sala Giochi" annunciò Lou. Poi guardò Vonnie e aggiunse con fin troppa nonchalance: "Avevi per caso detto qualcosa circa una libreria da spostare?"

Colleen Gleason ha scritto più di una dozzina di romanzi che hanno riscosso un grandissimo successo di vendite come riportato dal New York Times e dal USA Today. Le sue opere sono state tradotte in oltre sette lingue e appartengono a una grande varietà di generi.

Colleen adora essere in contatto coi propri fan quindi non esitate a contattarla sul suo sito o sulla sua pagina Facebook: **Colleen Gleason Italia**.

A volte la trovate anche su Twitter (@colleengleason).

Altre informazioni disponibili sul sito di Colleen (colleengleason.com)

Non perderti neanche uno dei nuovi libri di Colleen Gleason! Iscriviti alla newsletter italiana!
http://cgbks.com/Italia

Colleen on Facebook: http://cgbks.com/FB_Italia